dtv

«Sie stand da wie aus der Zeit gefallen, metallisch schillernd und irritierend zugleich.«

Richard Westermann, IT-Vorstand mit einem Hang zum Grübeln und einer Schwäche für Friedhöfe, verguckt sich bei der Beisetzung des Schriftstellers Höfer in dessen »Olympia«. Die Schreibmaschine auf dem Sarg will er partout haben, muss sich aber vorerst mit Ersatz begnügen. Und so zieht das Modell »Gabriele« in sein Leben ein. Als man Westermann einen jungen, ambitionierten Kollegen als »Vorstand Data« vor die Nase setzt, holt er zum Gegenschlag aus und tauscht seinen Rechner gegen Gabriele. Sein betriebliches Umfeld hält das für ein geniales Ablenkungsmanöver von seiner eigentlichen Aufgabe: der Entwicklung einer ausspähsicheren Krypto-Box. In kürzester Zeit stellen Westermann, nun No-Data- statt Big-Data-Man, und Gabriele den Büro- und Konzernalltag auf den Kopf. Während Westermann in die entschleunigte, analoge Welt eintaucht und sich auf Gabriele freischreibt, geht seine über achtzigjährige Mutter Yolanda den umgekehrten Weg, nämlich online.

Katharina Münk ist neben ihrer Autorentätigkeit Personal Coach für Fach- und Führungskräfte und lebt mit ihrem Mann in Hamburg. Ihr Name ist ein Pseudonym. Katharina Münks erster Roman ›Die Insassen‹ (dtv 21299) wurde ein Bestseller und fürs Fernsehen verfilmt, ebenso ihr zweiter Roman ›Die Eisläuferin‹ (dtv 21415), mit Iris Berben und Ulrich Noethen in den Hauptrollen.

Katharina Münk

Westermann und
Fräulein Gabriele

Roman

dtv

Ausführliche Informationen über
unsere Autoren und Bücher
www.dtv.de

Von Katharina Münk
sind bei dtv außerdem erschienen:
Die Insassen (21299, 21905 und großdruck 25383)
Die Eisläuferin (21415)
Glänzende Geschäfte (21572)

Ungekürzte Augabe 2017
© 2015 dtv Verlagsgesellschaft mbH & Co. KG, München
Umschlaggestaltung: Katharina Netolitzky, dtv
Satz: Greiner & Reichel, Köln
Druck und Bindung: Druckerei C.H.Beck, Nördlingen
Gedruckt auf säurefreiem, chlorfrei gebleichtem Papier
Printed in Germany · ISBN 978-3-423-21690-6

Für Susanne
und Herrn Wilhelm

»Jetzt, da sie zu einer gefährdeten Spezies geworden war,
zu einer der letzten überlebenden Gerätschaften
des homo scriptorus,
begann ich eine gewisse Zuneigung zu ihr zu empfinden.«
Paul Auster

Begegnungen

; " = % & ( ) _ § / : `
1 2 3 4 5 6 7 8 9 + ß '

Der Kranich

Sie stand da wie aus der Zeit gefallen, metallisch schillernd, so ultimativ und irritierend wie der schwarz glänzende Sarg unter ihr. Man konnte ein gutes Leben geführt haben, ohne ein einziges Mal mit ihr konfrontiert worden zu sein. Im Gegensatz zum Sarg. Sie hatte eine seltsam beseelte Präsenz, zog die Sinne auf sich und schien eine Geschichte zu erzählen, Hunderte, Tausende davon, noch bevor ein einziges Wort über den Verstorbenen selbst gefallen war.

Doch der Reihe nach. Der Tag, von dem an in Westermanns Leben nichts mehr so sein sollte wie zuvor, begann mit einem einzelnen vorüberziehenden Kranich. Vielleicht war es ein unverpaart gebliebenes Tier, das schon früh sein Revier irgendwo im Havelland verlassen hatte, um seine Reise zu den Sammelplätzen anzutreten.

Es war der 15. August. Das Kind, kaum vier Jahre alt, unterwegs auf dem neuen Zweirad mit der roten Fahne am Gepäckträger, hob den Kopf zum Himmel. Es konnte den Blick nicht mehr lassen von dem rufenden, langbeinigen Etwas mit den großen, abgespreizten Schwingen. Und dahin war sie, die mühsam eingeübte Motorik. Erst war es nicht mehr als ein Taumeln, eine leichte Gleichgewichtsstörung, das Kind hielt im Fahren noch so gerade die Balance, bevor es auf Höhe des Hauses Nr. 58 in den Kniekehlen eines 54-jährigen Postboten landete. Da war der Kranich schon nicht mehr zu sehen. Der Bote kippte nach vorn, fiel auf den Bürgersteig und mit ihm alle bereits nach Hausnummern sortierten Zustellhäufchen des Zustellgebietes 321. Das Kind bestieg das Rad erneut und hatte bereits die nächste Straßenkreuzung erreicht, als der Mann sich aufrappelte und ihm nachschaute.

Es begann zu regnen, und er beeilte sich, den Papierwirrwarr vom Asphalt aufzusammeln, alles wieder in die dienstliche Obhut zu bringen und erneut nach Hausnummern zu ordnen. Nur dass er vor dem Haus Nr. 58 stand, war ihm nicht mehr bewusst, als er die Post für Haus Nr. 60 in den Briefkastenschlitz gleiten ließ. Haus Nr. 62 hatte an diesem Tag keinerlei Post, was zwar ungewöhnlich, aber nicht ausgeschlossen war. Er bestieg also sein Fahrrad erneut, fuhr in die nächste Straße und verschwand um die Ecke wie zuvor das Kind.

Richard Westermann war ein Mann, von dem man annahm, er sei viel beschäftigt. Er selbst hätte es nicht genau sagen können. Wenn man ihn danach fragte, antwortete er meistens, dies sei wohl Auslegungssache. Die vergangenen zwei Jahre hatte er mit vollem Terminkalender, ohne Urlaub und mit einem Tinnitus verbracht, und manchmal verstand er die Welt nicht mehr. Wenn man das »viel beschäftigt« nannte, dann war er das wohl. Der Umstand, dass er nach der Trennung von seiner Frau sein Privatleben wieder selbst organisieren musste, war für ihn lediglich eine von zahllosen zusätzlichen Herausforderungen, die das Leben mit sich brachte. Er war nicht der Einzige, dem so etwas passierte. Und doch fühlte sich Westermann manchmal wie der einzige Mensch, der einzige verdammte Mensch auf Erden, dem so etwas widerfahren war. Sie hatten immerhin neunzehn Jahre miteinander verbracht, und das Herz ließ sich bedeutend langsamer reorganisieren, als er gedacht hatte.

Am Abend des 15. August schloss er die Haustür auf und nahm die Post vom Boden. Er war drei Tage fort gewesen, aber es gab nur einen einzigen, schwarz umrandeten Brief.

Die Anschrift war mit Füllfederhalter geschrieben und vom Regen völlig verwischt. Er drehte den Brief um. Kein Absender natürlich. Wer hatte sich bloß diese dramatische Optik der Briefumschläge ausgedacht, diese fünf Millimeter Druckerschwärze rundherum, die einen erbarmungslos und unmissverständlich einstimmten auf das, was zu erwarten war im Innern. In Bruchteilen von Sekunden war man in Endzeitstimmung, einfach so nach Feierabend, den Pilotenkoffer von der Reise noch in der Hand, rechnete mit dem Schlimmsten, das Herz schlug einmal zu viel oder einmal weniger, und die Zeit blieb ein bisschen stehen.

Westermann stellte seinen Koffer ab und nahm den Brief zwischen die Lippen, als er seinen Sommermantel auszog. Mittlerweile ließ er den Großteil seines privaten Schriftverkehrs elektronisch über das Büro abwickeln, aber der eine oder andere Papierbrief verirrte sich immer noch in seinen häuslichen Flur, lag mal mehr, mal weniger weit vom Briefkastenschlitz entfernt, je nachdem, welchen Elan der Briefbote an den Tag legte. Dieser Tag musste sehr schwungvoll gewesen sein. Der Brief war auf dem Parkett fast bis zum alten Sekretär an der Wand gerutscht und glücklicherweise nicht vollends darunter verschwunden, wie früher schon so manche Rechnung. Ungeliebte Post wurde gern auch im Nachhinein per Fußtritt unter das Möbelstück befördert, und die Putzfrau, die diese mit dem Wischer darunter hervorholte, mochte stets denken, sie arbeite in einem Haushalt von Parksündern, Geschwindigkeitsjunkies, Schulschwänzern und skurrilen Geldverschwendern. Im Grunde traf es das ganz gut, dachte Westermann.

Er hatte das Haus behalten, und oberflächlich betrachtet hatte sich auch nichts darin verändert, so als wäre seine Frau nur eben kurz zum Einkaufen gegangen. Sie war ohne ein einziges Möbelstück ausgezogen. Es sei sonst, hatte sie gesagt, als gehe man voll gepackt mit Vergangenheit den Berg hinauf in die Zukunft, und das sei selten gut. »Den Berg hinauf«, so hatte sie es formuliert. Sicher, die kostbarsten Erinnerungen hatten kein Gewicht, konnten im Kopf mitgenommen werden, und der Rest passte zur Not auch in einen Schuhkarton. Doch nun saß er, Westermann, eben auf der Vergangenheit herum, im Tal sozusagen, auf all den Dingen, die sie wohl als Ballast empfunden hatte. Das war kein schönes Gefühl, so als ob irgendjemand vor einem selbst einen guten Einfall gehabt und »Erster!« gerufen hatte, sich sozusagen das Copyright auf das »Partner-Verlassen-durch-Ausziehen« sicherte. Es war ein äußerst instabiler Zustand, ein Dahinschlingern zwischen Enttäuschung und Idealisierung. Denn es fehlte eben doch jede Menge von ihr.

Man begriff die Bedeutung eines Duftes, einer zweiten Zahnbürste oder blonder Haare im Abfluss erst, wenn sie nicht mehr da waren. Oder die Zeitungsausschnitte, die sie ihm oft ans Bett gelegt hatte – »Du solltest mehr lesen. Du wirst es mögen.« –, Artikel über bemerkenswerte Geschichten wie die eines Australiers, der zwei Monate lang mit einer Schmetterlingslarve im rechten Ohr gelebt hatte, oder die von Schillers Schädel, den sein Kollege Goethe auf blauem Samt in seinem Haus aufbewahrt hatte, um ab und zu in der Mundhöhle nach dem Zwischenkieferknochen zu suchen. Und sie hatte ihm erzählt, dass Menschen die einzigen Lebewesen seien, die weinen konnten. Kurzum: Es fehlten keine Möbel. Es fehlte eine Dimension im Leben.

Er lauschte ins Haus. Paul, sein siebzehnjähriger Sohn, war bei ihm geblieben nach der Trennung, was wohl nicht unwesentlich am Tonstudio lag, das er sich im Kellerraum eingerichtet hatte. Doch jetzt war alles still. Um diese Uhrzeit war Paul wohl mit dem Hund unterwegs.

Westermann hatte sich in der Küche ein Glas genommen, einen Roten geöffnet, goss sich ein und lehnte mit der Hüfte an der Kochinsel in der Mitte. Noch vor dem ersten Schluck nahm er den Brief in die Hand, öffnete das vom Regen gewellte Kuvert und zog eine Karte heraus: Stahlstichdruck, große, fette Buchstaben auf hartem weißen Papier. Dürers betende Hände oben rechts. Sicher, das Motiv war nicht gerade außergewöhnlich, aber Westermann mochte es.

Nur wer vergessen wird, ist tot.

Rupertus Höfer
Schriftsteller
* 23. Mai 1928 † 10. August 2013

Wir denken an sein unerträglich schlichtes Prinzip:
weitermachen.

Matthias Höfer
Thomas und Emelie Wagner, geb. Höfer,
mit Kirsten und Dietmar

Weitermachen als Prinzip. Eine mutige Formulierung in diesem Zusammenhang. Westermann starrte auf die Stahl-stichbuchstaben. Die Nachricht von Höfers Tod war durch alle Medien gegangen, und die offizielle Trauerfeier hatte bereits stattgefunden. Rupertus Höfer war einer der letzten bedeutenden Nachkriegsautoren, einer, der in einer Reihe stand mit den ganz Großen seiner Zeit. Westermann hatte sich zuletzt als Schüler im Deutschunterricht an ihm abgearbeitet, an all den Identitäten, Seelenlagen und Motiven seiner Figuren. Und nun wurde er, Westermann, der Schüler, zu Höfers Bestattung auf dem Dorotheenstädtischen Friedhof eingeladen? In zwei Tagen um 14 Uhr, im kleinen Kreis, Eingang Chausseestraße 126.

Westermann nahm einen Schluck Wein, und ein Tropfen landete auf dem ohnehin schon sehr lädierten Umschlag. Es sah nicht schön aus. Er betätigte mit der Fußspitze den Tret-hebel des Küchenmülleimers und warf ihn hinein.

Natürlich würde er da hingehen – obwohl er keinen blassen Schimmer hatte, warum gerade er zu Höfers Bestattung geladen war, noch dazu »im kleinen Kreis«. Sicher, er war IT-Vorstand eines der größten heimischen Unternehmen, und IBT betrieb ein umfassendes Kultursponsoring. Man lud regelmäßig zu Round Tables und Podiumsdiskussionen mit zeitgenössischen Künstlern und Schriftstellern, auf die der Konzern öffentlichkeitswirksam und steueroptimiert seine Hand legen konnte. Aber Höfer? Hatte er sich je dafür hergegeben?

Westermann hatte kein einziges Buch von ihm zu Hause, und es gab rein persönlich so wenige Berührungspunkte wie mit einem nepalesischen Bergziegenzüchter im Himalaja. All das jedoch würde ihn nicht abhalten. Die Chausseestraße lag schließlich näher als der Himalaja. Und was weder Höfers Angehörige, noch der zur Bestattung wahrscheinlich ebenso geladene Restvorstand wussten: Westermann liebte Friedhöfe, diese stillen, steckerlosen Orte. Er mochte Beerdigungen. Sie waren sozusagen sein Hobby. Er war oft auf Beisetzungen anzutreffen, diskret und im Hintergrund. Und diese hier war definitiv eine der wenigen, zu denen er tatsächlich geladen war.

Das tönerne Bimmeln der Friedhofsglocke war verklungen. Und die Vorstandskollegen blieben aus. Westermann hatte in der zweitletzten Reihe der Friedhofskapelle Platz genommen und starrte auf die schätzungsweise zwölf Personen, die vorne in der zweiten und dritten Reihe saßen. Sicher, es war ein kleiner Kreis. Aber so klein? Verdammt traurig. Ein Meer von Kränzen lag vorne. Jemand hatte Mühe gehabt, dafür zu sorgen, dass sich die Bänder mit den wohl formulierten letzten Grüßen nicht überlappten. Wenn der Tod tatsächlich die Wahrheit über das Leben war, dann hatte dieser Mann viel Ehr, aber nicht viele Freunde, noch nicht einmal viele Verwandte gehabt. Und jetzt stellte sich wirklich die Frage, wer um Himmels willen ihn, Westermann, eingeladen hatte. War hier jemand ihm und seiner heimlichen Vorliebe für Trauerfeiern auf die Schliche gekommen? Vielleicht war er auch nur Teil einer letzten Versuchsanordnung Höfers, sozusagen Figur in einer skurrilen Art von Familienaufstellung und damit letztes großes Fragezeichen für die Hinterbliebenen. Westermann wünschte, keine Einladung in der Tasche zu haben und hier nur wie sonst als ungebetener Gast zu sitzen, als stiller Teilhaber und sonst nichts.

Das grelle Mittagslicht reichte kaum noch herein in die Kapelle, die von dichtem Baumwerk umgeben war. Die Klimaanlage gab knackende Geräusche von sich, und über allem lag Johann Sebastian Bachs 3. Suite für Orchester, wahrscheinlich aus einem Ghettoblaster, der dezent hinter dem Vorhang stand. Es war angenehm kühl, alles weiß getüncht, die Wände, die Bänke, und es roch nach Blumen. Ruhe.

Für gewöhnlich wäre das eine schöne, friedliche Umgebung, um sich zurückzulehnen, herunterzukühlen an heißen Tagen wie diesen, abzuschalten und wieder zu sich zu kommen. »Achtsamkeitsbasierte Stressreduktion« hatte ihm sein Arzt empfohlen und gesagt, er solle öfter innehalten, die Umgebung wahrnehmen, vielleicht einen Schritt zur Seite treten und leise sagen: »Das ist es.«

Ja, das war es. Leben und Tod. Einen Schritt zur Seite treten. Westermann machte keine halben Sachen. Wenn schon reduzierter Stress, dann richtig. Etwas Tiefe, etwas Traurigkeit konnten nicht schaden im Leben, und der Tod konnte jeden überall und jederzeit ereilen, er war letzte Nebenwirkung des Lebens. Ja, als ebenfalls Sterblicher hatte Westermann allen Grund, dort zu sitzen, wo er gerade saß. Das Leben schien lebenswerter nach solchen Momenten des Innehaltens, wenn sich im Anschluss die Türen öffneten, draußen die Sonne schien und man das Gefühl hatte,

17

dass vieles darauf wartete, getan zu werden. Doch dieses eine Mal wäre er am liebsten gegangen. Es war ihm zu privat.

Er blickte über die Köpfe der Trauergemeinde hinweg nach vorn und sah erst jetzt auf dem Sarg einen Gegenstand stehen, der wohl mehr war als nur Teil der Dekoration. Westermann stutzte, richtete sich auf und lehnte sich unauffällig etwas weiter nach vorn. »Schreibmaschine« etikettierte sein Gehirn. Man hätte es naheliegend finden können, dass sie dort stand, als Begleiterin auf dem letzten Weg eines betagten Schriftstellers, der sich standhaft gegen jegliche technische Neuerungen des Lebens gesperrt haben mochte. Dennoch war sie eine Überraschung.

Er konnte den Blick nicht von ihr lassen, kniff die Augen zusammen, fokussierte, um sie besser sehen zu können. Es gelang ihm nur mühsam, seine Gefühle unter Kontrolle zu bringen: diffuses Unbehagen. Verwunderung, mehr über sich selbst. Irritation. Und dann: Interesse. War dies tatsächlich Höfers alte Schreibmaschine? Hatte er darauf all seine Bücher geschrieben, auf ihr herumgehämmert wie im Wahn, ihr jeden einzelnen Buchstaben abgerungen? Westermann beugte sich weiter vor, suchte nach einer Lücke zwischen den Köpfen und kam sich dabei unseriös, neugierig, ja geradezu kindlich vor. Irgendwann hatte er den richtigen Blickwinkel gefunden.

Die Maschine schien unter ihrem metallisch schimmernden grauen Panzer noch Typenhebel für den Druck zu haben. Sie war nicht groß, recht handlich, hatte dunkelgrüne Tasten mit weißen Buchstaben darauf, und sie stand in einer Art Koffer, aufgeklappt und mit rotem Filz ausgeschlagen, als wäre sie selbst darin aufgebahrt. Sie hatte etwas, das Westermann zwar spüren, aber gedanklich nicht ganz greifen, geschweige denn in Worte kleiden konnte. Vorne rechts trug sie einen Schriftzug in altmodisch geschwungenen Buchstaben, bei dem es sich wohl um den Fabrikatnamen handelte.

Westermann reckte sich, so gut es ging. Er konnte ihn nicht entziffern. Warum hatte er sich bloß in die vorletzte Reihe gesetzt?

Die Musik verklang, und ein Mann mit schwarzem Hemd unter schwarzem Kordsakko trat aus der vordersten Reihe hinter das Rednerpult. Er klappte ein Buch auf, räusperte sich und begann, daraus zu lesen. Das war der Moment, in dem Westermann nicht mehr zu halten war. Als Kind hatte er sich einmal vorgenommen, täglich etwas zu tun, wovor er Angst hatte: fremde Leute ansprechen, eine Blume oder wahlweise einen Wurm essen, absichtlich in Hundescheiße treten, mit dem Fahrrad durch ein Brennnesselfeld fahren, bei Karstadt klauen oder auf morsche Äste klettern, auf die sich sonst keiner traute. Er hatte diese Aktionen eine ganze Weile durchgehalten und dann irgendwann aus unerfindlichen Gründen damit aufgehört. Zeit also, diese gute alte Tradition wieder aufleben zu lassen.

Nur ein paar Reihen weiter vorgehen. Westermann war eher der Typ des höflichen Abstands, der Pietät, nicht nur bei Trauerfeiern, sondern überhaupt im Leben. Sein Unbehagen war entschieden da. Stress. Doch das Verlangen war größer. Er stand also auf, ging mit entschlossenen und weit ausholenden Schritten nach vorn und setzte sich in die erste Reihe, direkt vor Höfers Maschine. Wenn schon, denn schon. Brennnesselfeld.

Er spürte ihre Blicke auf sich. Es war, als dränge man durch die Hintertür in ein fremdes Haus ein, um sich mit den Bewohnern an den Küchentisch zu setzen. Aus den Augenwinkeln nahm er wahr, dass der Mann am Pult kurz aufhörte zu lesen und ihn anstarrte. Westermann starrte zurück. Der Vorleser wich seinem Blick aus und senkte die Augen wieder auf das Buch. Es war nicht die Bibel, aus der er vorlas, sondern offenbar das letzte Buch Höfers. Seine Stimme klang, als habe er gerade mit warmem Cognac gegurgelt, er zelebrierte jedes Wort. Man hätte ihm jederzeit einen Gebrauchtwagen abgekauft, dachte Westermann. Auch die Schreibmaschine war wahrscheinlich Teil dieser Inszenierung – letzte eitle Demonstration schriftstellerischer Extravaganz.

Westermann hatte jetzt immerhin freien Blick auf die Maschine, und er entspannte sich langsam wieder. Es war eine Olympia, wohl ein gutes altes Stück aus Wirtschaftswunderzeiten, das liebevoll gepflegt war. Der verchromte Rückfuhrhebel musste millionenfach angeschoben worden sein und war dennoch blank poliert wie am ersten Tage, genauso wie das kleine, verchromte Band, das direkt unter dem Schriftzug um den oberen Teil der Maschine lief. Sie sah von der Form- und Farbgebung her seltsam elegant und zeitlos aus, massiv und graziös zugleich. Sehr solide. Unzerstörbar. An diesem Ort und in diesem Moment hatte sie etwas absolut Meditatives, fand Westermann.

Er bemerkte nicht das Vibrieren seines Smartphones in der Sakkotasche. Es brummte. Jemand tippte ihm von hinten auf die Schulter. Er drehte sich um und blickte durch den schwarzen Schleier eines kleinen Hütchens in ein empörtes, älteres Gesicht.

»Hören Sie überhaupt zu? Wer sind Sie überhaupt? Ich kann noch nicht einmal mehr seinen Sarg sehen, seitdem Sie vor mir sitzen!«

Westermann machte das jämmerlichste Gesicht, dessen er fähig war, zeigte auf sein rechtes Ohr und flüsterte: »Entschuldigung, was haben Sie gesagt? Ich habe Probleme mit dem Ohr. Tinnitus, verstehen Sie.« Noch ein paar unbeholfene Gesten, Schulterzucken und dann: »Es ist einfach, als habe jemand den Stecker gezogen.«

Die Dame rollte hinter dem schwarzen Tüll die Augen, winkte ab und lehnte sich unbefriedigt mit verschränkten Armen wieder zurück.

Olympia. Während seiner Studienzeit hatte er sich für Seminararbeiten und Referate eine elektrische Schreibmaschine der Firma Sister gekauft und mit zwei Zeigefingern darauf auch seine Diplomarbeit ins Leben getastet. Am Ende hatte diese mehr aus handschriftlichen Notizen und Korrekturen denn aus getipptem Text bestanden, und jemand anderes hatte alles noch einmal in die Hand genommen und ins Reine geschrieben. Er konnte sich auch erinnern, dass seine Mutter eine mechanische Schreibmaschine aus Restbeständen der deutschen Kriegsmarine besessen hatte, um darauf in einer seltsamen Mischung aus wilder Entschlossenheit und absoluter Disziplin Flugblätter für die nächste Demonstration anzufertigen oder pedantische Kofferanhängerbeschriftungen, wenn es mit der Bahn in den Urlaub ging. Plötzlich hatte Westermann die Klack-klack-Geräusche und die Flüche seiner Mutter bei der verzweifelten Entknotung verhaspelter Typenhebel wieder im Ohr, erinnerte sich an den Tag, an dem er als Riffard westerMANN ins Ferienlager reiste. Wie würde das, was er heute tat, wohl aussehen, wenn es Maschinen wie sie nie gegeben hätte?

In diesem Augenblick fällte Westermann eine Entscheidung: Er wollte die Olympia haben. Diese und keine andere. Er sah sie bereits auf seinem Schreibtisch im Büro stehen, und eine diebische Freude breitete sich in ihm aus: ein IT-Vorstand mit Schreibmaschine. Olympia. So sah Provokation aus. Und niemand, wirklich niemand würde dann noch behaupten, er habe keinen Humor. Es war den Spaß wert. Mitten auf dem Schreibtisch. Wie ein Fels in der Brandung. Eine Olympia, Höfers Olympia. Bei IBT. Er würde sie als »Prototyp« für das hinstellen, was er und sein Team seit Kurzem entwickelten. Dieser Scherz würde Niveau haben. Und Stil. In dieser Maschine lag mehr als nur Nostalgie. Es war Begehren pur.

Ja, Westermann saß vor dem Sarg und fühlte sich plötzlich angekommen. Wie seltsam, dachte er, ein Gegenstand, von dessen Existenz er vor wenigen Stunden noch gar nichts gewusst hatte, war für ihn bereits jetzt in den Status des ultimativen Besitzenwollens aufgerückt. Und wenn das Verlangen danach so stark war, konnte es vielleicht daran liegen, dass der Wunsch, diesen Gegenstand zu besitzen, insgeheim schon lange vorher da gewesen war?

Während er noch seine Gedanken ordnete, surrte eine Klappe im Boden auf, und der Sarg samt Maschine senkte sich nach unten.

Das Original

Westermann saß in der Friedhofskapelle vor den verbliebenen Kränzen und Blumenbouquets wie im Kinosaal nach einem Film, dessen Ende viel zu schnell gekommen war. Er harrte aus im roten Plüsch, konnte ganz einfach noch nicht aufstehen, weil er schlicht nicht glauben wollte, dass das dort vorne tatsächlich schon der Abspann gewesen war. Er befürchtete, irgendetwas am Film nicht verstanden oder verpasst zu haben, wollte bis zum Ende bleiben, in der Hoffnung auf eine nachgelieferte Szene, auf eine Auflösung, auf ein positives und befriedigendes Gefühl, das er mit nach Hause nehmen konnte. Vergeblich. Die Schreibmaschine war samt Sarg und Schriftsteller wie vom Erdboden verschluckt. Computergesteuert.

Die Kapelle hatte sich zwischenzeitlich fast völlig geleert. Sogar die Kerzen waren verloschen, nur das ewige Licht hinten rechts flackerte noch. Hatte er das jetzt geträumt?

»Würden Sie mir bitte sagen, wer Sie sind?«

Westermann fuhr herum und sah einen etwa vierzigjährigen Mann in schwarzem Anzug neben sich stehen. Er war klein, von gedrungener Statur, seine schwarze Krawatte war schlecht gebunden und saß schief. Alles an ihm wirkte irgendwie schief. Er beugte sich leicht in Westermanns Richtung und legte den Kopf schräg, als mache er sich Sorgen um ihn.

»Das wollen Sie doch nicht wirklich tun?« Westermann wusste, dass dies weder die Antwort auf die Frage war, noch in irgendeiner Weise weiterhalf. Aber er war noch im Film.

Der Mann schien nun völlig verwirrt, fing sich aber wieder und reichte Westermann die Hand. »Matthias Höfer. Ich bin der Sohn. Und, verzeihen Sie mir, ich hätte wirklich gern gewusst, wer Sie sind und was Sie hier tun.« Es lag bereits etwas Unmut in seiner Stimme.

Westermann musste an das Brennnesselfeld denken, stand auf und ergriff die Hand des Mannes. »Oh, natürlich. Entschuldigen Sie. Ich bin Richard Westermann. Und ich erhielt diese, nun ja, Einladung.« Er kramte in der Innentasche seines Jacketts und hielt dem Sohn die Karte wie einen Dienstausweis entgegen.

Der Sohn kam näher. Er hatte nur noch wenige Haare auf dem Kopf, es gab kleine Ansammlungen über den Ohren, wie Schneewehen, aber er machte diesen Mangel durch einen beeindruckenden Vollbart wett. Seine Augenlider hingen hinter einer kleinen, randlosen Brille schwer und dick nach unten. Er sah mit Sicherheit älter aus, als er tatsächlich war.

Er räusperte sich. »Ich habe die Einladungen über das Büro meines Vaters drucken und versenden lassen. Die Adressaten waren mir eigentlich allesamt bekannt, und deswegen dachte ich, ich frage Sie mal, wer Sie sind. Entschuldigung.« Sein Blick ruhte immer noch musternd auf Westermann.

»Nun, ich bin Vorstand bei IBT und kam her in der Annahme, man habe den Unternehmensvorstand zur Trauerfeier für Ihren Vater eingeladen. Ich war bis gestern auf Reisen und konnte mich intern nicht absprechen.« Westermann hatte sich langsam wieder im Griff. Es war immer so. In Grenzsituationen wie dieser kam ihm seine berufliche Position wie eine aufwendig gearbeitete und perfekt sitzende Rüstung vor, die ihn vor fast allen Unsicherheiten und Widrigkeiten des Lebens wappnete.

Der Sohn schüttelte den Kopf: »Mein Vater hatte nichts zu tun mit IBT. Ich verstehe das nicht. Was machen Sie denn da genau in Ihrer Firma?«

Westermann nahm eine Visitenkarte aus seinem Etui und reichte sie ihm. »GTR, Global Technology Research.« Er zuckte mit den Schultern: »Tja, ich bin ein Datenmann.«

»Oh. Na, da passen Sie ja zu dem Buchstabenmann da unten.« Während Höfer junior Westermanns Karte in seine Hosentasche gleiten ließ, ging sein Blick zu der Klappe, durch die sein Vater gerade verschwunden war. »Kannten Sie ihn?«

»Nein.«

»Hm.« Wieder ein Mustern. Er hatte kreisrunde braune Augen, und sein trauriger Blick hatte etwas Grundsätzliches, als sei er fester Bestandteil seiner Mimik und nicht nur dem Anlass geschuldet. »Danke für Ihre Ehrlichkeit«, sagte er. »Es gibt eine Menge Leute, die behaupten, dass sie ihn kannten, nur weil sie irgendwann einmal etwas von ihm gelesen haben. Ich wüsste trotzdem gerne, warum Sie hier sind.«

Westermann kam sich vor wie im Assessment Center. Fakt war, dass er nun einmal diese verdammte Einladung bekommen hatte. Ein Suchen nach Gründen führte nicht weiter in diesem Fall. Aber es war eben pietätvoll, dem Mann, der soeben seinen Vater verloren hatte, eine Erklärung für seine Anwesenheit zu liefern, so verrückt diese auch sein mochte. Er hatte ja selbst keine Antwort darauf.

»Nun«, sagte er, »wir haben bis in die achtziger Jahre hinein Schreibmaschinen und Zubehör hergestellt. Vielleicht hat man da einen alten Lieferkontakt nicht aus der Adressdatei aussortiert.«

Das Gesicht des Sohnes entspannte sich ein wenig. »Gut möglich. Ach, die alte Olympia. Mein analoges Erbe, wenn man so will. Wissen Sie, ich würde sie am liebsten mitverbrennen und im Anschluss zusammen mit den künstlichen Knie- und Hüftgelenken entsorgen lassen.«

»Ich verstehe nicht ganz. Sie können doch Ihren Vater, ich meine, seine Maschine nicht einfach so entsorgen. Er würde doch …«

»Sich im Grabe herumdrehen? Nun, das wird schwierig in der Urne, befürchte ich. Nein, die Maschine wird der Stiftung überlassen. Wir müssen sein Erbe der Nachwelt erhalten und öffentlich zugänglich machen, Sie wissen schon.« Beim letzten Teil des Satzes rollte er die Augen und sagte dann: »Ich hoffe, dass die das Teil gut wegschließen.«

Westermann nickte stumm. Dieser Mann hatte entweder einen sarkastischen Humor oder ein, gelinde gesagt, angespanntes Verhältnis zu seinem Vater gehabt. »Sie scheinen Ihren Vater nicht sonderlich gemocht zu haben?«

Der Sohn starrte ihn an. »Ich würde sagen, das geht jetzt ein bisschen zu weit.«

Westermann hatte das Gefühl, wieder einmal absichtlich in die Scheiße getreten zu sein. Wie hatte er Höfers Sohn auch eine solche Frage stellen können? Dieser wandte sich nun von Westermann ab und spähte durch die halb geöffnete Kapellentür. Draußen standen noch Leute, die sich zu laut unterhielten. Worte wie »Toskana«, »Physiotherapie« und »Wiener Tafelspitz« waren zu verstehen. Westermann blickte auf die Uhr: 14.45 Uhr. Das konnte noch so gerade unter »Lunch-Termin« fallen, die Rückfahrt zum Büro eingerechnet.

Ihm war stets, als führe er ein Doppelleben, wobei der Begriff »Doppelleben« es nun wirklich nicht traf. Aber dass er sich mittags zu denen gesellte, die ihren letzten Weg zu gehen hatten, dass er Rosenblätter auf Särge streute und »Näher, mein Gott, zu dir« mitsang, wäre eben schwer zu vermitteln gewesen im Business. Vielleicht wussten sie es auch längst. Vielleicht war seine Leasinglimousine mit einem versteckten Fahrtenbuch in der Navigation ausgestattet. Vielleicht würde ihm irgendein Online-Versandhändler schon bald die gebundene Ausgabe des Berliner Friedhofsführers oder das »Gotteslob« in der Kindle-Version anbieten. Sicher, sie hatten alle ihre exquisiten, kostbaren kleinen Heimlichkeiten. Und dennoch: Ein Treffen der anonymen

Alkoholiker, Tätowierungen auf dem Allerwertesten oder Stippvisiten im Stundenhotel würden sicherlich mit mehr Toleranz bedacht als ein Besuch auf dem Friedhof, Terrain aller final Entschleunigten und Lebensmüden.

Er hatte nur noch wenig Zeit, aber er konnte jetzt unmöglich einfach gehen und diese Maschine irgendeinem Glaskasten an irgendeinem verstaubten Stiftungsstandort überlassen, für den sich kein Mensch mehr interessieren würde. Keine halben Sachen.

Höfers Sohn hatte sich bereits zur Tür bewegt, Westermann folgte ihm. »Hören Sie, wäre es nicht trotzdem möglich, die Maschine Ihres Vaters gegen eine großzügige Spende an die Stiftung zu erwerben?« Er zögerte und fügte hinzu: »Sie würden sie nie wieder sehen, und das käme Ihnen vielleicht entgegen, wenn ich Sie da eben richtig verstanden habe.«

Der Sohn drehte sich um: »Und ob mir das entgegenkäme. Seine Schuhe und die alte Armbanduhr waren das Schlimmste. Das haben wir alles gleich entsorgt. Seinen Wagen habe ich gestern verschrotten lassen, mitsamt Kofferrauminhalt. Ich habe erst gar nicht reingeguckt. Aber ich war dabei, als er in die Walze ging.« Er hielt abrupt inne, wie erschrocken über seine eigenen Worte.

Westermann fragte sich mittlerweile, ob die fast rückstandslose Feuerbestattung auch wirklich der letzte Wille des Vaters war.

»Die Maschine kann ich Ihnen unmöglich geben. Sie sind doch nur deswegen gekommen. Seien Sie ehrlich!« Der Sohn schien seine Rolle wiedergefunden zu haben.

Der Vorwurf saß. Sicher, das alles musste genau so wirken: IBT auf der Suche nach einem originellen wie prominenten Ausstellungsstück für das Firmenfoyer, kaum dass Höfer verstorben war. Doch Westermann gab noch nicht auf. Er schüttelte ganz langsam und entschieden den Kopf. »Sie wissen, dass das nicht so ist.« Und dann versuch-

te er, alle Ehrlichkeit der Welt in seinen Blick zu legen, als
er nachschob: »Ich werde niemandem erzählen, dass es die
Maschine Ihres Vaters ist. Sie wird für Außenstehende eine
Schreibmaschine wie jede andere sein.« Er überlegte kurz
und fügte dann hinzu: »Und sie wird in keinen Schaukasten
kommen. Ich verspreche es Ihnen.«

»Warum wollen Sie sie dann haben?«

Es schien zu funktionieren, und Westermann antwortete:
»Ich habe mich in sie verguckt.«

»In mich?«

Das kam davon, wenn man zu viel Ehrlichkeit in den
Blick legte, dachte Westermann, und er korrigierte: »Nein,
Entschuldigung, in die Maschine.«

»Wie kann man sich in dieses Ding vergucken?« Höfers
Sohn fixierte die Klappe am Boden vorn im Aufbahrungs-
bereich, durch die sein Vater gerade verschwunden war,
hob dann den Blick und sah Westermann eindringlich an.
»Hören Sie, ein für alle Mal, es ist unmöglich. Ich kann das
schon rein rechtlich nicht machen. Genauso gut könnten Sie
ins indische Mumbai reisen und versuchen, Ghandis Web-
stuhl oder meinetwegen seine Schlappen käuflich zu erwerben.« Er drehte sich um und ging ins Freie, gesellte sich zu
einem anderen Trauergast auf der kleinen Brücke, die vor
der Kapelle über einen pittoresk angelegten, künstlichen
Wasserweg verlief. Es sah ein bisschen japanisch aus.

Man muss wissen, wann man aufhören muss, dachte Westermann. Er war schon unhöflich genug gewesen. Doch es
widerstrebte ihm, ohne Aussicht auf die Maschine zu gehen. Er hatte immer schon eine tiefe Leidenschaft für perfekte Lösungen gehabt. Und Höfers Schreibmaschine war
die perfekte Lösung. Es wäre sonst so, als stellte man sich
die billige Kopie einer Designerlampe ins Büro, die zwar
genauso aussah wie ihre berühmte Patin, aber ganz dezent
hinten am Lichtknopf einen anderen Namen trug. Das hatte
er alles schon erlebt. Inakzeptabel.

Originalität war eine ernste Sache. Westermann hatte deswegen bereits ganze Einkaufsabteilungen für Büroausstattung im Unternehmen gegen sich aufgebracht. Er stelle ja schließlich auch keine Kopien her, hatte er beharrt, seine Konzepte seien schließlich einmalig und trügen das Westermann-Label. Dafür werde er bezahlt, dafür habe man ihn doch geholt. Wieso also solle er, Westermann, sich dann eine Kopie ins Büro stellen? Das sei nicht nur eine Frage des Stils und der Haltung, nein, das könne direkte Auswirkungen auf die Originalität seiner Gedanken, seiner Konzepte, seiner Aufträge und somit auf die gesamte Unternehmenslage haben. Und man wisse, was das gerade im IT-Bereich bedeute! Er hatte die teure Originallampe bekommen.

Und nun Höfers Schreibmaschine. Sicher, es musste irgendwo noch ähnlich schöne, funktionstüchtige Modelle geben, alles eine Frage der Recherche. Aber es wäre nicht dasselbe. Er war sich nicht sicher, ob Höfers Sohn das verstand. Er mochte ihn nicht, aber er hätte sich gern eine Zigarette bei ihm geschnorrt und noch ein wenig mit ihm ins Sonnenlicht geblinzelt auf der Brücke, während sie die Asche ins Wasser schnipsten.

Westermann ging ohne ein Wort und wechselte auf dem Weg zum Auto schon einmal die Krawatte.

Think before you print

Westermann war Mitte fünfzig. Man sagte, er sehe jünger aus, fast jugendlich. Er habe aber eine »alte Seele«, entgegnete er dann meistens lächelnd. Mit dieser Äußerung konnte man Gespräche abrupt beenden oder nächtelang durchdiskutieren, über die Jugendlichkeit alter Seelen, je nachdem, wer einem da gerade gegenüberstand. Rein äußerlich war er eher der unauffällige Typ, wenn auch nicht unattraktiv – jemand, den man anschubsen musste, damit die braunen Augen und die schwarzen Haare ihre volle Wirkung entfalten konnten. So hatte seine Frau es einmal ausgedrückt. Nun, er musste sich wohl nicht verstecken. Rein äußerlich. Und große Schritte ließen sich ebenso trainieren wie ein fester Händedruck.

An der Treppe zum Haupteingang nahm Westermann mit Anlauf drei Stufen auf einmal, bevor sich die Türen zum luftigen Firmenfoyer vor ihm öffneten wie ein gläserner Vorhang. Er flog kurz nickend und kurz lächelnd vorbei an den drei Empfangsdamen hinter der großen weißen Wand mit der Vase und den Papageienblumen darin – ein bisschen wie Barack Obama, der beim schwungvollen Betreten der Air Force One dem Bordpersonal im Vorübergehen einen jovialen Klaps auf die Oberarme gibt. Man konnte es allerdings übertreiben mit den Worten und den Gesten, diesen übergriffigen Berührungen, fand Westermann. Würde Obama es einfach lassen, wäre die Welt keine andere. Allzu kumpeligen Körperkontakt hielt er für völlig fehl am Platze.

Er nahm stets lieber das Treppenhaus anstelle des Aufzugs. Fünf Stockwerke. Er machte sich an den Aufstieg, zwei Stufen auf einmal, und begann, das Smartphone in der Handfläche, zu streichen und zu lesen. Es waren einige Nachrichten eingegangen, obwohl seine Mobilnummer und seine persönliche Mailadresse nur den Big Shots und den Mitgliedern der derzeit wichtigsten Projektgruppen bekannt waren. Doch was hieß das schon? Selbst seine Firewall war nicht völlig immun gegen Werbung, Viren und Würmer.

»*Sensational Sushi in Town*« – das war die Betreffzeile einer Mail seines Londoner Kollegen, immerhin dieselbe Führungsebene. Und dann weiter: »*Discovered hot spot for next meeting. I would even eat their garbage. Let's keep in touch.*« Westermann trashte. Als Vorstand mit persönlichem Sekretariat konnte er sich eine gewisse Abkapselung von der Umwelt leisten – und eben auch von derartigen Mails, von Worten, die eigentlich nur Gedanken waren und deswegen lieber Gedanken geblieben wären. Er mochte sich lieber nicht vorstellen, was alles bei seiner Sekretärin landete. Sie war eine einzige gigantische Filteranlage, fuhr wie eine stumme Walhaiin mit geöffnetem Maul durch die Datenozeane. Man konnte nur hoffen, dass sie auch richtig filterte, die Perlen vom Müll zu unterscheiden wusste. Aber Sushi hätte auch bei ihr keine Chance gehabt.

Umgekehrt musste sie sich darauf verlassen können, dass er sich an das hielt, was jede moderne Technik versprach: ständige Erreichbarkeit, Checken der wichtigen Mails, Einleiten erster Maßnahmen. Wie jeder Arzt im Notdienst. Niemand konnte morgens sein Smartphone im Kühlschrank lassen.

Besonders bei seinen kleinen, speziellen Ausflügen, die er etwa zweimal pro Woche unternahm, überkam Westermann stets ein ungutes Gefühl. Er hatte sich bereits eine »Stalin« anschaffen lassen, eine Handy-Tasche, deren Name Programm sein sollte: das absolute Außerkraftsetzen aller

Sensoren für Ortung, Kamera und Mikrofon. Um andere auszuspähen, musste heutzutage schließlich niemand mehr in einem alten VW-Bus sitzen und Wanzen abhören – nein, das Opfer blickte arglos in die Kamera seines Smartphones, und die Kamera blickte zurück. Es war dennoch äußerst zweifelhaft, ob die Stalin tatsächlich hielt, was sie versprach. Wahrscheinlich war sie ein Witz. Innerstädtische Friedhöfe waren von einem WLAN-Netz gigantischen Ausmaßes umgeben, über- und unterirdisch, und je feiner das Schnittmuster war, desto genauer ließ sich sein Aufenthaltsort bestimmen. Menschen, mit denen er selten Kontakt hatte und die ihn zu ungünstigen Zeiten zu erreichen suchten, konnten ihn aufgrund seines Geo-Daten-Profils bereits unter der Erde vermuten. »*I will be out of life. Your message will probably not be transfered. In urgent matters, please just light a candle.*« Westermann sah den Text des Abwesenheitsassistenten bereits auf dem Bildschirm. Schöne Idee eigentlich. Er schickte sich selbst eine Mail zur Erinnerung.

Seine Sekretärin blickte noch nicht einmal auf, als er eintrat. »Die Videokonferenz zu Displaying Futures ist auf 16.30 Uhr verschoben, lese ich gerade!«

Sie war nett. Durchaus. Sie hatte lediglich ein anderes Gefühl für Timing und Lautstärke, wenn sie sprach. Wer auch immer für ihr Erbgut oder für ihre Erziehung zuständig gewesen war, hatte wohl den Lautsprecher-Cursor ihrer Stimme fast bis zum Anschlag nach oben geschoben. Und da stand er nun.

»Hm.« Westermann wischte auf seinem Display, immer noch in seine Mails vertieft.

»Nein, jetzt schickt er mir das Teil ohne Anlage!«, rief sie.

Das Teil? Irgendetwas musste passiert sein auf ihrem Bildschirm, auf dem stets viel passierte, und dieses Bedürfnis, Erlebtes unmittelbar mit dem Vorgesetzten zu teilen, war an und für sich keine schlechte Sache. Westermann fand es dennoch unpassend. Er blickte vom Display auf. »Geht das auch etwas leiser? Secrétaire, Frau Marelli. Se-cré-taire. Dieses Wort kommt aus dem Französischen und bezeichnete ursprünglich einen Geheimschreiber, wussten Sie das? Und wissen Sie, wie dünn unsere Wände und meine Gehörgänge sind?«

Ihre Augen gingen in seine Richtung, ohne dass sie die Maus losließ oder die Haltung ihres Kopfes änderte. »Und Sie haben jetzt noch einen Vorlauf von zwanzig Minuten, bis Hauser kommt.«

Westermann fragte sich, ob sie unter dem Tisch gerade ihren linken Zeigefinger und ihren linken Mittelfinger ausstreckte, den Daumen an die Handfläche legte und leise »Puff« sagte oder ob sie – was er schlimmer fand – diesen Reflex gar nicht verspürte. »Dann eben nicht«, sagte er.

»Was?«

»Anrufe?« Westermann feuerte Stalin und Autoschlüssel auf das Sideboard.

»Keine nennenswerten.«

»Post?«

»Alles in Ihrem E-Ordner.«

»Okay.«

»Auf welchen Tag soll ich das nächste Viren-Meeting legen?«

»Keine Ahnung.«

»Okay. Haben Sie einen Gefrierschrank bestellt?«

»Was?«

»Okay, ich lass das checken. Ist wahrscheinlich nur Werbung.«

»Ich bitte darum.« Westermann war schon in sein Büro gegangen und hatte den Taschenspiegel aus der Schreibtischschublade genommen. Sie hätte zumindest ein Fünkchen Verwunderung in ihre Stimme legen können beim Gefrierschrank. Diese Sachorientierung, die am Arbeitsplatz durchaus wünschenswert war, nahm bei ihr mitunter bedrohliche Züge an. Nichts und niemand konnte sie nachhaltig aus der Fassung bringen, was für ihr Alter – sie mochte Ende zwanzig sein – erstaunlich war. Er hätte gern gewusst, ob sie überhaupt eine rote Warnleuchte besaß und wann diese blinken würde. Sie steuerte ihn, aber wer steuerte sie? Sie kümmerte sich immerhin um die Auswahl seiner Termine und trug diese in seinen elektronischen Terminkalender ein, auf dass sie Gestalt annahmen. Sie war schnell und ergebnisorientiert, perfekt eigentlich, der Typ »Logistik vor Inhalt«. Kaum Überstunden. Ihre Kernfragen waren »wer, wann und wo« und nicht »warum«. Und darin lag das eigentlich Unheimliche.

»Wann und wo wollen Sie sich mit Kramer treffen?«, fragte sie.

»Warum?«, fragte er.

»Sie wollten sich mit ihm treffen«, antwortete sie.

»Ach herrje, wegen der Auswahl der Forward Thinker diesen Monat.« Er hätte es fast vergessen. Westermann fuhr sich mit den Fingern durch die Haare. Sie waren heute wie elektrisch aufgeladen, fand er. Er checkte im Spiegel den Scheitel. »Frau Marelli, können Sie eigentlich Schreibmaschine schreiben?«

Er sah sie nicht, stellte sich aber vor, wie ihre rechte Hand bewegungslos auf der Maus verharrte und sie nachdachte. Man konnte mit ihr ganz vorzüglich Dinge ausprobieren: Handlungsoptionen, Kommunikationsstrategien. Ganze IT-Projekte hatten so ihren Anfang genommen, ohne dass sie es je gemerkt hätte.

»Was soll die Frage?«, rief sie herüber.

Das war immerhin fast ein Warum, dachte Westermann. »Na, das ist doch eine ganz einfache Frage«, sagte er.

»Ich donnere hier mit vierhundert Anschlägen durch das System, und Sie fragen mich, ob ich Schreibmaschine schreiben kann?«

Westermann nahm das Etui mit dem Zahnpflegeset aus der Schublade und trat wieder in ihr Büro. »Ich meine so

34

eine Maschine mit Wagen, der beim Tippen so lange nach links fährt, bis es klingelt und Sie dann den Rückführhebel nach rechts betätigen müssen, um das Teil wieder herüberzuschieben. Da knallt per Tastendruck der Typenhebel mit der Type auf die Walze, und Sie schreiben direkt mittels Druckerschwärze auf Papier!« Er legte den Kopf schräg und versuchte, Blickkontakt mit ihr aufzunehmen. »Klack, klackklack, klack. Verstehen Sie?«

»Nein«, sagte sie.

»Diesen alten Film mit Jerry Lewis kennen Sie nicht, oder?« Er bewegte nun alle zehn Finger in der Luft, sagte irgendwann »Ping« und imitierte anschließend mit der linken Hand den Wagenanschub.

»Soll ich Ihnen eine Tablette auflösen?«

»Danke, nein.« Es war noch zu früh für einen Vorstoß, befand Westermann. »Lassen wir das. Kleiner Scherz.«

Er betrachtete sie aus den Augenwinkeln: Es bedurfte schon einer gewissen Disziplin, so aufrecht vor dem PC zu sitzen, während sich das Bewusstsein längst völlig vom Körper entkoppelt und ins Mailsystem versenkt hatte, dachte er. Sie bediente oft nur die Maus und blieb ansonsten bewegungslos. Irgendwann würde ihr Rücken die aufrechte Haltung aufgeben und sich dem System anpassen, alles eine Frage der Zeit. Er wandte sich wieder ab, um sich kurz frisch zu machen.

»Wir müssen das mit Ihrem Social Account noch klären. Die machen Druck da unten in der Abteilung.« Sie war wieder im System.

»Später«, sagte Westermann.

»Und Sie haben eine Mail von Ihrer Mutter bekommen.«

»Von meiner was?«

»Na, von Ihrer Mutter.« Sie klickte weiter, mit den Augen noch näher am Bildschirm und eben jetzt doch wie eine Schildkröte, die ihren Kopf aus dem Panzer schiebt, fand Westermann. Ihre Pagenfriseur betonte ihren langen Hals, und ihr dunkler Pony endete direkt über einer dieser modischen schwarzen Hornbrillen. Sie las: »Guten Tag, mein Lieber.«

»Was?«

»Na, so heißt der Betreff.«

»Meine Mutter weiß nicht wirklich was von der Erfindung des PCs. Allenfalls kann sie nach einem Verlängerungskabel für ihr Seniorenhandy fragen. Sie hat ansonsten gar kein Device.«

»Sie hat aber eine Mail geschickt. Gucken Sie mal in Ihren Ordner.«

»Das kann nicht sein.« Er winkte ab. »Können Sie gleich zusammen mit dem Gefrierschrank checken.«

»Da ist auch eine De-Connect-Mail mit zwei Anlagen aus der Projektgruppe«, sagte sie.

Diese Mail war tatsächlich nicht unwichtig. Westermann überlegte, zögerte, und seine Augen verengten sich, als er den Gedanken langsam an sich heranließ. Wenn er schon nicht die Maschine haben konnte, dann wollte er sich wenigstens diesen Spaß erlauben. Zeit für einen echten Versuch.

Er hatte sie nie zuvor darum gebeten, es war ein einziger Anschlag auf die Prozesse und an Peinlichkeit kaum zu überbieten. Andererseits hätte er wetten können, dass sich fast jeder auf der Vorstandsetage diese Extravaganz leistete. Und wenn jemand es für ihn tun würde, dann seine Sekretärin. Dass sie nie »Warum?« fragte, gab Hoffnung und legte mitunter eine beeindruckende Flexibilität, vielleicht auch eine unendlich liebenswerte, großzügige Wesensart in ihr frei. Einmal hatte er zum Geburtstag seines Patenkinds ein Aquarium mit vielen bunten Fischen darin gekauft, sich aber im Monat geirrt. Sie hatte sich ohne Rückfragen vier Wochen lang um die Tiere und das Wasser gekümmert. Vielleicht mochte sie aber auch einfach nur gern Fische.

Es gab einen verlockenden Spielraum zwischen dem, was

üblich, und dem, was möglich war, und genau dies war die legitime Spielwiese jeder guten Führungskraft. Also rein in die Hundescheiße. Westermanns Finger kribbelten, und die Kuppen versenkten sich ins weiche Leder des Zahnpflege-sets, als er anhob, um seine Bitte so nonchalant wie möglich in den Raum zu flöten. Es ging um einskommasechs MB, und es war ein einziger Appell an ihre uneingeschränkte und völlig vorbehaltlose Anpassungsfähigkeit, als er sagte: »Können Sie mir die De-Connect-Mail ausdrucken?«

Plötzlich schien die Zeit stillzustehen. Eine Frage. Es war nur eine Frage gewesen.

Sie zog die Finger von den Tasten, fuhr auf ihrem Büro-sessel herum, blickte ihn entgeistert an, als habe er sie gera-de darum gebeten, nicht Luft, sondern Feststoff zu atmen. Sie öffnete zuerst den Mund, als müsse sie das Wort erst modulieren, bevor sie es schließlich ausstieß: »AUSDRU-CKEN?« Und dann: »WARUM?«

Ihre Warnblinkleuchte schien ihre Tätigkeit langsam auf-zunehmen und kleine, noch recht zögerliche Blinklichter abzusetzen. Es waren noch keine Signale, mehr ein opti-sches Zucken wie bei einem Wackelkontakt. Aber immer-hin. Der kritische Blick stand ihr gut, fand Westermann. »Think before you print« bekam so eine schöne, tiefere Be-deutungsfacette. Er freute sich aufs Zähneputzen – und auf seine erste ausgedruckte Mail.

Webers Bewegung

Westermann hasste Videokonferenzen. Männer, die auf Bildschirme und Kameralinsen starrten und um den nächsten Zoom wetteiferten. Sie nannten es »Hangout«, was wohl harmlos und nach sozialer Interaktion klingen sollte. Per Breitbandleitung konnten größere Entfernungen, ja ganze Ozeane zwischen den Teilnehmern überwunden werden – kostengünstig und ohne dass sie dafür einen Schritt vor die Tür tun mussten. Und doch kamen sie sich vor der Linse oft näher, als ihnen lieb war. Jeder verdammte Pickel, jeder Krümel im Nasenloch und jedes Haar auf dem Sakkorevers wurde gnadenlos hochgepixelt, abgespeichert und ging um die Welt.

Westermann stand am Waschbecken des Herren-WC, schlug sich das Wasser ins Gesicht und anschließend über die Haare. Seit die ersten grauen Härchen durchkamen, kringelte es sich auf seinem Kopf, die Kontur war einfach nicht mehr so exakt und klar. Keine Tönung hätte das geändert, es war sozusagen strukturell bedingt. Trotzdem störte es ihn. Er griff zur Flasche. »Penhaligon's Blenheim Bouquet« – der Flakon hätte von der Formgebung her auch Franzbranntwein enthalten können, wenn man einmal von der grauen Textilschleife am Hals absah, und er passte gerade noch in das schwarze Ledernecessaire, das er beim Gang Richtung Nasszelle unauffällig mitbefördern konnte.

Die Suche nach dem passenden Duft hatte Westermann Wochen gekostet. Denn eingestäubte Papierstreifen, die einem in grellen, großen Räumen von uniformierten, stark geschminkten Frauen unter die Nase geschoben wurden, während sie mit der anderen Hand schon unbarmherzig lächelnd den nächsten Flakon schwenkten, waren seine Sache nicht. In einem kleinen Londoner Geschäft war er schließlich fündig geworden. Gleich beim ersten Mal war ihm der Duft auffällig klar, sauber und rein erschienen. Ein zartes Aroma von Limone und Limette, zu dem sich allmählich noch eine Ahnung von Pinie und Kiefer gesellte, angenehm weich und unspektakulär. Für Westermann war es der perfekte Duft: in einen Flakon gefüllte Distinguiertheit, etwas reserviert, dabei aber sportlich, charaktervoll und absolut geradlinig. »Very smoothly straight forward. Winston Churchill and Andy Warhol liked it«, hatte die Verkäuferin mit den orangefarbenen Haaren und dem grauen Tweedkostüm gesagt und Westermann dabei straight in die Augen geguckt. Andy Warhol. Westermann hatte gekauft.

Er klopfte sich »Blenheim« mit den Fingern an den Hals. Man blickte anders in die Welt, wenn man wusste, dass man auch gut roch.

Marelli hatte den großen »Hudson 2« gebucht, einen Raum mit einer auf zwölf Personen ausgerichteten Videokonferenztechnik. Die Projektgruppe »Displaying Futures« umfasste zwar am Standort Berlin gerade einmal sechs Leute, von denen nur zwei, die Projektleiter Gerber und Weber, am Meeting teilnehmen würden. Doch wenn Westermann dabei war, um sich einen Überblick über den Stand der Dinge zu verschaffen, wurde aus der Projektgruppe eine Vorstandspräsentationsgruppe und der Vorstand selbst zum Projekt. Auch die Räume waren dann größer, exklusiver, repräsentativer. In schalldichter Umgebung konnte er nach Belieben Schuhe nach ihnen werfen oder aber nur kommentarlos nicken.

»Hudson 2« war noch leer. Für gewöhnlich saßen sie dort in einem großen Halbkreis wie die Ritter einer futuristischen Tafelrunde, mit mystisch schimmernden Leuchttafeln vor sich auf dem Tisch und mit Blick auf drei Großbildschirme an der Wand. Die angemeldeten Kollegen aus London, Darmstadt und Frankfurt waren noch nicht zugeschaltet, aber hinter Westermann betrat Linda Gerber den Raum.

»Oh. Bin ich zu spät? Guten Tag, Herr Westermann.«

Westermann drehte sich zu ihr um, lächelte und begrüßte sie. »Nein, Frau Gerber, ich befürchte, ich bin meiner Zeit nur ein bisschen voraus.« Sie hatte große, weiche Handflächen, die so gar nicht zu ihrem ansonsten drahtigen kleinen Körper passten, fand Westermann.

Es begann zu surren. Jemand hatte wohl die Kameras in den automatischen Justiermodus versetzt, der auf jede Bewegung im Raum ansprach. Nun äugten zwei große Linsen zu ihnen herüber, schwenkten, kippten, zoomten, stellten sich auf jedes Geräusch und jede Veränderung ein, unstillbar neugierig und indiskret, als wollten sie ein Gefühl für die Teilnehmer bekommen.

»Wollen Sie ein Notebook für die Desktop-Simulation?« Gerber hielt Westermann das Gerät entgegen wie ein Canapé-Tablett. Sofort kam Leben in die Kameras.

»Nein danke. Ich lass Sie das mal machen und halte mich vorerst zurück.«

»Wie Sie wollen.« Sie lächelte, nahm neben ihm Platz und begann, ihr Gerät an die Anlage anzuschließen.

Auf den Displays erschien der Bildschirmschoner des Unternehmens: der IBT-Slogan in blauer Schrift auf weißem Grund. »I think, there is a world market for maybe five computers. – Michael J. Hudson«. Eine Einladung zu ausgiebiger Meditation. Hudson war Firmengründer gewesen und hatte angeblich im Jahre 1943 diesen denkwürdigen Satz von sich gegeben. Er war entweder ein starrsinniger Lochkarten- und Tabelliermaschinenmann gewesen, dem eine einzige Multiplikation pro Sekunde reichte – oder eben doch ein begnadeter Visionär, der geahnt haben mochte, dass man irgendwann das System als Armbanduhr mit sich herumtragen würde, statt es sich als Computer-Kiste auf den Tisch zu stellen. Westermann meditierte.

Linda Gerber dagegen schien nicht frei von einer nervösen Anspannung, und sie holte gerade Luft für ihren nächsten Satz, als Weber eintraf.

Es gab Menschen, die immer noch glaubten, man müsse Räume mit sonnendurchfluteter Heiterkeit erobern, statt sie einfach selbstbewusst zu betreten. Weber gehörte zu ihnen. Er war der Liebling aller Videokonferenzkameras, mit ihm konnte man die Maximalkapazitäten im Zoom- und Ausschwenkbereich testen. Westermann konnte ihn hören und spüren, noch bevor er ihn sah, und dann kam auch schon eine Hand von seitlich hinten.

Weber war Projektgruppen- und Bereichsleiter wie Gerber, machte seine Aufwartung und wandte sich dann seiner Kollegin zu: »Na, wie war London, Linda? Haben Sie wieder einen Beutel Erde mitgenommen? Hyde Park mit Schaufelchen oder Duty Free am Flughafen?« Er stupste sie am Oberarm und nahm auf der anderen Seite neben Westermann Platz.

Westermann starrte auf Hudsons Vision und bemühte sich um würdevolle Distanz. Linda Gerber hatte einen verhängnisvollen Fehler begangen, als sie einmal am Rande einer Firmenveranstaltung, nonchalant und um Smalltalk bemüht, erwähnt hatte, dass sie manchmal von Orten, an denen sie sich wohl gefühlt hatte, etwas Sand oder Erde mitbringe – ein bisschen aus Sentimentalität, ein bisschen für die Bodenhaftung, für die Erdung eben. Seitdem war sie »die Beutelfrau« des Unternehmens, mutmaßlich in Therapie befindlich, und man hatte stets eine braune Plastiktüte vor Augen, wenn man sie sah. Wenn die wüssten, wie viel Erde er bereits fremden Menschen hinterhergeworfen hatte auf den Friedhöfen, dachte Westermann. Er schätzte Linda Gerber, sie hatte etwas angenehm Unperfektes an sich, doch er zog dennoch die Möglichkeit in Betracht, dass es der Bodenhaftung zuträglicher sein könnte, Erde von Orten mitzunehmen, an denen man sich eben nicht wohl gefühlt hatte.

Linda Gerber schwieg, während Weber noch eins drauflegte: »Na, besser einen Sack Erde im Handgepäck als ein Häufchen Elend, was?«

Die Kollegen aus London waren die ersten auf dem Bildschirm. London schien keinen Videokonferenzraum zu haben, deshalb kauerten drei Kollegen offensichtlich vor einer Notebook-Webcam und legten in klebriger Vertrautheit die Köpfe aneinander wie in einem dieser altmodischen Passfoto-Automaten. Nur dass es hier, anders als beim Passfoto-Automaten, eine ganze Stunde dauern würde.

Darmstadt – ein schlecht ausgeleuchtetes Homeoffice erschien – hatte immerhin die Notebook-Linse für sich allein. Doch statt des Kollegen Holger Seewald kam rechts außen ein Fenstervorhang mit Seesternmotiven ins Bild.

»Wo ist Thomas Fischer? Herr Fischer, hören Sie uns? Wir sehen Sie nicht.« Linda Gerber schien die Koordination innezuhaben und war jetzt auf dem dritten Hauptbildschirm in Großformat zu sehen.

Herr Fischer blieb stumm und unsichtbar.

Weber blickte zu Westermann, und Westermann nickte. Er delegierte erste Worte gern.

Weber schnappte sich schon einmal die Fernbedienung für die Kamera. »Kommunikation intuitiver sichtbar machen« – das war der Ausgangspunkt für die international besetzte Projektgruppe von IBT gewesen. Unter Einbeziehung des führenden Herstellers von Flüssigkristallen für Bildschirmoberflächen sollte »Smart Scroll« serienmäßig am Markt etabliert werden, also die Steuerung digitaler Prozesse durch Gesten, etwa Wischbewegungen mit der Hand, ohne dass der Bildschirm dabei berührt wurde, oder eben allein durch Augenbewegung –

»Wir stehen erst am Anfang der Bewegungserkennung,

aber wir waren uns von Anfang an darüber im Klaren«, hörte man Weber jetzt sagen, »dass heute nicht mehr die Leistungsfähigkeit der Systeme das Problem ist, sondern vielmehr die Schnittstelle zwischen Mensch und Maschine, gerade im privaten Bereich, wo die höchsten Umsatzmargen liegen.«

Stille. Niemand, weder in Berlin noch London oder Darmstadt schien sich bewegen zu wollen.

Weber blieb im Großbild, bis ein lautes Niesen ertönte – offenbar aus London, denn die Kameras zuckten.

Gerber übernahm. »Bill? Bitte!«

Bill rückte näher an die Kamera. Er sah aus, als widerstrebte es ihm, etwas zu sagen. Irgendwo hinter dieser kleinen Linse an seinem Notebook saßen nun mehr als ein halbes Dutzend Kollegen und ein Vorstand, sahen ihn herangezoomt in einem stickigen kleinen, teuren Büro in London und warteten auf seinen Input, während er nur die Linse und sich sah. Seine Augen verengten sich, er versuchte zu fokussieren und sich zu konzentrieren. Ihm schien warm zu sein. Vielleicht war es auch Stress, der als Nervenimpuls die Schweißdrüsen innerhalb von Sekunden erreichen konnte. Bei näherer Betrachtung klebten die Haare bereits ein wenig an der Haut auf seiner Stirn, und es glitzerte feucht im unteren Bereich der Nasenflügel, als er sagte: »Well, wir müssen die application so angehen, dass das Display Teil von uns wird. Das heißt, dass wir künftig einen Raum betreten, und der Raum wird der Computer sein, you see?«

Bill blinzelte in den Raum und sah dann seine Kollegin Kelly an, so dass sich ihre Nasenspitzen fast berührten. Kelly trug eine nichtentspiegelte Brille, und man konnte ihre Augen hinter dem Glas nicht sehen.

Sie fuhr trotzdem fort: »Wir nennen es auch ›E-motion‹. Das Besondere ist nicht nur der Screen, es sind die neuen Algorithmen, denn es gibt eine ganze Reihe mathematischer Durchbrüche, die wir für ›Smart Scroll‹ achieved haben.

Diese Anwendung wird ausgearbeiteter und intuitiver sein als die bekannten Apps, sie wird zum lernenden, zum kognitiven System, you see? Und es wird um Steuerungen quer durch vernetzte Räume gehen.« Kelly blickte nach oben, schien dann außerhalb des Bildschirms eine ausschweifende Handbewegung in der Luft zu machen und sagte: »Total space.«

Plötzlich war ein Tippen zu hören, und das Homeoffice von Holger Seewald erschien im Großbild. Er schien Tee aus einem roten Becher zu trinken. Und er tippte. Man konnte an seinen aufeinandergepressten Lippen sehen, wie sehr er sich konzentrierte. Er war sich seiner Telepräsenz wohl nicht bewusst. So mussten Spy-Apps funktionieren.

»Holger, kannst du bitte deinen externen Lautsprecher ausstellen? Du bist mit deiner Tipperei auf Großbild.« Linda Gerber bemühte sich um Fassung.

Seewald fuhr hoch, sagte: »Oh!«, während er den Becher absetzte und sein Kopf kurzzeitig aus dem Bild verschwand. Die Lautsprecher mussten unter seinem Tisch angebracht sein.

»Sollen wir ihn stummschalten?«, fragte Weber.

Westermann war äußerlich wie innerlich völlig erstarrt, als hätte ihn jemand in Ketten gelegt, und sein Rücken schmerzte vor lauter Bewegungslosigkeit. Vielleicht war die Wirklichkeit bereits zu einem riesigen, virtuellen Raum verkommen, und man konnte »Hudson 2« samt Sitzungsteilnehmern mit einer einzigen Bewegung um die eigene Achse drehen? Vielleicht hatte das längst jemand getan, und sie wussten es bloß nicht? Fest stand, dass all dies, dieser einzige Anschlag auf Sinne und Intimität, als verdammte Datei, womöglich im Internet als »Hangout on Air« oder als komprimierter Mailanhang fortexistieren würde. Man würde ihn, Westermann, mit seinem verspannten Rücken feinpixeln und hochladen können.

Es vibrierte. Westermann blickte aufs Display seines

Smartphones: »*So günstig fahren nur Sie, Herr Wester-mann!*« Er trashte. Seine Walhaiin würde den Filter noch-mals überarbeiten lassen müssen.

»Können wir jetzt bitte zum Screensharing kommen?« Linda Gerber moderierte recht gefasst weiter, und nach ein paar Steuerungsbefehlen auf ihrem Notebook erschien nun auf allen Bildschirmen die Website von IBT. »Wir werden nun empirisch vorgehen und testen, wie schnell das Gerät anhand von Augenbewegungen erkennt, was wir als Nächs-tes auf der Website sehen möchten. Dank der neuen Flüssig-kristalle im Screen sollte das jetzt noch sensibler und inter-aktiver möglich sein.«

»Hallo, hören Sie mich? Thomas Fischer hier. Ich bin am Flughafen und habe jetzt eine ruhige Ecke gefunden! Ent-schuldigen Sie die Verspätung. Sehen Sie mich?«

Westermann starrte auf die Website und las »Lösungen für einen smarten Planeten«.

»Ich begrüße Sie, Herr Fischer. Wie passend. Sie sind ja unser Flüssigkristallmann. Aber leider sind wir momentan bereits in der Simulation. Wo sind Sie?«

Noch bevor Fischer etwas sagen konnte, erschien in einer Textzeile des Bildschirms als »Smart Suggestion« des Video-systems »Airport FRA, T2, Gate 16«.

»Kann ich Sie später um Ihren Input bitten?« Linda Gerber sprach in die Luft, und man hörte über einen der Lautsprecher: »Last call for passengers Wang Lui und Shi.«

Der Flüssigkristallmann wurde bis auf Weiteres aus-geblendet.

Gerber begann mit der Demonstration. »Ich habe jetzt über USB einen Modus dazugeschaltet, der meinen Bild-schirm mit zusätzlichen Sensoren und virtuellen Kamera-linsen hinterlegt. Wie Sie sehen, erscheint unsere Website in einer noch größeren dreidimensionalen Tiefe.«

Westermanns Smartphone auf dem Tisch vor ihm vibrier-te ganz leise. Noch schien es niemand zu bemerken, auch die

Kameras nicht. Warum hatte er das blöde Teil bloß auf den Tisch gelegt? Er versuchte, unter größtmöglicher Nicht-bewegung an das Gerät zu kommen, und neigte sich wie in Zeitlupe darauf zu. Die Chancen standen gut, dass während des Screensharings die Kameras deaktiviert waren. Er wagte dennoch keinen Blick. Mein Gott, nichts war mühsamer, als Mühelosigkeit zu suggerieren. Dabei war er der Vorstand. Was machte er eigentlich hier? War er bereits ferngesteuert, smart gescrollt? Es gelang, das Smartphone unauffällig zu sich heranzuziehen.

»*Da staunste, was?*« Absender: Yolanda@labberlin.de.

Westermann öffnete die Mail. Kein Inhalt, nur der Be-treff. Das konnte nicht sein. Seine Mutter war der analogste Mensch der Welt. Alle Mütter waren das. Wie viele Yolan-das gab es? Spam. Er kennzeichnete »Werbung« und trashte.

Dann kam eine weitere Mail mit dem Betreff »*Pressemit-teilung*«. »*Vorab und vertraulich. Weil du es bist…*«, laute-te der kurze Text, den Helen Smith ihm geschickt hatte. Sie war sein guter Geist in der Presseabteilung. Man schätzte sich – und man versorgte sich ab und zu gegenseitig mit In-formationen. Es war ein Deal, nichts weiter. Alle machten es so. Der Rest war Anhang. Westermann rang um Fassung, als er das PDF las: Marc Dockhorn, den sie alle »den Lehrling« nannten, weil er sechs Monate im US-Mutterhaus verbracht hatte, um sich mit den neuesten Entwicklungen der Netz-welt vertraut zu machen, würde zurückkehren. Zurück aus der Zukunft sozusagen, wo der Himmel immer blau war. Und er würde Vorstand eines neuen Unternehmensressorts werden: »Data«. Es klang so kurz wie machtvoll.

Westermann strich das Display dunkel und starrte weiter-hin auf das Gerät in seiner Handfläche. Ihm war, als würde ihm der Boden unter den Füßen weggezogen. Das konnte das Aus für das gesamte »De-Connect-Vorhaben« bedeu-ten. Wie konnten sie das tun? War dies eine einsame Ent-scheidung des Aufsichtsrats am gesamten Vorstand vorbei?

Oder nur an ihm vorbei? Der Lehrling würde zum Propheten werden – noch jung genug für Neues und alt genug für kostspielige, neue Investitionen.

Irgendwann hörte er wieder Gerbers Stimme, die von weit weg zu kommen schien wie die einer Notärztin, die gerade versuchte, ihn ins Leben zurückzuholen. »Sind Sie bereit? Ich würde vorschlagen, dass mein Kollege Herr Weber sich für die Simulation zur Verfügung stellt, damit Sie alle sehen, wie der Bildschirm mittels Augenbewegung gesteuert werden kann.« Linda Gerber hob ihr Notebook jetzt an Westermann vorbei zu Weber hinüber, der auf Augenbewegung gerade nicht gefasst zu sein schien.

»Werte Kollegin, das hatten wir so nicht geplant. Aber gut.« Weber nahm das Notebook und starrte aufs Display.

»Kann ich?«, fragte Gerber.

»Was?«

»Na, Ihre Augen online schalten.«

Für diesen Satz wäre man vor zehn Jahren noch zum Therapeuten geschickt worden. Westermann blickte vom Smartphone auf. Er durfte sich nichts anmerken lassen.

»Hm.« Weber schickte sich an, sich zu konzentrieren. Das Bild der Website auf dem Großbildschirm begann zu wackeln.

»Herr Weber, am besten testen wir das gleich einmal ganz mutig mit der unteren Menüleiste, da, wo die kleinen Buchstaben stehen. ›Über uns‹. ›Links‹. ›Impressum‹ und so. Gucken Sie da irgendwo gezielt hin.«

Weber schien sich für »Über uns« zu interessieren. Der Untermenü-Punkt »Engagement und Verantwortung« öffnete sich. Weber hing mit großen Augen vor dem Notebook und verharrte ansonsten reglos, die Hände flach vor sich auf dem Tisch.

Es war beachtlich. Er musste sich ein wenig wie querschnittsgelähmt vorkommen, ein Hauch von Krankheit lag in der Luft, fand Westermann. Doch dann begann das Bild wieder zu wackeln und sprang hin und her. Weber schien »Jobs & Karriere« ins Visier genommen zu haben. Das war an und für sich nicht verwerflich, doch das Hin- und Herwackeln des Bildes schon. Er schien sich nicht entscheiden zu können.

»Herr Weber, Sie müssen dem System schon klare und eindeutige Augenbewegungen geben«, schaltete sich Linda Gerber ein.

»Das versuche ich ja.«

»Ja, wollen Sie ›Jobs & Karriere‹ denn nicht?«

»Ich? Nein, ich gucke auf ›Niederlassungen‹.« Weber hatte kein Gesicht mehr. Nur noch Augen.

»It's incredible. It's mental. It thinks!« Kellys Stimme war über einen der Lautsprecher zu hören.

Es war der reinste Cyberthriller. Webers Augen mutierten zu Suchmaschinen, und je mehr er sich vorzunehmen schien, nicht auf »Jobs & Karriere« zu blicken, desto häufiger verirrten sich seine Pupillen genau dorthin. Und das Smart Scroll scrollte very smart, schien mehr hirn- als augengesteuert zu sein – und Webers Reflexe, wo auch immer sie stattfanden, manifestierten sich auf dem Bildschirm und flossen somit in die Aufzeichnung. Die Maschine gewann eine intime Macht, wollte zweifelsohne interagieren, wollte den Menschen dort abholen, wo er abgeholt werden wollte. Aber der Mensch wollte nicht. Und dies war erst die harmlose Freakshow-Version, dachte Westermann.

»Er ist in der REM-Phase«, sagte Gerber.

»In der was, bitte?«, fragte Westermann leise.

»Rapid Eye Movement, Sie sehen es doch«, sagte sie. Dann wandte sie sich wieder Weber zu: »Gehen Sie jetzt einfach einmal nach ganz oben links auf ›Support and Downloads‹«, und erlöste ihn von »Jobs & Karriere«. Man sah, wie seine Augen die Richtung änderten, und mit minimaler zeitlicher Verzögerung wechselte auch das Bild.

Dies ging so weiter, die Wechsel immer schneller. Weber

surfte sich durch die Website, bis ihm schwarz vor Augen wurde.

Beifall.

Linda Gerber zog ihr Notebook wieder an ihren Platz und dann den Stecker. Ein Lächeln umspielte ihre Lippen. Sie blickte unauffällig zu Westermann.

Das war wohl der Zeitpunkt. Westermann räusperte sich, erschien sodann im Großbild, und es gab keinen Grund, es nicht zu sagen und somit dem Ganzen ein Ende zu bereiten. »Das war sehr spannend, Frau Gerber, meine Herren. Die Budgetvorgabe gilt vorerst uneingeschränkt weiterhin.« Einmal am Tag etwas tun, wovor man Angst hatte. Dann der unvermeidliche Blick auf die Armbanduhr. »Ich darf mich verabschieden. Danke!« Es war die perfekte Mischung aus Understatement, dem sparsamen und doch gezielten Einsatz von Sprache und einer mit Zeitdruck verbundenen Wichtigkeit. Was bleiben würde, war ein Hauch von lässiger Souveränität und »Penhaligon's Blenheim Bouquet«.

Er schloss die Tür lautlos hinter sich und atmete tief durch. Augen. Er sah nur noch Augen. Überall Augen. Webers Augen. Dockhorns Augen. Westermann legte die rechte Handfläche auf die verspannte Nackenmuskulatur, ging zu einer der großen Glasvitrinen auf dem Flur und legte die Stirn gegen das kühle Glas. Es dauerte eine Weile, bis er wieder zu sich kam, sich aufrichtete und in die Vitrine guckte.

Da stand sie, die Electra 508, das gute alte Stück. Fast so alt wie Westermann selbst. Wenn er an das Meeting dachte, das er soeben verlassen hatte, hatte sie etwas geradezu Unschuldiges. Sie war die erste berühmte Kugelkopfmaschine und ein mechanisches Meisterwerk, ohne Wagenrücklauf und die Tasten umgeben von einem massiven, bulligen Metallgehäuse. Nein, sie war in nichts mit Höfers Grabbeigabe zu vergleichen, sah eher ein bisschen aus wie ein Brotkasten. Man hatte sie unter anderem in Orange gefertigt, nach den Entwürfen eines Gropius-Schülers. Doch das konnte nicht darüber hinwegtäuschen, dass sie bereits eine Verbündete späterer Entwicklungen gewesen war, zwar ohne autarkes Eigenleben, aber darauf ausgelegt, irgendwann mit einem PC zu kommunizieren. Eine Späherin in die Zukunft sozusagen.

Die Zukunft stand quasi gleich neben ihr: IBT 3130. Personal Computer, Jahrgang 1981. Die Brotbackmaschine. Ein klobiger, hässlicher Bausatz für nerdige Heimwerker mit einem winzigen Monitor, der giftgrüne Schrift auf schwarzem Grund gezeigt hatte. Digitale Steinzeit.

Westermann trat einen Schritt zur Seite, ließ den Blick über die Electra 508 schweifen und begann zu grinsen. Sein Entschluss stand fest.

Westermann stroodelt

»Am Ende einer jeden Reise steht die dankbare Heimkehr.«
Beim Verlassen seines Büros zu später Stunde hatte Westermann in der Sakkotasche noch einen Trauerzettel mit diesem
Spruch gefunden. So wie es aussah, musste er wohl kürzlich
der Beerdigung von Max Minde, geboren am 24.1.1938 in
Wismar und gestorben am 28.2.2014 in Berlin-Wedding,
beigewohnt haben. Das Gästebuch unten am Unterneh-
mensempfang kam ihm in den Sinn. Ja, es war ein lebens-
schwerer Tag gewesen, und genau diese Stimmung würde
er jetzt auf Papier bannen.

Das Foyer war nicht mehr ausgeleuchtet, keine Seele weit
und breit, und es hätte eigentlich nur noch eine Kerze am
Buch auf der Empfangstheke gefehlt. Es lag da wie ein Ausstellungsstück, einladend offen, leinengebunden, aus hand-
geschöpftem cremeweißem Papier und mit einem hellblauen
Lesebändchen. Man mochte sich fragen, was um Himmels
willen die Gäste von IBT veranlassen sollte, ihren Besuch
für alle Welt ersichtlich handschriftlich zu dokumentieren.
Wer hatte so viel Zeit oder vielmehr: Wer wollte zeigen, dass
er so viel Zeit hatte? Andererseits gab es auf jeder Kegel-
bahn, in jeder Pension ein Gästebuch, und die Mechanis-
men schienen immer dieselben zu sein. Sie funktionierten
selbst hier: Der Eintrag ins Buch war wie ein Versprechen,
bot die Möglichkeit einer bleibenden Botschaft – per Handschrift auf Papier verewigt, ganz individuell und doch als
Teil des Ganzen. Es war wie ein Poesiealbum für Erwach-
sene.

Die Einträge des Tages waren in unterschiedlichsten Schriften hineingekritzelt – das reinste Eldorado für jeden Grafologen. Man hatte die Gesichter der Schreiber geradezu vor Augen. »Weiter so!«, ohne Unterschrift, generös und unverbindlich, als habe da einer zwar keinen Einfall gehabt, aber der Versuchung nicht widerstehen können. Immerhin ein Ausrufezeichen und kein Fragezeichen. Dann ein akkurates »Ich habe heute meinen Papi hier besucht am Girl's Day« von Diana Brockschneider. »Nice offices, nice people« von George aus Chicago. »Der Strahler auf der Herrentoilette im 14. Stock rechts ist kaputt« von jemandem aus dem Bereich PEII/gt, und ganz unten: »Ich warte nun schon fünfzehn Minuten auf mein Taxi« von Herrn Hartung aus Bremen. »Am Ende einer jeden Reise steht die dankbare Heimkehr.« Westermann schrieb den Satz vom Trauerzettel des Max Minde hinein. Er fand, dass diese Worte sich nahtlos an Herrn Hartungs Worte anschlossen und der Seite zudem eine gewisse Tiefe gaben.

Manchmal quetschte er einen Satz auch einfach zwischen die Zeilen auf einer vollgeschriebenen Seite. Es musste eben auch inhaltlich passen. Westermann wusste, dass die Damen am Empfang bereits seit Längerem rätselten, wer hier abends in regelmäßigen Abständen klammheimlich Botschaften ins Buch schrieb. Er begann aufzufallen. Sein großes »H« hatte eine ausgedehnte Schleife nach links, er bekam es einfach nicht anders hin. Irgendwann würde man beim Entziffern sein Gesicht vor Augen haben. Westermann steckte den Füllfederhalter wieder in seine Sakkoinnentasche, strich das Lesebändchen glatt und blies die Kerze aus.

Als er zu Hause eintraf, roch es nach Hund. Westermann griff zum Raumspray auf der Anrichte – »Woods« von Aqua di Luca. Churchill schien es zu mögen. Je mehr davon versprüht wurde, desto mehr versuchte er, dagegen anzustinken. Er hielt es wahrscheinlich für ein Spiel. Und kaum hatte Westermann den Zeigefinger vom Sprühkopf genommen, kam er auch schon angetrabt.

Churchill war ein schwerfälliger, in seiner Entwicklung womöglich leicht zurückgebliebener, sehr schüchterner Zeitgenosse, den man vor lauter Weltenskepsis vor die Tür zerren musste. Lieber ertrug er den Druck auf der Blase. Er kam aus dem Heim. Niemand hatte ihn haben wollen. Denn sein eigentliches Drama war die Tatsache, dass er im kompakten Körper eines weißen Bullterriers festsaß, der mit kleinen, transparent rosa schimmernden, steif aufgerichteten Ohren und einer keilförmigen Schnauze mit leichtem Vorbiss ausgestattet war. Er hatte den Wesenstest für Kampfhunde nur knapp bestanden, da man ihn in keine der gängigen Kategorien hatte einordnen können. Und so passte er denn doch ganz gut zur Familie, fand Westermann.

Mit Churchill konnte man seine Wirkung auf andere Menschen sehr spannend variieren, indem man ihm einfach einen ledernen Maulkorb umband und an kurzer Leine mit ihm nach draußen oder in die Firma ging. Sie hatten es zweimal getan und dann nie wieder. Denn für den Hund, der stets zitterte wie ein Pudel und weglief, sobald er eines anderen Wesens ansichtig wurde, war es ein Psychodrama. Seine Vergangenheit, welche auch immer es gewesen war, saß in ihm fest wie ein Gen.

»Der Hund muss vor die Tür!« Westermann versuchte, gegen die Schlagzeugbeats, die aus dem Keller kamen, anzuschreien, und setzte den Satz sicherheitshalber auch als SMS ab. Danach ging er ins Bad und duschte ausgiebig.

»Wusstest du, dass man jetzt, nach fünfhundert Jahren, die Gebeine von König Richard III. unter einem Parkplatz im englischen Leicester gefunden hat? Sie sind die ganze Zeit über ihn hinweggerollt.«

Paul war in die Küche gekommen, öffnete den Kühlschrank und steckte den Kopf hinein. Seine langen Haare würden wieder auf der Butter hängen. Er musste gesehen haben, dass Westermann gerade dabei war, sein Passwort in den Tablet-PC an der Wand einzugeben: Richard III.

Eine Mail kam akustisch hinterlegt auf dem Tablet an. *»Da staunste, was?«* von Yolanda@labberlin.de war nun offensichtlich auch auf seinem privaten Mailaccount.

Paul kam mit einem Jogurt zum Tablet und blickte seinem Vater über die Schulter. »Ach, hat sie dir gesagt, dass sie jetzt online ist?«

Westermann fuhr herum. »Wer?«

»Na, deine Mutter. Oma. Da steht es doch!« Paul zeigte mit dem Löffel auf die betreffende Zeile im Posteingang.

»Das kann nicht sein. Das ist Spam. Guck dir doch die Adresse an! Labberlin!«, sagte Westermann.

»Länger aktiv bleiben.«

»Was?«

»Na, Lab, so heißt das Internetcafé für Senioren. Yolanda geht da seit gestern hin, habe ich ihr empfohlen. Bevor wir ihr was Eigenes anschaffen.«

Westermann starrte aufs Display, als wäre ihm gerade ein Geist erschienen. Und dann war er nicht mehr zu halten: »Was Eigenes anschaffen? Länger aktiv bleiben? Kann mich hier mal irgendjemand einweihen?«

Paul hatte mit dieser heftigen Reaktion seines Vaters offenbar nicht gerechnet. »Entschuldigung, aber sie versucht ja schon seit Tagen, dich zu erreichen.«

»Moment!« Westermann hob die Handflächen in Pauls Richtung. »Verstehe ich dich richtig: Sie, also meine Mutter, ist im Netz?«

»Du tust ja gerade so, als sei sie ohne Papiere in der Geschlossenen gelandet!«

»Ein so großer Unterschied ist das ja nun nicht! Wie kommt sie dazu, ins Netz zu gehen? Und bevor du einfach so meine Mailadressen weitergibst, möchte ich darüber informiert werden, verdammt!«

Paul kratzte ungerührt die letzten Reste aus dem Joghurt-becher. »Damit wäre der Beweis erbracht.«

»Wofür?«, fragte Westermann.

»Dafür, dass das Hirn auf digitale Interaktion genauso reagiert wie auf analoge.«

Westermann spürte, wie sein Hals rot anlief.

»*Richard!*« Eine zweite Mail traf ein. Westermann öffnete sie. »*Ruf mich morgen doch mal an. Mutter.*«

Westermann atmete tief durch und blickte auf die Uhr: »Wie lange hat so ein Senioren-Internetcafé geöffnet?«, fragte er so langsam, als plane er einen bewaffneten Über-fall darauf.

Paul hatte bereits die Küche verlassen, und man hörte ihn rufen: »Heute ist da langer Donnerstag, befürchte ich. Tut mir leid, Dad.«

Westermann starrte auf seinen Mailaccount. »Richard!« Wie konnte man eine Mail »Richard!« nennen? Er würde jetzt auf gar keinen Fall darauf antworten.

Der Name Richard hatte ihm als Kind stets etwas Ernst-haftes, Erwachsenes verliehen, in dem er sich nie wiederge-funden hatte. Es war kein Kindername. Wenn seine Mutter auf der Straße »Richard, komm!« über die Schulter gerufen hatte, waren wohl viele Passanten davon ausgegangen, sie rufe entweder nach ihrem Mann oder nach einem Deutschen Schäferhund, der hinter ihr im Gebüsch hing. Notgedrungen war er später schnell in seinen Namen hineingewachsen. Ein Spätentwickler war er nie gewesen. Seine Schwester hatte aus seiner Sicht mehr Glück gehabt mit ihrem Namen, obwohl sich dabei seine Mutter in einem Anfall egoistischer Selbst-verwirklichung endgültig durchgesetzt hatte: Leia. Prinzes-sin und Schwester von Luke Skywalker aus »Krieg der Ster-ne«. Westermann mochte den Namen trotzdem. Bei »Leia« konnte sich jeder gleich vorstellen, wie sie als Kind gewesen war. So etwas machte Menschen oft liebenswert. »Richard« war hingegen das semantische Gegenteil von liebenswert.

Westermann versuchte, sich zu beruhigen, und tippte wieder die Benutzeroberfläche im Tablet an. Langsam kam so etwas wie ein Spieltrieb in ihm hoch. Er musste sich schlau machen, sich einen Überblick verschaffen, er musste diese Schreibmaschine finden oder zumindest einen Ersatz für sie. Vielleicht hatte Höfers Sohn sie längst ins Internet gestellt. Startpreis fünf Euro. Nur an Selbstabholer. Das wäre zweifelsohne noch perfider gewesen, als sie mit ins Krematorium zu geben.

Westermann hob seine Hand Richtung Bildschirm, zögerte jedoch für den Bruchteil einer Sekunde. Seit wann verabschiedete man sich von seinen Geheimnissen? Noch war sein Benutzerprofil überschaubar, hatte mit dem sozialen und intellektuellen Kontext eines Richard Westermann nichts oder nur wenig zu tun. Das würde sich mit Eingabe des Suchbegriffs ändern. Im Büro ließ er nicht einmal mehr seine Assistentin für ihn stroodeln. Hier war er zwar ganz Privatmann, sein digitaler Doppelgänger, Richard, der Dritte sozusagen, aber die Suchmaschine würde seine IP-Adresse erfassen und Trackingcodes verwenden, um seine Suchbegriffe, den Zeitpunkt seines Besuchs auf einer Website sowie die ausgewählten Links aufzuzeichnen und diese Informationen dann in einer gigantischen Datenbank speichern. Irgendwann würde irgendjemand – vielleicht noch vor ihm selbst – dahinterkommen, wer er wirklich war. Doch zu den Suchalgorithmen von Stroodle gab es immer noch keine auch nur halbwegs effektive Alternative, und die Hoffnung, dass er hier fündig wurde, war stärker.

Er aktivierte das Suchfeld. Man musste lernen, mit dem System umzugehen, dachte Westermann, sonst wurde man sein Sklave. Man durfte es nicht verstehen wollen. Alles war möglich. Nichts war zu verstehen. Man musste abschalten – Abschalten war die einzige Alternative – oder eben überraschen, attackieren, mit dem System spielen. Schließlich war er nicht auf der Suche nach einer Heckenschere oder einer Krankheitsdiagnose. Nein, Westermann würde dem globalen Spion jetzt einen Begriff um die Ohren knallen, der ihn absolut irreführen würde. Dieses Wort war am weitesten von allem entfernt, was er jemals gesucht hatte. Er gab den Begriff ein und bestätigte. Und die Algorithmen lieferten vierhunderteinundsechzigtausend Ergebnisse in nullkommaeinsvier Sekunden, ohne die geringste zeitliche Verzögerung, ohne ein einziges Algorithmenzucken. Ja, für das System war es das Naheliegendste der Welt, dass er, Westermann, danach suchte. SCHREIBMASCHINE. Sein Profil stand.

SCHREIBMASCHINE. Ein Begriff, so einfach wie exotisch, doch die Suchergebnisse schienen auf den ersten Blick mannigfaltig zu sein. Die aufgerufenen Seiten waren fest in der Hand von Onlinehändlern, Bürodiscountketten, v-buy und natürlich Anbietern, die »katalimbo«, »venga«, »maxmex«, »fancydumping« oder »the dealer« hießen, mit Standorten im Rhein-Main-Gebiet oder in Oberursel – so betont unauffällig, als habe er nach einem Tütchen mit weißem Pulver oder nach eigenwilliger Damenunterwäsche gesucht. Er konnte spüren, wie sich seine Stirn in Falten legte, sein Kopf sich leicht vom Bildschirm entfernte und die Augen sich verengten. Wann hatte er zuletzt gestroodelt? Lange her. Sicher, nicht jeder konnte sich auf der Suche nach dem optimalen Körperduft von einer real existierenden Frau im Designeroutfit besprühen lassen, dabei die dezente Laufmasche an ihrem rechten Knöchel wahrnehmen und sich fragen, aus welcher Region Englands ihr Akzent wohl stammen mochte. Seine Einkäufe waren immer verdammt analog gewesen. Er war elitär. Scheißelitär.

Dabei hatte er von Anfang an ein Faible für das Mathematische, die Denkspiele, die theoretischen Möglichkeiten, das Programmieren gehabt, für die Innenansicht des Systems. Aber er war *für* das Netz unterwegs gewesen, in kleinen digitalen Einheiten, und nicht *im* Netz. Und er hatte die

Zusammenarbeit mit Menschen gemocht, die wie er waren, High Potentials, Menschen, die Dinge anders sahen und die genau dieses »Andere« ergründen wollten. Gut, dies hier war »anders«. Aber es hatte einen Touch von Instant-Suppe – nicht gerade das, wovon Zauberlehrlinge träumten.

Westermann wischte über die Links und verlor sich bereits jetzt darin. Die angebotenen Schreibmaschinen waren entweder »antik«, offensichtlich aus den zwanziger und dreißiger Jahren, die aussahen wie ein soeben ausgebauter Viertaktmotor, interessant, aber unschön. Oder aber es handelte sich um die letzten Modelle ihrer Art aus den achtziger und frühen neunziger Jahren, elektronische Versionen mit Typenrad und Karbonband im Plastikgehäuse, nichts weiter als unbeseelte Schreibautomaten, die man zu Textverarbeitungssystemen und letztendlich zu Computern umbauen konnte. Sie waren bereits Konvertiten, die vor lauter Funktionalität potthässlich waren.

Mechanische Modelle konnte man offenbar nur noch an zwei Standorten kaufen, von Händlern, die wahrscheinlich kleine Stückzahlen in China montieren ließen. Da nutzten auch heimelig klingende Produktnamen wie »Susanne«, »Monica«, »Erika« oder »Doris« nichts. Wie sähe wohl ein Modell namens »Doris« aus, fragte sich Westermann. Er stroodelte »Schreibmaschine Doris« und kam zum Beitrag von Doris Galewski im Blog »Die Schreibmaschine« der Gemeinde Pattberg. Westermann wollte ihn antippen, aber es öffnete sich nur ein Käsekuchenrezept von Jamie Gulliver. Okay. Eine Mail traf in seiner Gesäßtasche ein, und er hatte heiße Füße. Churchill lag wohl seit geraumer Zeit darauf und musste bald wieder nach draußen.

Westermann nahm sein Smartphone. In der Betreffzeile nur ein Punkt. Aber sie war von Georg Wetter höchstpersönlich, dem Vorstandsvorsitzenden von IBT Deutschland. Westermann öffnete und las: »*Call am Sonntagnachmittag um 15.00 Uhr möglich? Georg Wetter*«

Die Pressemitteilung zu Dockhorns Berufung in den Vorstand würde vermutlich gleich am Montag hinausgehen, und zuvor wollte Wetter wohl seine Leute persönlich informieren. Per Telefonat am Wochenende. Damit man ihm nicht vorwerfen konnte, seine Kollegen vor vollendete Tatsachen zu stellen. Es war immer dasselbe Spiel.

Westermann antwortete: »*Bestätigt. RW*«

»Nach was um Himmels willen suchst du da?« Paul war zurück in die Küche gekommen und starrte seinem Vater ungläubig über die Schulter. Der Suchbegriff stand immer noch oben rechts. »Schreibmaschine? Forget it. Sie wird sich nie und nimmer darauf einlassen. Für wie senil hältst du sie?«

Westermann wischte Stroodle in die Programmleiste. »Hier geht es nicht um Mutter. Du musst Churchill mehr bewegen. Seine Blase hängt schon ganz durch.«

Paul starrte immer noch auf das Tablet. »Nicht um Oma? Um dich etwa?«

»Ja, herrje, ich lebe zufällig auch auf diesem Planeten!« Westermann wollte allein sein.

»Schreibmaschinen?« Paul war wieder zum Kühlschrank gegangen und griff nach einer Milchflasche.

Es hämmerte in Westermanns Hirn, er kam sich ertappt und ziemlich geheimnislos vor, genau so, als habe er nach Koks oder Damenunterwäsche gestroodelt. Jeden Tag etwas tun, wovor man Angst hat. Also dann: »Ich teste nur gängige Analog-Digital-Wandler und gucke, wie schnell meine analogen Signale übertragen werden.«

»Und das tust du mit dem Wort ›Schreibmaschine‹?«, fragte Paul.

»Ja. Originell, nicht? Ich schätze, Stroodle schafft es nicht einmal auf zweihundert Gigabyte pro Sekunde.«

»Aha.«

Das Ablenkungsmanöver funktionierte offenbar nicht. Westermann legte nach: »Also gut, wir wollen eine Type-

writer-App für unsere neuen Tablets mit Flüssigkristall-
bildschirmen ausprobieren.« Es war albern, zugegeben,
aber ihm fiel nichts Besseres ein. »Sie wird bei Buchstaben-
eingabe das Gefühl von echten Tastaturkappen simulieren.
Das Ganze im Design und mit den Anschlaggeräuschen der
alten IBT-Kugelkopfmaschine. Der Sound der Siebziger.«

»Das ist ein alter Hut, Dad. Happle lacht sich schlapp.«
Paul schien wenig beeindruckt. »Ich dachte, ihr seid an größeren Dingen dran.«

Jetzt ging die Fantasie mit Westermann durch. »Wir werden einen Papierschlitz am Device einführen. Die Texte
werden nicht mehr nur ins Netz geschickt, sondern kommen auch an der Seite des Tablets auf Papier raus. Wie im
Supermarkt an der Kasse. Da hältst du nachher was in der
Hand! Schwarz auf Weiß. Arbeitstitel: EPM, Electra Paper
Message.« Er grinste zufrieden.

»Hm.« Paul zerrte Churchill von Westermanns Füßen
und gab »electra« ein. Und nullkommadrei Sekunden später erschien als Suchergebnis: »Weidezaungeräte«. Paul sah
ihn skeptisch an. »Da müsst ihr marketingmäßig wohl noch
was tun.«

Westermann starrte an die Wand. Es war so erbärmlich.
»Also gut«, sagte er, »ich will mir so ein Teil ins Büro stellen.
Nur so aus Spaß. Deko.« Nun war es heraus.

»Cool«, sagte Paul.

»Hm«, sagte Westermann. Sein Sohn tat so, als sei es das
Selbstverständlichste der Welt, eine Schreibmaschine besitzen zu wollen. Westermann war darüber fast schon wieder
enttäuscht ... »Ein Scherz. Es wird mehr ein Scherz sein«,
fügte er hinzu.

Paul überhörte es. »Das ist alles relativ easy zu extracten.
Du musst nur verfeinern.« Er schüttelte langsam den Kopf
und rollte die Augen. »Wem erzähle ich das eigentlich?«

»Ich bin der Big-Data-Mann. Das hier ist mir zu kleintei-
lig«, erklärte Westermann.

»Hast du einen Markennamen für die Schreibmaschine, die dir so vorschwebt?«, fragte Paul.

Westermann blies so gleichgültig wie möglich Luft durch die Lippen. »Tja, keine Ahnung. Wie heißen die denn so?« Und dann, mit einer vagen Handbewegung: »Olympia vielleicht?« Jetzt war ihm ihr Name tatsächlich über die Lippen gekommen. Es fühlte sich vertraut an, fand Westermann.

Paul nickte. »Geh damit mal in v-buy-Kleinanzeigen.«

»Kleinanzeigen? Sehe ich nach Kleinanzeigen aus?«

»Du siehst ja auch nicht nach Schreibmaschine aus und willst trotzdem eine.«

»Hm.« Verfeinern. Natürlich. Er gab »Schreibmaschine Höfer Berlin« ein.

»Nicht Höfer. Olympia«, korrigierte ihn Paul. Er war wie seine Oma.

»Es ist fast dasselbe.« Westermann winkte ab und stierte auf das oberste Ergebnis. In der aktuellen Ausgabe des »Berliner Abends« war Folgendes zu lesen: »Rupertus Höfers ehemaliges Wohnhaus sieht so aus, als wäre der Schriftsteller gerade erst vom Schreibtisch aufgestanden. Neben der Schreibmaschine liegen Hornbrillen und Bleistiftstummel, im Flur hängt seine grüne Lederjacke.« Dieses scheinheilige Schlitzohr, dachte Westermann. Höfer junior schien in die Öffentlichkeitsarbeit post mortem gegangen zu sein. Doch das würde für ihn, Westermann, jetzt nichts mehr ändern. Es gab Mittel und Wege. Und bis dahin würde er sich vorbereiten, den Weg ebnen. Westermann verließ die Seite und lud v-buy-Kleinanzeigen. Er hatte an diesem Abend noch keinen Tropfen Alkohol getrunken und kam sich trotzdem vor wie fremdgesteuert von einem kosmischen Joystick.

Gabriele

Westermann hatte auf der v-buy-Seite schließlich einen
»Dachbodenfund« in die engere Wahl genommen, bei dem
es sich tatsächlich um dasselbe Modell wie das Höfer'sche
Original zu handeln schien, soweit er das aus der Erinnerung und anhand der eingestellten Fotos beurteilen konnte. Möwengrauer Stahlguss mit dunkelgrünen Tasten und
weißen Zeichen darauf. Im Originalkoffer. Haube mit fili-
granem Stahlband und Originalschriftzug. Aus Wilhelms-
haven. Eventuell vorhandene Dekorationsmaterialien auf
den Fotos seien vom Kauf ausgeschlossen, hieß es. Und
eben »Dachbodenfund«. Was war das eigentlich für ein
Wort? Verwechselten Menschen den oberen Teil ihres Hauses mit einer fernen archäologischen Ausgrabungsstätte, die
man nur in Schutzkleidung und mit Handschuhen betreten
konnte, wo man plötzlich seltsame, kaum noch rückdatier-
bare Artefakte fand, vor denen man völlig überrascht und
in Ehrfucht verharrte, bevor man sie der Welt zurückgab?
Westermann hatte seinen Dachboden mit Teppich ausgelegt
und alle Kisten durchnummeriert.

Am Telefon hatte sich dann ein Herr mittleren Alters
mit norddeutschem Akzent gemeldet und versichert, ja, die
Olympia sei noch da.

Ob sie denn voll funktionsfähig sei und noch ein halbwegs
neues Farbband besitze, hatte Westermann wissen wollen.

Funktionsfähig? Der Mann hatte das Wort betont, als
ginge es um eine zu entschärfende Bombe aus dem Zweiten Weltkrieg. Nein. Für den Preis doch nicht. Der Wagen-

rücklauf funktioniere nicht mehr, und der Hebel sei mit Sekundenkleber angeklebt, um ehrlich zu sein. Sehr geschickt und kaum sichtbar zwar, aber er garantiere für nichts. Diese Maschine sei ein seltenes Ausstellungsstück. Ansonsten nur »minimale Gebrauchsspuren«. Nichtraucherhaushalt. Zum Hinstellen und Angucken. Westermann wolle doch nicht etwa damit schreiben? Sicher, er könne durchaus mal ein bisschen wahllos auf den Buchstaben tippen, die ließen sich noch fast bis nach unten durchdrücken.

Westermann hatte wortlos aufgelegt.

Beim zweiten Versuch im Bergischen Land war die Maschine schon von einem Fünfjährigen und seinen Eltern abgeholt worden. Was beim Schließen der Seiten blieb, war ein demütigendes Angebot für sechs Flaschen 2007er Tempranillo von Vinocampo mit vier Weingläsern für nur Euro 39,99 und ein Abo für »My favourite cakes« von Jamie Gulliver zum sechswöchigen Gratistest. Das war jetzt also das Profil von Richard dem Dritten. Dem digitalen Westermann. Er hatte es ganz schnell geschlossen.

Er war früh am nächsten Tag joggen gegangen. Noch war es nicht heiß, und die weitläufigen Park- und Gartenanlagen des Stadtschlosses boten weiche Wege und schattige, kühle Strecken. Das Havelufer dagegen lag bereits in praller Sonne. Es war Samstag, und man war gut beraten, selbst auf den weniger frequentierten Wegen vor neun Uhr unterwegs zu sein, um seine Ruhe zu haben.

Westermann musste den Kopf frei kriegen, was, wie er fand, ein fast unmögliches Unterfangen war. Deshalb unmöglich, weil er das Hadern mit sich selbst und mit den Dingen, diese latente Unzufriedenheit, mit sich herumtrug wie ein Muttermal. Irgendwann hatte er verstanden, dass genau das der Antrieb für seine Arbeit war. Früher hatte ihn der Zweifel gelähmt, heute konnte er nicht auf ihn verzichten. Er trieb ihn vorwärts.

Er rannte Richtung Hauptallee, von wo aus man bereits Schloss Sanssouci sehen konnte, und blickte sich im Laufen nach einer anderen Nebenstrecke um. Hinter ihm kamen schon die nächsten Jogger angetrabt. Also weiter. Eine Stunde lang den Puls auf über 120 bringen. Geistigem Stress mit körperlichem Stress begegnen – die Standardmaßnahme gegen den Standardzustand.

»Wohl kurz vorm Lungenriss, Westermann? Sehr sinnvoll, Luft zu holen, wenn man welche braucht!«

Westermann stoppte und fuhr herum. Dockhorn. Ausgerechnet Dockhorn. Der Prophet schien schon aus Amerika zurück zu sein und sich beim Akklimatisieren sportlich zu betätigen. Sicherlich war er die ganze Zeit unter kalifornischer Sonne in weißen Mietwagen-Cabrios herumgefahren, um wildfremden Menschen Impulse für die Zukunft zu entlocken. Und ganz offensichtlich hatte er jetzt Westermanns Verfolgung aufgenommen. Westermann blickte ihm in die Augen – nein, Dockhorn war kein Blumenkind. Der Tag war gelaufen.

Er wünschte sich, er hätte Churchill dabei. Der Hund sah immer noch aus wie ein Kampfhund, auch wenn er absolut kein Begleiter für Joggingrunden war und wahrscheinlich recht bald mit voller Blase und hängender Zunge hinter dem nächsten Baum verschwunden wäre, um dort hechelnd und zusammengekauert auszuharren. Mit oder ohne Churchill, er musste jetzt parieren, und er hasste es. Worte wurden zu Munition, Wirkung ging vor Inhalt. Sie taten es alle, manchmal im Vorbeigehen, manchmal in voller Konfrontation, um die Wirkung auf den Gegner von Angesicht zu Angesicht auszukosten. Es war ein Ritual. Also Kopf recken und Zähne zeigen: »Mensch, Dockhorn, Sie wieder hier!« Das war die Eröffnung, und er legte nach: »Passen Sie auf, dass Sie Ihre sonnenverwöhnte Lunge nicht dem Kälteschock aussetzen. Es wird bald Winter werden!«

Er musterte den Propheten unauffällig, während er

sprach. Dockhorn ließ sich nun einen imposanten Bart stehen, und Westermann bemerkte, dass sich auch sein Haupthaar drahtig verselbstständigte und in allen Richtungen vom Kopf abstand. Er trug einen orangefarbenen Kapuzenpulli und am Handgelenk eines jener bunten Plastikbänder, die per eingebautem Chip alle Schritte nebst Blutzuckerspiegel und Schlaf-Wach-Rhythmus protokollierten. So wurden auch Dockhorns Traum- und REM-Phasen appfähig.

Dockhorn hatte wohl bemerkt, dass Westermanns Blick länger an seinem Handgelenk hängen blieb, und sagte: »Kleines Mitbringsel. Genial, die Dinger.«

»Sie sind scharf auf den Krankenversicherungsbonus, was?« Westermann lud nach.

Dockhorn tat so, als habe er es gar nicht gehört. Er bückte sich und zog einen seiner Schuhe aus. »Im Ernst, was man im Valley an Visionen und Innovationen erlebt, ist fantastisch!«

»Visionen?«, fragte Westermann.

Dockhorn tat noch in der Hocke eine ausschweifende Armbewegung: »Das war das schnellste Jahr meines Lebens, das können Sie mir glauben.«

»Sie müssen ja die halbe deutsche Wirtschaftswelt auf Bustour drüben getroffen haben. Wir sind ja nicht die Einzigen«, sagte Westermann, während er seine Laufjacke auszog und sich um die Hüften knotete.

»Find a new way to fuck up«, sagte Dockhorn.

»Wie bitte?«

Dockhorn schüttelte ein Steinchen aus dem Schuh. »Na, das sagt man drüben. Hoffe nur, dass ich etwas von diesem Spirit in unseren großen Apparat hier tragen kann, damit wir endlich ein paar fällige Dinge anfassen.«

»Hm«, sagte Westermann. Zu mehr kam er nicht. Sein Handy klingelte. Wie gerufen, ein Glücksfall. Er liebte es in diesem Moment, und er nickte Dockhorn kurz entschuldigend zu, als er das Gespräch annahm.

Er hörte eine Frauenstimme, die von weit her sprach: »Richard. Richard, ich habe jetzt so eine Kiste hier stehen für das Internet. Es blinkt überall. Und es ist ein einziger Kabelsalat. Ich denke, ›WLAN‹ steht für ›wireless‹?«

»Selbstverständlich ist das so. Kann ich Sie später zurückrufen?«, fragte Westermann.

»Warum siezt du mich?«, fragte seine Mutter.

»Danke, das klingt doch wundervoll. Wir kriegen die technischen Details schon geklärt.« Westermann drückte sie weg und grinste Dockhorn an. »Sorry, momentan haben wir so einiges in der Pipeline.«

»Die Kryptobox, nehme ich an?«

Westermann spürte den Schweiß kalt über seinen Rücken laufen. Es war wie eine Ohrfeige. Woher wusste Dockhorn zu diesem Zeitpunkt bereits vom De-Connect-Projekt? Sicher, sie durchliefen intern bekannte Projektphasen, saßen nicht gerade in der Garage. Aber Informationen zu De-Connect und der Krypto-Hardware durften auf gar keinen Fall jetzt schon in Dockhorns Hände gelangen.

Dockhorn schien den Überraschungsmoment zu genießen und zog die Socken hoch.

»Nun, Sie können sich hier auch gleich auf eine Bananenkiste stellen und ein Megafon in die Hand nehmen«, sagte Westermann mit einer ausholenden Geste in Richtung Natur. »Gleich hier im Park.«

Locker werden. Ganz locker. Aber es war so unendlich schwer, wenn man gleichzeitig Schrotflintenfantasien im Kopf hatte und die Wut gegen den Schädel donnerte. Wenn er hier und jetzt abdrückte und dann gleich weitertrabte, die Knarre unterm Shirt, würde das kein Mensch merken. Peng.

Dockhorn lenkte ein. »Sorry, Herr Westermann. Versteht sich von selbst. Nicht meine Baustelle.« Er beeilte sich, es zu sagen, wohl wissend, dass ein derartiger Anfall von Mitteilungsfreudigkeit seinen zukünftigen Job erschweren würde. Doch er hatte wohl nicht widerstehen können. Play the game. »Da werde ich wohl erst einmal sehen, was mein eigenes Datenwölkchen so macht.« Dockhorn empfahl sich und trabte ohne Steinchen weiter.

Scheißspiel.

Westermann hatte das Gefühl, aus einer Art Notwehr heraus zu handeln, als er noch am selben Vormittag bei Firma Benderfrei in Bergisch-Gladbach anrief. Er hatte bisher nur zwei offizielle Händler ausgemacht, die noch Schreibmaschinen im Sortiment hatten, und dieser war einer davon. Der nette Mann am anderen Ende der Leitung hatte eine weiche Stimme und eine sehr überlegte Art zu formulieren, fand Westermann. Es war ein eindeutiger Fortschritt im Vergleich zu seinen bisherigen Kontakten. Und dennoch wurde er gleich aller Hoffnungen beraubt.

»Nein, das tut mir jetzt leid, Herr Westermann. Wir haben leider nur noch elektronische Schreibmaschinen im Sortiment, vier verschiedene Modelle, zwei tragbare und zwei im Kompaktbereich mit oder ohne Display. Selbst unser in Mumbai ansässiger Produzent für mechanische Modelle musste die Produktion vor drei Jahren einstellen. Indien. Wissen Sie, was das für den Rest der Welt bedeutet?« Und dann, als würde ihm gerade eine gigantische Marktlücke bewusst: »Mir ist momentan weltweit kein Hersteller mechanischer Schreibmaschinen bekannt.«

»Aber ab und zu sieht man sie doch noch. Selbst hier bei uns«, entgegnete Westermann. Es hörte sich an, als spreche er von einer seltenen Fledermausart.

»Ach, wissen Sie, was Ihnen hierzulande an Olivettis und sonstigen Exemplaren auf Polizeistationen, auf Standesämtern oder in Bestattungsinstituten begegnet, ist unterirdisch und nicht der Rede wert.«

Beachtlich, dachte Westermann, diese Maschinen schienen immerhin ziemlich treue Gefährten für die Grenzsituationen des Lebens zu sein. »Gibt es überhaupt noch mechanische Modelle?«, fragte er.

Der Mann ging plötzlich in einen Flüsterton über: »Wissen Sie, Modelle ohne Strom werden heute nur noch von einem sehr diskreten Kreis ausgewählter Kunden gekauft – oder eben von Privatleuten, die sich auf schlechte Zeiten vorbereiten wollen.«

In Westermanns Ohren klang der letzte Satz noch nach, als sich der Händler nach einer kleinen Pause räusperte und langsam fortfuhr: »IBT? Verstehe ich Sie richtig, Sie sind von IBT?«

»Ja«, entgegnete Westermann. Er ärgerte sich, dass ihm die Firma anfangs überhaupt über die Lippen gekommen war.

»Warum wollen Sie denn unbedingt mechanische Modelle? Es kommt doch nur auf die Gewebebänder an.«

Westermann verstand nicht. Er hätte jetzt Dinge sagen können wie: »Die Energiewende fängt am Schreibtisch an.« Doch er fragte: »Warum?«

»Na, es geht Ihnen doch wohl um Ihre Datensicherheit. Wie dem russischen Geheimdienst. Da sind Sie ja in bester Gesellschaft. Auch in Berlin haben wir Kontakte.«

»Wie, jetzt?«

»Kann ich Ihnen unmöglich sagen. Hören Sie, allein die Russen haben gerade zwanzig Schreibmaschinen und zweihundert Gewebebänder bei uns bestellt. Das stand doch überall in der Presse.« Seine Stimme wurde wieder tiefer und leiser. »Wissen Sie, auf Carbonband geschriebener Text haftet darauf wie eine Art Negativschatten und ist reproduzierbar. Aber beim Gewebeband wird nur Farbe abgeschlagen, da sehen Sie keinen einzigen Buchstaben. Unausspähbar!«

Offensichtlich wollte er Westermann auf die Schliche kommen. Doch Westermann war sich selbst gerade erst auf die Schliche gekommen. Es dauerte eine Weile, bis er wieder etwas sagen konnte. »Nun, das gilt doch alles auch für mechanische Modelle, nicht wahr? Wir gehen da ganz andere Wege.«

»Und die wären?«

»Das kann ich Ihnen hier und jetzt unmöglich sagen.«

»Hm.« Am anderen Ende der Leitung schien man ernsthaft ins Überlegen zu kommen.

»Ich brauche mindestens eine Maschine bis Montag«, hörte sich Westermann sagen.

Der Händler reagierte prompt. »Ich könnte Ihnen vorerst eine Adresse bei Ihnen in Berlin geben. Versuchen Sie es da mal. Die haben praktisch alle alten Modelle noch im Programm, und zwar funktionstüchtig. Der Besitzer heißt Frenzel und hat den Laden schon seit zweiundzwanzig Jahren.« Westermann bekam die Adresse, und man versprach sich gegenseitig, in Kontakt zu bleiben.

Zwei Stunden später stand Westermann vor »Bürotechnik Frenzel« in Berlin-Kreuzberg. Hinter ihm ratterte eine Straßenbahn vorbei. Im »Holsten-Eck« nebenan hingen schwere Gardinen auf verstaubten Gummibäumen, aber auf der anderen Straßenseite gab es immerhin eine beträchtliche Auswahl an Läden, die »Just Outlet«, »Asia Sport« oder »Nepal Food« hießen. Der Swinger-Club »Zwanglos« war gleich um die Ecke. Gut, es war immer noch nicht der Himalaja, aber schon etwas näher dran, rein subjektiv betrachtet.

Er schritt das Schaufenster ab, das überraschend nüchtern ausgestattet war und sich mit seinen Exponaten wohl einen Touch von Technik oder Funktionalität geben wollte. Es waren zumeist elektronische Schreibmaschinen ausgestellt, die sich in voller Größe raumgreifend und eitel im Fenster ausbreiteten, in einem stumpfen Weiß und in liebloser Gleichförmigkeit. Aber ganz vorne rechts standen auch drei alte, mechanische Olympia-Modelle – wie Hippies in einem

69

mutigen, giftigen Olivgrün, das Westermann als Farbe zuletzt am alten Telefonapparat seiner Eltern wahrgenommen hatte – ein Wählscheibentelefon wie aus dem Tanzcafé.
Manchmal gab es auch noch alte, kastenförmige VW-Trans-
porter in dieser Farbe. Mein Gott, dachte Westermann, hier
hatte jemand ungefähr Mitte der achtziger Jahre die Reiß-
leine gezogen.

Das Ladenlokal selbst befand sich im Souterrain eines jener grauen, wuchtigen und renovierungsbedürftigen Alt-
bauten, die typisch für Berlin waren. Westermann ertappte
sich dabei, wie er sich zuerst umblickte, über die Schultern
nach links und nach rechts, bevor er sein Smartphone auf
Flugmodus stellte und die Stufen hinunterstieg.

Als er die Tür öffnete und eintrat, roch es modrig und ein
wenig nach Werkstatt, eine Mischung aus Öl und Benzin
lag in der Luft, und zwei summende Neonröhren unter der
Decke gaben viel zu grelles Licht. Er war der einzige Kunde
und ließ den Blick durch den Raum streifen, der zwar vorne sehr eng war, sich aber nach hinten hinaus verbreitete
und in eine Art Schlauch überging, in dem wohl ebenfalls
Ware lagerte. Es sah nach Arbeit aus. Schon unter dem ersten
Tisch standen drei zugestaubte IBT-Modelle hochkant nebeneinander. Neben Druckern, Faxgeräten und Papier gab
es vor allem Schreibmaschinen. Sie standen überall in den
Regalen, drei Reihen übereinander, teils in Transportkisten,
teils in Koffern. Viel Metall, hier und da auch Plastik. Vintage Elektrik. Wer kauft so was?, fragte sich Westermann. Wie
viele Westermänner mochte es sonst noch geben? Eine grün
lackierte »Erika« stand gleich neben der Kasse, als warte
sie auf jemanden. Westermann näherte sich, legte den Kopf
schräg, und tatsächlich: Sie trug ein Schild, auf dem »Wieder
flott für Fleiner, Euro 65,--« stand.

»Werfen Se mal 'nen Blick auf die Walze. Komplett neu
eingebaut. Typen mit Waschbenzin gereinigt. Und frisch la-
ckiert. Jetzt kann se wieder klackern, wat det Zeuch hält.«

Westermann fuhr herum. »Entschuldigung, dass ich mich schon mal umgesehen habe.«

»Umgucken kostet nix. Gucken Se ruhig.« Der Mann schien der Ladenbesitzer zu sein, ein stattlicher Mann in gelbem Poloshirt, Ende sechzig vielleicht, mit rosigen Wangen und einem wilhelminisch anmutenden weißen Schnauzbart, dessen Enden in die Höhe gezwirbelt waren. Er hätte genauso gut Kneipenbesitzer oder Fernsehkoch sein können. Und er hatte eine gewisse Ähnlichkeit mit dem Kleinen König Kalle Wirsch aus der Augsburger Puppenkiste. Doch bevor Westermann näher darüber nachdenken und sein Anliegen vorbringen konnte, war der kleine König auch schon wieder in den Tiefen seines Reiches verschwunden. Ganz am Ende des Korridors musste seine Werkstatt sein.

Wahrscheinlich gab es unter den Leuten, die sich in seinen Laden verirrten, einen nicht unerheblichen Anteil Nostalgiker und nur wenige echte Kunden. Westermann ließ den Blick über die Regale gleiten. Es gab eine »Olympia Traveller« in quietschigem Blau, ein kleines Modell im Koffer, daneben eine optisch ähnliche Maschine, die »Tippa« hieß. Und darunter ein imposantes schwarz lackiertes Modell, dessen Tastatur aussah wie eine erlesene Ausstellung von silbrig ummantelten Manschettenknöpfen. Die Maschine musste aus den zwanziger Jahren sein.

Westermann beugte sich über sie und rief in die Typenhebel-Versenkung. »Sind Sie Herr Frenzel?«

»Sind Se vom Finanzamt?« Es tat sich etwas in der Werkstatt.

»Oh nein«, lachte Westermann. »Ich suche eine Olympia. Man hat mir Ihren Namen genannt.«

Frenzel tauchte wieder im Laden auf, musterte ihn skeptisch von oben bis unten, wobei er nicht um Unauffälligkeit bemüht war.

Gut, dachte Westermann, dies war ein Mensch, dessen Freundlichkeit man sich augenscheinlich erst einmal erarbeiten musste. Frenzel hatte keine Kundenorientierung mehr nötig, er musste sich wohl mit nichts und niemandem mehr vergleichen, weil es jemanden wie ihn eigentlich nicht mehr gab. Und das wusste er. Er hatte alle Markenrechte an sich – was für ein Luxus! Und er, Westermann, sah wahrscheinlich gar nicht aus wie der typische Schreibmaschinenladenkunde. Er fiel bei Frenzel sicher durch alle Raster.

Und dann sagte Frenzel: »Continental Silenta.«

»Wie bitte?«, fragte Westermann.

»Aus den dreißiger Jahren. Die machte schon damals keinen Mucks beim Tippen, war so 'ne Art Mercedes unter den Schreibmaschinen ihrer Zeit. Die wäre doch wat für Sie?« Er zeigte auf die Maschine, vor der Westermann immer noch stand. »Ick saje Ihnen, wenn Se darauf schreiben, weiß die Welt, dass Se eene Agenda haben!«

Sicher, er mochte ein wenig nach Mercedes – oder zumindest nach einer Agenda – aussehen, vermutete Westermann. Und dennoch. »Nein, ich suche eine Olympia, so aus den fünfziger oder sechziger Jahren.«

»Jute Jahrgänge«, warf Frenzel ein.

Westermann versuchte, sich zu konzentrieren. »Ja, also etwas leichtgängiger vielleicht. Erst mal so als Übergangslösung. Aber mit Gewebeband, möwengrau, mittelgroß, mit grünen Tasten, voll funktionstüchtig. Eine Maschine, auf der ich Texte schreiben kann.«

Frenzel trat einen Schritt zurück. »Hören Se mal, alle meine Maschinen sind voll funktionstüchtig, aber so was von voll funktionstüchtig. Manchmal finde ich morgens eene vorm Laden, einfach so abjelegt. Überleje schon, ob ick so 'ne Art Maschinenklappe einrichten soll. Die päppel ick alle wieder auf, sag ick Ihnen.«

Eine Kundin betrat den Laden, entschuldigte sich und fragte nach einem Diktiergerät.

»Mit Fußpedal?«, wollte Frenzel wissen.

Die Dame guckte etwas verschreckt und verneinte.

»Ham wer nich«, sagte Frenzel und wandte sich wieder Westermann zu.

Die Dame verließ nahezu geräuschlos den Laden, knallte lediglich die Tür etwas zu laut von außen zu.

»Ick kann ja nich alles führen. Neulich war eener hier, der wollte 'ne Schrift kaufen. Stellen Se sich mal vor«, Frenzel malte Buchstaben in die Luft, »eine Schrift kaufen! Der hat mir een Vermögen jeboten, wenn ick eene 12-Punkt Gara-mond aus Stahl in seine alte Underwood montiere. Vorstel-lungen ham die Leute!«

»Ja. Nun. Olympia«, sagte Westermann. Wenn dieser Mensch im Kopf so viel Unordnung hatte wie in seinem La-den, musste man ihn wohl ab und zu wieder auf die Spur bringen.

Frenzel musterte ihn erneut ausgiebig. Er schien erst ein Gefühl für den Menschen bekommen zu wollen, bevor er ihm eines seiner kostbaren Babys überließ. »Meene Ma-schinen werden von Leuten jekauft, die entweder ein Faible für Nostalgie oder aber Schwierigkeiten mit dem Compu-ter ham.« Er legte langsam den Kopf zur Seite, wobei eine Schnurrbartspitze fast auf seiner Schulter aufsetzte. »Zu welcher Kategorie gehören Se denn, wenn ick fragen darf?«

Der Mann hatte ein Gespür für das Wesentliche, fand Westermann. Er grinste, sagte: »Zur zweiten Kategorie«, und fühlte sich verdammt gut dabei.

Es war wie ein Passwort. »Sie meinen wahrscheinlich die Splendid 35. Die ham wer nich.« Frenzel lief dennoch durch seinen Laden, den Zeigefinger an den Lippen wie ein Her-renausstatter auf der Suche nach dem passenden Anzug für seinen Kunden. Schließlich kam er mit einer Maschine zu-rück, die tatsächlich in etwa so aussah wie das Höfer'sche Original.

»Es ist 'ne Optima Elite, Jahrgang 53. Aus 'm Erfurter Werk. Hat een recht akkurates Schriftbild und macht beem

Tippen klare, satte Geräusche.« Frenzel benetzte seine Lippen und schnalzte ein »Teck. Teckteck. Teck.«

Westermann sah unauffällig zur Seite und ließ die Augen kreisen. Nein, keine Kameras.

»Ist 'ne gute Tippe. Sie dürfen se mal nehmen.« Frenzel hielt ihm die Elite entgegen wie ein Kleinkind. Und tatsächlich, statt »Olympia« stand da nun »Optima« und weiter rechts »Elite«.

»Es ist keine Olympia«, stellte Westermann ernüchtert fest. Er wollte sie nicht halten.

Frenzel winkte ab: »Halt. So einfach is das nich. Es is sozusagen die ostdeutsche Olympia und viel näher dran an dem, was Se da im Kopf zu ham scheinen. Nach dem Mauerbau haben een paar Leute aus 'm Erfurter Olympia-Werk rübergemacht nach 'm Westen. Samt Konstruktions-unterlajen. Und da ham se dann den Namen ›Olympia‹ behalten. Und im Osten wurde aus ›Olympia‹ eben ›Optima‹. Verstehen Se?«

Nein, Westermann verstand nicht. Er wollte kein ostdeutsches Modell mit braunen Tasten. Faktisch sprach nichts dagegen, nur seine verdammte Eitelkeit. Und »Optima Elite«? Wie sah das aus? Er war schon Elite genug, das musste er nicht auch noch in Chromschrift auf Stahl haben.

»Dann eben nixe.« Frenzel stellte die Optima zurück. »Sind Se sicher, dass Se überhaupt eene wollen?«

Wieder so eine Frage. Westermann kam nun tatsächlich ins Grübeln. Manchmal musste man Fragen eben zuerst von anderen hören, bevor man sie sich selbst stellte. Wollte er sie wirklich? Wollte er »es« wirklich? Plötzlich musste er an seine Ehe denken.

Frenzels Elan dagegen schien geweckt zu sein. Er wartete die Antwort nicht ab, entfernte sich und kam mit einem metallicgrün glänzenden Modell in derselben Größe wie die Optima zurück, ebenfalls im Koffer, der mit rotem Filz ausgelegt war. Dieses Modell sah flacher, vom Design her weniger verspielt aus, hatte jedoch einen ähnlich schön geschwungenen Wagenrückfuhrhebel und einen weißen Walzendrehknopf. Dazu ein in Chrom eingefasster Gehäusedeckel. Und sie hatte tatsächlich dunkelgrüne Tasten mit weißen Buchstaben. Sie war anders. Aber sie war wunderschön, das musste Westermann zugeben.

»Jabriele. Jahrgang 1958. Die kommt aus 'm anderen Haus. Etwas jünger. Scharfer Anschlag. Akkurate Schrift. Pica. Zehn Schritte per Zoll. Die weeß, wie weit se gehen kann. Und ziemlich hübsch. Finden Se nich?« Frenzel setzte sich mir ihr auf einen Stuhl, nahm sie auf die Oberschenkel, streckte den Rücken durch und spannte ein Blatt ein. Es war eine seltsame Symbiose zwischen Mensch und Maschine, und es hatte etwas Würdevolles. Ja, das traf es wohl am ehesten: würdevoll. »Simmel hat für jeden Roman eene von denen verschlissen«, sagte Frenzel und begann zu tippen.

`Geduld und Takt muss reichlich man besitzen`
`und feine Fingerchen, um's zu benützen.«`

Westermann kam näher. »Simmel?«

»Nee, Nietzsche.«

Frenzel tippte weiter hingebungsvoll in die Maschine. Westermann las mit: »`Oh, welch Zynismus!«, quiek`-
`te Xavers jadegrüne Bratpfanne.«`

»Das ist ein Pangramm«, erklärte Frenzel, »ein Satz, in dem jeder Buchstabe des Alphabets vorkommt. Is 'n bisschen wie Sudoku mit Buchstaben.« Dann betätigte er den Papierlöserhebel, zog das Blatt schwungvoll und nahezu geräuschlos aus der Walze und reichte es Westermann. »Alles *optimal*. Oder perfekt, wenn Ihnen dat lieber is. Jedes Zeichen sitzt. Die wird Ihnen treu bleiben.«

»Sie heißt Gabriele«, sagte Westermann vorsichtig.

»Nun sagen Se bloß nich, dass Sie das stört. So hieß die Enkelin vom Hersteller. Simmel hat se geliebt! Papst Pius XI. hat auf 'm Vorgängermodell getippt, Dogmen und so 'n Kram, nehm ick mal an.«

»Hm«, sagte Westermann.

Frenzel legte den Kopf schräg und schielte Westermann von unten herauf an. »Juter Mann, ick weeß nich, warum Se sich dat Leben so schwer machen. Also noch mal: Wollen Se wirklich eene?«

Westermann war nicht sicher, ob der kleine König überhaupt eine Antwort erwartete. Es hatte eher wie eine Aufforderung geklungen. Simmel also. Gut, Simmel war nicht Höfer. Aber immerhin auch Schriftsteller. Und ihre Optik war tatsächlich bestechend. Um nichts weiter würde es gehen. »Darf ich auch mal schreiben?«, fragte er.

Eine Stunde später hatte Westermann Frenzels gesamte Pangrammsammlung durch. Er kannte mittlerweile unter anderem den Wagenverriegelungshebel und den Wagenlöser, den Anschlagregler, den Schlussrandsteller, den Umschaltfeststeller sowie den Auslöseknopf für die Blattendanzeige. Doch das eigentliche Erlebnis war das Tippen selbst: ein eigentümliches Gefühl, so als würde man auf alten Rollschuhen laufen, sehr schwergängig, und um ein Gefühl für Schwung und Takt zu bekommen, durfte man bloß nicht aufhören. Weitertippen als einzige Chance. Voller Körpereinsatz. Westermann begann, beim Tippen rhythmisch nach hinten und vorn zu wippen. Es fühlte sich gut an. Es war, als schärfte das bloße mechanische Geräusch mit jedem Anschlag die Sinne. Konzentration pur. Flow. Und er hatte plötzlich alle Zeit der Welt. Nur Frenzel blickte irgendwann verstohlen auf die Uhr und räusperte sich.

»Geheim Gefäß, wie mich geheimnisvoll die Form entzückte. Höchster Schatz aus Moder fromm entwendend und in die freie Luft zu freiem Sinnen«, hörte sich Westermann sagen. So musste sich Goethe gefühlt haben, als er Schillers Schädel aus dem Beinhaus holte.

»Wat?«

Westermann grinste. »Goethe. Hab ich gerade geschrieben. Gucken Sie mal«, sagte er. Und dann: »Ich nehm sie. Was kostet sie?«

Frenzel grinste über das ganze Gesicht. »Nix von Wert is gratis zu haben.«

»Oh je. Also, wie viel?«, wollte Westermann wissen.

»Fünfundsiebzich Euro. Weil Sie's sind.«

Schillers Schädel war gratis gewesen. Und dies hier fast auch, fand Westermann.

Doch ein Gedanke war ihm noch durch den Kopf gegangen, als er auf ihr getippt hatte: Wer mochte wohl alles schon seine Fingerkuppen auf ihren Tasten gehabt haben, und welche Worte waren auf ihr geschrieben worden? Es war verrückt, aber er hatte das Bedürfnis, die Maschine besser kennenzulernen, etwas aus ihrer Vergangenheit zu erfahren. »Wem hat sie vorher gehört?«, fragte er.

Frenzel schien diese Frage zu kennen und rollte die Augen. »Als ob dat wat ändern würde, denken Se sich was aus, meenetwejen. Ick hab se unbeschädigt bekommen. Jemand hat se jut jepflegt. Det muss reichen. Ansonsten machen Se se einfach zu Ihrer Maschine jetzte«, sagte Frenzel und nahm ihm Gabriele ab. Er schloss den beigefarbenen Koffer über ihr. »Ick leje Ihnen noch zwei Farbbänder drauf. Und werfen Se bloß keene Gejenstände, Büroklammern und so, rein. Es klingt vielleicht komisch, aber sie is ein hoch entwickeltes Jerät. Versuchen Se niemals, sie selbst zu reparieren. Dat müssen Se mir versprechen.« Es klang wehmütig, ein wenig nach Abschied und nach letztem Willen.

»Sie is fünfunddreißich Zentimeter groß und wiecht siebzehn Kilo. Herzlichen Glückwunsch!«, sagte er, als er Gabriele über den Ladentisch hob und sie Westermann übergab.

Westermann ließ für alle Fälle seine Visitenkarte da, falls Frenzel Gabriele noch einmal sehen wollte, dankte vielmals und griff zu.

Reiki für den Router

Es war wie früher, dachte Westermann, als er Richtung Wannsee fuhr: voller guter Vorsätze und Pläne losfahren und dann nahezu willenlos dort herumhängen, wo man eigentlich nicht sein wollte. Manchmal kam ihm sein ganzes Leben so vor.

Er schielte zum Beifahrersitz hinüber. Da stand sie nun auf dem hellgrauen Dakotaleder, in einem in die Jahre gekommenen braunen Koffer mit seltsamen Abmessungen, abgerundeten Ecken und neuem Griff, wie eine Requisite aus einem Stummfilm oder ein Gepäckstück, das ein armer Anhalter in Westermanns Limousine vergessen hatte.

Gabriele statt Olympia. Er hatte sich tatsächlich auf die zweite Wahl eingelassen. Doch für seine Zwecke würde sie vorerst genügen. Warum freute er sich dann nicht? Mit einem Mal wusste er nicht mehr, warum er sie überhaupt hatte haben wollen. Vielleicht wollte er sich nur schnöde für etwas belohnen, mal was völlig durchgeknallt Anachronistisches besitzen, etwas, das andere nicht besaßen. Oder er hatte den Schreibmaschinenladen nur nicht ohne Erinnerungstrophäe verlassen wollen. Vintage. Fünfundsiebzig Euro. Wahrscheinlich war es wie mit dem Elektrogrill, den er vor zwei Jahren in einem archaischen Anflug von Grillfleischverlangen gekauft hatte und der jetzt noch ungenutzt in der Verpackung steckte. Das Teil hatte nie zu ihm gepasst. Er war nicht der Outdoor-Typ, kein Mensch, der in kurzen karierten Hosen unter freiem Himmel mit Holzklammern Würstchen wendete. Er war doch mittlerweile alt genug, um

78

zu wissen, dass er kein anderer mehr werden würde. Er war das Beste, was er kriegen konnte. Vielleicht war das alles von Anfang an nichts weiter als eine fixe Idee gewesen. Den Witz an der Maschine, diesen ironischen Fingerzeig auf den Zeitgeist würde wahrscheinlich niemand verstehen. Ja, es war zu befürchten, dass niemand seine Art von Humor verstand, nicht einmal ansatzweise.

Was er oft einfach nur albern fand, ließ anderen das Lachen im Halse stecken bleiben. Seine Sekretärin hatte ihn einmal mit einer Schlinge um den Hals und heraushängender Zunge am Schreibtisch vorgefunden. Dass beide Enden des Seiles locker über der Rückenlehne seines Stuhles baumelten und er ohne Atemnot mit ihr sprach, war ihr vor lauter Entsetzen entgangen. Sie war untröstlich gewesen. Wenn er jetzt diese Maschine in seinem Büro aufstellte, würde man wahrscheinlich endgültig mit Kreide einen Bannkreis um seinen Schreibtisch ziehen. Oder bekam er Angst vor der eigenen Courage?

Gabriele. Er kannte noch nicht einmal ihre Geschichte. Konnte man da eine gemeinsame Zukunft haben? Es war fast so, als hätte sie auf dem Beifahrersitz Platz genommen. Sie war zu breit. Womöglich musste man dieses Gerät anschnallen, damit es beim Bremsen nicht vom Sitz rutschte. Sicher, sie war komplett auseinandergenommen worden, jemand hatte sie in Waschbenzin gebadet, ihre Walze erneuert, jedes Schräubchen überprüft und die Tastatur gewienert. Aber sie roch immer noch: Eine muffige Mischung aus Staub und Maschinenöl ging von ihr aus, ein Dachbodenaroma, das sogar den schweren, süßlichen Geruch seines neuen Leasingwagens übertönte. Westermann nahm den rechten Arm von der Lehne in der Mitte. Es wäre ein Leichtes, die Geschwindigkeit zu drosseln, die Beifahrertür zu öffnen und sie hinauszustoßen. Mit ein bisschen Glück würde es niemand sehen. Notwehr. Sperrmüll.

Westermann kam es so vor, als wäre er nicht allein im

Auto. Er blickte in den Rückspiegel und dann über die rech-te Schulter Richtung Rückbank. Man hörte so einiges aus Kreuzberg: von Dingen, die dort mit Autos passierten, die so aussahen wie seines, mit Menschen, die so aussahen wie er. Aber da war nichts. Nur die Schreibmaschine an seiner Seite.

Allein der Produktname war ein ziemlich bemitleidens-werter PR-Gag der fünfziger Jahre, Gabriele war längst kein gängiger Vorname mehr. Er hatte auch nie eine Frau kennenlernen wollen, die so hieß. Es hatte etwas Betuliches und doch auch Eitles, wie bei allen mehrsilbigen Namen, die schon beim Aussprechen Zeit in Anspruch nahmen. Und das würde auch bei Maschinen nicht anders sein. Wester-mann versuchte, sich auf die Straße zu konzentrieren, und chauffierte weiter.

Seit er sich erinnern konnte, hatte sich seine Mutter über-winden müssen, zu einstelligen Uhrzeiten aufzustehen. Sie würde gerade erst Frühstück und Zeitungslektüre hinter sich gebracht haben. Westermann parkte den Wagen auf der kleinen Auffahrt direkt vor der Garage und nahm die Stu-fen zur Haustür. Das Haus war noch gut in Schuss, sie hat-ten ihm erst vor fünf Jahren einen neuen sandfarbenen Au-ßenanstrich verpasst, und nun sah es fast wieder so aus wie früher: eine alte Jugendstilvilla, die sein Vater damals güns-tig gekauft hatte. Seine Mutter hatte sich gleich in das weit-läufige Grundstück und die alte Obstwiese dahinter ver-liebt – jedenfalls hatte sie nie versäumt, dies zu betonen, wenn Gäste kamen. Man mochte eben Menschen, die sich in Gärten und Obstwiesen verliebten. Westermann hatte kei-ne Erinnerungen an seine Mutter im Garten oder auf der Wiese. Das Obst erntete schon lange niemand mehr, und es wurde höchste Zeit, über die Vermietung des oberen Stock-werks nachzudenken. Vielleicht sollte man es gleich einer Pflegekraft anbieten.

Westermann klingelte und schloss zugleich die Haustür auf. »Mutter?«

»Richard!« Es kam aus dem Wohnzimmer.

Er trat ein und schloss die Tür. Das alte Haus war wie eine Wunderkammer, angefüllt mit Wissen und Erinnerungen. Viele Dinge, alle mit einer ganz eigenen Geschichte, standen, hingen oder lagen in den Zimmern. Und doch schien alles auf magische Weise seinen Platz und seine Ordnung zu haben, war voller Verweise und Bezüge, die nur mit dem entsprechenden Insiderwissen zu entschlüsseln waren.

Er ging vorbei an der Pinnwand mit den Zeitungsartikeln, die über sämtliche Kulturereignisse in der Nähe Auskunft gaben. Als minderjähriges Mitglied der Familie hatte man alle Angebote auf diesem Folterbrett sukzessive abarbeiten müssen. Er hatte es gehasst. Dennoch ließ er immer kurz den Blick darüberschweifen, wenn er zu Besuch kam. Wollte er sich vorab einen Überblick über die derzeitige Interessenlage und den Gemütszustand seiner Mutter verschaffen, so reichte ein Blick auf diese Pinnwand. Sie war immer aktuell, hatte Pulsschlag, auch wenn aus den Protestkundgebungen gegen Geflügelfarmen und Startbahnen, aus den Blutspendeterminen, Yoga-Workshops und Kursen in »alternativem Christbaumschmücken« mit der Zeit Theaterpremieren, Gymnastikstunden und Gesprächskreise zur Sexualität im Alter (Westermann guckte genauer hin. Tatsächlich.) geworden waren. Nun gut, es waren immerhin nur Gesprächskreise und keine Workshops wie früher.

An dem alten Sekretär im Wohnzimmer saß sie dann: Yolanda Westermann, in grünem Rock und roséfarbener, leichter Sommerbluse und mit einem Spüllappen in der Hand, neben sich auf dem Boden eine Flasche Scheuermilch. Es roch nach alten Möbeln, Teppich und ein wenig nach Pflaume. Wie immer.

»Wie gut, dass du kommst. Ich kann dir sagen, diese Leute von der Telefongesellschaft sind Kinder des Teufels!«

Er blieb mitten im Zimmer stehen, wie vom Donner gerührt, sein Blick wanderte von Gegenstand zu Gegenstand. Sicher, er war vorgewarnt gewesen: lab – lange aktiv bleiben. Ein selten blöder Name für einen Seniorentreff, fand er. »Lange bleiben, aber weniger aktiv« wäre immer noch dynamisch genug gewesen, zumindest was seine Mutter anging, fand er. Doch nun schien sie der Technik, von der sie absolut nichts verstand, bereits alle heimischen Türen geöffnet zu haben.

Neben ihr auf dem Sekretär machte sich der erste Personal Computer breit, den dieses Haus je gesehen hatte, als wäre er durch ein Zeitloch gefallen. Und auf Yolandas Schoß lag eine metallisch glänzende Tastatur.

»Mutter, das ist nicht dein Ernst!«

»Ich habe mich gleich in das Teil verliebt! Secondhand. Aber du weißt ja, dass es auf diesen Tastendingern mehr Bazillen gibt als auf der Klobrille.«

Westermann kam sich vor wie einer, der als Erster einen Tatort betrat. Sein Blick folgte dem Kabelwirrwarr auf dem Boden, und er entdeckte in der anderen Ecke des Raumes, dort, wo das Telefon stand, genau das, was er befürchtet hatte: einen funkelnagelneuen WLAN-Router samt Steckernetzgerät und Splitter.

»Du weißt nicht, was du tust«, sagte Westermann.

Sie zeigte auf die aufgeschlagene Schnellstart-Anleitung auf dem Boden. »Die sagen, dass ich damit fürs Erste über das Handynetz ins Internetz komme, bis die diese Extra-Sörfleitung freigeschaltet haben.«

»Mutter, du wolltest noch vor einem halben Jahr dein Seniorenhandy zurückgeben, als dir klar wurde, dass du da die Vorwahlen mitwählen musst. Und jetzt hast du einen Router?« Westermann ging zum Fenster, ließ den Blick über die Obstwiese schweifen und schwieg.

»Richard? Ich dachte, du freust dich. Was ist denn los mit dir?«, fragte sie.

»Nein, du nicht. Nicht du.«

»Alle im Internetz-Café haben das so bestellt. Warum glaubst du immer, dass ich das nicht kann?«

Er konnte nichts darauf sagen und blickte weiterhin auf die Bäume in der Obstwiese. Mindestens zwei der alten Krücken würde man fällen müssen. Es passte nicht. Seine Mutter war nie digital gewesen. Sie brauchte keinen Router, um die zu sein, die sie war und immer für ihn gewesen war. Es war so banal. Ja, banal. Er hätte nie gedacht, dass ihm dieses Wort in Zusammenhang mit seiner Mutter in den Sinn kommen würde. Sie war immer in ihrer Welt gewesen. Ein echtes Original. Und er, Westermann, war immer in seiner Welt gewesen. Es hatte immer genügt, stets das zu bestaunen, was der andere nicht hatte – dabei auf Abstand bedacht und die Sphäre des anderen respektierend. Und jetzt, in ihrem hohen Alter, war sie konvertiert und drauf und dran, in seine Welt zu immigrieren. Aus ihren Sätzen würden Mails werden. Mails, die die Welt lesen konnte.

»Warum sagt man immer nur bei den Kindern, sie würden im Leben zurückbleiben, wenn sie nicht computergebildet sind?«, fragte sie.

In diesem Moment kam ein Anruf. Westermann nahm sein Handy aus der Hosentasche und blickte aufs Display. Die Nummer sagte ihm nichts. Er nahm das Gespräch an.

Am anderen Ende der Leitung war erst ein Räuspern zu hören, dann sagte eine männliche Stimme: »Ja. Guten Tag. Matthias Höfer hier. Erinnern Sie sich? Sie gaben mir Ihre Nummer. Entschuldigung. Störe ich gerade?«

Westermann trat mit der Schuhspitze die Teppichfransen vor sich glatt und sagte: »Oh, nein. Es ist Wochenende, nicht wahr?« Er blickte auf und sah, wie seine Mutter langsam die Scheuermilch zwischen die Tasten tröpfeln ließ.

»Ich kriege meinen Vater nicht gelöscht.«

Westermann ging auf seine Mutter zu, zeigte auf die Scheuermilch, schüttelte demonstrativ den Kopf und machte abwehrende Handbewegungen. Sie verstand nicht. Er sprach weiter: »Wie, jetzt? Macht Ihnen das Krematorium Schwierigkeiten?«

»Sie sind doch von IBT, nicht wahr?«, wollte Höfer wissen.

Westermann verstand erst jetzt. »Ach, Sie meinen sein Profil im Netz?«

»Ja, er bekommt immer noch Mails, obwohl er doch tot ist! Und ich kriege noch nicht einmal den Abwesenheitsassistenten gelöscht, ganz zu schweigen von seinem Account. Ich muss ihn säubern lassen, seinen PC. Aber wenn ich das Teil zum Elektromarkt oder gar zum Händler bringe, weiß ich nicht, was die damit machen, wenn sie herausbekommen, wer er war. Am Ende verkaufen die die Daten separat weiter.« Er machte eine Pause. Es schien ihn Überwindung zu kosten, als er fortfuhr: »Mir wäre lieb, wenn Sie mir da einen Tipp gäben. Jemand, dem man vertrauen kann, verstehen Sie?«

»Sicher«, sagte Westermann zögernd. »Kennen Sie denn tatsächlich niemanden außer mir?«

»Sonst würde ich ja wohl kaum bei Ihnen anrufen, oder? Ich will das diskret regeln.« Es lag bereits ein Anflug von Verzweiflung in Höfers Stimme, als er hinzusetzte: »Verdammt, er ist immer noch da! Wissen Sie, was ich meine?«

Westermann guckte. Seine Mutter war aufgestanden und begann jetzt, die Blumentöpfe von der Fensterbank zu räumen. »Ja, ich weiß, was Sie meinen.«

Am anderen Ende der Leitung schien man sich wieder zu fangen. »Es war sein letzter Wille, dass ich den PC behalte. Langsam frage ich mich, ob …«

»Tja, das ist so eine Sache mit dem Willen«, unterbrach ihn Westermann. »Hören Sie, kann ich Sie zurückrufen?« Seine Mutter hatte noch nie in ihrem Leben die Fensterbänke frei geräumt.

»Können Sie vielleicht selbst bei mir vorbeikommen?

Wissen Sie, er ist praktisch überall, wenn man nach ihm sucht. Er ploppt auch dann auf, wenn man nicht nach ihm sucht«, sagte Höfer.

Westermann überlegte nicht lange. Er verabredete sich mit Höfer für den Dienstag der kommenden Woche. Denn eines stand wohl fest: Tote sollte man nicht zu früh aus der Welt schaffen. Außerdem durfte die Leidensphase ruhig noch etwas andauern. Es war vermessen, jetzt daran zu denken, aber Höfers Sohn hatte immer noch die Olympia, und vielleicht würde er nun tatsächlich etwas kooperativer werden.

»Was hast du denn mit dem Krematorium zu tun?« Seine Mutter war noch immer mit den Blumentöpfen beschäftigt.

»Mutter, was machst du denn jetzt schon wieder, um Himmels willen?«

»Große Blumentöpfe beeinträchtigen mit ihrer Feuchtigkeit die Bandbreite, haben die uns gesagt.«

Westermann betrachtete sie. Seit sie sich die Haare nicht mehr färbte, trug sie eine modische Kurzhaarfrisur. Sie kam sich wie ein Profi vor, als sie es sagte, das wusste er genau. Man sah es ihr an, ihre Bewegungen waren selbstsicher und schnell, trotz ihrer zweiundachtzig Jahre. »Bandbreite? Du redest vom Funksignal für das WLAN?«

»Krematorium. Was hast du damit zu tun?«

Konnte seine Mutter nicht wie alle anderen alten Frauen auch mal Dinge vergessen oder zumindest einmal nicht zuhören, dachte Westermann. »Oh, wir hatten da neulich einen Trauerfall in der Firma. Das war gerade ein Mitarbeiter«, sagte er.

»Also, ich möchte auch verbrannt werden.«

Typisch, dachte Westermann, sie schaffte es wieder einmal, über sich selbst zu reden.

»Kennst du die indischen Verbrennungsstätten am Ganges?«, fragte sie. »Man kommt noch nicht einmal in eine Urne.«

»Wieso nimmst du keine Fritzbox? Da hast du Dualband-WLAN.« Westermann zeigte auf den Router. Er wollte jetzt nicht über Indien reden. Dann lieber über diesen verdammten Kasten.

»Ihr hättet keine Probleme mit der Grabstätte.«

»Toll. Wir müssten nur nach Indien fliegen«, sagte Westermann. Es war schon immer etwas Vagabundierendes in seiner Mutter gewesen, dachte er. Am Tag der ersten Mondlandung hatte sie ihn aus dem Schlaf gerissen, und er hatte in seinem blauen Schlafanzug mit den grünen Teddybären darauf die ersten Schritte auf die Mondoberfläche mitgehen müssen. Und nun wollte sie ihn selbst nach ihrem Tod noch durch die Weltgeschichte schicken. Westermann nahm die Scheuermilch und verschwand damit in der Küche. Sicher war sicher.

»Ihr müsstet einfach nur ab und zu ein paar Blumenblüten ins Wasser werfen. Kennst du Diwali, das indische Lichterfest? Da lassen sie auch Kerzen zu Wasser«, rief sie Richtung Küche.

»Mutter, bitte!« Westermann kam zurück ins Zimmer. Er musste es anders versuchen. »Hast du überhaupt eine Ahnung, in was du dich da hineinbegibst? Das Internet ist eine einzige exhibitionistische Verwertungsmaschinerie. Erst wirst du es bespeisen, und dann wird es dich verspeisen. Zweikommafünf Quintillionen Bytes. Das ist die Menge an Daten, die täglich generiert werden.«

»Na, dazwischen werde ich ja wohl nicht groß auffallen«, sagte sie mit einer beneidenswerten Unbekümmertheit.

Westermann guckte. Wahrscheinlich wäre sie nachdenklicher geworden, wenn er »zehntausendachthunderteinundneunzig Bytes« gesagt hätte. »Sie werden viel zu viel von dir wissen, Mutter.«

»Herrje, sei doch nicht immer so pessimistisch, Richard«, schob sie nach. »Im Ernst, ich weiß nicht, warum sich irgendjemand da draußen für mich interessieren sollte.«

Westermann rollte die Augen. Es hatte keinen Sinn. Sie musste es wohl erst am eigenen Leibe spüren. Das Dumme war nur, dass man es eben nicht am eigenen Leibe spüren konnte.

Auf den Stühlen standen noch die Blumentöpfe. Westermann setzte sich auf den Teppich und starrte auf das Muster: Ineinander verschlungene Blütenblätter, die sich nach außen verjüngten und dann von einem riesigen bordeaux-roten Doppelrahmen umgeben waren. »Geh doch stattdessen nach draußen. Du könntest Freunde treffen oder an Blumen riechen. Das hast du immer zu mir gesagt. Und jetzt hängst du selbst vor der Kiste«, sagte er.

»Ja, aber das ist doch auch deine Welt! Dass ausgerechnet du dich hier so aufregst, verstehe ich nicht.« Sie begann, ein Kabel auszulegen.

»Ja, natürlich ist das meine Welt. Aber es ist nicht deine, glaube ich«, antwortete er.

»Oh, Entschuldigung! Entschuldigung, dass ich deine Welt betrete!«

Westermann schwieg. Vielleicht musste er es ihr anders sagen. »Ich meine nur, am Ende sitzt du doch nach wie vor alleine da.«

»Herrje, Richard. Du hast immer so einen Hang zur Schwermut. Wie dein Vater. Was ist, wenn ich dir sage, dass es mir einfach Spaß machen wird? Es erweitert, nun ja, die Optionen. Ich kann mich mitteilen, Leute kennenlernen, Neues erfahren, Spuren hinterlassen. Gerade in meinem Alter.«

Eines konnte man seiner Mutter gewiss nicht vorwerfen: ihr Talent, die Dinge stets positiv auszulegen. So, genau so hatte er Schwimmen und Fahrradfahren gelernt. So, genau so hatte sie ihn zum Trommelkurs geschickt. »Spuren? Ich finde, du hast schon genug Spuren hinterlassen.« Westermann bereute es in dem Moment, in dem er es sagte.

»Wie meinst du das?«

Jetzt halfen nur beschwichtigende Handbewegungen. »Nun ja, ich will damit sagen, dass du gläsern wirst mit dieser Kiste. Es gibt nichts, was die Suchmaschinen und Online-Anbieter nicht von dir abspeichern werden.«

»Manchmal frage ich mich, wie alt ich bin«, sagte sie.

»Aber das weißt du doch.«

»Natürlich weiß ich das, aber ich frage mich das trotzdem. Weißt du, ich möchte doch nur dazugehören.«

»Zu was?«

»Zu euch allen!« Sie schüttelte den Kopf. »Ich verstehe wirklich nicht deine Bedenken, Richard. Wenn ich im Bus sitze, und jemand von der Marktforschung hakt die Leute auf so einer Liste ab, dann hinterlasse ich auch Spuren. Auf der Liste. Oder wenn ich mit meinem Shopper jemandem in die Hacken fahre. Spuren! Schmerzhafte Spuren! Die werden ganz woanders gespeichert.«

»Sie werden wissen, wo du bist. Sie werden wissen, wo du warst. Und irgendwann werden sie mehr oder weniger wissen, was du denkst. Und du wirst ständig erreichbar sein«, sagte Westermann.

»Ständig erreichbar müssen nur die Dienstboten sein.« Sie reichte ihm das Kabel: »Ich glaube, das muss in die linke Buchse.«

Zwei Stunden später lag er immer noch auf dem Teppich vor dem Router. Es war kindisch gewesen, Ehrgeiz dabei zu entwickeln, Steckernetzteile zu ordnen, kleine Kupferlitzen in die richtigen Löcher zu fummeln und zu überlegen, ob der Speedport ein spezielles DSL-Kabel für den IP-basierten Anschluss benötigte. »Kannst du mal in deiner Auftragsbestätigung nachschauen, ob du Standard oder Universal als Anschlussart gewählt hast?«, fragte Westermann.

»Standard. Bestimmt Standard. Muss ich gar nicht erst nachgucken.«

»Da wäre ich mir nicht so sicher«, sagte er. »Die Initialisierungsphase am Gerät ist abgeschlossen. Jetzt fahre mal den Computer hoch.«

Seine Mutter nahm die Maus und klickte zwei Mal.

»Nein, Mutter. Der Schalter. Der Schalter links unten am Bildschirm.«

Fünf Minuten später sagte sie: »Computer sagt Nein.«

Es funktionierte nicht. Nur das Power-LED am Router leuchtete. Mehr musste auch nicht leuchten. Er war Vorstand. Nicht mehr und nicht weniger. Ab und zu kam auch er an seine Grenzen. Aber dieses hier waren noch nicht einmal Grenzen, allenfalls marginale Stolpersteine auf dem Weg zur Grenze.

»Früher konntest du Kraniche falten, die mit den Flügeln flatterten, wenn man sie am Schwanz zog.« Seine Mutter hatte nun den Router auf den Schoß genommen und hielt beide Handflächen darüber.

»Was machst du da?« Westermann wischte sich den Schweiß von der Stirn. Es war verdammt heiß geworden.

»Reiki.«

»Wie bitte?« Westermann starrte auf ihre Hände. Sie waren immer noch schön, und sie trug immer noch beide Eheringe übereinander am rechten Ringfinger.

»Mens et manus. Geist und Hand. Verbindungsheilung. Es löst Blockaden und wirkt immer auf der Ursachenebene.«

Westermann nickte. Reiki. Ja, sicher. Er hatte es fast schon wieder vergessen.

»Noch einmal, Richard. Du musst das nicht tun. Du bist viel zu fein angezogen, um da auf dem Boden herumzurutschen.«

»Herrje, Mutter, was meinst du denn, was ich anziehen soll?« Westermann riss die Kabel wieder aus den Buchsen.

»Nimm doch nicht immer alles so genau. Ich sehe doch, wie schwer es dir …«, seine Mutter hielt inne. »Nun ja, ich meine, es ist wahrscheinlich tatsächlich eher etwas für solche Router-Menschen, die man kommen lassen kann und die den ganzen Tag nichts anderes machen.« Sie stand auf. »Ich hole uns erst einmal einen Apfelsaft.«

Router-Menschen, dachte Westermann. Natürlich konnte er ein paar Techniker ans Ende der Welt zu ihr nach Wannsee schicken. Er war Vorstand. Aber es wäre nicht dasselbe. Er versuchte es ein letztes Mal, dann ein allerletztes Mal und eine weitere Stunde später gar nicht mehr.

»Trotzdem schön, dass du da warst«, sagte sie draußen am Auto.

Er hasste diesen Satz. Sie hatte es sich nicht nehmen lassen, ihn vor die Tür zu begleiten wie immer, mit ihm zum Auto zu gehen wie immer und ihm nachzuwinken wie immer, wenn er fuhr. Dieses Bild im Rückspiegel, diese winkende, kleiner werdende Frau, meistens in Rosé, würde er bis ans Ende seiner Tage vor seinem geistigen Auge abrufen können, und darin lag schon jetzt etwas Tröstliches. Doch an diesem Tag war ihm, als müsste er sich von irgendetwas an ihr verabschieden, als würde sie das letzte Mal an der Straße stehen als »die Frau ohne Router«. Ein Stück von ihr war bereits jetzt zur nostalgischen Erinnerung geworden.

»Bitte verstehe mich, Richard. Es ist doch etwas ganz Normales«, sagte sie in einem schrecklich versöhnlichen Tonfall. »Gerade du wärst doch ohne Computer gar nicht imstande, deinem Beruf nachzugehen.«

Westermann stieg in seinen Wagen und fuhr das Fahrerfenster summend herunter.

»Willst du noch zu einem Picknick?«, fragte sie.

Westermann nahm den Schlüssel wieder vom Zündschloss und blickte sie fragend an. Ihre Augen lagen auf Gabriele. Sie beugte sich so neugierig durch das offene Autofenster, als habe dieser Koffer auf Westermanns Beifahrersitz unten zwei Beine. »Nein, wieso?«, fragte Westermann scheinheilig.

»Ein Musikinstrument? Du hast Musikinstrumente immer gehasst.« Sie legte ihm die Hand auf die Schulter, und da war er wieder, dieser Gesichtsausdruck, der unbeirrbar zu fragen schien: Warum bloß bist du immer so allein?

»Das ist geschäftlich«, sagte Westermann. Genau genommen, war es das ja auch. Er nahm den Anschnallgurt des Beifahrersitzes und zog ihn über Gabriele, legte seine Hand auf die seiner Mutter und führte sie dann sanft aus dem Autofenster hinaus. Er ließ den Wagen die Auffahrt hinunter auf die Straße rollen und gab Gas. Noch ein Blick in den Rückspiegel. Winken. Und dann nur noch Gas. Die Maschine war ja jetzt angeschnallt. »Gerade du wärst doch ohne Computer gar nicht imstande, deinem Beruf nachzugehen.« Hatte sie das tatsächlich gesagt?

Analoge Störungen

⇔ Q W E R T Z U I O P Ü ⇨

Angriff 1.0

Tack. Tack, tack. Tack. Westermann nahm die Laute mehr im Unterbewusstsein wahr und war zu müde, die Augen aufzuschlagen. Er versuchte, das Geräusch in seinen Traum zu integrieren. Es war ein hilfloses Unterfangen, und es gelang ebenso wenig, wie wochentags um 6.15 Uhr die Müllabfuhr auszublenden, wenn man noch in dieser seltsamen Welt zwischen Schlaf und Wachzustand gefangen war. Er kam zu sich und nahm sein Smartphone vom Nachttisch: 7.30 Uhr. Sonntagmorgen. Das Geräusch kam aus der Küche. Was um Himmels willen war da los? Ihm fiel die Gabriele ein, die er gestern nach der Heimkehr von seiner Mutter auf dem Küchentisch abgestellt hatte, weil er sie über Nacht nicht angeschnallt auf dem Beifahrersitz hatte stehen lassen wollen. Wohin auch mit ihr? Es gab keinen Platz für diese Maschine. Sie passte nicht zu Westermanns Designvorstellungen und auch nicht in sein Einrichtungskonzept. Ihm kam der hoffnungsvolle Gedanke, Gabrieles Anschaffung vielleicht nur geträumt zu haben. Vielleicht war der Schriftsteller Höfer sogar noch quicklebendig? Doch dass da gerade jemand ziemlich vorlaut auf einer Schreibmaschine herumhämmerte, in seinem eigenen Haus, war nicht zu überhören. Oder hatte sich das Gerät selbstständig gemacht und schrieb geheimnisvolle Botschaften?

Er stand auf, zog seinen Morgenmantel über und ging barfuß die Treppe hinunter Richtung Küche. Ja, es war Paul, der den Koffer aufgeklappt hatte und nun über Gabriele gebeugt saß wie ein Chirurg bei einem äußerst komplizierten

Eingriff. Er operierte mit zwei Zeigefingern in einem seltsam rhythmischen Stakkato und bemerkte ihn nicht. Westermann räusperte sich.

Paul blickte noch nicht einmal auf. »Ah, Dad. Morgen. Das ist ja ein geniales Teil. Die gibt ja total coole Geräusche von sich.« Westermann kam näher. Paul hatte den abgerissenen Teil einer Brottüte in die Maschine gespannt, wohl in Ermangelung von Papier, und hämmerte wahllos Buchstaben darauf.

»Was, herrje, machst du da? Es ist halb acht Uhr morgens!«

»Weißt du, das ist fast, wie durch Schlamm zu stapfen beim Schreiben. Herrlich. Die PC-Tastatur ist Eisschnelllauf dagegen. Völlig geräuschlos. Langweilig im Vergleich.«

»Was hältst du von Ruhe?«, wollte Westermann wissen und füllte Bohnen in den Kaffeeautomaten.

»Ruhe? Ruhe ist abgeschafft. Völlig überbewertet.«

»Ich meine das Gegenteil von Lärm«, bemerkte Westermann.

»Es ist wie mit den Hunden: Die Schlimmsten sind die, die keinen Lärm machen. Das müsstest du doch am besten wissen.« Paul hämmerte weiter in die Tastatur. Es sah aus, als fresse die Maschine gerade die Brottüte. »Ist dir aufgefallen, dass sich die Großbuchstaben, also die mit Umschalter, dumpfer anhören? Ist das wohl nur bei diesem Typ so?«

Westermann kam näher. Die Maschine hatte von der Formgebung und der schillernden Farbe her tatsächlich eine erstaunliche Ähnlichkeit mit Höfers Olympia. Aber auf den Papierresten standen immer noch keine Wörter, sondern nur eine wilde Ansammlung von willkürlichen Buchstabenfolgen. »Willst du es nicht einmal mit Wörtern versuchen? Man kann damit kommunizieren, mein Sohn.« Westermann beugte sich zu Paul herüber und nahm erst jetzt die Lautsprecherfunktion des Smartphones auf dem Tisch wahr. »Nimmst du das etwa auf?«

»Ja, für mein Online-Archiv verschwundener Geräusche. Die akustische Wahrnehmung hat eine andere Qualität als die visuelle, weißt du.«

»Wer sagt das?«, wollte Westermann wissen.

»Na, Oma. Sie sagt, dass das Auge als sinnliches Vollzugsorgan des Intellekts gilt, der die Reize der Außenwelt rational filtert, während das Gehör ein Organ des Inneren ist, ein direkter Draht zum unbewussten, mythischen Erleben.«

Unbewusstes, mythisches Erleben. Westermann musste an die Pinnwand seiner Mutter denken. Genauer gesagt an den Veranstaltungshinweis »Gesprächskreis Sexualität im Alter«.

Paul schien in seinem Element zu sein. »Hörst du dieses fette Klackern? Oder ist das mehr ein Schnalzen? Und der Wagenrücklauf – es ist, als würde sie ganz kurz Luft holen, bevor sie einrastet. Da ist so eine Spannkraft im Ton, total dynamisch. Aber irgendwie hat sie noch nicht den optimalen Sound. Ich muss das noch einmal mit einer anderen Grundlage, vielleicht mit richtigem Papier versuchen.«

»Das ist meine Maschine«, sagte Westermann und starrte Paul an. »Ist eigentlich alles in Ordnung mit dir?« Er wusste, dass sein Sohn eine eigene Internetseite plante, auf der er Geräusche vor dem Verschwinden retten wollte, indem er sie archivierte. Er hatte bereits das Anziehen der Handbremse eines alten Opel Astra, das Schleifen einer Fensterkurbel eines Ford Taunus, das Klicken einer Polaroid-Sofortbildkamera und das Surren eines Krupp-Solitär-Haartrockners aufgenommen und ihm vorgespielt. Und nun also Gabriele. Musste man sich Sorgen machen? Woher hat er das nur?, dachte Westermann.

Sein Smartphone vibrierte, und er blickte auf das Display. Es war Wetter, der Vorstandsvorsitzende.

»Ja, Wetter hier, Herr Westermann. Sorry für den frühen Anruf.« Wetter machte eine kurze Pause, und Westermann versuchte, Paul mit vor den Mund gelegtem Zeigefinger vom Tippen abzubringen. Wetter fragte: »Oh, haben Sie die Handwerker im Hause? Es klappert im Hintergrund. Oder ist das die Leitung? Hallo?«

»Nein, nein. Der Klempner, wissen Sie. Wir haben da jemanden, der auch am Wochenende spontan kommt und flott arbeitet.«

»Tja, sehr operativ. Jedem seinen Rhythmus, nicht wahr?«, sagte Wetter.

Westermann versuchte, sich so schnell wie möglich von Gabriele und Paul zu entfernen.

Wetter fuhr fort: »Ja, also, Westermann, ich wollte Sie nur fragen, ob wir das Telefonat schon früher führen können. Am besten so innerhalb der nächsten Stunde. Ich muss heute noch so einiges auf Schiene setzen, wissen Sie. Wäre das auch okay für Sie? Ich wollte nur nicht, dass Sie sich wundern.«

Westermann würde sich nicht wundern. Über nichts und niemanden mehr. Wetter war der Typ Manager, der mental in den Neunzigern hängen geblieben war und sich nie scheute, Meetings auf 19 Uhr zu legen oder am Wochenende ab 8 Uhr morgens anzurufen. Getting things done. Er war der klassische Familienlebenvermeider und schloss stets von sich auf andere. Wenn es derart eilte, war das zudem kein gutes Zeichen. Es war alles drin: Beförderung im Sinne des Weglobens, Auslandsentsendung oder Kündigung in gegenseitigem Einvernehmen. Er blickte an sich herunter: weißer Frottee mit Krümeln, nackte Füße, noch nicht einmal die Zähne geputzt, den Schlaf noch in den Augen. So konnte man nicht ins Gefecht gehen. Niemand wollte seinen Job ausgerechnet im Bademantel verlieren. »Oh, ja sicher. Kann ich Sie in zwanzig Minuten zurückrufen? Bis dahin ist der Handwerker weg, und wir haben Ruhe«, sagte er mit einer lässigen Nonchalance in der Stimme, die er nur für schwere Fälle aufsparte.

Wetter willigte ein.

Westermann ging zurück in die Küche, wo Paul gerade die Buchstaben-Brottüte mit einem peitschenden Geräusch von der Walze zog. »Ist eigentlich schade, dass das Teil nur zur Deko sein soll. Ich nehme nachher noch den Walzendrehknopf, das Klingeln und den Wagenrücklauf separat auf.«

»Wagenrücklauf, ja«, sagte Westermann. Er nahm zwei Brotscheiben, versenkte sie im Toaster und sah zu, wie sich die Heizstäbe langsam rot färbten, spürte die Hitze im Gesicht. Toastbrot jetzt auch am Wochenende. Früher hatte er beim gemeinsamen Frühstück mit der Familie am Mixer gestanden für seinen Spezialshake aus Himbeeren, einer halben Banane, laktosefreier Milch und einem Pülverchen zum Muskelaufbau. Und noch vor dem ersten Kaffee ein Glas grünen Tee, dann frische Brötchen. Nach Annas Auszug hatte er diesen Aufwand schnell aufgegeben. Es war auch nichts weiter gewesen als ein jämmerlicher, zur Schau gestellter Versuch, mit ein paar Vitaminen und Proteinen gegen den Stress in der Woche anzugehen, guten Willen zu zeigen. Neulich hatte er sich dabei ertappt, wie er am Flughafenkiosk eine Tüte Beef Jerky, einen Ready-to-eat-Snack aus getrocknetem Fleisch, mitgenommen hatte. Nicht für Churchill. Aus Neuseeland. »Packed in protective atmosphere. No refrigeration required.« So weit war es schon gekommen.

Westermann blickte aus dem Küchenfenster und sah, wie gerade ein Umzugswagen zurücksetzte, um in die Parkzone vor dem Nachbarhaus zu fahren. Da wurde wahrscheinlich der Nächste verlassen. Ein schlechtes Omen, fand er. Er nahm die Butter und strich sie aufs warme Brot.

Neunzehn Minuten später hatte sich Westermann auf seinen Hocker an der Kücheninsel gesetzt und rief Wetter an. Pünktlich. Auf Festnetz. Mit nassen Haaren und »Blenheim Bouquet« an der Halsschlagader. Er hätte es gehasst, auch nur zwei Sekunden auf Wetters Anruf warten zu müssen.

Wetter eröffnete das Gespräch mit »Ja. Wunderbar. Westermann!«

Westermann verdrehte die Augen und ließ ihn weiterreden.

»Schön, dass das schon klappt mit Ihnen heute Vormittag. Was macht der Handwerker?«

Handwerker? Wollte er jetzt über Handwerker reden? »Oh, ich denke, dass er inzwischen seine Rechnung schreibt«, antwortete Westermann.

»Rechnung. Ja, richtig. Sehr wichtig. Die Finanzen müssen stimmen! Da wären wir ja fast schon beim Thema.«

Herrje, wie billig, dachte Westermann. Aber sollte Wetter doch ruhig zappeln im Bemühen, sein Anliegen auf den Punkt zu bringen. Er war ja bereits volljährig.

Westermanns Smartphone in der linken Hand signalisierte einen Maileingang, und er wischte. »*Danke noch einmal für deine Mühe. LG Mutter, yolanda@labberlin.de*« Ja, lange aktiv bleiben. Sie war wieder da. Westermann fühlte sich nicht gut mit dem Wort »Mühe«. Die roten Flecken auf seinen Knien vom Rumrutschen auf dem Boden sah man immer noch. Er atmete tief ein und hoffte, Wetter würde das in seinem Redefluss nicht bemerken.

Wetter merkte nichts. »Nun, Westermann, ich wollte eine kleine organisatorische Umstrukturierung mit Ihnen besprechen. Da hätte ich gern Ihre Meinung.«

Lügner. Westermann schnipste einen verdammten Toastbrotkrümel von der Edelstahlfläche der Anrichte Richtung Spülbecken.

Wetter fuhr fort. Er wollte es wohl schnell hinter sich bringen. »Sie wissen ja, dass Dockhorn, unser Datenmann, aus den Staaten zurück ist. Er hat da eine Menge Insiderwissen zur Unternehmensstrategie sammeln können, kann ich Ihnen sagen. Für so etwas muss man einfach on spot sein. Den Spirit fühlen sozusagen. Und er war ja auch ein paar Wochen in Madcom Valley. Völlig durchgeknallt, die

Typen da drüben. Muss ich Ihnen ja nicht erzählen, Westermann.«

»Ja, völlig durchgeknallt«, sagte Westermann.

»Die sind da drüben in ihren kleinen Buden ja alle CDEs.«

»CDEs?«, fragte Westermann.

Wetter schnaufte in den Hörer: »Na, Chief Digital Executives. Gehört praktisch zur gängigen Terminologie. Viel heiße Luft, wenn Sie mich fragen.«

»Selbstverständlich«, sagte Westermann, »Kalifornien eben.«

»Tja, play the game, was?«, sagte Wetter.

»Ja«, sagte Westermann.

»Ja, meinen Sie auch, nicht wahr?«

»Durchaus.«

»Ja, also. Ich muss Dockhorn was bieten. So auf dem Papier.«

»Hm.«

»Haben Sie was gesagt?«

»Nein. Ich höre Ihnen zu.«

»Also, ja nun, Dockhorn hat mittlerweile exzellente Beziehungen zu den Amis. Ich sage nur Happle. Und ich muss Ihnen ja nichts erzählen zur globalen Marktpräsenz von Stroodle, Bipazon und Tracebook.«

»Nein, müssen Sie nicht.«

Eine weitere Mail traf ein: »Nächste Schreibmaschinen-Auktion in nur zwei Tagen auf www.type24.com.« Wenn auf eines Verlass war, dann auf die Algorithmen.

Wetter fuhr indes fort: »Nachdem die Zentrale den Zuschlag für die Datencloud der CIA nicht bekommen hat, sind die aggressiver als je zuvor. Haben Sie eine Ahnung, an welchem Rad die da drüben drehen?«

»Keine Frage.«

Westermanns Füße wurden heiß, und er bemerkte erst jetzt, dass Churchill sich wieder darauf niedergelassen hatte.

»Es wird Sie daher nicht überraschen, dass wir Dockhorn

mit seinem Netzwerk und seinen Kenntnissen einen Vorstandsposten anbieten müssen. Nichts weiter als ein kleines Zuckerbrot.«

»Hm.«

»Sie müssen jetzt nichts sagen. Wir dachten da an ein neues Ressort: Data. Ausrichtung auf unser Segment Beratung, Vertrieb und Finanzdienstleistung. Mit Fokus auf unsere Kunden. Also strukturierte Akquise von Neukunden, Verbesserung der Angebotsrelevanz, neue Security Appliance, Kundenbindung. Kurzum: Big data at its best!«

Es kam wieder eine Mail, und Westermann aktivierte: »Können Sie auch früher kommen? Matthias Höfer«

»Ich ahne es«, sagte Westermann und blickte aus dem Fenster. Der Umzug im Nachbarhaus war in vollem Gange. Es sah tatsächlich so aus, als ziehe jemand ein statt aus. »Das ist ja ein äußerst erquickliches Angebot für Dockhorn«, sagte Westermann langsam.

Wetter verstand wohl und lenkte ein: »Was Sie angeht, Westermann, Sie bleiben im Spiel. Sie sind unser Trumpf, unsere Geheimwaffe, unser Lückenmann!«

»Lückenmann?«, fragte Westermann.

»Na, im Sinne von Sicherheitslücke! Die werden Sie ja bekämpfen mit der Krypto-Box. Ich sage nur ›De-Connect‹.« Man konnte hören, wie er beim Sprechen ständig Luft holte, als müsste er für jedes Wort Anlauf nehmen. »So wird das Gerät doch heißen, oder? Aber das wird noch ein wenig dauern, nicht wahr?«

»Wir brauchen noch ein halbes Jahr«, sagte Westermann.

Wetter entgegnete schnell: »Genau. Und was wir darüber hinaus brauchen, Westermann, ist ein Gesamtkonzept. Verstehen Sie mich nicht falsch, aber es geht in erster Linie um das Sammeln von Inhalten und dann erst um deren Verschlüsselung. Sonst hätten wir ja auch nichts zum Verschlüsseln, nicht wahr?«

Mangelnde Logik konnte man ihm wahrlich nicht vorwerfen, dachte Westermann. Er ging zu Gabriele. Ihr Koffer war nicht ganz geschlossen, denn ihr Wagenhebel ragte noch links heraus. Westermann klappte den Deckel wieder auf.

Wetter ließ sich nicht beirren: »Sie stehen für Autonomie, Westermann! Schon Ihre Konstruktion des neuen Analog-Digital-Wandlers zur Signalverarbeitung war ein Meilenstein für unser Unternehmen.«

»Danke.«

»Wie bitte?«

»Ich wollte Sie nicht unterbrechen, Herr Dr. Wetter.«

Wetter fuhr fort: »Ja, und nun entwickeln Sie die eigene Cloud via Hardware, zum Auf-den-Tisch-Stellen und im handlichen Format zum Mitnehmen! Ein Bollwerk! Es wäre in der Lage, den Standort und die Identität des Nutzers komplett zu verschleiern, wenn ich das recht verstehe? Alles Krypto? Präzedenzlos in dieser Form?«

So ganz hatte es sein Chef immer noch nicht verstanden: Man konnte keine Cloud auf den Tisch stellen, aber man konnte ein Gerät entwickeln, mit dem man ohne IP-Adresse, ohne irgendeine digital verfolgbare Spur ins Netz gelangen konnte.

»Worauf wollen Sie genau hinaus?«, fragte Westermann. Er drückte langsam die Umschaltfeststell-Taste der Gabriele herunter, bis sie einrastete, und dann kippte er den Farbbandhebel auf Rot.

»Also, was wir brauchen, ist eine öffentlichkeitswirksame Sofortpositionierung im Bereich Data. Personell. Etwas, das wir nach außen kommunizieren können.«

Westermann legte den Zeigefinger auf das F und drückte die Taste fest und schnell nach unten: F. Dann weiter mit U, dann C, schließlich K. Es tat gut. Es hatte etwas Manifestierendes. Es war wie ein Abfeuern, dabei wurde nur Farbe abgeschlagen vom Gewebeband. Man würde keinen einzigen Buchstaben sehen können. Aber man hatte ihn wohl hören können. Und zwar laut und deutlich.

»Westermann? Hallo? Sind Sie noch da? Was klackert denn da?«

»Was?«, frage Westermann.

»Na, so ein Scheppern. Oder ein Schnappen.«

»Ein Schnappen? Nein, ich höre nichts«, grinste Westermann.

»Scheißfestnetz.« Wetter schien sich eine Zigarette anzuzünden. Man konnte ein Feuerzeug hören. »Nun, zurück zum Thema: Wir werden Ihr Ressort ein wenig verkleinern müssen zugunsten von Dockhorns Data-Ressort. Den Preis müssen wir zahlen für die Zukunft.«

Der Wagenhebel war noch nicht ganz in der Mitte, und Westermann fügte drei Anschläge mit Leertaste hinzu:!!!

»Da! Schon wieder!«, rief Wetter.

»Ich höre wirklich nichts, Herr Wetter«, entgegnete Westermann.

»Wie auch immer, Westermann. Wir werden das alles höchst vertraulich behandeln und intern offen und transparent gestalten.«

Westermann wurde übel. Es musste der Kreislauf sein. »Ja«, sagte er. »Ich verstehe, Herr Dr. Wetter. Wir sehen uns morgen?«

»Westermann. Wunderbar. Morgen muss ich leider selbst in die Staaten. Aber seien Sie versichert: Wir stehen vor einer Zeit eruptiven Wandels. Haben Sie Geduld und lassen Sie uns Ihr Wegbereiter sein. Glauben Sie mir, an dem Tag, an dem Sie Ihre Krypto-Box auf den Tisch stellen, strukturieren wir wieder völlig um.«

»Ja«, sagte Westermann.

»›De-Connect‹. Guter Name«, bemerkte Wetter.

»Ja«, sagte Westermann.

»Die Geheimdienste werden sich die Finger nach Ihrer Box lecken!«, schloss Wetter.

Westermann löste den Umschaltfeststeller und betätigte die Wagenverriegelung ganz unten an der Maschine. »Ge-

heim Gefäß! Wie mich geheimnisvoll die Form entzückte! Dich höchsten Schatz aus Moder fromm entwendend,
und in die freie Luft zu freiem Sinnen …«, hörte er sich
sagen.

»Wie bitte?«, fragte Wetter.

»Goethe, Herr Dr. Wetter. Sturm und Drang. Freie Luft
zu freiem Sinnen. Ich dachte, das passt.«

»Oh ja. Sehr kryptisch. Und wie feinsinnig und sportlich
von Ihnen, Westermann.«

»Hm.«

»Wollten Sie noch etwas sagen?«

»Sollte ich?«

Es gab eine kleine Pause, und dann sagte Wetter: »Tja, am
Ende muss man eben mehr richtig als falsch machen.«

Nun, so konnte man Unternehmensstrategie auch de-
finieren, dachte Westermann. Wenn er sich selbst in einem
immer treu geblieben war, dann in dem Vermögen, im richtigen Moment zu entscheiden, wann etwas zu weit ging und
er besser den Stöpsel aus der Badewanne zog. Westermann
legte ohne ein Wort des Abschieds auf. Er blickte auf Churchill hinunter, dessen Kopf rhythmisch zu zucken begann.
Es war kein gutes Zeichen. Doch es war schon zu spät. Ein
warmer Strom Erbrochenes breitete sich über Westermanns
Schuhe aus.

Er war am Boden zerstört. Es fühlte sich an, als wohnte
man seiner eigenen Beerdigung bei, fand Westermann. Als
läge man bereits in der Kiste und müsste regungslos einen
fachlich wie rhetorisch völlig miesen Trauerredner über sich
ergehen lassen. Scheiße, dachte Westermann, was jetzt?

Er schlüpfte an Ort und Stelle aus seinen Schuhen und
ließ an der Spüle einen Eimer mit Wasser volllaufen. Es gab
ein kleines Fenster direkt über dem Becken – Spülplatz mit
Aussicht. Hier wurden die profansten Dinge, das Säubern
schmutziger Pfannen, das Polieren von Gläsern oder eben
das Volllaufenlassen von Eimern, stets mit ein Stück Weit-

sicht belohnt, wenn man sich darauf einließ. Anna hatte es geliebt. Westermann starrte durch das Fenster.

Vor dem Nachbarhaus stand eine Frau in Jeans und blauem Pulli und winkte dem davonfahrenden Umzugswagen nach. Von hinten ähnelte sie ein wenig seiner Frau, fand Westermann. Die Figur, die Art, wie sie die linke Hand in die Hüfte stemmte, wie ein Bein leicht nach innen gedreht war, als sie da so stand. Noch konnte er die kleinsten Details, die winzigsten Gesten von ihr in seinem Kopf abrufen und mit diffusen Gefühlen verbinden, alles war komplett da. Die Erinnerung war von allen biologischen Sonderausstattungen wohl die erstaunlichste, aber auch die zarteste und zerbrechlichste. Sie drehte sich um. Nein, von vorn war sie ein anderer Typ. Er starrte trotzdem weiter, und ihr Blick schien das Küchenfenster zu streifen. Oder bildete er sich das nur ein? Danach ging sie ins Haus und schloss die Tür hinter sich.

Westermann stutzte. Sie war tatsächlich ins Nachbarhaus gegangen. Seines Wissens hatte bisher ein älteres Ehepaar nebenan gewohnt. Es gab Phasen, in denen sich die Dinge rasant änderten, dachte er. Es lag etwas Verwundbares darin. Früher hatte er das nicht in diesem Maße wahrgenommen, wohl weil er meist selbst Teil der Veränderung gewesen war. Und jetzt sah es so aus, als würden alle an ihm vorbeiziehen und er außen vor bleiben. Westermann starrte noch eine Weile auf die geschlossene Tür, setzte dann den vollen Eimer auf dem Boden ab, füllte ein Glas mit Wasser und hielt es gegen seinen heißen Bauch.

»Eruptiver Wandel«, hatte Wetter gesagt. Würde er haben, dachte Westermann. Denn Dockhorns Ernennung zum Vorstand kam der Ersetzung menschlicher Hirntätigkeit durch Software gleich. Dieser Mann würde binnen kürzester Zeit aus den ihm anvertrauten Kundendaten ein einziges digitales Seveso machen. Er war nicht intelligent, und wenn doch, dann war es eher eine Art künstlicher Intelligenz. Der Typ hatte sein Wissen über die Jahre aus dem Internet zusammengeklaubt und verstand es, die richtigen Statements im richtigen Augenblick an die richtigen Leute zu bringen. Und dann einfach mal gucken, was geht. Der klassische Selbstoptimierer. Er war Jahrgang 1970. Er hätte Westermanns Sohn sein können. Ein Austauschschüler. Nein, diesem Menschen wollte er lieber nicht ins Hirn gucken.

Wenn es überhaupt Optionen gab, dann mussten die ganz woanders liegen. Westermann zögerte. »Play the game« – auch das war Wetters Sprachgebrauch gewesen. Er betrachtete den Koffer mit der Schreibmaschine. Geheim Gefäß ... Und da war es wieder, das Gefühl, als stolperte er gerade über sich selbst. Was ihm da schon seit Tagen durch den Kopf ging, war völlig albern, aber manchmal brauchte er eben diese Albernheit, genauso wie er die Traurigkeit manchmal brauchte. Also: Wenn Dockhorn aus Daten die Zukunft vorausberechnen sollte, dann mochte das funktionieren – allerdings nur solange nichts Ungewöhnliches passierte. Und wenn Wetter aus dem Unternehmen nun vollends ein Big-Data-Panoptikum machen wollte, dann konnte er, Westermann, dem noch etwas hinzufügen ...

Er näherte sich ihr langsam, nahm Gabriele dann beim Griff, ging in sein Büro und stellte sie neben seine Aktentasche. Sollte Wetter seine Krypto-Box ruhig schon früher bekommen ... Man musste sich selbst fressen, bevor es die anderen taten.

Risikozone

In Ermangelung von Trauerfeiern oder gar Beisetzungen am Sonntag war Westermann am frühen Abend kurz entschlossen mit Churchill zum Hundetraining gegangen. Er hatte sich ablenken müssen, und was sprach dagegen, aus einem kreislauf- und egoschwachen Hund unter sachkundiger Anleitung einen traumafreien, gut sozialisierten und angenehmen Begleiter zu machen. Es gab viel zu wenige davon.

Die Hundetrainerin war eine sehr bemühte, durchaus attraktive junge Frau, die mit Gummistiefeln und Steppjacke auf die Welt gekommen sein musste. Sie hatte lange versucht, aus Churchill das zu machen, was Mutter Natur für ihn vorgesehen hatte: einen weißen Bullterrier, durchaus sozialverträglich, aber doch »mit einem artgerechten Jagdinstinkt und der Fähigkeit, sich gerade mit den konfliktgeladenen Situationen eines Hundelebens durch Selbstbehauptung auseinanderzusetzen«, wie sie sich ausgedrückt hatte. Denn aus einer überzogenen, unnatürlichen Anpassung an das, was Menschen – aber nicht Hunde – unter »normal« verstünden, könnten durchaus Aggression und unkontrolliertes Jagdverhalten entstehen, hatte sie gesagt. Westermann war ins Grübeln gekommen. Churchills Problem war nicht das unkontrollierte Jagdverhalten, sondern das Jagdverhalten schlechthin, und daran würde sich nie etwas ändern. Besonders beim »Citytraining« mit hohem Straßenverkehrsaufkommen und ständiger Reizüberflutung, bei Restaurantbesuchen mit »Sitz/Platz aus der Bewegung heraus« und

der Benutzung öffentlicher Verkehrsmittel war er klar überfordert gewesen und hatte sich stets in den nächsten Busch
geflüchtet, um dort zu verharren und seine Mitte wiederzufinden. Nicht die Spur einer Aggression. Auch nichts mit
Sozialverträglichkeit. Westermann war dann mit der Hundetrainerin zu einem Einzeltraining in ruhiger Umgebung
übergegangen, die ihm selbst auch guttat. Es funktionierte. »Bleib mit außer Sicht gehen« mochte bei Westermanns
Frau nicht geklappt haben, aber Churchill war ein Meister
darin. Was, wenn er gar kein Trauma hinter sich hatte, sondern einfach nur so auf die Welt gekommen war?

Und nun lag der Hund immer noch vor Erschöpfung
schlafend auf seinem Lammfell am Fenster in der Montag-
morgensonne – wohl in der stillen Überzeugung, seinem
Herrchen unlängst wieder dabei geholfen zu haben, ein
traumafreier, sich selbst behauptender und apportierfähiger
Mensch zu werden. Churchill selbst brauchte weder ein Ag-
gressionstraining noch ein Beruhigungsmittel. Er blieb so,
wie er war.

Westermann musste grinsen, als er darüber nachdachte.
Nun bewunderte er schon seinen Hund. Er saß am Früh-
stückstisch und ließ die Rosine im Mund langsam weich
werden, biss dann kurz hinein und versuchte, sich auf die
Beschaffenheit und das Aroma der Frucht zu konzentrieren, als esse er sie das allererste Mal in seinem Leben. Acht-
samkeit. Es war eine Art »Instant-Meditation«, die ihm
sein Hausarzt für akute Stressphasen empfohlen hatte. Man
musste nur eine Minute auf der Rosine herumkauen und
keine Gedanken in den Kopf lassen, die nichts mit der Rosine zu tun hatten. Nur Rosinen im Kopf sozusagen. Westermann saß kauend und stocksteif da und starrte an die Wand.
Es ging nicht. Sein Kopf war einfach zu voll. Es war wie
früher im Tanzkurs, wenn der Tanzlehrer sagte, dass wahres
Tanzen erst dann beginne, wenn das Denken aufhöre. Das
war der Moment gewesen, an dem Westermann gewusst

hatte, dass er nie würde tanzen können. Er schluckte die Rosine hinunter.

Stattdessen versuchte er, den Tag, der ihm bevorstand, zumindest mental grob zu ordnen, und zog schließlich die ausgedruckte Mail zu »De-Connect« aus der Aktentasche neben seinem Stuhl. Sein Blick ging dabei unwillkürlich zur Tür zwischen Küche und Flur hinüber, wie um sich zu vergewissern oder vielmehr um sich ultimativ anzufreunden mit dem, was er da vorhatte an diesem Tag: die Maschine mitzunehmen. Er hatte sie bereits aus der Waffenkammer geholt und griffbereit in den Türrahmen gestellt. Jeden Tag etwas tun, wovor man Angst hatte – und dies würde etwas für die ganz Harten werden. Eine Meditation für Fortgeschrittene unter völliger Ausschaltung des gesunden Menschenverstands und jeglicher Planung. Schön bekloppt eigentlich. Westermann kam sich jetzt schon vor wie ein Anarchist.

Sein Smartphone auf der Küchenanrichte blinkte und surrte im Minutentakt – Montagmorgen, es war ein ganz normaler Montagmorgen. Er überflog den Maileingang und blickte dann auf die Uhr: 7.15 Uhr. Es würde reichen, die Mails im Auto an der roten Ampel oder zur Not erst im Treppenhaus in der Firma genauer zu checken. Er ging auf Flugmodus, schenkte sich Kaffee nach und nahm die ausgedruckte E-Mail zur Hand – zwei Seiten, von oben bis unten beschrieben, plus Anlagen: Algorithmenfolgen, Versuchsreihen, Datenblätter, Einsatzszenarien, Verbraucherschutz, Wettbewerbsanalysen. Er würde es überfliegen müssen.

Es wurde langsam Ernst mit der Krypto-Box. Sicher, eigentlich handelte es sich dabei lediglich um eine schwarze Kiste in der Größe einer mobilen Festplatte, dicker und kastiger als ein Smartphone und eben nicht das, womit sich User gern schmückten. Aktuell hatte sie noch eher Ähnlichkeit mit einem Rasierapparat der älteren Generation. Aber die Elite der Computerwelt forschte weltweit an der Entwicklung ähnlich mobiler Geräte, einer Hardware, die die Identität und den Standort des Nutzers komplett verschleierte. Geheimdienste arbeiteten wahrscheinlich schon mit ähnlicher Technik, nicht jedoch die breite Masse. Die bislang gängige Verschlüsselung durch Software war dagegen ein alter Hut. Dafür waren schon längst die finanziellen Mittel heruntergefahren worden. Wer immer noch glaubte, dass Daten heutzutage absolut sicher waren, dass sie sich vielleicht in einer nationalen Wolke abschotten ließen, lebte hinter dem Mond. Die eigene sichere Cloud, die absolute Autonomie also, würde eine einzige Seifenblase bleiben und das Versprechen von Sicherheit eine Lüge. Wer kannte schon so genau die Nord-Süd-Koordinaten seiner Daten in der Cloud, es gab auch keine Schubladen mit kleinen Registerschildchen darauf oder gar Geheimfächer. Und konnte man dem Betreiber in die Augen gucken und ihm Fragen stellen?

Sicher, die absolute Sicherheit für Datensätze wurde kurzzeitig immer mal wieder irgendwo auf der Welt wahr, da war sich Westermann sicher – jedes Microbyte war ja eigentlich so einmalig und unergründlich wie ein unerforschtes Gottesteilchen in der Quantenphysik. Copyright nicht vorhanden. Unausspähbar und einzigartig! Doch diese Phasen trügerischer Ruhe waren nie von Dauer. In der Datenwelt schlief die gegnerische Seite nie. Das Wettrüsten ging immer schneller vonstatten, und es war, als hacke sich das weltweite Datensicherheitssystem mit einer Art Selbstmord-Code ständig selbst aufs Neue. Langfristig gab es keine Kontrolle über die Dinge. Niemand im ganzen Unternehmen wusste das so genau wie Westermann. Es brachte ihn nachts um den Schlaf.

Der einzige Ausweg war, sich vor all dem zu verstecken, anonym zu werden. Erst wenn das gelang, konnte man weiterdenken. Die Verschlüsselung war der falsche Ansatz. Die

Krypto-Box dagegen würde der erste wirkliche Meilenstein in Richtung Autonomie sein – zwar noch keine Freiheit im Hosentaschenformat, aber ein wesentlicher Schritt in Richtung Anonymität und Nichtvermarktbarkeit für mündige Endverbraucher.

Westermann fingerte am Papier der Mail herum, las weiter, stutzte, las dieselbe Stelle noch einmal und begann schließlich, oben rechts ein Eselsohr auf die zweite Seite zu falten. Er nahm das Ohr und faltete es abermals in sich. Und noch einmal. Die Mail stammte von Westermanns Bereichsleiter für das De-Connect-Projekt, Philipp Achternbusch – ein höchst verlässlicher Mathematiker, der sich als Systemadministrator persönlich um den Zufallsgenerator zur Verschlüsselung des internen E-Mail-Austausches auf dem De-Connect-Forum kümmerte. Und in Zeile einundzwanzig auf Seite zwei stand nun genau das, was Westermann befürchtet hatte. Die Dreistigkeit überraschte ihn dennoch: Dockhorn hatte offenbar bereits an ihm vorbei seinen Besuch in der Forschungsgruppe angemeldet, um sich »ein wenig schlauer zu machen«.

Dass dieser perfide Anschlag auf Westermanns Zuständigkeit erst auf Seite zwei der E-Mail stand, beiläufig erwähnt in einem Nebensatz, war ungeheuerlich. Wo Achternbusch doch sonst ein durchaus fokussierter Mensch war? Was wäre, wenn er, Westermann, die Mail nicht bis zum Ende gelesen hätte? Er hätte noch nicht einmal sagen können, er sei nicht informiert gewesen.

»Hast du schon eine Mail von yolanda@Westermann.de bekommen?« Paul war hereingekommen und verschwand gleich wieder in der Abstellkammer hinter der Küchenzeile. »Hier war doch sonst immer der eiserne Vorrat an Klopapier, oder?«

Westermann blickte auf: »Tja, wir haben kein Papier, befürchte ich. Nimm doch wieder eine alte Brottüte.«

»Sehr lustig.« Paul baute sich vor ihm auf, mit nichts bekleidet als einem alten Rolling-Stones-T-Shirt mit einer gigantischen Zunge auf der Brust. »Wann hast du eigentlich zuletzt einen Personal Computer installiert?«

Westermann stutzte, ließ alle Unterlagen in seiner Aktentasche verschwinden, blickte dann Paul an und sagte ganz langsam in dessen Gesicht: »Forscher haben unlängst ein seltenes Akne-Bakterium nach Frank Zappa benannt. Könnte deins sein.« Und setzte nach, bemüht, es so beiläufig wie möglich klingen zu lassen und den Ärger, der in ihm hochstieg, zu unterdrücken. »Du warst wieder bei Mutter gestern. Und jetzt hat sie dich rangekriegt, was?« Natürlich hatten die beiden wieder gemeinsame Sache gemacht, nachdem der erste Anlauf mit ihm nicht geklappt hatte. Eigentlich überflüssig, danach zu fragen.

»Reg dich nicht auf, Dad, kommt in den besten Familien vor, oder?« Paul sagte es im Vorübergehen, gab Westermann grinsend einen Klaps auf die Schulter und verschwand dann im oberen Stockwerk.

yolanda@Westermann.de – es hallte nach in seinem Kopf. Jetzt hatte sie einfach so seinen Nachnamen in der Mailadresse. Als Domain! Sie hätte ihn, Westermann, doch zumindest fragen können. Im Gegensatz zu ihr war er mit diesem Namen auf die Welt gekommen. Er nahm die Aktentasche, griff sich Autoschlüssel und Schreibmaschine und knallte weithin hörbar die Haustür hinter sich zu.

Es fühlte sich erstaunlich gut an, sie bei sich zu haben, auch wenn sie ein stattliches Gewicht besaß. Als Westermann vor der Glastür des Firmenentrées seine drei Stufen auf einmal nahm, war es nicht ganz einfach, mit dieser Last noch halbwegs nonchalant und schwungvoll zu wirken. Aber das war es auch ohne Maschine nicht immer. Immerhin standen die Chancen gut, dass er gerade der einzige Mensch auf Erden war, der ein weltweit führendes IT-Unternehmen mit einer Schreibmaschine betrat.

»Guten Morgen, Herr Dr. Westermann. Na, Diavortrag heute?« Die Damen am Empfang hatten Gabrieles Koffer bereits ins Visier genommen und lächelten dabei übers ganze Gesicht.

Seltsam, dachte Westermann, hätte er eine einsatzbereit montierte Pumpgun im Koffer gehabt, sie hätten genauso gelächelt wie jetzt. Egal, was er da mit sich herumtrug, sie schienen sich seiner Person sehr sicher zu sein – was er von sich selbst nicht uneingeschränkt behaupten konnte. Er grinste zurück. Cool. Sie fanden es offensichtlich cool. Da war kein mitleidiges Grinsen, kein Kopfschütteln, kein Getuschel. Ja, offenbar vermittelte er mit diesem klobigen Koffer in der Hand eine Art »Retro-Statement« – und vielleicht sogar die Erkenntnis, dass es sie noch gab, »die guten alten Typen«, die nichts als teures Aftershave und einen Hauch von Unergründlichkeit zurückließen. Ja, wenn mit dieser Maschine eines nicht gelang, dann wohl, sie zu ignorieren. Bis jetzt fühlte sich noch alles gut an.

Westermann begann im Treppenhaus den Aufstieg und machte sich daran, seine Mails zu checken. Er nahm Koffer und Aktentasche in die linke Hand, holte mit der freien Hand sein Smartphone aus der Hosentasche und scrollte. Es war schwer. Sie war schwer. Die Kraft reichte für zwei Mails, dann ließ ihn sein linksseitiger Bizeps im Stich. Nach einer kurzen Verschnaufpause gelang ihm gerade noch, ohne Verrenkungen die Sichtschranke an der Glastür zum Vorstandsflur zu passieren und dann mit dem rechten Ellenbogen die Türklinke zu seinem Büro hinunterzudrücken.

»Guten Morgen, Herr Dr. Westermann.« Marelli saß da, wie sie immer da saß: den Blick auf den Bildschirm ihres PCs geheftet. Immerhin trug sie ein anderes Kleid als am Freitag, glaubte Westermann zu erkennen. Sie musste also ein menschliches Wesen sein, das zwischendurch Schlaf und Nahrung brauchte.

Sie sah auf ihre Armbanduhr. Er kannte diese Geste – sie war im Grunde überflüssig, denn Marelli hatte die Digitalanzeige oben rechts am Bildschirm immer im Sichtfeld. Doch der subtile Blick aufs Handgelenk bedeutete: erstens, »Ich war lange vor dir hier«, und zweitens, »Du bist spät dran«. Aber es lag auch etwas unendlich Beruhigendes in diesem kurzen Blick auf die Armbanduhr, in diesem kleinen Moment des Auftauchens aus dem Ozean, fand Westermann.

Und dann legte sie ohne Punkt und Komma los: »Herr Hirtenhuber hat schon zwei Mal angerufen er muss Sie dringend sprechen Herr Achternbusch braucht sofort einen Termin bei Ihnen sagt er Marc Dockhorn will im ›Cloud‹ mit Ihnen Mittagessen gehen der Finanzierungsantrag von ›Displaying Futures‹ liegt auf Ihrem Tisch und auch die Umfrageergebnisse von ›Social Boss‹.

Er schwieg.

Erst jetzt blickte sie auf. »Was ist das?« Ihre Augen hatten sich auf Gabriele geheftet. Dann hob sie langsam den Kopf weiter nach oben und sah Westermann ungläubig an.

»Na, Frau Marelli, Sie gucken ja so, als würde ich heute ein Che-Guevara-T-Shirt und einen Elchzahn am Sisalband um den Hals tragen!« Westermann versuchte, das Eis zu brechen. Ein Anflug von Coolness hatte es trotz der Schlepperei tatsächlich mit auf die Etage geschafft. Er grinste. Vergebens.

Marelli wiederholte einfach nur ihre Frage: »Was ist das?«

»Wonach sieht es denn aus?«, fragte Westermann.

Sie legte den Kopf schräg. »Hm. Die Krypto-Box vielleicht?«

Die war ja niedlich, dachte Westermann und sagte: »Nun, die Krypto-Box, Frau Marelli, ist vielleicht nicht ganz so groß, oder? Sonst würden wir sie wohl mit Rollen darunter und einer Schnur versehen, damit sie die Nutzer draußen hinter sich herziehen können, nicht wahr?«

»Ich meine nur«, versuchte sie zu erklären, »es gibt doch diese riesigen Nachbildungen. Modelle eben.« Und jetzt kam Leben in die Computerfrau: »Im Naturkundemuseum zum Beispiel steht eine gemeine Stechmücke im Maßstab 180:1. Da können Sie anatomisch genau studieren, mit welchen Mundwerkzeugen sie die Haut ihrer Wirte durchsticht, und dann wird einem erst so richtig klar ...«

»Hervorragend, Frau Marelli«, unterbrach sie Westermann. »Ja, tatsächlich, gar nicht schlecht. Vielleicht ist es auch ein Musikinstrument. Oder ein Grammofon.« Ohne eine weitere Erklärung ging er in sein Büro. Über Stechmücken ließ sich vortrefflich reden. Unbestritten. Aber nicht an diesem Tag.

»Sie sind ein Rätsel«, rief sie ihm nach.

»Das klingt beruhigend«, sagte Westermann.

Es war einer dieser letzten ruhigen Momente, kurz bevor das Chaos über den Tag hereinbrach. Er musste sich also beeilen und systematisch vorgehen: Was war der beste Platz? Auf dem Glastisch bei der Besuchersitzgruppe? Auf dem Sideboard neben den Länderreports? Neben dem Notebook rechts außen auf dem Schreibtisch? Westermann nahm am Schreibtisch Platz und überlegte. Erst mal auspacken. Er stemmte den Koffer hoch, platzierte ihn vor sich und öffnete ihn. Dieser leicht modrige Geruch, eine Mischung aus ranzigem Fahrradkettenöl und Dachbodenmief, stieg ihm wieder in die Nase, und er musste an Schillers Schädel denken. Das Telefon klingelte. Der Zirkus konnte beginnen, dachte Westermann und griff zum Hörer. Es war Rupertus Höfers Sohn.

»Entschuldigung. Ich habe mich durchstellen lassen. Hören Sie, es wäre mir recht, wenn Sie das alles für mich regeln, hier mit dem, nun ja, digitalen Erbe meines Vaters. Es bleibt bei morgen? Oder können Sie vielleicht doch heute noch?« Es lag etwas zunehmend Verzweifeltes in seiner Stimme.

»Nun, wenn man dem ›Berliner Abend‹ Glauben schenken darf, sieht es bei Ihnen immer noch so aus, als sei er gerade vom Schreibtisch aufgestanden. Vielleicht sollten Sie erst einmal etwas – umräumen?«, sagte Westermann vorsichtig. Es war mutig, sicher. Höfer hatte immerhin noch die Originalschreibmaschine.

»Die haben mich erpresst!«, rief Höfer ins Telefon. »Standen einfach so unangemeldet vor der Tür und boten mir jede Menge Geld für ein einziges Foto. Ein einziges Foto! Und jetzt ist es, als würde er sich dafür rächen! Seit die Presse aus dem Hause ist, kriegt er Mails. Ohne Unterlass!«

Westermann untersuchte den Schreibmaschinenkoffer und hob ihn an. Und tatsächlich: Die Maschine war mit Schrauben am Boden fixiert. Man würde sie aus dem Koffer lösen können. Er sagte: »Hören Sie, Herr Höfer, ich weiß nicht so recht, ob Ihr Problem elektronischer oder vielleicht eher psychologischer Natur ist, vielleicht sogar parapsychologischer Natur, verstehen Sie mich?«

»Ich wusste, dass Sie der Richtige sind«, sagte Höfer.

»Ich werde sehen, was ich tun kann«, sagte Westermann. »Heute geht das allerdings definitiv nicht mehr.« Die Schrauben saßen verdammt fest. Er würde einen Schlüssel brauchen.

»Sag bloß, du hast dir doch ein Akkordeon gekauft!« Heinrich Hirtenhuber, sein Kollege und Vorstand »Customer Relationship« war fast lautlos hereingekommen und hatte sich bereits Westermanns Schreibtisch genähert. Er kam herum und starrte nun auf das, was da im roten Samt vor ihm stand. Alles an ihm fror buchstäblich ein. Er stand da wie querschnittsgelähmt.

Westermann blickte zu ihm auf und legte langsam den Kopf schräg. »Nein, Heinrich, es ist kein Akkordeon, wie du siehst.« Dann beendete er das Telefonat mit Höfer. Er konnte nur hoffen, dass dieser sich bis zum nächsten Tag nichts antun würde, denn in diesem Fall wäre die Olympia wohl auf immer verloren.

»Das ist nicht dein Ernst«, sagte Hirtenhuber langsam. Er tat zwei Schritte weg von der Maschine. »WAS ist das, bitte?«

»Das ist eine Schreibmaschine«, sagte Westermann. Es war ein Statement. Er genoss es.

Hirtenhuber schwieg. Es war ein Augenblick echter Präsenz.

»Soll ich es dir aufschreiben?«, fragte Westermann.

»Oh nein. Nein. Lieber nicht.« Hirtenhuber machte vor seiner massiven Brust wischartige Bewegungen mit der Hand und neigte dann den Operkörper wieder vor. »Was um Himmels willen willst du denn damit?« Seine Augenbrauen zogen sich verdächtig nah zusammen, und er wirkte so entgeistert, als stünde er ungeschützt vor einer seltenen Bakterienart oder einem hochgradig ansteckenden Virus.

Hirtenhuber hatte, soweit Westermann bekannt war, noch nie zuvor so geguckt, wie er jetzt guckte. Allein dafür hatte es sich bereits gelohnt. Es hatte etwas geradezu Innovatives, und ein Hauch von Jules Vernes schien plötzlich in der Luft zu liegen, als Westermann sagte: »Displaying Futures.«

Und jetzt schien eine Wandlung in Hirtenhuber vorzugehen. Er schien zu verstehen, begann zu grinsen, schwankte dabei leicht hin und her, dann etwas mehr, als müsste er etwas von sich abschütteln, und lachte schließlich lauthals los. »Hätte gar nicht gedacht, dass du der Retrotyp bist, Richard! Hast wohl früher auch Vinylplatten in diesen alten, schwitzigen Szeneläden gekauft, was? Lass mich raten: Dein erstes Auto war ein Bulli?« Hirtenhuber lachte sein kehliges, heiseres Dampfloklachen, als müsste er das, was er gerade gesagt hatte, persönlich plattwalzen. »Herrlich, Richard, du alter Hippie! Das ist mal eine echte Aufheiterung. Die werden wir heute dringend nötig haben!«

»Es ist Höfers Maschine«, log Westermann. Es klang wie eine Drohung. Auch sehr authentisch. Es hatte einfach aus ihm herausgemusst. Coolness durch Besitz. Es kam nicht darauf an, was man tat mit dem, was man besaß. Es kam darauf an, dass man es besaß. Manchmal hasste er seine Eitelkeit, doch er konnte einfach nicht heraus aus seiner Haut. Und warum sollte er nicht noch etwas draufsetzen? »Nun«, fuhr er fort, »zumindest habe ich sie als solche gestern erstanden. War nicht ganz einfach.«

»Wie, jetzt? Rupertus Höfers Maschine? DER Rupertus Höfer?« Hirtenhuber wurde ernst und kam wieder näher. Es war immer wieder erstaunlich, dachte Westermann, wie schnell das Wissen die Sicht auf die Dinge veränderte, wie suggestiv die bloße Information war. Jetzt schien die Maschine plötzlich in einen höheren Status erhoben.

Hirtenhubers Zeigefinger näherte sich der Tastatur von der Seite, als ob er ein wildes Tier streicheln wollte. »Darf ich mal?«, fragte er.

»Nur zu«, sagte Westermann. »Sie beißt nicht.«

»Musst du sie vorher irgendwo anstellen?«

Westermann schüttelte stumm den Kopf.

Hirtenhuber zielte auf das H. Er traf mit seinem kräftigen Finger das H und das J auf einmal, die Typenhebel schnellten schnappend nach vorn, verkanteten sich und blieben auf der Walze stehen. Hirtenhuber brachte seinen Finger ruckartig in Sicherheit und trat wieder zurück. »Herrje, die ist aber empfindlich. Ich habe sie doch jetzt nicht kaputt gemacht?«

Westermann nahm die Typenhebel und legte sie wieder zurück an ihren Platz. »Keine Sorge. Tja, ich befürchte, man muss ihr klare Anweisungen geben, Heinrich.«

»Schön. Sehr schön. Höfer, sagtest du? Alter Schwede. Muss teuer gewesen sein.«

Die Begutachtung eines neuen Golfschlägers hätte nicht anders geklungen. Aber Hirtenhuber schien das Thema wechseln zu wollen, als er sagte: »Richard, mit deiner neuen Errungenschaft werden wir Dockhorn auch nicht aufhalten

119

können. Der frisst sich in unsere Bereiche wie der Borken-
käfer ins Unterholz. Kennst du schon die Pressemitteilung?
Hat dich Wetter gestern auch angerufen?«

In diesem Moment ging die Tür auf, und Philipp Achternbusch stand im Raum, hinter ihm die achselzuckende
Frau Marelli. Sie hatte offenbar versucht, ihn aufzuhalten.
»Entschuldigung, dass ich hier so hereinplatze, aber ich
muss Sie dringend sprechen, Herr Dr. Westermann«, sagte er, und es lag etwas Ungutes in seiner Stimme. Er musste
seinen ganzen Mut zusammengenommen haben für dieses
Manöver.

Hirtenhuber nickte nachsichtig, strich mit der flachen
Hand über Gabrieles Tastatur, als hafte noch etwas Höfer-
DNA darauf, und bewegte sich Richtung Tür. Im Vorübergehen flüsterte er Westermann warm und feucht ins Ohr:
»Ich sag dir was. Die wollen deine Krypto-Box jetzt gar
nicht mehr!« Er verschwand so lautlos, wie er gekommen
war.

Westermann senkte langsam den Deckel über Gabriele
und widmete sich Achternbusch, der immer noch wie ver-
steinert unweit der Tür stand, als bräuchte er einen nahen
Fluchtweg. Er war noch recht jung für einen Mitarbeiter in
seiner Position, etwa Mitte dreißig, mit einem für seine Tätigkeit typischen, bereits recht ausgeprägten Haltungsscha-
den – der Rücken rund, die Schultern leicht nach vorne gekippt, wie auch der Kopf, was den Hals länger erscheinen
ließ, als er tatsächlich war. Er wirkte kurzsichtig, ohne es zu
sein, und seine Kollegen nannten ihn aufgrund seiner Körperhaltung »Turtlebusch«. Er war eine recht schmale Person mit raspelkurz geschnittenen blonden Haaren, und
noch dazu sah er verdammt bleich aus, fand Westermann.
Er musste an die De-Connect-Mail denken und winkte be-
schwichtigend ab: »Beruhigen Sie sich erst einmal, Achternbusch. Dass sich Dockhorn bei Ihnen direkt im Krypto-
Team angemeldet hat, muss Ihnen kein schlechtes Gewissen

machen. Es ist nicht Ihr Job, ihn aufzuhalten, glauben Sie mir.«

Achternbusch schien Luft zu holen, vielleicht, um etwas zu sagen, doch Westermann hatte keine Lust auf herausgequetschte Rechtfertigungen und fuhr ohne Umschweife fort. Es tat ihm selbst gut. »Hören Sie, bei allem, was Dockhorn angeht, gilt folgende Vorgabe, und das sage ich Ihnen nur ein einziges Mal«, er ging langsam auf Achternbusch zu. »Dockhorn und mich müssen Sie sich als zwei aufeinander zufliegende Flugzeuge vorstellen und Sie sich selbst als Lotsen. Um jedes Flugzeug herum gibt es einen Sicherheitsabstand. In der Vertikalen dürfen zwei Maschinen einander nicht mehr als tausend Fuß nähern, also rund dreihundert Meter, in der Horizontalen fünf nautische Meilen, also rund neun Kilometer. Neun Kilometer, Achternbusch. Haben Sie mich verstanden?« Das musste doch reichen, das war doch klar genug, dachte Westermann.

Doch sein Mitarbeiter war offensichtlich nicht sonderlich beeindruckt und sagte: »Darum geht es nicht, befürchte ich.«

»Wie?«, fragte Westermann.

»Wie soll ich sagen, nun ja, ich befürchte, wir haben gar keinen Sicherheitsabstand mehr, und ich weiß nicht, ob das überhaupt mit Herrn Dockhorn zu tun hat.« Achternbusch stand da wie ein Schuljunge und hatte Probleme, auf den Punkt zu kommen. Es war immer wieder erschütternd zu sehen, wie promovierte Mathematiker daran scheiterten, eins und eins zusammenzuzählen, dachte Westermann.

»Das heißt?«

»Unsere Projekt-Datenbank ist mit einem Virus infiziert worden. Jemand ist dabei, De-Connect zu knacken. Vielleicht haben wir bereits seit Wochen einen, wie soll ich sagen, externen Begleiter?«

»Einen was?«, fragte Westermann.

»Nun ja«, Achternbusch schien wieder nach Worten zu

suchen, »er oder sie oder es kann von überall hereingekommen sein. Keine Ahnung. Es ist kaum nachzuvollziehen. Aber Fakt ist: Wir haben eine Sicherheitslücke. Momentan ist das System heruntergefahren, meine Leute sitzen vor ihren Kisten und können nicht arbeiten.« Und nun brach es aus Achternbusch heraus: »Ich weiß nicht, wie das passieren konnte. Ich programmiere mehrmals täglich neu. Wir verschlüsseln per Zufallsgenerator, wie Sie wissen. Das komplette Team läuft außerhalb der Firmen-IP-Range, wenn die ins Internet gehen.«

»Wer verdammt noch mal geht denn auf den Krypto-PCs ins Internet?«, wollte Westermann wissen.

»Nun ja. Urlaub? Nachrichten? Krankheiten? Musik? Rosenzucht?«

»Rosenzucht?« Westermann blieb die Luft weg.

»Hm«, Achternbusch wurde immer leiser, »wir sind ja auch nur Menschen. Das war doch mal so angedacht …«

»Das mit den Rosen?«, entfuhr es Westermann.

»Nein, das mit der Work-Life-Balance.«

»Können Sie zum Punkt kommen, verdammt!«

Es begann wieder zu arbeiten in Achternbusch. »Also, ich halte es eher für möglich, dass Hardware-Teile bei Lieferung manipuliert wurden. Eigentlich ist das die einzige Möglichkeit, wie so etwas passieren konnte. Ich mag mir gar nicht vorstellen, wer da alles seine Finger im Spiel haben könnte …«

»Stopp«, sagte Westermann und hielt Achternbusch die flache Hand entgegen. Er war zu keiner weiteren Äußerung fähig und versuchte, sich zu sammeln. Sein Job war es, Sicherheit zu verkaufen. Das war schon mutig genug. Doch Unsicherheit bei der Entwicklung von Hochsicherheit im eigenen Hochsicherheitstrakt war fatal. Er war wieder kurz davor, die Luft anzuhalten.

Westermann war immer ein Mensch gewesen, der implodierte, der sich selbst wegsprengte in Zeiten größter Not.

Als Kind hatte er in akuten Stressphasen einfach gar nichts mehr gesagt und eben auch aufgehört zu atmen, bis er blau anlief und seine Mutter mit ihm unter dem Arm zum nächsten Wasserhahn gerannt war. Mittlerweile atmete er in solchen Momenten immerhin weiter, aber das Schweigen war geblieben. Er blickte aus dem Fenster und sah am Horizont zwei Flugzeuge aufeinander zufliegen.

»Herr Dockhorn schlägt um 13 Uhr ein Meeting zum Lunch in ›The Cloud‹ vor.«

Es klang wie eine schlecht ausgesteuerte Flughafendurchsage, deren Inhalt nur langsam zu Westermann vordrang. Er drehte sich zu seiner Sekretärin um, die jetzt neben Achternbusch an der Tür stand. Und wie er die beiden so völlig leidenschafts- und sprachlos dort stehen sah, kam die ganze Frustration in ihm hoch. Er schlug mit der Faust auf den Tisch. »Meetings! Sie mit Ihren Meetings! Meetings sind Zeitverschwendung, speziell solche mit Dockhorn! Dinge, die uns voranbringen, werden nie im Konsens und schon gar nicht in Meetings geschaffen, sondern ausschließlich durch Schmerz und Leidenschaft, verdammt!«

»Nun, so gesehen würde das doch heute ganz gut passen, dachte ich.« Marelli kam näher und legte eine schwarze Pappmappe auf seinem Tisch ab. »Diese Pressemitteilung ist soeben gekommen. Ich denke, Sie kennen sie schon.«

»Raus!«

»Ich sage Herrn Dockhorn, dass ich mich in zehn Minuten noch einmal melde.« Marelli flog davon.

Achternbusch war offenbar um Schadensbegrenzung bemüht. »Ich würde vorschlagen, dass wir zunächst einmal den Stecker ziehen und die Verschlüsselungsprozesse komplett neu aufsetzen. Das wird einige Tage dauern. Und danach müssen wir uns Gedanken über die Kommunikationsplattform machen. Wir müssen auch bei den Mails innerhalb des Forums mit den Inhalten aufpassen. Das ist alles verräterischer als die reinen Programmierungsdurchläufe.«

»Machen Sie das«, sagte Westermann.

Achternbusch verschwand mit der Lautlosigkeit eines vom Ast fallenden Blattes.

Es war plötzlich pervers still. Westermann nahm sein Handy und entsperrte es. Vielleicht hatte Hirtenhuber ihm noch eine nachträgliche Mail geschickt. Der Reflex, Mails zu checken, wurde in Momenten höchster Anspannung immer stärker – bei Westermann war das nicht anders als bei allen anderen. Es war so banal. Aber es war ein Ventil, eine Ablenkung, eine Sehnsucht nach der Aufmerksamkeit anderer, die beruhigte und zugleich die Gewissheit gab, den Anschluss nicht zu verpassen. Das Gehirn reagierte auf digitale Interaktion schließlich genauso wie auf persönliche. Westermann war sich dessen bewusst und versuchte stets, dem Drang nicht sofort nachzugeben, sondern stattdessen noch zu warten, vielleicht fünf Minuten, bevor er es entsperrte. An schlechten Tagen ähnelte es einem absichtlich verlängerten Schmerz, für den andere Leute an anderen Orten viel Geld bezahlten. An guten Tagen brachte er es auf eine ganze Stunde. Mitten im Job. Dieses Mal war er nicht fähig dazu. Die zuletzt eingegangene Nachricht kam von yolanda@Westermann.de und hieß »*Richard*«.

Bald stand Marelli wieder in der Tür: »Es tut mir leid, Herr Westermann. Aber das Telefon steht nicht still, und die Teams fragen, ob es heute noch ein Meeting mit Ihnen zu dieser Pressemitteilung gibt.«

Westermann nickte. »Geben Sie mir noch fünf Minuten.« Sie schloss die Tür, und er starrte auf die Wand über der Sitzgruppe. Eine schlappe Fliege krabbelte dort nach oben, von wo aus sie aber nicht weiterkäme. Er hätte ihr stundenlang dabei zusehen können. Fliegen starteten rückwärts, das war ihm irgendwann bei der Betrachtung von wegfliegenden Fliegen aufgefallen, und er hatte es sogar nachgelesen, um sich zu vergewissern.

Er überflog die Pressemitteilung. Sie war die exakte Bestätigung dessen, was Wetter ihm angekündigt hatte: Dockhorn würde Chef des neu zu schaffenden Vorstandsressorts »Data« werden – CDE, Chief Digital Executive. Die Maschinerie war in Gang gesetzt und würde nun wie ein Uhrwerk arbeiten. Westermann blickte wieder auf die Wand. Es gab nur zwei Möglichkeiten: Die erste war das Weiterkriechen. Konsens. Meeting mit Dockhorn. Vertrauen in Achternbuschs Verschlüsselungskünste. Gabriele als Installation unter einer Plexiglashaube mit einem Schildchen davor, auf dem etwas Humoriges stehen würde wie »Nachlass Rupertus Höfers. Homo scriptorus«. Und fertig. Die zweite Möglichkeit war spannender, Konfrontation in gesteigerter Form sozusagen: Es würde kein Meeting mit Dockhorn geben, kein Vertrauen außer in sich selbst, keine Plexiglashaube. Stattdessen Humor pur. Vielleicht sogar mehr. Westermann musste an die Hundescheiße denken, in die er früher freiwillig getreten war. Er nahm eine Münze aus der Hosentasche und warf sie.

Westermann simuliert

A G E M D A. Westermann beugte sich vor und blickte auf das Typenhebellager, aus dem gerade die Buchstaben gekommen waren. Er löste den Umschalter und fuhr den Wagen zurück.

Er war eher ein Mann der Stille, und er hatte eine halbe Stunde mit dem Fluchtinstinkt gekämpft. Diese Zeit war ihm am Ende zugestanden worden von seiner Assistentin, seiner persönlichen Walhaiin. Sie würde Hunderte von eingetroffenen oder gerade eintreffenden Mails filtern, während er einfach so dasitzen konnte wie ein Einsiedlerkrebs auf einem Felsen weit draußen auf dem Meer. Dem Chaos mit Ruhe begegnen. Off sein. Wer konnte das schon? Man musste es nur aushalten können.

Er blickte auf die Schreibmaschine: Sie aufzustellen war eine Sache. Sehr mutig bereits. Auf ihr zu schreiben jedoch eine ganz andere. Etwas für die ganz Harten. Sie war schließlich ein ziemlich vorlautes Gerät, und man würde sie laut und deutlich hören – jedes Wort, das in seinen Kopf kam, und jeder Buchstabe, aus dem es bestand, würde hörbar werden. Er würde Türen und Fenster schließen müssen. Andererseits fiel das Abreagieren stets leichter, wenn es körperlicher Natur war, wenn man sich die Seele aus dem Leibe rennen oder hämmern konnte, und in diesem Fall ließ sich ganz nebenbei etwas Bleibendes produzieren. Achtsamkeitsbasierte Stressreduktion pur – aus ärztlicher Sicht war das eine gesunde Entscheidung. Ja, dachte Westermann, eigentlich hätte er Gabriele auf Rezept kriegen müssen.

Vielleicht würde es auch gar nicht auffallen, denn sie waren doch alle trotzige kleine Jungs im Vorstand – in der Kathedrale ihres Herzens fünfzehn Jahre alt vielleicht. Die ganze Etage war schließlich nicht grundlos doppelwandig gesichert – so manche Tür hatte eine Lederpolsterung oder, wenn man sich transparent geben wollte, schusssicheres Glas. Türgriff mit Code-Display. Großraumbüros und die unmittelbarere soziale Kontrolle hatte man hier nie eingeführt oder schon wieder hinter sich gelassen. Schreie hallten nicht weiter als ins Büro nebenan, wenn überhaupt. Und Vorstandskollegen, die bereits zuckend unter dem Tisch gelegen hatten, waren erst spät, mitunter zu spät, entdeckt worden. Absolute Deadline. Es war Handlungsfreiheit pur, aber auch eine ziemlich traurige Angelegenheit.

Westermann hatte sich mit seinem Stuhl etwas hochgepumpt, um die Schreibmaschinentastatur besser bedienen zu können, und knetete die Finger wie ein Turner kurz vorm Sprung an die Stange. Ja, es gab Tage, die mit einer Schusswunde begannen. Die Schlacht war eröffnet, und jetzt würde er auf seine Weise zurückschießen. Endlich. Was für ein Spaß. Es wäre einen Zettel an der Pinnwand seiner Mutter wert gewesen.

Diese Art der Textproduktion war einem strengen, mechanischen Regime unterworfen und setzte eine bestimmte Reihenfolge voraus: erst denken, dann schreiben. Das war ihm gleich klar gewesen, und es war ihm grundsätzlich sympathisch. Aber er war auch Perfektionist, und Gabriele würde mehr als jedes andere Gerät eines produzieren: Fehler. Falsche Buchstaben, keine Buchstaben, verrutschte Buchstaben – lauter kleine Demütigungen, alle selbst beigefügt. Er musste wohl oder übel die Anzahl der Anschläge und damit die Tippfehler in Grenzen halten, unmöglich konnte er in Marellis Büro stürzen und nach Tipp-Ex fragen. Er stellte sich ihren Blick vor und musste grinsen. Vermutlich kannte sie dieses Hilfsmittel gar nicht, hielt es womöglich für ein

Medikament. Nein, Westermann würde keinen seiner Fehler mit schnöder Farbe zu übertünchen suchen oder gar die Buchstaben mit einem Messer vom Papier kratzen. AGEMDA blieb vorerst AGEMDA, so viel Überwindung es auch kostete. Das Wort würde immerhin auffallen und erfüllte somit vorerst seinen Zweck.

Westermann starrte auf die Tasten. Die Maschine war zwar nicht gerade komplex, im Gegenteil, sie war im wahrsten Sinne des Wortes einfach zu durchschauen, bis in den letzten Winkel, aber sie war auch störrisch, stand da und fletschte ihr Typengebiss. Ihm war, als müsste er sie erst einmal zähmen, damit sie aufhörte, ihn zu kontrollieren. Er würde ihr jedes Wort, jeden Buchstaben abringen müssen, jeder Anschlag würde machtvoll sein, ärgerliches Missgeschick oder glücklicher Zufall. Aber alles andere wäre auch langweilig gewesen, und in Frenzels Laden hatte es doch ganz ordentlich funktioniert – wobei Westermann allerdings zugeben musste, dass es einen Unterschied machte, ob man über Schillers Schädel schrieb oder ob es um den eigenen Kopf und Kragen ging.

Westermanns Zeigefinger begaben sich ganz langsam wieder auf die Tasten. Sie waren, abgesehen von den gewaltigen Schluchten zwischen ihnen, nicht völlig plan: Jede Taste hatte eine kleine, fast unmerkliche Vertiefung zur Mitte hin, eine Art Mulde für die Fingerkuppen. Es musste sich beim Tippen mit allen zehn Fingern gut anfühlen, heimelig, dachte Westermann. Doch fürs Erste mussten die Zeigefinger genügen. Westermann begann, und die Typen lösten sich aus ihrem Widerstand, senkten sich schnalzend aufs Papier. Tack. Tack, tack. Tack. Es war erstaunlich, dass diese Maschine aus ihrem scheintoten Zustand heraus so viel Lärm machen konnte. Die Umschalttaste für die Großbuchstaben war schwergängig und machte beim Niederdrücken ein ganz eigenes, dumpfes Geräusch. Bereits wenig später verspannte sich sein Rücken. Ja, es war ein Sichversenken im wahrsten Sinne des Wortes, mehr ein Schlagen als ein Tippen, jeder Buchstabe ein Zusammenzucken. Feinmotorik sah anders aus. Unbeschwertheit auch. Westermann wollte auch gar nicht unbeschwert sein. Nicht heute. Eigentlich grundsätzlich nicht.

Sie ruckte und zappelte. Er stapfte durch seine Gedanken und Worte. Die reinste Passion. Man konnte anhand der Buchstaben sofort erkennen, wie kraftvoll ein Anschlag gewesen war. Die Typen kurz vor der Zertrümmerung. Die Zeichen triefend von Farbe. Es tat gut, und erst nach einer Weile, etwa ab der elften Zeile, wurden die Buchstaben einigermaßen gleichbleibend fett. Gabriele schien langsam ein Gespür dafür zu entwickeln, wo sie war und wer da vor ihr saß. Es war ein erstes Aufeinander-Zubewegen.

Punkt fünf der Agenda war etwas ausführlicher, und Westermann schrieb bis zum Ende der Zeile. Es klingelte hell und wohlwollend, und es fehlte nur noch, dass die Maschine Beifall klatschte. Und Ränder. Hier gab es tatsächlich noch echte Ränder, dachte Westermann.

Gerade manifestierte sich ein neuer Gedanke, und er wollte den Wagen mit einem schwungvollen Schlittenschub aus dem ganzen Arm heraus zurückfahren, als ihm jemand mit dem Finger auf die Schulter tippte. Er blickte auf – Marelli stand neben ihm.

»Was tun Sie da?«, fragte sie.

»Ich arbeite. Ich denke, das kann man laut und deutlich hören.« Ein Grinsen machte sich in Westermann breit, doch er wagte nicht, ihr ins Gesicht zu blicken. Er löste den Papierhalter, zog sein Druckerzeugnis nach oben heraus, und es wäre ihm dabei beinahe aus der Hand geflogen. »Würden Sie das bitte an die Bereichsleiter verteilen?« Es war, das musste er zugeben, nicht ganz einfach, eine gewisse Nonchalance in die Stimme zu legen, wenn einem vor lauter Verspannung der Rücken einzuknicken drohte.

Sie stand da und rührte sich nicht, starrte auf das ihr entgegengehaltene Blatt Papier, beugte sich ungläubig nach vorn und las laut »Agemda«. Sie guckte. Sie würde das Papier nicht berühren wollen. Die Zeit der Ablage war für sie vorbei.

»Frau Marelli, sehen Sie da ein Fragezeichen hinter dem Wort?«

»Nein?«

»Warum lesen Sie dann eines mit?«

Es schien wieder Leben in sie zu kommen. Sie nahm dann doch das Blatt in die Hand, hielt es zwischen Daumen und Zeigefinger und sagte: »Ich gebe das schnell ein.«

»Halt«, sagte Westermann. Dies war der Moment, das Spiel ein wenig auf die Spitze zu treiben. Marelli würde wieder einmal als Crashtest-Dummy herhalten müssen, um zu sehen, wie schreibmaschinenkompatibel IBT noch war. »Was heißt hier ›eingeben‹?«, fragte er. »Das ist doch alles schon eingegeben, aber so was von eingegeben! Wieso sollten wir doppelt arbeiten?« Er versuchte, unauffällig seine Nackenpartie zu massieren.

»Ich tippe das schnell ab«, wiederholte sie.

Sie schien die Schreibmaschine nicht als das zu sehen, was sie war. Für sie war das Gerät seiner Funktion enthoben. Sie wollte nicht mit Druckbuchstaben arbeiten, zumindest nicht mit solchen, die per Typenhebel das Licht der Welt erblickt hatten. Nein, sie wollte mit Daten arbeiten.

»Sie haben mich nicht verstanden«, entgegnete Westermann mit einem unheilvollen Timbre in der Stimme und drehte dabei langsam am Walzendrehknopf, der knarrende Geräusche von sich gab. Seine alte Kellertür war nichts dagegen. Und dann begann er, fuchtelnde Handbewegungen in der Luft zu machen. Die schlappe Fliege an der Wand würde spätestens jetzt aus ihrem Koma erwachen. »Sicher, Frau Marelli, Sie tippen schnell. Sehr schnell. Zu schnell, wenn Sie mich fragen.«

»Ich verstehe Sie nicht«, sagte sie.

»Na, Sie tippen schneller, als Sie denken! Ihr Gehirn erhält kein Feedback mehr durch kraftvolle, intensive Bewegungen. Sie streicheln mehr, als dass Sie schreiben. Und dann schicken Sie diese Buchstabensuppe mit einem einzigen Klick Ihrer Maus um die halbe Welt, wo wir doch ganz genau wissen, was man damit alles anstellen kann!« Langsam kam er an in seiner Rolle. Es bereitete ihm diebische Freude.

»Sie meinen, ich soll es einscannen?«, fragte sie.

Mein Gott, dachte Westermann und schloss für einen Moment demonstrativ die Augen. »Nein, verdammt, dieser Text hier ist eine interne Agenda, höchst vertraulich also. Was glauben Sie, warum diese Maschine hier steht?« Er gab Gabriele einen Klaps auf das kühle Gusseisen. »Wir reden hier über eine Umstrukturierung unseres Ressorts und vor allen Dingen immer noch über die Krypto-Box. K r y p t o, Frau Marelli!« Westermann redete sich nun doch in Rage, kam sich mittlerweile wie ferngesteuert vor, und er hörte sich sagen: »Und alles, was auch nur ansatzweise mit der Krypto-Box zu tun hat, läuft über kein Device mehr, das ich nicht disziplinarisch zu verantworten habe!«

Sie schwieg. Nach einer Weile fragte sie: »Geht es Ihnen gut?«

»Das ist ein komplett anderes Thema, Frau Marelli. Darüber sprechen wir ein anderes Mal, wenn wir Zeit haben.« Er zeigte auf die Agemda, die sie immer noch zwischen ihren Fingern hielt. »Würden Sie das jetzt bitte vier Mal kopieren, eintüten und den Leuten aushändigen. Das Original hätte ich gern zurück.«

»Das ist nicht Ihr Ernst«, sagte sie. »Sie nehmen mich wieder hoch.« Sie legte das Blatt Papier neben die Schreibmaschine und machte ein Dachte-ich-mir's-doch-Gesicht. Und dann begann sie, wissend zu lächeln.

»Glauben Sie, dass mir nach all dem, was heute bereits vorgefallen ist, nach Scherzen zumute ist?«, fragte Westermann. »Was ich getippt habe, ist gesetzt!«

»Versteckte Kamera?«, fragte sie.

Er schüttelte den Kopf und schob das Blatt Papier ganz vorsichtig zwischen ihren Arm und Oberkörper, als sei es ein seltenes Pergament. »Sie tun ja gerade so, als hätte ich Sie aufgefordert, mit einer Ladung Schriftrollen ins nächste Fürstentum zu reiten!«

Es machte Dingding, und er nahm sein Smartphone und checkte. »*Nächstes Type-in für Schreibmaschinenfans*« war der Betreff der Mail. Manchmal kamen Nachrichten wie gerufen, fand Westermann, wie frisch aufbereitet und abgefeuert von einem kosmischen Regisseur irgendwo auf der Cloud. Das mochte man sich gern vorstellen, es entband einen von jeglicher Verantwortung. Doch in Wirklichkeit war es nichts anderes als das engmaschige Abscannen seines Datenprofils im Netz. Er war lesbar geworden, die Frequenz, in der er Benachrichtigungen erhielt, erhöhte sich langsam. Richard III. hätte genauso gut die Einladung zu einem Jamie-Gulliver-Kochkurs bekommen können. Es war nicht kosmisch. Es war mathematisch. Aber das machte es nicht weniger unheimlich. Er klickte die Mail an, hielt Marelli das Display unter die Nase und las vor: »Nächstes Type-in am Freitag im Bürgerkeller. Neuinteressenten willkommen.« Er blickte zu ihr auf. »Wollen Sie mit?«

Das reichte offenbar. Sie verließ sein Büro ohne ein weiteres Wort.

»Und legen Sie Dockhorn auf übermorgen!«, rief er ihr nach.

Sie tat ihm leid. Manchmal mutete er sich gerade in Momenten, in denen er sich selbst kaum ertragen konnte, anderen Menschen zu. Und sie war einer von ihnen. Denn meistens war sie eben einfach da. Wie sollte sie Spaß und Ernst auch auseinanderhalten, wenn ihm, Westermann, das gerade selbst nicht so recht gelang? Vielleicht hatte er auch den Symbolgehalt unterschätzt, den eine Schreibmaschine auf Frauen ihres Fachs haben konnte: Für sie musste es ein

Relikt aus früheren, tyrannischen Zeiten sein, als Schreibmaschinistinnen in Schreibsälen um die Wette schrieben, seelenlos, ausgeliefert und schlecht bezahlt – symptomatisch für das Leiden einer Epoche, die sie hinter sich gelassen zu haben glaubte.

Doch bei aller Durchgeknalltheit seiner Aktion, dieser Mischung aus absolutem Spaß und absolutem Frust, war ihm noch ein ganz anderer Gedanke gekommen: Seine Agemda würde nun tatsächlich nicht über das System laufen. Sie war nicht digitalisiert. Man würde sie weder laden noch ändern können. Sie war materialisiert. Sie war einzigartig. Er konnte sie zerreißen, in einen veritablen Papierkorb werfen, sie anzünden oder sogar aufessen. Was war schon »löschen« dagegen? Niemand würde beweisen können, dass er die Agemda je geschrieben hatte. Es gab keine digitalen Spuren. Gabriele hielt nichts zurück, sie hatte noch nicht einmal ein Kurzzeitgedächtnis. Westermann lehnte sich zurück. Ein besseres Immunsystem konnte es vorerst nicht geben.

Wieder diese merkwürdige Ruhe. Westermann nahm sein Handy von der anderen Seite des Tisches und aktivierte es. Eine der eingegangenen SMS war von Paul: »*Ruf doch Yolanda mal kurz an, wenn du Zeit hast.*« Westermann mochte es nicht, wenn sein Sohn seine Großmutter beim Vornamen nannte. Großmutter blieb Großmutter. Sie hatte sich nie damit anfreunden können, aber deswegen musste sie ihren Enkel ja nicht auf den eigenen Vornamen konditionieren. Doch die SMS behagte ihm auch aus einem anderen Grund nicht: Seine Mutter war inzwischen in einem Alter, in dem alles passieren konnte, überall und jederzeit. Er musste sichergehen, dass alles in Ordnung war. »*Ist was passiert?*« SEND

Ding. Westermann öffnete: »*Irgendwas mit ihrem PC.*«
»*Jetzt nicht.*« SEND
Ding. »*Warum nicht?*«
»*Keine Zeit. Soll sie mich doch anrufen.*« SEND. Er ärger-

te sich noch im selben Moment über seinen Vorschlag, aber nun war es zu spät.

Bereits nach zwei Minuten klingelte das Telefon, und er erkannte die Nummer. Sie schien nur ihren Verbündeten vorgeschickt zu haben, um jetzt selbst zur Tat zu schreiten. Er nahm ab. »Mutter. Das ist jetzt ganz schlecht.« Sein Blick ging zur Tür. Solange er sprach, würde Marelli nicht zurückkommen. Sie würde genug zu tun haben da draußen, wenn auch die dreißig Minuten auserbetener Ruhe längst vorbei waren. »Ich habe hier gerade die absolute Krise. Ich kann nicht lange sprechen«, sagte er.

»Früher hatten Männer keine Krise, sondern nur schlechte Laune«, sagte seine Mutter.

Er schwieg. Darauf musste er nichts erwidern. Sie wollte ja offenbar etwas von ihm und nicht umgekehrt.

»Entschuldigung, Richard. Ich wollte dich nur ein wenig aufheitern.«

Aufheitern? Aufheitern war etwas ganz Neues, dachte Westermann und lachte hysterisch in den Hörer. Das letzte Mal, dass sie ihn hatte aufheitern wollen, war geschätzte vierzig Jahre her. Damals war sein Teddybär mit Streptokokken-Bakterien infiziert und musste entsorgt werden. Wieso rief sie ihn jetzt an? Sie hatte ihn noch nie im Büro angerufen. Es war, als hätten die Mails, die sie ihm kürzlich geschickt hatte, Stück für Stück alle Hemmschwellen, die immerhin vierzig Jahre Bestand gehabt hatten, fallen lassen. Ja, dachte Westermann, sie war dabei, ihn in Beschlag zu nehmen, seine Zeit zu kapern. Auf allen Kanälen. Nun auch im Büro. Alles war nur einen Tastendruck entfernt. Nun auch für sie.

»Höre mal, Richard«, fuhr sie fort, »mein Internetz ist so langsam hier zu Hause. Es dauert ewig, bis sich da was tut. Kann man da was machen? Ich brauche ja auch nicht das komplette Netz, ein dutzend Seiten vielleicht, nicht mehr. Gibt es da günstigere und schnellere Teilraten?«

Teilraten? Es brach aus ihm heraus: »Mutter, ich versuche

hier gerade, die Zukunft meines Bereichs in den Griff zu kriegen, und du kommst mir mit solchen Fragen! Und deine Mails. Ich würde dich erst einmal bitten, deine Mails an mich nicht mit ›Richard‹ zu betiteln!«

»Ja, aber ich schicke sie doch an dich. Es geht doch um dich«, wandte sie ein.

»Mutter, du musst deiner Mail einen Titel geben, aus dem hervorgeht, worum es thematisch geht. Eine Art, nun ja, Motto eben.«

»Ein Motto? Muss ich bei dir denn Werbung für meine I-Mehls machen?«

»Nein, es ist nur ein Stichwort, um die Dinge auf den Punkt zu bringen.« Westermann bereute bereits, das Thema überhaupt angesprochen zu haben.

»Hm. Ist ›Richard‹ nicht auf den Punkt gebracht?«, fragte sie.

»Herrje, ich muss Wichtiges von Unwichtigem trennen, Mutter! Weißt du, wie viele Mails wir hier am Tag bekommen? Irgendwann spricht dein Absender allein nicht mehr für dich.«

»Das ist schade.«

»Manche schicken auch nur den Betreff, ohne Text. Das geht auch«, schlug Westermann vor. Er blickte auf die Uhr. »Mutter, ich muss jetzt wirklich Schluss machen.«

»Paul sagt, dass der Empfang sogar auf der Straße besser ist als bei mir im Hause. Aber ich kann doch nicht da draußen …«

»Das ist doch ein wunderbares Thema für euren PC-Seniorentreff.« Westermann wollte etwas kooperativer klingen, aber das Telefonat auch möglichst bald beenden.

»Seniorentreff?«, fragte sie. »Lab, du meinst das Lab. Sie machen Sommerpause. Aber wir schetten auf Tracebook. Nur das dauert eben ewig bei mir zu Hause …«

»Mooooment«, wandte Westermann ein, »ihr habt eine Tracebookseite?«

»Höre mal, Richard. Für wie alt hältst du mich denn? Wir haben bereits einen eigenen Einkaufskorb bei Edeka!«

Totenstille. Westermann schloss die Augen. Er hatte Angst gehabt, ihr würde es nicht gut gehen, es wäre etwas passiert, es wäre vielleicht bald aus, und nun sprach sie von Edeka. Westermann musste unwillkürlich an den Weidenkorb mit dem hellblauen Innenfutterstoff denken, der bei ihr immer hinter der Küchentür stand, sodass man diese nie ganz öffnen konnte. Doch es stand zu befürchten, dass sie den nicht meinte. Sie schien bereits viel länger im Internet unterwegs zu sein, als er geahnt hatte. »Mutter, tue jetzt nichts Unüberlegtes so allein vor der Kiste«, sagte er.

»Du hörst dich so besorgt an«, sagte sie.

»Hör zu«, sagte er, »lade dir bloß nichts runter. Lass dir nichts verkaufen. Gib niemandem, hörst du, NIEMAN-DEM, deine Kontodaten. Das kann ganz schnell gehen. Aber so was von schnell. Du öffnest denen Tür und Tor. Mit ein paar Klicks.«

»Liebe Güte, Richard. Du tust ja gerade so, als würden hier gleich drei Männer in grauen Flanellanzügen die Auffahrt heraufkommen und klingeln.«

»Ich komme morgen Abend nochmals zu dir, einverstanden?«, fragte Westermann.

»Aber wir können das doch elektrotechnisch …«

»Nein, das können wir nicht, Mutter. Ich bin morgen um halb neun bei dir.«

Und jetzt legte er wirklich auf. Alles konnte jederzeit und überall passieren.

»Westermann, so geht das nicht. Was soll der Tinnef?« Westermann starrte immer noch auf den aufgelegten Hörer und dachte an Edeka. Aber Dietmar Holz war bereits zu seiner Schreibtischkante gestürmt und stand jetzt breitbeinig vor ihr wie ein Kampfmittelräumer. Dies schien heute der Tag der offenen Tür zu sein, dachte Westermann, er sollte

Eintritt nehmen. An diesem Tag schienen alle im Hause zu sein, wie eine instinktgesteuerte Wolfsherde, die ahnte, dass das Fressen bald neu verteilt wurde.

Holz war seit zwei Jahren Arbeitsdirektor bei IBT und sogenannter »Head of Human Resources«. Es war stets etwas Rabaukenhaftes an ihm, seine Anzüge waren entweder zu weit oder zu eng. Er trug Schuhe mit Kreppsohlen, und er sah einem immer direkt in die Augen, wenn er mit einem sprach. Very human, fand Westermann. Er mochte ihn. Holz war greifbar. Seine »Nummer mit den Nummern«, die er kurz nach Amtsantritt angegangen war, hatte ihn berühmt-berüchtigt gemacht. Vor seiner Zeit hatte es bei IBT ein hierarchisches Telefonnummernsystem gegeben: Die Anschlusskennungen der Abteilungsleiter endeten mit einer Null, die der Bereichsleiter mit zwei und die der Vorstände mit drei Nullen. Leuchtete also auf dem Display seines Apparats eine Nuller-Nummer auf, so hatte jeder Mitarbeiter praktisch aus den Augenwinkeln heraus strammstehen müssen. Holz hatte dieses System abschaffen wollen und damit den Unmut aller Nullenbesitzer auf sich gezogen. Am Ende hatte es ihn anderthalb Jahre gekostet, bis er die Nullen überwunden hatte. Und nun starrte Holz auf die Maschine und sagte »Tinnef«.

»Was meinst du?«, fragte Westermann scheinheilig. Erst mal die anderen reden lassen, um dann die situativ passenden Worte zu finden.

Auch Holz schien nicht den Blick von Gabriele lassen zu können und sagte: »Tatsächlich.« Es dauerte eine Weile, bis er seine Sprache wiederfand und mit der Agemda in der Hand herumfuchtelte. Marelli musste sie ihm gegeben haben.

»Richard, du kannst für die Arbeit nicht einfach so – nun ja, wie soll ich sagen? – andere Geräte nutzen und allen Ernstes glauben, dass alle das mitmachen!« Er holte tief Luft. »Frau Marelli hat mich angerufen, und Hirtenhuber war bei mir. Die sind völlig ratlos. Sicher, du bist auch nicht mehr der Jüngste, aber muss es wirklich gleich so etwas sein? Als wäre heute nicht schon genug los.«

Westermann legte den Kopf schräg und rollte die Augen.

»Ohne unternehmensseitige Zustimmung dürfen private Geräte im Büro nicht genutzt werden«, fuhr Holz fort. »Bring your own device ist abgeschafft bei uns, Richard. Das gilt auch oder gerade für den IT-Bereich.«

Mein Gott, dachte Westermann, sie nahmen es tatsächlich ernst. Galt er denn als so durchgeknallt, dass niemand auf die Idee kam, es könnte sich um einen Scherz handeln? War Originalität ein Defekt, die Vorstufe zur Abmahnung? Sah man die interne Ordnung so leicht gefährdet? Dabei hatten sie doch alle ihre iPhones in der Tasche, ihre »own devices«. Aber eine Schreibmaschine war wohl tatsächlich ein Solitär.

»Das gilt für private Handys und Tablets, Dietmar«, sagte er langsam. Er legte die flache Hand über Gabrieles Tastenfeld. »Sie hier, sie ist völlig gefahrlos. Das musst du zugeben. Oder siehst du an ihr irgendeine Schnittstelle?« Holz schienen für einen Moment die Argumente ausgegangen zu sein, und Westermann fuhr fort: »Man wird ja wohl noch eine Agemda schreiben dürfen. Oder steht etwas Schlimmes darin?«

Holz winkte unwirsch ab: »Ach was, ich habe mir das Ding doch gar nicht durchgelesen. Es geht um das Wie!«

»Seit wann interessiert dich das Wie?«

»So kannst du nicht mit deinen Leuten umgehen. Nicht in deiner Position. Du setzt damit die falschen Zeichen!« Holz kam langsam auf ihn zu und flüsterte ihm anschließend aus zwanzig Zentimetern Entfernung ins Ohr: »Richard, ich weiß, wir wollen alle raus aus dem Hamsterrad. Wir machen alle gern mal was mit den Händen, schrauben an unseren Autos herum und so.« Und dann zeigte er auf Gabriele, als sondere sie gerade außerirdische Schleimfäden ab. »Aber das da geht nun wirklich nicht.« Seine Stimme wurde leiser. »Hör mal, wenn du findest, du solltest sichtbarer werden, oder wenn du dich unwohl fühlst – was immer es ist, es lässt sich behandeln. Du weißt, dass wir gute Betriebspsychologen haben. Ich kann dir auch einen diskreten Kontakt draußen vermitteln.«

Westermann fand es köstlich.

Holz knallte ihm seine kleine, fette Hand auf die Schulter. »Oder Ritalin? Ist vielleicht unauffälliger. Nur schlucken, nicht tippen.«

»Das ist es nicht«, sagte Westermann.

»Tranquilizer? Brauchst du was zum Dämpfen, zum Runterkommen? Vielleicht ist es auch nur eine vorübergehende, nun ja, Medienmüdigkeit.«

Gut, dachte Westermann, Holz wollte das Spiel spielen. Konnte er haben. Er stützte den Unterarm auf und legte sein Kinn zwischen Daumen und Zeigefinger, rollte die Augen und sagte: »Nun, es spricht meinen Parasympathikus an.«

»Deinen was?«, fragte Holz. Er trat einen Schritt zurück.

»Na, den Teil des vegetativen Nervensystems, der für Beruhigung und Entschleunigung zuständig ist. Und nebenbei produziere ich eben Text, sozusagen als Nebenwirkung.«

Stille. Holz guckte, schüttelte langsam ungläubig den Kopf. Und dann endlich hellte sich seine Miene zögerlich auf. Er grinste: »Du simulierst doch! Wenn du glaubst, ich würde mich einmal im Monat gegen Ironie impfen lassen, hast du dich getäuscht! Du bist nicht krank. Du bist nur witzig!«

Westermann wollte spontan zurückgrinsen, denn zumindest wusste er jetzt, was Holz so alles in seinem Medikamentenschränkchen hatte. Von wegen Personalmanagement, so musste die pharmazeutische Versorgung von Kampfpiloten im Zweiten Weltkrieg ausgesehen haben. Doch er besann sich. An dieser Stelle, genau an dieser Stelle, hätte er, Westermann, die Dinge wieder in ihre geordneten

Bahnen lenken können, noch rechtzeitig genug und völlig gefahrlos. Doch das wäre zu einfach gewesen. Nein, Holz und alle anderen würden noch einen kleinen Umweg mit ihm gehen müssen. Westermann fragte also: »Warum sollte das ein Witz sein?«

»Du führst doch was im Schilde!«, rief Holz.

»Nein«, entgegnete Westermann. »Ich denke nur, dass es ein Mittel gibt, der absoluten Schnelligkeit etwas entgegenzusetzen. Völlig rezeptfrei.«

»Und das wäre?«, wollte Holz wissen.

»Die absolute Langsamkeit.« Westermanns Augen lagen auf Gabriele. Er strich sanft mit dem Zeigefinger über den blanken Wagenrückführhebel der Schreibmaschine und sagte: »Tja, Gabriele, da scheint uns jemand noch nicht zu verstehen.«

»Du sprichst mir ihr?« Holz war wieder irritiert.

»Man muss den Diff machen, Dietmar«, sagte Westermann.

»Den was?«

»Man lässt alle verfügbaren Datenmengen gegeneinanderlaufen und gleicht sie ab. Es ist eine große, allumfassende Subtraktion, weißt du.«

Holz ließ sich auf die Couch in der Sitzecke fallen, schien kurzzeitig in sich zusammenzusacken und legte die Fingerspitzen gegeneinander, als versuchte er, sich zu konzentrieren. »Richard, ich weiß doch ganz genau, warum du plötzlich so sperrig bist. Sicher, Dockhorn arbeitet sich gerade in deinen Bereich vor. Ich kann deinen Unmut verstehen. Herrje, wenn du so eingeschnappt bist, lass ihm meinetwegen die Luft aus den Reifen. Aber pack um Himmels willen das Ding da wieder ein! Das ist peinlich.«

Westermann zog langsam die Agemda zu sich herüber, die Holz auf dem Tisch abgelegt hatte. Er schwieg. Die Fliege an der Wand war gerade dabei, schwungvoll und entschlossen rückwärts zu starten.

140

Holz blickte auf die Uhr, erhob sich und machte Anstalten zu gehen. »Ich spreche mit Frau Marelli, aber ich weiß nicht, ob ich da noch was retten kann. Und unter Freunden, Richard: Du musst etwas mehr interagieren, auch personaltechnisch!«

»Ja«, sagte Westermann.

Holz wandte sich im Gehen nochmals um und nickte mit dem Kopf in Richtung der Schreibmaschine. »Konntest du nicht wenigstens ein IBT-Modell nehmen?« Er hielt kurz inne. »Oder hast du was zu verbergen? Ablenkungsmanöver?«

Westermann stutzte und hoffte, Holz würde es nicht merken.

»Wie auch immer, abhörsicher bist du damit nicht gerade, und deine Benutzeridentität dürfte relativ eindeutig zu knacken sein, wenn ich das einmal so sagen darf. Schwachsinn.« Holz verschwand kopfschüttelnd und ließ die Tür dabei ins Schloss fallen. Draußen schien ihn vor lauter Verzweiflung ein Lachanfall zu überkommen.

Dem Ressort Human Resources, dachte Westermann, würde es in Zukunft auch an den Kragen gehen.

Westermann wartete zur Sicherheit noch ein paar Minuten, bevor er in seiner Projektgruppe anrief und Achternbusch zu sich bat.

Dieser stand zwei Minuten später vor ihm, und Westermann vergewisserte sich, dass die Tür geschlossen und der Hörer aufgelegt war. »Hören Sie, Achternbusch, das mit der Cyberattacke darf unter keinen Umständen nach draußen dringen. Wir verbergen das eine Weile. Und unter ›draußen‹ verstehe ich auch drinnen. Verstehen wir uns? Und kleben Sie vorerst Post-its über die Kameralinsen am PC.«

Wie man seinen Vater löscht

Westermann ließ den Motor an, um zu Höfer zu fahren. Es tat gut, einmal rauszukommen. Im Unternehmen tobte mittlerweile das Chaos, obwohl er doch seinen Job wie immer pflichtbewusst erfüllt und sehr, sehr intensiv weitergemacht hatte. Eben nur mit Schreibmaschine. So dann und wann hatte er ein bisschen getippt. Die wirklich wichtigen Dinge. So viel schrieb man ja auch nicht als Vorstand. Es hatte begonnen, ihm Spaß zu machen. Und er hatte damit immerhin erreicht, dass Dockhorn vorerst kein Gesprächsthema mehr war, aller Augen lagen auf ihm, Westermann.

In Anbetracht der Sicherheitslücke war die Lage trotzdem hoffnungslos. Er musste auf Zeit spielen, jeglicher Aktionismus wäre momentan fehl am Platze. »Bedenke, über alles Leid, das die Tage bringen, zieht mit raschen Schwingen tröstend hin die Zeit.« Das hatte er gestern Abend ins Gästebuch am Firmenempfang geschrieben, gleich unter »Und morgen bringe ich ihn um!«. Er schien nicht der einzige anonyme Schreiber zu sein.

Sein Smartphone blinkte und zuckte, als sei es von Dämonen besessen. Er ging nicht mehr ran und konzentrierte sich aufs Fahren. Alles war vorerst gesagt, alles war vorerst veranlasst. Er würde es aushalten, offline zu sein, mindestens dreißig Minuten.

Churchill saß stocksteif auf dem Beifahrersitz und schien sich auf einen Punkt auf der Straße zu konzentrieren, damit ihm nicht schlecht wurde. Wenn einer seinen Vater löschen wollte und dabei bisher vor kaum etwas zurückgeschreckt war, konnte ein Begleiter wie Churchill nicht schaden, fand Westermann, seine Anwesenheit würde dem Ganzen eine halbwegs unverkrampfte, authentische Note geben. Westermann schnupperte. Es roch nicht gut. Herrje, der Hund roch gar nicht gut, es war trotz Klimaanlage kaum auszuhalten. Das musste der Stress beim Autofahren sein.

Westermann fuhr an der nächsten Ampel das Verdeck herunter und blickte in den Himmel. Es wurde abrupt besser, er atmete tief durch und genoss die Abendluft beim Anfahren.

Früher hatte er es immer gemocht, offen zu fahren, den Wind in den Haaren zu spüren. Für den Fall, dass er im fortgeschrittenen Alter seine Haare verlieren würde, musste er vorsorglich dieses Gefühl konservieren, wenn der Fahrtwind die Haare nach vorne drückte und einem eine Spur Verwegenheit ins Gesicht zauberte. Wann war er eigentlich das letzte Mal oben ohne gefahren? Er blickte zu Churchill hinüber. An ihm wehte nichts, gar nichts. Er sah genetisch bedingt verwegen aus. Aber immerhin roch man ihn nicht mehr.

Westermann dachte an die Olympia. Höfers Maschine befand sich wahrscheinlich immer noch im Hause des Schriftstellers, in dem jetzt sein Sohn allein lebte. Er musste sie einfach haben. Es kam ihm mittlerweile so vor, als wäre sie Teil einer ihm noch unbekannten Lösung. Trotz Gabriele hatte er immer nur an sie gedacht, für sie sogar gelogen. Vielleicht ergab sich hier und heute die Gelegenheit eines informellen Deals mit Matthias Höfer. Er hatte bereits eine Idee.

Es begann zu regnen. Die Tropfen wurden schnell dicker und pladderten aufs Leder. Bald goss es wie aus Kübeln. Westermann hielt am Straßenrand und betätigte die Schließautomatik. Auf den Rücksitzen hatten sich bereits kleine Seen gebildet, und es schien Ewigkeiten zu dauern, bis sich das Dach gänzlich schloss. Churchill roch nun noch schlimmer als vorher, aber es nützte nichts. Unter normalen

Umständen hätte er in den Fußraum gemusst, aber wie sollte man einem Hund vermitteln, dass sein Platz im Auto vom Wetter abhing? Bei Sonnenschein oben, bei Regen unten?

Höfers Haus lag im westlichen Speckgürtel der Stadt, irgendwo im Niemandsland – da, wo es keine Staus mehr gab, aber auch noch keine Milchkannen an der Straße standen. Als Schriftsteller brauchte man vielleicht gar keine inspirierende Einsamkeit, rauschende Wälder oder blökende Schafe. Das mit der Einsamkeit war vielleicht überhaupt ein Mythos, dachte Westermann. Wahrscheinlich würde es vielmehr auf einen Kiosk in der Nähe ankommen. Ja, vielleicht wollte da jemand ganz einfach normal und unauffällig sein, wenn er es schon tief drin in sich selbst nicht war.

Als Westermann vor dem Haus vorfuhr, war er angenehm überrascht: Es war eine schmucke Gründerzeitvilla, sandfarben gestrichen, nichts Pompöses, aber mit großen Fenstern, zwei großen Balkonen und aufwändigen steinernen Ornamenten an der Fassade über dem Haupteingang. Das Grundstück schien auch nach hinten hinaus recht groß zu sein.

Westermann parkte, half Churchill aus dem Auto und wollte sich gerade der Haustür nähern, als er Qualm in der Luft wahrnahm. Er blickte sich um und sah kleine schwarze Wolken vom hinteren Teil des Grundstücks aufsteigen. Panik überkam ihn, er rannte um das Haus herum, bemerkte dann aber Matthias Höfer, der aus einem Seiteneingang des Hauses kam. Es regnete immer noch, und Höfer schien in Eile zu sein. Würde er seinen Vater jetzt höchst eigenhändig einäschern? Doch Westermann sah jetzt, dass der Mann einen großen Karton an den Bauch gepresst hielt und damit erstaunlich geschickt den Pfützen auswich, als er Richtung Garten lief. Es war Zeit, sich bemerkbar zu machen. »Herr Höfer?«, rief Westermann ihm nach.

Höfer fuhr herum, sah Westermann, dann Churchill und sagte mit Blick auf den Hund: »Ihrer? Passt zu Ihnen. Der bekommt hier aber nichts zu essen und zu trinken.« Mit dem Kopf auf den Karton in seinen Armen deutend, fuhr er fort: »Ich ›ent-sorge‹ mich gerade, wie Sie sehen. Wenn Sie mögen, können Sie schon einmal hineingehen. Ich komme sofort.«

Westermann trat näher. »Kann ich Ihnen vielleicht helfen?«

»Nein, das ist der letzte Karton«, sagte Höfer.

Westermann folgte ihm in den Garten, wo tatsächlich ein kleines Feuer brannte, neben dem noch ein paar Schachteln standen.

Höfer stellte seinen Karton ab und riss ihn auf. »Es ist unglaublich, was sich angesammelt hat. Zeitschriften, Bücher, Berge von Manuskripten, Korrekturseiten, Briefe, handschriftliche Notizen en masse.« Er holte tief Luft, hob den Karton wieder an und schleuderte den Inhalt ins Feuer. »Davon weiß das Archiv nichts.« Und dann nahm er eine kleine hölzerne Kiste, sagte: »Seine Zettelkiste, das verdammte Ding«, und setzte zum Wurf an.

Westermann machte einen Satz zu Höfer herüber. Es war mehr ein Reflex: »Aber die können Sie doch nicht einfach so verbrennen! Die Zettel, gerade die Zettel, das sind doch lauter Originale, geistige Essenzen sozusagen, die könnten …«

»Geistige Essenzen? Genau deswegen gehören die verbrannt!« Höfer fuchtelte mit dem Kasten in der Luft herum. »Auf diese Zettel hat er all die Worte gekritzelt, die er uns nie gesagt hat. Das sind keine Zettel. Das ist sein Leben, das seiner Freundinnen, leider auch das meiner Mutter und mein eigenes. Nichts für fremde Blicke.« Höfer holte weit aus und warf. Funken stoben auf. »Es ist wie mit seinem Handy. Das habe ich als Erstes hineingeworfen.«

Westermann glaubte, sich verhört zu haben. »Sie haben sein Handy verbrannt?«

»Es lag da auf seinem Schreibtisch, wurde unentwegt wie von Geisterhand geschüttelt und bimmelte, wenn Mails eintrafen.« Höfer schüttelte sich nun selbst, als er es erzählte. »Es waren sogar noch Fotos von ihm drauf, zuletzt ein Selfie. Da liegt er im Bett und starrt halb tot in die Linse, verstehen Sie? Kurz vor seinem Tod hat er wohl versehentlich auf die Kamerataste gedrückt. Es ist makaber.«

Westermann starrte ins Feuer, ging in Gedanken seine eigenen Selfies durch und beschloss, in nächster Zeit seine Fotos zu exportieren. Weg. Ganz weit weg.

Höfer klopfte sich ungerührt die Hose ab und machte Anstalten, ins Haus zu gehen. »Kommen Sie, Sie sind ja nicht zur Grillparty hier, und wir müssen nicht warten, bis es ausbrennt.« Er zeigte auf Churchill, der immer noch in sicherer Entfernung am Haus stand: »Na, der macht sich nicht die Pfoten schmutzig, was? Ein kluges Tier. Schüttelt der sich vorher noch einmal?«

Westermann folgte Höfer ins Haus und warf einen letzten Blick auf das Feuer. Hier wurde sehr gründlich und umfassend gelöscht, fand er. Höfers Zettel waren bereits auf immer vernichtet.

Im Haus war es tatsächlich hell und gemütlich. Gestreifte Tapeten, Drucke von Klee und Nolde an der Wand, knarrendes altes Parkett. Es roch nach Spiegelei.

»Hier durch«, sagte Höfer, und Westermann folgte ihm den Flur entlang, vorbei an alten Fotografien, vorbei an zwei großen Wohnräumen und einer kleinen Küche. Churchill blieb dicht bei ihnen. Am Ende des Flurs betraten sie einen kleinen, lichten Raum mit Erker. Es war eine Mischung aus Wohn- und Arbeitszimmer, und auf einem Teppich verteilt lagen immer noch Berge von Papier. Trotz der schweren Vorhänge gab es einen schönen Lichteinfall, und durch das Fenster am Erker konnte man auf die Beete im Garten blicken. Westermann sah sich diskret um. Es gab eine Wendeltreppe nach oben, und an der Wand darunter stand eine Couch mit einer alten Stehlampe daneben. Davor ein Tischchen mit einer eigenartig schiefen Bronzeskulptur darauf. Es schien sich um einen stilisierten Menschen zu handeln.

Höfer war Westermanns Blicken gefolgt und sagte: »›Der Lebende‹. Eine kleine Reminiszenz an seinen Roman.«

Westermann nickte und blickte sich weiter um. Im Erker stand ein großer Kiefernschreibtisch, sehr unedel und eher enttäuschend, fand er. Aber das war noch nicht alles: Auf dem Schreibtisch stand ein funkelnagelneuer Computer der jüngsten Generation. Westermann starrte auf den Bildschirm.

»27-Zoll-Widescreendisplay mit LED-Hintergrundbeleuchtung«, sagte Höfer mit unverkennbarem Hohn in der Stimme.

»Ihrer?«, vergewisserte sich Westermann.

»Gott behüte, nein. Das ist seiner. Und er ist immer noch da drin, wenn Sie mich verstehen. Genau wegen dieses Geräts sind Sie hier, Herr Westermann. Das hoffe ich jedenfalls.«

Westermann kam sich hilflos vor, so als verlöre er gerade die Orientierung. Stand er hier tatsächlich im Arbeitszimmer von Rupertus Höfer? Es gab kaum Bücher, wo er doch allein mit seinen selbst geschriebenen ganze Regale hätte füllen können. Ein Hauch von Pfeifentabak lag noch in der Luft, aber es konnte ebenso gut der Feuerqualm von draußen sein. Und keine Spur von der Olympia.

Höfer grinste. »Sie vermissen Bücher hier, nicht wahr? Da sind Sie nicht der Erste. Tja, er hat sich nie wirklich für Bücher interessiert. Er hat sie nur geschrieben.«

»Und die Schreibmaschine auf dem Mahagoni-Schreibtisch? Das Bild in der Zeitung?«, fragte Westermann.

Höfer wies mit dem Zeigefinger auf die Wendeltreppe. »Im Turmzimmer. Zutritt nur für Presseleute.« Er schüttelte den Kopf. »Dort hat er zuletzt gar nicht mehr geschrieben. Und das nicht nur wegen des Schreibmaschinenverbots, das ihm sein Hausarzt nach seinem ersten Herzinfarkt verordnet hat.«

Westermann konnte es nicht fassen. »Schreibmaschinenverbot? Wegen des Herzens? Wie bei Dürrenmatt?«

»Ja, genau. Wissen Sie, das mit der Olympia war schon in den neunziger Jahren vorbei.« Höfer strich über das Geländer der Wendeltreppe. »Jeder erfindet wohl früher oder später eine Geschichte von sich, die er für sein Leben hält …«

»Aber ›Der Lebende‹ ist doch darauf entstanden, oder?«, wollte Westermann wissen.

»Ja, das war das letzte Buch, das er eigenhändig in die Maschine getippt hat. Danach hat er noch ein paar Jahre schreiben lassen. Bücher nach Diktat sozusagen.«

»Wer hat stattdessen geschrieben?«

»Oh, keine Ahnung. Eine junge Frau, eine der studentischen Aushilfskräfte wahrscheinlich. Die haben sich um solche Jobs bei ihm gerissen, das können Sie sich ja vorstellen.« Höfers Blick hing auf der Wendeltreppe. »Ich kann mich an das ständige Geklapper dort oben erinnern. Ich habe das Ding gehasst. Ich wusste dann immer, dass er da war – und gleichzeitig so weit weg. Und dass er nicht allein war.« Höfer drehte sich um. »Nun gut.« Er knallte den Haustürschlüssel neben den Lebenden aus Bronze.

Westermann stutzte, der Schlüsselanhänger kam ihm verdächtig bekannt vor. Er hatte den gleichen – eine kleine Mecki-Figur aus Hartgummi mit kariertem Hemd und Flickenhose. Sie hatte jahrelang im Auto seines Vaters vom Rückspiegel gebaumelt.

»Möchten Sie auch ein Schweineöhrchen? Mit Vollmilchschokolade!« Höfer hielt ihm eine Glasschüssel hin.

Churchill blickte von unten herauf von einem zum anderen. Man sah es ihm an: Sein Herz schlug definitiv für Schweineöhrchen. Westermann griff zu und zeigte dann auf den Computer. »Würden Sie sich bitte einmal einloggen? Um das digitale Erbe Ihres Vaters zu verwalten, müssen wir zunächst …«

»Verwalten? Ich will es doch nicht verwalten, dieses verdammte Erbe! Ich will ein gelöschtes Objekt endgültig löschen, um es mal in Ihrem Jargon zu sagen.« Er blickte auf den Rechner. »Ich habe ein Recht auf Vergessen. Und er, er hat wahrscheinlich auch ein Recht auf Vergessenwerden.« Höfer stellte die Schüssel mit den Schweineöhrchen unsanft auf den Tisch.

»Tja, das ist so eine Sache mit dem Vergessen«, sagte Westermann. Höfer schien die Komplexität ihres Vorhabens nicht ganz zu erfassen.

»›Wer einen Fluss überquert, muss die eine Seite verlassen‹ hat er sich gewünscht für seinen Trauerzettel.«

»Schön. Sehr schön sogar.« Westermann hatte den Eintrag im Gästebuch am Firmenempfang schon vor Augen.

»Aber wie, bitte schön, soll er das mit der anderen Seite denn geregelt kriegen, wenn diese Kiste im Hier und Jetzt noch voll von ihm ist, von seinen Gedanken und Gefühlen, von Menschen, die er kannte?«

»Aber es bleibt doch, abgesehen von seiner Präsenz im Netz, noch vieles von ihm, materialisiert sozusagen, auf Papier, in seinen Büchern«, wandte Westermann ein.

»Dass gerade Sie das nicht verstehen«, sagte Höfer. »Er lebt mit dem Pulsschlag der Klicks pro Tag. Es ist diese hohe Frequenz, in der das Netz mit ihm arbeitet. Das ist so, als würden Sie einen Toten an eine Herz-Lungen-Maschine anschließen!«

Westermann spürte, wie seine linke Augenbraue in die Höhe schoss.

Höfer hatte inzwischen den PC angestellt und stroodelte bereits. »Ich zeig Ihnen jetzt mal was.« Er tippte wie im Wahn und schwenkte den Widescreen dann in Westermanns Richtung. »Hier, gucken Sie mal, hier zum Beispiel ist ein Foto, wie sie ihn gerade aus dem Hause tragen. Da ist er schon tot! Sehen Sie, da sind seine Füße! Die Füße, verstehen Sie, seine Füße sind immer noch online! Aber es gibt sie nicht mehr, seine Füße!« Höfer tippte mit dem Zeigefinger gegen den Bildschirm. Immer wieder. »Und sehen Sie das?« Höfer hing ganz nah vor dem Bildschirm.

Westermann beugte sich nach vorn. »Was meinen Sie?«

»Na, den schwarzen Punkt da auf seinem Knöchel. Zuerst dachte ich, das sei ein Krümel auf dem Bildschirm. Aber es ist drin. Es ist eine Fliege! Eine Fliege auf seinem linken Fuß! Und die lebt vielleicht noch, während wir jetzt miteinander sprechen!«

Es war schrecklich, ein wenig wie RTL2 auf Crystal Meth, fand Westermann. Höfers Verzweiflung schien im ganzen Raum zu hängen. Westermann überlegte. Höfer tat ihm plötzlich unsäglich leid, und in Trauerbegleitung kannte er sich schließlich ein wenig aus. Er versuchte, es betont sachlich anzugehen: »Erst einmal die gute Nachricht, Herr Höfer: Der Datenschutz endet mit dem Tod.«

»Ja, das sehe ich.« Höfer starrte immer noch auf die inzwischen eingeäscherten Füße seines Vaters.

Westermann lenkte ein: »Nein, Entschuldigung, das meine ich nicht. Es heißt, dass wir nun an die Daten rankönnen, um sie zu löschen. Wenn im Testament Ihres Vaters nichts anderes steht, gilt für Digitales Ähnliches wie für Schriftstücke aus Papier.«

»Na toll, soll ich diese elektronische Kiste jetzt gleich hinterherschmeißen ins Feuer? Damit ist es wohl kaum getan!«

Westermann beschwichtigte: »Nein, ich will nur sagen, die gesetzlichen Erben übernehmen automatisch das Recht an den Daten. Das Löschen ist dann grundsätzlich legal.«

Höfer schien nicht erleichtert zu sein. »Das klingt aber so, als sei das doch alles nicht so einfach.«

Westermann versuchte, ruhig zu bleiben. Dies hier war sein Fachgebiet, und nichts, was er jetzt sagen würde, konnte falsch sein. Er fuhr fort: »Bei den Mails kommt es zum Beispiel auf den Serviceprovider an. Meistens reicht es, wenn Sie unter ›Todesfall‹ die Sterbeurkunde und den Erbschein hochladen.«

Höfer starrte Westermann so ungläubig an, als steckte dieser in einem grünen Ganzkörperanzug mit Antennensender auf dem Kopf. Doch Westermann wollte da jetzt durch. »Nur Stroodle hängt etwas mehr an den Daten. Und dann sind da noch die nicht abgerufenen Mails. Die bleiben beim Provider und werden normalerweise nach drei Monaten gelöscht.«

Höfer lachte höhnisch auf. »All die Mails seiner alten und neuen Geliebten! Gelöscht erst nach drei Monaten … Das wird seinen Seelenfrieden aber empfindlich stören.«

Westermann überging es und deutete zum Computer. »Hören Sie, haben Sie alle seine Zugangsdaten, für E-Mail, E-Banking, Paysmall, Online-Händler, Online-Mitgliedschaften, Reiseunternehmen, Social Media, Foren, seine eigene Website? Oder hat er Ihnen vielleicht irgendwann einmal ein Master-Passwort genannt? Dahinter könnte eine Datei stecken, in der alles hinterlegt ist.«

Höfer blickte immer noch auf Westermanns Antenne. »Ein Master-Passwort? Na toll, wär schön gewesen, wenn ich so etwas für ihn selbst gehabt hätte! Dann wäre meine Kindheit wohl einfacher verlaufen.«

»Denken Sie nach.«

»Ein Freund von mir ist jetzt bei Deathswitch«, sagte Höfer.

»Wie bitte?«

»Er kann zu Lebzeiten sein digitales Begräbnis selbst vorbereiten. Da lässt er im Todesfall dann seine Sterbeurkunde hinschicken, und die übernehmen alles. Er kann, wenn er möchte, auch zu seinem eigenen Sechswochenamt einladen.« Höfer lachte hysterisch. »Nein, um Ihre Frage zu beantworten, ich habe kein Passwort. Ich will es auch nicht kennen.«

»Das verstehe ich«, sagte Westermann. »Nun, Sie haben drei Möglichkeiten: Wollen Sie sein Postfach komplett löschen, einen Abwesenheitsassistenten einrichten oder seine bereits geöffneten Mails in Ihren Posteingang importieren?«

»Was, bitte schön, sollte ich denn in seinen Abwesenheitsassistenten schreiben?«

»Sind Sie sicher, dass da nicht gerade noch einer läuft, den Ihr Vater selbst eingerichtet hat? Schreiben Sie ihm doch mal eine Mail, dann sehen Sie's.«

Höfer guckte. »Oder gibt es einen Todesassistenten?« Er setzte sich an den Rechner und lud eine Seite aus dem Internet. Bald darauf erschien ein Bild von Rupertus Höfer an seinem Schreibtisch, vor ihm die Olympia in ihrer ganzen Pracht.

Westermann wurde flau.

Höfer war indes nicht zu bremsen. »Seine Website zum Beispiel. Die zu löschen, schaffe ich nicht allein. Ich scheitere ja schon an der ersten Zugangshürde, wenn der Provider wissen möchte, wie sein erstes Haustier hieß. Mein Gott, als hätte er mir das jemals erzählt!«

»War er bei Tracebook?«, wollte Westermann wissen.

»Täglich«, sagte Höfer und rollte die Augen. »Auf seiner Tracebook-Seite dürfte mittlerweile das pralle Leben toben. Ich würde da ums Verrecken nicht draufgehen, selbst wenn ich könnte.«

»Nun, was Tracebook angeht, so können wir ihn erst einmal in den ›in memoriam‹-Status setzen.«

»Wie bitte?«, fragte Höfer.

»Nun, da können die Leute dann, nun ja, Abschied nehmen. Wir können ihn auch komplett abmelden, aber auf den Servern bleibt er wohl«, sagte Westermann.

»Ich muss aufs Klo.« Höfer verließ taumelnd den Raum.

Westermann ging langsam um den Schreibtisch herum zum Erkerfenster und blickte von dort aus zur Wendeltreppe. Irgendwo da oben musste sie stehen, die Olympia. Noch unbewacht. Noch nicht im Glaskasten. Wenn er hier und jetzt eine völlig identische Maschine dabeigehabt hätte, hätte er sie unbemerkt austauschen können!

Draußen rauschte der Regen, und Churchill schien unter Höfers Schreibtisch in der hintersten Ecke vor irgendetwas Schutz zu suchen. Westermann fiel auf, dass er seit fast zwei Stunden sein Smartphone nicht mehr angefasst hatte. Das war neuer Rekord. Er aktivierte es. Sechsunddreißig Eingänge. Er überflog alles und versuchte, einiges gleich zu löschen. »*Steter Tropfen höhlt den Stein.*« Spamwarnung. Delete. Er sah gerade noch, wie yolanda@Westermann.de im virtuellen Papierkorb verschwand. Dabei hatte sie dieses Mal ihrer Mail tatsächlich ein Motto gegeben. Westermann musste grinsen. Genau genommen war seine Mutter auch eine Art Krypto-Box, dachte er, nicht zu entschlüsseln.

Höfer kam mit zwei Gläsern Cognac zurück. Er schien sich wieder gefasst zu haben und reichte Westermann ein Glas. »Und? Was schlagen Sie jetzt vor?«

»Nun, wir können eine Festplattenanalyse durchführen lassen und Ihnen eine vertrauliche Aufstellung aller Benutzerprofile und Zugangsdaten machen. Wenn Sie möchten, nehme ich alles mit und lasse das direkt bei IBT erledigen. Dann haben Sie alles in die Wege geleitet, um Ihren Vater im Netz, nun ja, zu ›löschen‹«, sagte Westermann. »Und die Festplatte werden wir reinigen.«

»Mit Ata, was?« Höfer schüttelte grinsend den Kopf, wurde dann aber ernst: »Kann ich mich darauf verlassen, dass das nicht in die falschen Hände kommt?«

»Hören Sie, wir reden hier nicht über die Entsorgung von Atombrennstäben. Wir können das anonym und schnell analysieren. Deswegen haben Sie mich doch angerufen, oder?«, sagte er.

»Anonym?«, fragte Höfer. »Das Ding ist doch das Gegenteil von anonym!«

»Für den Mitarbeiter, der damit betraut sein wird, werden es nur Daten sein.« Es musste wirklich ein Dilemma sein, dachte Westermann, so als müsse man jemanden vorher in den Zettelkasten gucken lassen, bevor man das Teil verbrennen konnte. So unrecht hatte Höfer gar nicht. Es gab keine Sicherheit. Aber hier ging es um die Olympia. Also log er weiter: »Ich verspreche es Ihnen.«

»Okay. Es geht ja wohl auch nicht anders.« Höfer schien sich langsam zu beruhigen und lehnte sich in seinem Sessel zurück. Sein Blick ging im Raum umher. »Wenn ich meinem Vater jetzt eine Mail schreiben würde, solange das Postfach noch nicht gelöscht ist, dann glaube ich fast, dass er die noch kriegt, wo auch immer er jetzt ist. Das ist beängstigend!«

Westermann nahm sich ein Schweineöhrchen zum Cognac und sagte mit vollem Mund: »Versuchen Sie's doch mal. Was würden Sie ihm denn schreiben?« Es war zugegebenermaßen mutig, aber man konnte es auch als therapeutische Maßnahme begreifen.

Höfer setzte sein Glas wieder an und trank es leer. »Was ich ihm schreiben würde? Gute Frage.« Er schien tatsächlich ins Grübeln zu kommen und schwieg eine ganze Weile.

Westermann zermarterte sich währenddessen das Hirn, wie ihm jetzt gelingen konnte, die Sprache auf die Olympia zu bringen.

Er schreckte fast zusammen, als Höfer unvermittelt aufblickte. »Fragen. Ja, ich würde ihm schreiben, dass ich Fragen am meisten vermisst habe.« Höfer lehnte sich zurück und schlug die Beine übereinander. »Wissen Sie, er war eben ein Geschichtenerzähler. In Gesellschaft, mit Zuhörern famos. Die großen Themen des Lebens behandelnd, wortgewaltig, feinsinnig, ohne klotzige Feststellungen, mit Figuren, die ausgefeilt und voller Empathie porträtiert waren – all das in Unmengen von Büchern gegossen. Auch das Internet ist voll davon. Man kann sich auch seine Stimme dazu herunterladen. Aber mit uns hat er kaum ein Wort gewechselt. Kein Interesse. Keine Fragen. Für mich war er eher eine Instanz für Antworten. Viele Sätze, die man so schreibe und sage, seien falsch und völlig überflüssig, hat er mal gesagt. Uns gegenüber hat er das radikal angewandt.«

Westermann fehlten die Worte.

»Ich meine, es gibt einen Haufen Informationen über ihn. Wikipedia weiß mehr von ihm, als er mir je erzählt hat. Wissen Sie, die Bilder, die ich von meinem Vater im Kopf habe, sind nicht die, die ich im Netz von ihm sehe. Da ist viel Flüchtiges, Angedeutetes. Ja, ich erkenne sogar Züge von ihm in mir selbst wieder, wenn ich ihn stroodle. Das kann nicht sein.«

Mein Gott, dachte Westermann, es fehlte nur noch, dass Höfer die Schuhe auszog und sich zum Reden auf die Couch unter der Wendeltreppe legte.

Er versuchte behutsam, das Gespräch auf weniger anstrengende Themen zu lenken: »Nun, Herr Höfer, wir können, wie gesagt, nicht davon ausgehen, dass wir Ihren Vater komplett aus dem Internet herauskriegen. Er war ja eine öffentliche Person und bekannt in aller Herren Länder.« Westermanns Smartphone klingelte. »Entschuldigung, ich habe wohl vergessen, es stummzuschalten.« Er nahm das Handy aus seiner Jacketttasche – es war Wetter.

Höfer sagte: »Mein Vater war sein eigenes Land.«

Westermann nickte, als könnte er Höfer darin nur zustimmen, und machte eine beschwichtigende Handbewegung, als er das Gespräch entgegennahm.

Aus der Leitung bellte ihm bereits Wetter entgegen: »Wetter hier. Bin wieder im Lande. Westermann. Was ist in Sie gefahren? Nächste Woche ist Pressekonferenz! Sie kommen zu mir ins Büro. Morgen um 14.30 Uhr. Verstanden?« Er schien aus nichts als entzündeten Nerven zu bestehen, Millionen von schreienden Fasern. Wetter hieß in Vorstandskreisen auch Unwetter, und manchmal machte er diesem Namen alle Ehre.

Westermann bestätigte und strich ihn weg. Kaum hatte er sein Smartphone wieder in die Jacketttasche gesteckt, kam unvermittelt dieses verdammte Klingeln und Klopfen in sein rechtes Ohr. Er legte intuitiv seine rechte Handfläche darüber. Es konnte doch nicht sein, dass sich ausgerechnet jetzt sein Tinnitus wieder meldete! Er musste sichergehen. »Hören Sie das?«, fragte er Höfer.

155

Höfer schüttelte den Kopf. »Nein, was meinen Sie?«

»Ich höre so ein Klopfen.«

»Oh Gott. Aus dem PC?«

Scheiße, dachte Westermann und sagte laut: »Kein Anlass zur Beunruhigung, Herr Höfer. Zumindest nicht für Sie. Es ist wahrscheinlich mein Tinnitus. Ja, ich bin sicher, er ist wieder da.«

Höfer nickte erleichtert und setzte das Gespräch fort: »Ja, wo waren wir stehen geblieben? Die öffentliche Person, ja. Wissen Sie, er hat einen Blog geführt. In der Kiste scheint mehr von ihm zu stecken, als ich über ihn weiß. Das macht mich so wütend.«

Er schien sich nun endgültig in tiefere Schichten vorgearbeitet zu haben, ging zum Computer, legte beide Hände um den Bildschirm und versuchte, ihn zu schütteln. »Scheiße, am Ende hat der hier mehr Ähnlichkeit mit ihm als der aus Fleisch und Blut, den wir neulich verbrannt haben.«

Churchill begann, im Zimmer von einer Ecke zur anderen zu laufen. Entweder würde er bald für kleine Kampfhunde müssen oder ihm würde wieder übel werden. Vielleicht war er unbemerkt an die Schweineöhrchen gekommen. Es war höchste Zeit zu gehen. Und Westermann wollte weg. Nur noch weg. Wenn da nicht die Olympia gewesen wäre. Er stand auf, aber seine Füße fühlten sich an wie auf dem Teppichboden festgetackert. Er musste jetzt einfach das Gespräch auf sie bringen, so bemüht sich das auch anhören würde. Sie war schließlich der eigentliche Grund seines Besuchs hier.

»Für heute müssen wir nur noch eine Frage klären, Herr Höfer.«

»Die wäre?« Höfer ließ den Bildschirm wieder los.

»Die Schreibmaschine Ihres Vaters. Hat die, nun ja, eine Schnittstelle irgendwo? Ich meine, kann man sie unter Strom setzen? Oder ist sie rein mechanisch?«

Höfer sah fassungslos aus. »Hören Sie, wer kommt denn

hier von IBT? Ich oder Sie? Wissen die bei Ihnen heute schon nicht mehr, wie man mechanische von elektronischen Maschinen unterscheidet?«

»Nun, doch, doch, aber man kann sie nachträglich kompatibel machen. Da sind schon die schlimmsten Dinge passiert. Gegebenenfalls müssen wir auch die Maschine im Rahmen der Festplattenanalyse sicherheits-checken«, versicherte Westermann. Mein Gott, er kam sich so furchtbar durchschaubar und blöd vor.

Doch es funktionierte, die Angst musste groß sein. Höfer zuckte mit den Schultern. »Na, dann um Himmels willen. Kommen Sie.« Er machte sich an den Aufstieg, und Westermann stürzte hinterher.

Sie stand tatsächlich auf einem kleinen Mahagoni-Tischchen am Fenster. Sie war wunderschön. Unabgedeckt. Es hatte sich bereits etwas Staub aufs Gusseisen und auf die Tasten gelegt. Westermann pustete.

»Was machen Sie da?«, wollte Höfer wissen.

»Oh, die Stufen hier sind hoch. Ich bin nicht mehr ganz in Form, befürchte ich.«

»Hm.« Höfer musterte ihn von oben bis unten. »Und, was meinen Sie? Ist da was?«

Dies war die Gelegenheit, die Maschine ganz genau in Augenschein zu nehmen und sie anzufassen. Höfers Brille und seine Pfeife lagen wie hingeworfen daneben. Es war ein besonderer Moment, fand Westermann. Er legte beide Handflächen um ihren Körper und tastete damit langsam um sie herum. Mein Gott, er hatte sie in den Händen, Rupertus Höfers Maschine!

»Kein USB-Anschluss, keine Schnur, keine Maus in der Mechanik. Noch nicht einmal eine Steckdose in der Nähe«, sagte Höfer. Er schien ungeduldig zu werden. »Mein Gott, was suchen Sie denn?«

»Nun, man kann heutzutage kleine magnetische Sensoren anheften, die die Anschläge aufzeichnen. Sie können mittlerweile jedes beliebige Asset zum Wearable machen, es mit Sensoren ausstatten und mit der Cloud verbinden. Das Internet der Dinge, verstehen Sie?« Westermann drehte dezent am Walzenknopf. Hier, genau hier, hatten Höfers Daumen und Zeigefinger gelegen, wenn er das Geschriebene hochgedreht hatte, um es als Ganzes zu begutachten, kurz vorm Ausspannen. Faszinierend.

Nun strich auch Höfers Sohn langsam über die Tasten. »Das O fehlt, und vom H ist der linke Oberstrich abgebrochen«, sagte er.

»Wie bitte?«, fragte Westermann.

Höfer zeigte auf die Typenhebel.

Es war wie ein Schlag ins Gesicht. Westermann zog die Hände weg. »Wie, jetzt? Sie ist kaputt?«

»Ja, wissen Sie das denn nicht? Es stand doch immer in allen Zeitungen.«

»Was?«

»Die Manuskripte meines Vaters waren berühmt dafür, dass er stets statt des O einen Leerschritt tippte und es dann nachträglich mit Stift einfügte. Auch das H. Das war sozusagen eine Art Originalitätssiegel für den Verlag. Wenn Sie mich fragen, war dieses Nacharbeiten überhaupt erst der Grund seines Erfolgs.«

Westermann atmete tief durch. Wie konnte das an ihm vorbeigegangen sein?

»Der Wagen wackelt beim Zurückführen. War immer schon so. Ich glaube, er wusste gar nicht, wie sich das anfühlt, wenn alles funktioniert«, sagte Höfer. »Das zumindest hatten wir gemeinsam«, fügte er hinzu und ging zum Fenster.

Unten hörte man Churchill auf den Teppichboden würgen.

Shit (vier Anschläge)

Es waren zwei eigenartig krautige Pflanzengirlanden, die sich da um die Haustür des Nachbarhauses rankten, Wicken vielleicht, roséfarben, und die so aussahen, als wären sie seit dem Vormittag unvermittelt aus dem Beton geschossen, um nun bedrohlich Richtung Eingang zu wuchern. Dort, wo sie oben zusammenliefen, war ein farblich passender Luftballon befestigt, auf dem »Herzlich willkommen« stand.

Westermann musste an den Neueinzug denken. Das konnte ja lustig werden. Es sah jetzt schon nach Kindergeburtstag in Kreuzberg aus. In Potsdam lebte man sich privat in ausgedehnten, gepflegten Gärten hinter dem Haus aus, der vordere Bereich wurde schon aus Sicherheitsgründen bewusst neutral gestaltet. Nein, ihm war momentan ganz und gar nicht nach roséfarbenen Luftballons zumute, eher nach Aufstechen und Knallenlassen.

Als er durch die Haustür trat, lag wieder ein Brief auf dem Boden. Roséfarben. Auch das noch. Churchill tapste über ihn hinweg in die Küche. Westermann schüttelte den Kopf, hob den Brief auf und las den Absender: »Ihre Nachbarin«. Herrje, dachte Westermann, hatte die keinen Namen? Und wie konnte man der Welt seine eigenen Farbvorlieben so aufdringlich zumuten? Nun war sie drin in seinem Haus, diese grässliche Farbe. Er hatte immer noch Churchills Leine in der Hand, schlang sie sich um den Nacken und griff sich Gabriele. Es war verrückt, dass er die Maschine immer mit sich herumschleppte, aber er hätte sie unmöglich im Unternehmen lassen können. Man hätte sie womöglich entfernen lassen, sie hätte in die Hände einer technisch hochgerüsteten kirgisischen Putzkraft geraten können, die Gabriele wahrscheinlich hochkant im Papierkorb entsorgt hätte.

Westermann folgte Churchill in die Küche und ließ seinen Napf erst einmal voll Wasser laufen.

Nach dem Aufenthalt bei Höfer war der Hund in einem Zustand, in dem er ihn unmöglich auch noch mit zu seiner Mutter nehmen konnte, und genau genommen, fand Westermann, entsprach Churchills Befinden auch seinem eigenen. Höfer und sein digital einbalsamierter Vater hatten sein Nervenkostüm mehr als strapaziert, und das Klingeln und Klopfen im rechten Ohr hielt an.

Westermann ging mit Gabriele in sein Büro und öffnete den roséfarbenen Brief. Es stand das darin, was zu erwarten gewesen war: Den Einzug in ein neues Heim müsse man mit vielen Menschen feiern, zumal wenn dieser mit dem eigenen Geburtstag zusammenfalle. Es sei nicht auszuschließen, dass es ein wenig laut werde, und es wäre doch nett, wenn sie, die Nachbarn, kurzerhand dazustoßen könnten. Eine schöne Gelegenheit, sich kennenzulernen. Man sei herzlich eingeladen.

Es war das, was man eben so schrieb, um auf der sicheren Seite zu sein, wenn ein lautstarkes Selbstbesäufnis bevorstand, dachte Westermann. Da half auch roséfarbenes Papier nichts. Immerhin war der Brief handgeschrieben, offenbar mit Tinte. Westermann guckte genau hin – er war auch nicht kopiert. Immerhin. Aber er hatte diese Person schließlich nicht gebeten, in seine Nachbarschaft zu ziehen, und man konnte es auch übertreiben mit dem voreiligen Bekanntmachen. Westermann nahm sich einen Pfefferminzkaugummi aus der Schreibtischschublade.

Was bildete die sich ein? Ja, es stand zu befürchten, dass sie zweimal wöchentlich mit selbst gebackenem Kuchen oder Zigaretten schnorrend bei ihm vor der Tür stand. Man tat so etwas nicht in dieser Gegend. Die früheren Nachbarn hatten lediglich dezent gegrüßt, wenn man sich zufällig traf. Ansonsten hatte man kaum etwas voneinander gewusst, und es war jahrelang gut gelaufen. Und nun Wicken und Luftballons rund um die Haustür. Natürlich würde er an diesem Abend keinen Fuß über ihre Schwelle setzen. Herrje, was tat man nun mit einer Einladung, die man unter keinen Umständen annehmen wollte – genauso wenig wie alle zukünftigen Einladungen und Lebenszeichen aus dem Haus nebenan? Als hätte er nichts anderes zu tun.

Westermann starrte auf den Koffer mit Gabriele. Da stand sie nun und schlummerte in ihrem Pappsarg. Aber immerhin hatte sie intakte Typenhebel auf Lager. Ja, er musste in der Tat erst einmal verdauen, was er so ganz beiläufig über die Olympia erfahren hatte. Dass Rupertus Höfer, dieser große Schriftsteller, jahrelang auf einer nicht voll funktionsfähigen Schreibmaschine gearbeitet und dabei Schreibfehler in Kauf genommen hatte, war eine erstaunliche Nachricht. Da man doch stets angenommen hatte, er hätte, getrieben von Perfektionismus und Ehrgeiz, mit jedem einzelnen Wort gerungen. Nun ja, ohne das O und mit defektem H bekam das Ringen um Worte jetzt eine ziemlich profane Bedeutung. Er, Westermann, würde nie auf einer Maschine mit einem solchen Makel schreiben wollen. Er hasste Schreibfehler. Aber zumindest besitzen musste er sie, jetzt erst recht. Die kaputten Typenhebel waren zwar ärgerlich, aber sie erhöhten zweifelsohne den Originalitäts- oder vielmehr den riginalitäts-Faktor der Maschine. Er hatte ja auch bereits vollmundig verkündet, dass er Höfers Maschine besitze. Sie alle hielten Gabriele für das riginal, und man würde ihm früher oder später auf die Schliche kommen.

Westermann hatte Matthias Höfer also gebeten, sich noch ein wenig Zeit zu lassen und die Maschine nicht gleich ins Archiv zu geben. Seine vorläufige haptische Analyse sei zwar negativ verlaufen, aber man könne bei einer derart feinen Mechanik nie wissen, wo sich ein Abhör-Chip verstecke. Höfer hatte es ihm abgenommen, wohl hoffnungslos überfordert von der väterlichen Post-mortem-Existenz.

Westermann klappte gedankenverloren den Deckel des Schreibmaschinenkoffers auf und betrachtete Gabriele: Eigentlich sah sie genau so aus wie Höfers riginal, wenn man einmal vom Namensschriftzug absah. Es war noch ein Bogen eingespannt. Westermann starrte aufs Papier. Bullshit, dachte er. Alle hielten ihn für ausgebrannt, verrückt, gestrig, kauzig, schüttelten die Köpfe, fühlten sich persönlich angegriffen, riefen an und mailten und simsten ohne Unterlass – nur weil er tippte. Wer war denn eigentlich überhaupt noch normal? Wieso konnte jemand ungehindert roséfarbene Pflanzengirlanden vor eine wahrscheinlich gemietete Haustür tackern, als sei es das Normalste von der Welt, und niemand schüttelte den Kopf?

Shit, shit, shit, shit – seine Finger schlugen auf die Tasten: klack, klack, klack, klack –, ein Stakkato aus jeweils vier kurzen, rhythmischen Anschlägen. Westermann blickte auf die Buchstaben. Da war es wieder, wie ein Reflex oder vielmehr ein Reflux, wie wenn man eine wurmstichige Pflaume wieder ausspuckt: shit, shit, shit, shit. Sehr prägnant. Es war ein Unterschied, ob man »shit« nur dachte, ob man »shit« sagte oder ob man »shit« schwarz auf weiß tippte. Westermann schrieb prophylaktisch gleich zwei Zeilen voll mit »shit«, und es hätte ihn nicht gewundert, wenn der Wagen sich entkoppelt und beim Zurückschleudern links heruntergefallen wäre. Der reinste Shitstorm. Shit, shit, shit – es war, als bediente die Maschine ihn statt umgekehrt.

Und diese Nachbarin wollte eine Antwort auf ihre Kleinmädchen-Einladung? Konnte sie haben! Schließlich wollte er ja nicht als verstockter, wortkarger Sozialautist dastehen, nur weil er nicht antwortete! Westermann holte von weit oben aus und hämmerte es in die Welt:

Sehr verihrte Dame,

Sie erwischen mich in bedenklicher Stimm-
mung. Aber ich bin ein höflicher Memsch und
möchte in angemessener Weise auf Irre Einladung antworten. Sie scheinen die Farbe
rosé zu li ben. Im Gegensatz zu mir. Das
sind denkbar schlechte Voraussetzungen. Das
einzige, was uns einen dürfte, ist unsere
Straaße und fast, ich betone: fast, die
Hausnummer. Das war es aber vielleicht auch
schon. Lassen wir es doch einfach dabei be-
wenden. Glauben Sie mirr, ich wei,/ß, wie
es ablaufen würde, wenn ich käme zu Ihrer
Wickentürkranzparty: Man würde sprexhen
über die wunderbare l/LLage der eigenen
Häuser (Miete oder Eifgentum?), den Charme
des viertels, über das Berufsleben und den
schwierigen Umgang mit der Zeit und/oder
mit schqierigen Menschen. Und ja, mam würde-
bemerken, dass man urlaubsreif sei — Finn-
land im Herbst vielleicht? Wunderbar. Ob
das Kochen einenx/m Vergnügen bereitet oder
ob man es hasst, wäre auch so ein Thema.
Nach dem zweiten Glas würde ich anfangen,
Ihre anderen Gäste zu mustern. Ich kann
sehr abfällig mustern. Shlimmstenfalls
würden sogar niedere Gedanken in mir aufsteigen oder euphorisierend positive, aber
eben doch auch niedere. vielleicht würde
es unversehens spöt werden. Ich würde mich
so oder so mit Verweis auf einen arveits-
reichen nächsten Tag verabschieden und
voller Niedergeschlagenheit und Weltschnerz
wieder in mein anthrazitfarbenes Haus zu-

```
rückkehren und ihre rosafarbene Einladung
allein aus optischen GrÄnden endgültig ent-
sorgen. Sie sehen also, werte Nachbarin,
dass die Gegahren. die eine unkontrollierte
Zusammenkunft dieser Art bergen, nicht zu
unterschützen sind. Drehen Sie also die
Musik ruhig k/leiser und versuchen trotzdem
Spa?/ß zu haben. Ohne mich. Ich danke Ihnen.
Der Nachtbar.
    Pss. Wie alt werden sie dennn übhaupt?
```

Als Westermann wieder zu sich kam, war der Tinnitus weg.
Er blickte auf den Text. Gut, die Geschmeidigkeit, die er
beim Schreiben gefühlt hatte, fand man in orthografischer
Hinsicht nicht unbedingt wieder, aber es sah sehr authentisch aus, ja, es zeugte von Originalität, Klarheit, Witz und
Entschlossenheit, fand er. Die Erfordernisse des Managements nachbarschaftlicher Beziehungen waren somit durchaus erfüllt, wenn auch auf eher unkonventionelle Weise. Mit
Gabriele hatte er zwar kein Original, aber durch sie war er
inzwischen selbst zu einem geworden, so wie es aussah. Er
riss das Blatt von der Walze und schnitt die »shit«-Zeilen
oben ab. Selbstverständlich würde er das für sich behalten.
Selbstverständlich würde er die gesamte Nachricht für sich
behalten.

Westermann blickte auf die Uhr. 20 Uhr. Er hätte vor
einer Stunde das Haus verlassen müssen, um einigermaßen
pünktlich bei seiner Mutter zu sein. Er würde es nicht schaffen, vielleicht wollte er es auch gar nicht schaffen. Es standen wichtige Gespräche an in nächster Zeit, und er musste
seine Kräfte bündeln. Doch sie würde verletzt sein, dass er
nun doch nicht mehr zu ihr kam, genau genommen würde sie sich alle Mühe geben, verletzt zu wirken. Sie würde
demonstrativ Verständnis heucheln und dabei sehr leidvoll
klingen, um ganz subtil ein schlechtes Gewissen, wenn nicht

gar Mitleid bei ihm zu erzeugen – sie war eine Meisterin dieser Kunst.

»Mutter? Hallo. Du, ich werde es leider nicht mehr schaffen heute, es ist ja schon acht Uhr. Es tut mir leid.« Westermann sammelte im Stillen fieberhaft Argumente für sein Fernbleiben. Vielleicht würde er zur Abwechslung einfach versuchen, einmal selbst Mitleid zu erzeugen. Überraschenderweise war ihm diese Idee bisher, in den letzten vierzig Jahren, um genau zu sein, noch gar nicht gekommen.

»Oh, hallo Richard! Ist es schon so spät? Ach Gott, ich war im Internetz. Du wolltest kommen, nicht wahr?«

»Ja, tut mir echt leid. Mir geht es nicht so gut. Aber ich wollte dir wenigstens über das Telefon ein paar Vorsichtsmaßnahmen erklären: wie ein Passwort aussehen muss, welchen Browser und welche Firewall du nehmen solltest, wie man Cookies deaktiviert und so. Das können wir vielleicht schon einmal telefonisch durchgehen.«

Sie schien immer noch nicht sonderlich betroffen, eher im Gegenteil. »Brauser? Kuckies? Wovon sprichst du, Richard? Hör mal, das bringt mich alles momentan nicht weiter, befürchte ich. Feierwall! Genauso gut könntest du mir eine Trompete an den Blinddarm hängen. Lass uns das später in Ruhe machen, ja?«

»Teamviewer«, sagte Westermann. »Du könntest dir das Teamviewer-Programm herunterladen, dann kann ich von hier aus mit auf deinen Bildschirm gucken.«

»Richard, geht es dir gut?«, fragte sie.

Ihre Stimme hallte im Hörer. »Mutter, hast du den Lautsprecher angestellt?«, fragte Westermann.

»Ja. Höre mal, ich habe auf der anderen Leitung einen netten Herrn von der Teletab. Ich habe ja ›Smart Home‹ für den PC. Soll ich dich später noch einmal anrufen, oder willst du einfach dranbleiben?«

Smart Home? Oh Gott, dachte Westermann, sie hatte ja keine Ahnung, in was sie sich mit all dem hineinbegab, und

165

jetzt musste er ihr dabei auch noch zuhören. Doch er konnte sie unmöglich jetzt so gänzlich allein lassen. »Wenn es dir nichts ausmacht, nur zu«, sagte er.

»Hallo? Sind Sie noch da?«, fragte seine Mutter in den Raum. »Entschuldigen Sie, das ist mein Sohn. IT-Vorstand. Ist aber nichts Dienstliches.«

Westermann meinte von fern ein »Hm« zu vernehmen.

»So, wo waren wir? Neustart. Ja, nun ja, er lädt. Da ist er. So. Nun muss ich auf Ihre Seite gehen, nicht wahr?«

Es war nicht zu verstehen, was ihr Gesprächspartner von der Teletab sagte. Seine Mutter dagegen war umso entschlossener. »Passwort? Muss ich das wissen, oder haben Sie das?«

»...«

»Ach, das. Warten Sie. Hallo? Jetzt verstehe ich Sie wieder nicht. Sind Sie noch da?«

»...«

»Unterlegen, was heißt das denn?«

»...«

»Ach so, der SMTP-Sörwer ist für den Ausgang zuständig? Kann man das da nicht dranschreiben? Und jetzt auf Standard klicken? Wie beruhigend.«

»...«

»Wie, da muss ich mich jetzt weiter durchklicken? Die Hälfte der Wörter ist auf Englisch!«

Man hörte, wie sie zögerlich tippte und für einen Moment schwieg. Sie schien durch die Menüs und Schaltbefehle geführt zu werden.

»Meinen Klarnamen da eingeben? Ja, glauben Sie denn, ich nenne mich aus lauter Jux und Tollerei Yolanda, junger Mann?«

Westermann hörte fassungslos weiter zu. Es kam ihm vor wie eine Kaffeefahrt im Internet. Mit Heizdeckenverkauf.

»Da steht ein Apfel, ja. Aber da waren wir doch schon!«

»...«

»Wie, jetzt? Das mit Ihrer intelligenten Heimvernetzung funktioniert bei mir nicht? Was wollen Sie mir da unterstellen? Hören Sie, ich möchte mich im Internetz nicht mit siebzigtausend Leuten über Orchideen austauschen. Ich möchte nur das billigste Hotel in Berchtesgaden finden. Weiter nichts! Und überhaupt, wir reden hier doch von meinen Mehls, nicht vom Internetz, oder?«

»…«

»Wie, jetzt? Bandbreite im Daunenstriembereich? Ich habe extra schon die Blumentöpfe von der Fensterbank geräumt.«

»…«

»Aber eintausendsechshundert ist ganz schön teuer!«

»…«

»Schnell? Ach so, schnell. Sehr schön.«

»…«

»Ob ich noch mit Telefongeräten telefoniere? Na, hören Sie, womit denn sonst?«

Dies war der Punkt, an dem Westermann auflegte. Sie schien seine Hilfe offenbar nicht zu benötigen. Aber mit fremder Hilfe war es auch nicht einfacher. Es war beschämend. Und sie war zu weit weg, als dass er sich jetzt doch noch ins Auto gesetzt hätte.

Am darauffolgenden Tag hielt er Marellis Kündigung in den Händen. Wieder so ein Umschlag, immerhin in Weiß. Und sie hatte ihn nicht einfach am frühen Morgen auf seinem Schreibtisch platziert, sondern hatte ihm tränenreich erklärt, sie wolle nun endgültig »völlig neue Wege« gehen. Sie habe vorausgedacht und wolle die Innovationen, die man von IBT-Mitarbeitern im Kleinen wie im Großen erwarte, jetzt mal so ganz für sich selbst vorantreiben, ja, genau genommen sei das ihr »Beitrag zur gesellschaftlichen Verantwortung«. Ihre persönliche »Philosophie« ließe sich einfach nicht mit einer Schreibmaschine vereinbaren und der Arbeit, die diese produziere. Sie wolle kein Papier falten, eintüten und über die Gänge bringen, sagte sie mit einem unguten Blick auf Gabrieles Transportkoffer, nein, sie gedenke, »in der Zukunft zu leben«.

Westermann hatte fragen wollen, wo sie denn sonst zu leben gedenke, wenn nicht in der Zukunft. Aber er hatte dann nur kurz genickt und erst gar nicht versucht, sie zum Bleiben zu bewegen. Vielleicht war sie doch programmiert und trug einen Corporate-Identity-Chip hinter dem linken Ohr, hinter das sie ihre Haare zu streifen pflegte. Hätte man genau da, hinter dem Ohr, das Messer ansetzen müssen? Er hatte lediglich sein Bedauern ausgedrückt und ihr für den weiteren Berufsweg alles Gute gewünscht, vielleicht sehe man sich ja irgendwann einmal wieder. Man treffe sich ja immer zweimal im Leben.

Oh, hatte sie erwidert, man werde sich bestimmt wiedertreffen, dreimal, viermal, fünfmal oder öfter.

Westermann hatte nachsichtig lächelnd erwidert, man solle vielleicht nicht zu viele Zufälle vom Leben erwarten.

Nein, sicher nicht, hatte sie gesagt, aber sie wolle ja nur das Unternehmensressort wechseln. Sie habe eine neue Stelle im Bereich von Herrn Dockhorn angenommen. Der habe ihr seine Vorstellungen von »Spitzenleistung im Data Management« klargemacht – ganz ohne Durchschläge und Ohropax.

Am Nachmittag war das Meeting mit Wetter angesetzt. Er hatte sich nicht gut angehört gestern am Telefon. Es war entsetzlich, wie ernst plötzlich alle nahmen, was Westermann da gerade tat, und je ernster sie es nahmen, desto ernster nahm er sich selbst. Die akute Phase, in der sie Gabriele für einen gut getarnten Witz gehalten hatten, war vorbei. Vielleicht hatte es den Witz auch nie gegeben. Einige Kollegen hatte er am Ende des Tages im Glauben gelassen, hier handele es sich um das Abholzungsprogramm eines paranoiden Mannes, höchstens noch um eine vorübergehende Entschleunigungstherapie mit psychotherapeutischem Hintergrund – Tastenanschlag statt Klangschale sozusagen. Womöglich war Wetter aber auch zu der Überzeugung gelangt, Westermann wolle mit seiner Aktion die Trennung in beiderseitigem Einvernehmen nebst lukrativer Abfindung provozieren und die Maschine als Teil seiner Exit-Strategie nutzen. Vielleicht befürchtete er auch, dass die Presse Wind davon bekam, dass bei IBT wieder eine Schreibmaschine »on duty« war, und zwar im Büro des Vorstands »Global Technical Research«.

Dabei tippte Westermann doch nur. Er tat es vielleicht ein bisschen laut und mit ein paar Rechtschreibfehlern. Vielleicht lagen seine Haare nicht mehr so akkurat wie vorher. Aber wem passierte das nicht?

»Hören Sie mit der Scheiße auf! Das können wir jetzt am allerwenigsten gebrauchen!« Wetter saß an seinem Schreibtisch und blickte noch nicht einmal auf, als Westermann das voll verglaste Eckbüro des Vorstandsvorsitzenden im 19. Stock betrat. Man nannte es auch »die Wetterstation«. »Setzen Sie sich!« Wetter wies auf den Besucherstuhl auf der anderen Seite seines Schreibtisches.

Als Westermann Platz nahm, stand Wetter auf, kehrte ihm den Rücken und schritt die Fensterfront ab. Er war außer sich: »Nun ist es schon rum in der Community! Was soll ich denn den Presseleuten sagen? Soll ich das allen Ernstes als Datensicherheitsmaßnahme verkaufen? Mensch, Westermann, angesichts unserer technischen Möglichkeiten wirkt das mit Ihrem ›abhörsicheren‹ Klapperteil doch ungefähr so furchterregend wie das Werfen mit Wattebäuschchen!« Wetter verteilte im Laufen mit Daumen und Zeigefinger imaginäre Wattebäuschchen in seiner Wetterstation. »Und es fehlt nur noch, dass die Leute beim Stroodeln IBT eingeben und dann Ihre verdammte Schreibmaschine kommt!«

Wetter blieb vor einer kleinen Kumuluswolke stehen, schien einen Moment zu zögern und fügte hinzu: »Sie torpedieren damit das, was ich Ihnen eigentlich erst kurz vor der Pressekonferenz sagen wollte.«

»Was meinen Sie?«, fragte Westermann.

Wetter pumpte seinen Brustkorb hörbar mit Luft auf. »Wir streben eine Kooperation mit Happle an. Die Verträge sind fast schon unterschriftsreif, und ich habe bisher nur die direkt beteiligten Ressortchefs eingebunden.«

»Warum weiß ich nichts davon?« Westermann war außer sich.

»Der Bereich Research ist natürlich völlig außen vor. Und wir müssen sichergehen, dass vor der PK nichts, aber auch gar nichts davon nach außen dringt.« Wetters Blicke verloren sich in der Kumuluswolke. »Wir werden mit unseren Systemen auf fast allen iHap-phones und -Tablets präsent sein, gemeinsam mit denen Happs entwickeln. Und Happle verspricht sich mehr Zugang zu unseren Unternehmenskunden. Es ist eine reine Vertriebsangelegenheit. Noch top secret. Und da wirkt Ihr Schreibmaschinen-Intermezzo schon etwas speziell, würde ich mal sagen.«

Der Kreis schien sich zu schließen. Westermann gab ein tonloses »Na, dann herzlichen Glückwunsch« von sich und versuchte, nur dieses eine Mal ausnahmsweise nicht weiter zu denken. Es gelang ihm nicht. Happle würde bald überall sein, privat wie nun auch geschäftlich, mal sichtbar, meistens unsichtbar. Wie Luftfeuchtigkeit. Ein gigantisches Tiefdruckgebiet schien im Anmarsch zu sein.

»Herrje, haben Sie sich mal die letzten Quartalsergebnisse und unseren Aktienkurs angeguckt? Ich weiß, es ist ein Risiko. Gerade für Ihren Bereich. Aber was soll ich denn tun?« Wetter ging die Fensterfront weiter ab. Es musste eine Art Gehmeditation sein. »Die Regierung tut es. Die Medien tun es. Die Industrie tut es.«

»Was?«, fragte Westermann.

»Na, mit Happle kooperieren! Hinter vorgehaltener Hand oder PR-wirksam inszeniert. Und genau das werden wir jetzt auch tun!« Wetter lief und lief.

Während Westermann ihm mit Blicken folgte, von links außen nach rechts außen und wieder zurück, war für ihn endgültig klar: Er würde die Sache jetzt durchziehen. Auf Risiko zu spielen war man dem Leben schließlich schuldig, selbst wenn die Aussicht auf Erfolg gering war. Nahm die Entscheidung, kein Risiko einzugehen, nicht schon das Scheitern vorweg?

»Sie verstehen nicht«, sagte Westermann langsam. Er würde jetzt alles auf eine Karte setzen. Noch war die Risikorücklage für das Krypto-Box-Projekt in voller Höhe zugesagt, und vom Virus im System schien außerhalb des eingeweihten Kreises noch niemand zu wissen. Dies wäre die einzige Chance, die Gelder weiterhin auf Standby zu halten.

»Ich soll nichts verstehen? Ich?« Wetter klopfte sich auf die Brust. »Vorsicht, Westermann, wer schon im Loch sitzt, sollte nicht noch weiterbuddeln!«

»Es ist ein Ablenkungsmanöver. Firmenintern sowie für die Presse. Und wie es jetzt aussieht, wohl auch für Happle.« Westermann klopfte dezent auf das Barometer, das neben ihm an der Wand hing. Würde der Luftdruck in dieser Höhe schon niedriger sein als im ersten Stock?

Für Bruchteile von Sekunden herrschte apokalyptische Stille in Wetters Büro, bevor dieser herausplatzte: »Die Krypto-Box!«

Westermann nickte grinsend.

»Wann ist es so weit?«, wollte Wetter wissen.

So musste sich eine Frau fühlen, die ihrem Liebsten eröffnet, dass sie schwanger ist, dachte Westermann. »Sie ist praktisch bereits da«, sagte er.

»Ach was? So schnell? Mensch, Westermann, Sie alter Haudegen!« Wetter wollte schon zum Telefon greifen.

»Nein, Herr Dr. Wetter. Bitte noch nicht. Wenn das zu

diesem Zeitpunkt auch nur ansatzweise nach draußen dringt, gefährden wir die Endphase des Projekts! Noch ist die Ashampoo Anti Malware für den De-Connect-Schirm nicht final installiert.«

Wetter legte den Hörer wieder auf, mit zwei Fingern, als könnte er sich infizieren.

Westermann fuhr fort: »Wir haben Anlass zu der Befürchtung, dass die Konkurrenz versucht, uns auf die Schliche zu kommen, vom Geheimdienst ganz zu schweigen. Und nach dem, was Sie da gerade gesagt haben, will ich auch nicht mehr ausschließen, dass es sich um Happle handelt. Die können unter Umständen bereits während der Entwicklung Einfluss auf neue Verschlüsselungstechnologien nehmen, und was das für die Krypto-Box bedeuten würde, muss ich Ihnen nicht erklären.« Westermann drückte den Rücken durch und verschränkte die Arme vor dem Körper. »Also habe ich vorerst beschlossen zu tippen, um meinen Leuten Deckung zu geben.« Es war noch nicht einmal gelogen, dachte er.

Aber Wetter schien immer noch einen Restbestand von Wattebäuschen im Kopf zu haben. »Tippen. Ja. So weit, so gut, Westermann. Bleibt die klitzekleine Frage, was ich denen bei der Pressekonferenz sagen soll, was Ihre, nun ja, neue Vorliebe betrifft? Ich brauche schnellstens eine Kommunikationsstrategie für diesen Mist.«

Westermann betrachtete den kleinen Gummifrosch, der in einem Glas auf dem Sideboard auf einer Leiter saß. »Nun, ich wäre nicht der Erste, der sensible Dokumente wieder mit der Schreibmaschine schreibt, oder? Denken Sie nach.«

»Das ist nicht Ihr Ernst«, sagte Wetter.

»Viele tun es bereits. Denken Sie nach.«

»Sagen Sie nicht immer, dass ich nachdenken soll!«

»Wir wären allerdings die Ersten, die mit der Schreibmaschine offensiv nach vorne gehen, alles im Rahmen der Unternehmenshistorie.«

»Bullshit«, wehrte Wetter ab. »Damit können wir unmöglich an die Öffentlichkeit gehen, und Happle wird auf dem Absatz wieder kehrtmachen. Denken Sie sich mal ein pressetaugliches Label für diesen Schwachsinn aus! Und wer soll das finanzieren? Das läuft nicht unter Wagniskapital, würde ich mal sagen.«

Westermann klopfte an das Glas mit dem Frosch. Es tat sich nichts. »Vielleicht eine Installation? Ein Think-Tank? Eine sprach- und kommunikationswissenschaftliche Versuchsreihe?«

»Eine Versuchsreihe?« Wetter hielt inne. Es gab zwei Unternehmensbereiche, von denen er absolut nichts verstand und die er deswegen am liebsten auf seine Fahnen schrieb: Marketing und Forschung. »Hm. Vielleicht gar nicht so dumm«, sagte er. »Wir könnten sagen, das sei eine Art ›Installation‹, um zu beweisen, wie viel Zeit und Papier wir heute durch unsere Datensysteme sparen!« Er begann wieder, die Fensterfront abzuschreiten. »Das Thema Sicherheit nehmen die uns doch gar nicht ab. Nein, wir behaupten einfach, wir machen eine Studie zum Vergleich der Informationsdichte. Ganz hoch aufgehängt. Wir nennen sie ›no data area‹. Wir könnten das wahlweise unter ›Kunst‹ oder unter ›Studie‹ verkaufen!«

Westermann staunte. So viel Fantasie hatte er nicht erwartet. Und das Thema Sicherheit schien für Wetter definitiv kein pressetaugliches Thema zu sein. Erstaunlich.

Und dann ging Wetter langsam auf Westermann zu, bis nur noch gefühlte zwanzig Zentimeter zwischen ihren Nasenspitzen lagen. »Für diesen Eiertanz erwarte ich aber umgekehrt auch etwas von Ihnen, mal ganz abgesehen von unserer Krypto-Box.«

Wetter wäre nicht Wetter gewesen, wenn er keinen Deal dabei im Kopf gehabt hätte. Westermann hätte es sich denken können.

»Ich sage Ihnen jetzt, was Sie machen werden: Sie gehen auf Dockhorn zu! Mir ist völlig egal, wo und wie, aber ich will hier keine Platzhirschkämpfe im Unternehmen! Er muss nicht Ihr bester Kumpel werden, Westermann, aber Sie müssen sich mit ihm auseinandersetzen. Gerade jetzt. Das wäre dann wohl vorerst alles.«

Westermanns Smartphone hörte nicht auf zu vibrieren. Er strich die Gesprächs- und Posteingänge noch in der Hosentasche weg, nickte langsam und verabschiedete sich.

»Mit Ihrer Krypto-Box wird sowieso bald alles anders werden, Westermann! Sie sind unser No-Data-Man!«, rief Wetter ihm nach, und es war fraglich, wie er es meinte.

Die Dinge schienen jedoch erst einmal ins Laufen gebracht, und Dockhorn war wohl tatsächlich der Türöffner zu Happle gewesen. In einem mochte Wetter sogar recht haben: Man konnte einen Gegner nicht schlagen, wenn man erst gar nicht in den Ring stieg. Außerdem hatte Dockhorn seinerseits für Aufruhr im Unternehmen gesorgt, nachdem er angekündigt hatte, alle Wände in seinem Bereich einzureißen: »Open Space Office«. Und er selbst wollte wohl als sympathischer, nahbarer Kuschelnerd mittendrin sitzen und auch seine Vorstandskollegen ermutigen, das Gleiche in ihren Bereichen einzuführen.

Die Vorstandsetage war in hellem Aufruhr. Nun hatte man gleich zwei durchgeknallte Schlägertypen in den eigenen Reihen: Der eine schlug lautstark auf seine Schreibmaschine ein, der andere auf seine vier Wände, um eine einzige transparente Daddelbude aus dem Unternehmen zu machen. Es waren schrille Zeiten. Man sah sich bereits in Kapuzenpullis und Chucks schutzlos in offenen Räumen umherlaufen. Jeder würde alles sehen und alles wissen. Open Space, dachte Westermann, das konnte Dockhorn haben. Er hatte bereits eine Idee für das erste Meeting mit ihm.

Er nahm das Smartphone noch auf dem Flur vor Wetters Büro aus der Tasche und checkte seine Kurznachrichten und E-Mails. Jemand hatte ihm auf die Mailbox gesprochen:

»Frenzel hier. Hörn Se mal, sind Se die Type mit der Olympia von neulich, dem ick die Jabriele mitgegeben habe? Nun hab ick se, die Olympia. Könn Se haben.«

Das war ein gutes Zeichen, dachte Westermann. Er rief ihn sofort an. »Ja, Westermann hier. Herr Frenzel, ich würde die Olympia gern nehmen. Danke, dass Sie an mich gedacht haben!«

»Null Problemo«, sagte Frenzel. »Bis morgen hab ick se Ihnen flottgemacht.«

»Sind Sie sicher, dass es die ist, die ich meine?«, fragte Westermann.

»Na, hören Se mal, ick kenn mich aus mit meinen guten Stücken hier.«

Westermann überlegte. Er kam sich vor wie ein Verräter, aber es musste sein. Dies war die Chance schlechthin. »Hören Sie, Herr Frenzel, ich weiß, es hört sich komisch an, aber könnten Sie, nun ja, vielleicht bei den Typenhebeln das große O herausnehmen und den oberen linken Senkrechtstrich vom großen H?«

Frenzel war eigentlich nicht der stille Typ. Aber nun war er still.

»Es ist für einen guten Zweck«, sagte Westermann.

Keine Reaktion.

»Hallo, Herr Frenzel, sind Sie noch da?«

»Das tu ick ihr nich an«, sagte er. »Sie sind ja pervers.« Es klang tiefe Enttäuschung und ein bisschen Ekel durch, aber immerhin legte er nicht gleich auf.

»Hören Sie, Herr Frenzel, ich werde sie lieben dafür, also die Maschine, meine ich. Es ist wie mit den Menschen: Erst die Makel machen sie so kostbar. Wissen Sie, mein Vater hatte früher eine solche Maschine mit genau diesen Fehlern.«

»Hm«, sagte Frenzel.

Mein Gott, dachte Westermann, was log er da zusammen, aber er ging noch weiter: »Ich möchte meiner Mutter etwas darauf schreiben.« Er kam sich so erbärmlich vor.

»Hm«, sagte Frenzel, und nach gefühlten Minuten: »Ick überleg's mir noch mal.« Er legte auf, ohne Westermanns Antwort abzuwarten.

Westermann hatte das Treppenhaus genommen und war zwischenzeitlich vor seinem Büro angekommen.

Auf dem Büroflur kam ihm Achternbusch entgegen. »Herr Westermann. Es sind die Russen! Die Russen! Die sind im System. Hacken im großen Stil. Mein Gott, dass selbst uns das passiert!«

Westermann blieb wie angewurzelt stehen. »Shit. Die Russen? Sind Sie sicher?«

Achternbusch schien sich sehr sicher zu sein, denn er ging auf die Frage gar nicht ein. »Mit der Box sieht es noch gut aus. Die Konstruktionsdaten liegen auf anderen Servern, aber alles ist möglich. Wenn Sie mich fragen, ist es aber immer noch nicht auszuschließen, dass es sich um einen kryptografischen Angriff handelt und unser Programm das Wirtprogramm für das Virus ist.«

»Sie meinen, einer von uns will eine Missbrauchsmöglichkeit gleich in das System einbauen und macht dabei gemeinsame Sache mit den Russen? Wir haben einen Ausspäher in den eigenen Reihen?« Westermann trat gegen die Wand. Es war ein verdammtes Trauerspiel. Wie weit konnte er sich noch entfernen von dem, was er ursprünglich einmal hatte machen wollen? Irgendwann war er in die Branche gekommen, voller Idealismus, um wie ein abgedrehter Jockey über den Daten-Highway zu galoppieren, in den frühen neunziger Jahren. Er hatte seinen Beruf geliebt. Und jetzt musste er Katz und Maus spielen. Mit den Amerikanern. Mit den Russen. Mit den eigenen Leuten. Es war zum Verrücktwerden.

Achternbusch fuhr fort: »Ja, Sie wissen, dass unsere Krypto-Box asymmetrische Schlüsselpaare generiert: einen geheimen und einen öffentlichen Schlüssel. Die geheimen Schlüssel sollen ausschließlich in der Box bleiben, nur die öffentlichen werden exportiert, und niemand kann aus den öffentlichen Schlüsseln die zugehörigen geheimen Schlüssel berechnen – es sei denn, jemand hat gleich bei der Programmierung eine kryptografische Hintertür eingebaut.« Er zögerte einen Moment, senkte dann den Blick und betrachtete seine eigenen Schuhspitzen. »Darf ich Sie fragen, woher Sie eigentlich Ihre Schreibmaschine haben?«

Der außerplanetarische Hund

Entgegen ihrer persönlichen Leitsätze musste Marelli vor ihrem Urlaub und dem sich daran anschließenden Bereichswechsel noch fünf Tage für Westermann und Gabriele arbeiten. Sie hatte sich auf das Telefon gestürzt wie eine Löwin auf ein Wasserloch in der Kalahari, als Westermann sie gebeten hatte, einen Termin mit Dockhorn zu koordinieren.

Es blieben nur noch zwei Tage und ein Wochenende bis zur Pressekonferenz. Westermann saß in seinem Büro, hatte Gabrieles Koffer auf den Tisch gehievt und starrte aufs Kunstleder. Während sich Achternbusch nun mittels »Reverse Engineering« um russische Kryptoviren, verdeckte Datenexportkanäle und letztendlich um einen Maulwurf im System zu kümmern hatte, musste er, Westermann, einem Nager nachspüren, von dem nicht weniger Gefahr ausging: Dockhorn.

Dieser hatte sofort zugesagt, und Marelli hatte einen Termin um 11.30 Uhr in Westermanns Büro arrangiert. Westermann sah auf die Uhr: Es war 11 Uhr.

Um 11.05 Uhr nahm er den Schreibmaschinenkoffer, verließ das Büro mit den Worten »Ich bin sofort wieder da« und ging zum Auto. Sie musste immer noch im Kofferraum liegen, wahrscheinlich würde sie ein wenig streng riechen, Churchill hatte ein paarmal darauf gelegen, und selbst »Penhaligon's Blenheim Bouquet« würde nicht dagegen ankommen. Doch ansonsten musste sie noch wie neu sein: die rot-grün karierte Fleecedecke mit dem Häkelrand und der Thermobeschichtung. Es war ein Weihnachtsgeschenk seiner Mutter gewesen. »Geht öfters picknicken, Kinder! Es befreit die Lungen und den Geist.« Mein Gott, was hatten sie gelacht an diesem Heiligabend. Man durfte die skurrilsten, hässlichsten oder vermeintlich unpassenden Geschenke nie entsorgen, denn irgendwann, oft Jahre später, wenn man schon gar nicht mehr daran dachte, offenbarte sich ihr Sinn. Kein Geschenk, das nicht irgendwann seinen Zweck erfüllte.

Zehn Minuten später breitete Westermann seine Decke unter dem gezackten Blattwerk eines geschätzt zweihundert Jahre alten Ahornbaums auf dem Firmengelände aus und ließ sich mit Gabriele darauf nieder. Open Space. Dieser Baum war perfekt, fand er. Er wäre nicht der Sohn seiner Mutter gewesen, wenn er nicht gewusst hätte, dass man in fern zurückliegender Zeit die hölzernen Zapfen des Ahornbaums vor die Haustür gehängt hatte, um böse Geister abzuhalten – eine frühe Form der Spam-Abwehr vermutlich. Er hoffte trotzdem, dass Dockhorn ihn hier finden würde.

Er nahm den Schreibmaschinenkoffer auf seine im Schneidersitz gekreuzten Beine, öffnete ihn und spannte eines der Blätter ein, die er neben die Maschine gelegt hatte. Bei Tageslicht wirkten die Tasten sehr viel farbintensiver, fand Westermann, und das Gusseisen schimmerte wie frisch poliert. Mein Gott, es fühlte sich tatsächlich gut an. Er atmete tief durch: freie Lungen, freier Geist – und freies Spiel.

Marelli war bereits beim zweiten Klingelton am Telefon. »Wo sind Sie, Herr Westermann? Herr Dockhorn müsste jeden Moment kommen. Ich bin gerade beim Eindecken.«

»Ich auch, Frau Marelli. Würden Sie bitte einmal aufstehen und sich zum Fenster bewegen?«

»Warum?«

»Schön, dass Sie fragen, Frau Marelli«, sagte Westermann. »Tun Sie es einfach.« Er blickte am Firmengebäude hoch, und es dauerte eine Weile, bis hinter einem der Fenster eine weibliche Gestalt erschien. Er winkte ihr zu. »Sehen Sie mich? Ich hab WLAN hier.«

Stille.

»Hallo, Frau Marelli, sind Sie noch da?«

Am anderen Ende der Leitung hörte man ein Schluchzen. »Das können Sie mir nicht antun! Ich will weg hier!«

»Ja, kommen Sie ruhig auch nach draußen! Aber vorher müssten Sie Dockhorn hierherschicken. Ich finde, wir sollten unser erstes Zweiermeeting unter freiem Himmel machen. Sie wissen ja, er liebt den Großraum, das Visionäre, und da dachte ich mir, ich komme ihm ein bisschen entgegen. Büros sind ja irgendwie so Old Economy, oder?« Er hörte nur noch, wie sie ihn wegdrückte.

Westermann zog die Schuhe und dann die Socken aus, und es überkam ihn ein wohliges Gefühl. Ja, das beste Mittel, jemanden zu verfolgen, war wohl, ihm vorauszugehen. Und er selbst hatte bisher wesentlich öfter den Atlantik als den Firmenrasen überquert, wenn er ehrlich war.

Keine zehn Minuten später sah er Dockhorn über die Grünfläche auf ihn zulaufen. Er ging langsamer als sonst, näherte sich fast schon verhalten. Die Ahornzapfen kamen Westermann in den Sinn, aber wahrscheinlich ließ sich Dockhorn nur Zeit, um gedanklich seine ersten Sprüche durchzugehen. Westermann blinzelte ihm unauffällig entgegen. Auf die Entfernung betrachtet, bewegte sich Dockhorn seltsam kantig, sein Operkörper machte bei jedem Schritt eine ruckartige Bewegung zu einer Seite, als folgte er einem Automatismus.

Er musste an Hudson denken. Hudson war der ganze Stolz von IBT, ein Großrechner, der nicht nur in der Lage war, mehr als zweihundert Millionen Schachzüge pro Sekunde zu berechnen, sondern auch die menschliche Sprache zu verstehen, deren Wörter und Kontext zu analysieren, Schlüsse zu ziehen und präzise Antworten auf Fragen in natürlicher Sprache zu geben – eine Maschine, die mit allen kognitiven Fähigkeiten eines Menschen ausgestattet war. Er war ein selbstständig lernendes System. Irgendwann würde ihn jemand auf implantierfähige Chipgröße bringen. Ja, in diesem Moment, vielleicht in den Bruchteilen von Sekunden, in denen er Dockhorn über den Rasen auf ihn zustaksen sah, beschloss Westermann, den Turing-Test für künstliche Intelligenz mit Dockhorn zu machen – nur andersherum. Er würde also feststellen, ob ein Mensch ein einer Maschine gleichwertiges Denkvermögen hatte. Dazu musste er als menschlicher Fragesteller eine Unterhaltung mit Dockhorn simulieren, um später möglichst treffsicher zu identifizieren, ob Mensch oder Maschine mit ihm gesprochen hatte. Eine solche Identifikation konnte bei der Spam-Abwehr essenziell sein. Wahrscheinlich war Dockhorn aber nicht abzuschalten.

Als er bis auf etwa fünf Meter an ihn herangekommen war, setzte Dockhorn ein Grinsen auf und schüttelte dabei den Kopf. Sein Outfit war eine unglückliche Entscheidung, es lag irgendwo im Niemandsland zwischen kalifornischer Coolness und dem Dresscode der hiesigen Managementwelt: dunkle Jeans mit weißem, schlichtem Hemd, keine Krawatte, oberstes Knopfloch offen. Jedoch schwarzer Gürtel. Und, mein Gott, hellgraue Wildlederslipper. Mit dunkelblauen Socken. Allein seine schwarze, breit umrandete Fernsichtbrille trug er auf der Nase wie ein Schild »Ich bin speziell!«.

Dockhorn blieb vor der Decke stehen und blickte immer noch grinsend auf Westermann herunter, nun mit einem Anflug von Rührung der Art, mit der man possierliche Tierchen im Wildgehege betrachtet. »Machen Sie sich Sorgen um unsere Stromrechnung, Herr Westermann?«

»Nicht nur um die«, sagte Westermann und tippte »Agenda« mit n und dann »Test«. Nein, er würde sich nicht erklären. Dies war ein Meeting. Hier war er. Bei der Arbeit.

»Nun, abhörsicher ist das hier auf jeden Fall schon mal.« Dockhorns Augen streiften durch die Landschaft. Sie zuckten dabei leicht, als sei ein Kurzschluss im System. Er schien in Situationen außerhalb der gängigen Berechenbarkeit definitiv länger für komplexere Anpassungs- und Denkvorgänge zu brauchen, stellte Westermann fest.

»Das ist eine ziemlich schöne Maschine, die Sie da haben«, sagte Dockhorn mit Blick auf Gabriele. »Was tippen Sie denn da?«

Westermann sah auf und zog die linke Augenbraue hoch. Höfliche Interessiertheit als erster Schachzug? Mein Gott, wie ärmlich, dachte er. »Oh, ich konzipiere da gerade eine Versuchsreihe«, sagte er.

»Schön. Sehr schön«, rief Dockhorn.

Seine Stimme hatte eine Lautstärke, als wäre er immer noch zehn Meter entfernt. Und was hieß »schön«? Ein gezacktes tiefrotes Blatt, das im Herbst auf einem Windstoß durch die Luft ritt, war schön. Oder eine gezielte Linke mit vollem Muskelspiel in Zeitlupe war schön. Mein Gott, dachte Westermann, Dockhorn käme im Gespräch mit einem intelligenten Großrechner schnell an seine Grenzen. Also gut, dann musste er eben ein wenig nachhelfen. »Ja, diese Schreibmaschine ist die Geburtshelferin und zugleich Bewahrerin meiner Gedanken«, sagte er. »Sie entlockt mir viel und behält alles für sich.« Er strich ums Metall. »LSD in reinster Qualität, verstehen Sie?«

Dockhorn stand immer noch vor der Häkelkante der Decke, als bekomme er einen Stromschlag beim Übertritt in die karierte Zone. »LSD?«, fragte er. Das Grinsen wurde schwächer.

»Ja, LSD. Lesen, Schreiben, Denken. Sollten Sie auch mal ausprobieren, Dockhorn.«

»Waren Sie eigentlich Waldorf-Schüler?«, wollte Dockhorn wissen.

Westermann rückte etwas zur Seite und klopfte mit der flachen Hand neben sich auf die Decke. »Kommen Sie, setzen Sie sich. Sie müssen ja nicht in der Tür stehen bleiben.

Ich hoffe, es macht Ihnen nichts aus, dass ich Schlips und Sakko anbehalte.«

»Wie? Oh nein. Durchaus nicht.« Dockhorn fasste sich an den Kragen, da, wo für gewöhnlich der Krawattenknoten saß. »Wissen Sie, ich habe immer noch die milden Temperaturen drüben verinnerlicht.«

Der Widerwille sitzt ihm in jeder Körperzelle, dachte Westermann. Feigling. Sehr unkalifornisch. Er, Westermann, war dagegen innerlich gerade voll von Kalifornien. Und das, obwohl er nie da gewesen war.

»Soll ich meine Schuhe ausziehen?«, fragte Dockhorn zögerlich.

Schuhe ausziehen. In diesem Moment stellte sich Westermann acht Schuhpaare vor der Tür zu »La Manga IV« im zwölften Stock vor, dem Sitzungszimmer, in dem für gewöhnlich die Vorstandsmeetings stattfanden. »Nein, natürlich müssen Sie Ihre Schuhe nicht ausziehen, es sei denn, Sie haben Sensoren darin«, sagte er.

»Was?« Dockhorn stand da wie festgewachsen.

»Na, wearable technology!«, sagte Westermann und zeigte auf Gabriele. »Hab ich ja auch.«

Stille.

»Mensch, Dockhorn, das war ein Witz!«

Dockhorn stand immer noch da. Er schien ihm nicht zu glauben. Spätestens auf das Wort »Witz« hätte ein kluges System in irgendeiner Form reagiert.

»Und ich kann Sie beruhigen, die Decke hat an der Unterseite eine Thermobeschichtung. Sie werden sich also nichts holen bei mir«, sagte Westermann.

»Oh, eigentlich würde ich mir sehr gern etwas holen bei Ihnen.« Dockhorn schien nun doch langsam ins System zurückzufinden, tat einen Schritt über die Kante und setzte sich neben ihn. Er senkte wortlos den Kopf und betrachtete die Decke unter sich, als wollte er sagen: Komfortzone sieht anders aus. »Herr Westermann, ich will Ihnen ja nicht zu nahe treten. Aber es riecht ein wenig nach Hund, finden Sie nicht?«

Das wiederum war nun wieder sehr menschlich, fand Westermann. Oder konnte man Maschinen auf Gerüche programmieren? Er tippte: »Es riecht.« – »Da sind wir ja fast schon beim Thema, Dockhorn«, sagte er.

Dochkhorn verstand nicht und blickte in die Baumkrone, um die Nase möglichst weit weg vom Fleece zu halten. Westermann betrachtete Dockhorns Hände: Sie rieben sich aneinander, dann wieder schlangen sich die Finger umeinander oder zogen aneinander, dass es knackte. Es wurde erst besser, als er sein Smartphone aus der Tasche nahm und WLAN fand. »Wollen wir über Hunde reden?«, fragte er.

»Ja, kennen Sie Krypto denn nicht?«, fragte Westermann.

Dockhorn schien langsam unwohl zu werden, und er blickte hektisch um sich. Konnte dieser Mann jemals stillhalten?

»Krypto ist Supermans weißfelliger Hund, der seine außerordentlichen Fähigkeiten seiner Herkunft vom Planeten Krypton verdankt«, sagte Westermann und tippte »Krypto«. »Und so hört es sich an, wenn man den Namen schreibt.« Er gab Dockhorn einen Buff an den Oberarm. »Jetzt sagen Sie bloß nicht, dass Sie früher keine Superman-Comics gelesen haben? Gerade Sie!«

Dockhorn blickte auf das eingespannte Blatt Papier. »Krypto. Richtig, Herr Westermann, Ihre Krypto-Box. Die soll ja kurz vor der Marktreife stehen?« Und dann, ohne eine Antwort abzuwarten, spuckte Dockhorn einen gewaltigen Datensatz aus: »Hören Sie, Ihre Krypto-Box wäre die Ergänzung schlechthin zu unserer Network Security and Prevention Appliance, die wir den großen Unternehmenskunden anbieten wollen. Wir wollen den Firmen eine transparente Sicht auf die Sicherheitslage ihres Unternehmens bieten, ihnen Einblicke ermöglichen in alle Anwendungen, die über ihr Netzwerk laufen, das heißt in alle Bewegungen der Nutzer im Web, inklusive der Möglichkeit zur Überwachung und Steuerung dieser Aktivitäten, um etwaigen Angriffen entgegenzuwirken.« Er blickte wieder auf das Display seines Smartphones, schien Mails zu checken und fuhr fort, ohne aufzublicken: »Und die optimale Verdeckung dieser Überwachung gehört natürlich auch dazu. Da kommt Ihre Box ins Spiel.«

Westermann schwieg.

»Das wäre der Moon-Shot, die ganz große Lösung«, sagte Dockhorn.

Westermann war sich nicht sicher, ob er auf den Mond geschossen werden wollte. Dann war ihm, als vibrierte etwas auf der Decke, aber es konnte definitiv nicht Dockhorns Smartphone sein. Was zum Teufel war hier los?

Dockhorn drückte den Rücken durch und strich weiter übers Display. »Oder denken Sie an all die Unregelmäßigkeiten bei Finanztransaktionen!« Er drehte seinen Kopf und blickte nun endlich Westermann an, wobei sich ihre Nasenspitzen fast berührten. Er mochte vielleicht keine Sensoren in den Schuhen haben, aber vielleicht in seiner Brille mit dem dicken schwarzen Rand? Womöglich pixelte er gerade die Farbe von Westermanns Iris ab und speicherte sie oder lud zumindest sein Stroodle-Datenprofil vor die Augen. Vielleicht reichte bereits ein Wimpernschlag dafür. Und vielleicht war er längst beim Auslesen von Westermanns Gefühlswelt.

»Ich kann absolut nicht verstehen, wie wir da zusammenkommen könnten«, sagte Westermann. »Meine Krypto-Box steht für Autonomie. Nicht für Kontrolle.«

»Herr Westermann, ich mag vielleicht Supermans Hund nicht kennen, aber Sie kennen nicht den Dreisatz der modernen digitalen Welt, befürchte ich?«

Du Hund, dachte Westermann.

Dockhorn fuhr fort: »Es geht erstens um das Data Mining, also um das Abschöpfen und die Kontrolle der Daten, zweitens um die Verteidigung der Datenkontrolle und drittens um den eigenen Raum, um die absolute Autonomie, um die Uneinsehbarkeit! Das alles müssen wir bieten. Aus einer Hand sozusagen!«

Westermann schwieg.

Und nun kam Bewegung in den Mann auf der Decke neben ihm, der sich offensichtlich vom vielen Display-Streicheln in einen Zustand hormoneller Überproduktion gebracht hatte: Er ballte die Hand, die er noch frei hatte, zur Faust, schleuderte sie Westermann entgegen und rief wie auf Speed: »Move fast and break things!«

»Sie sitzen auf meiner Brille«, sagte Westermann und brachte sie in Sicherheit, als Dockhorn sich ein wenig zur Seite lehnte, um sein Display mehr gegen die Sonne zu halten. Er schien jede neue Nachricht erst voller Erregung aufzunehmen, um sie dann unverzüglich wieder wegzuwischen oder schnell und lieblos eine Antwort einzutippen. Westermann betrachtete Dockhorns Finger. Ein bisschen war es so, als habe sich deren Anatomie bereits der Handy-Bedienung angepasst: der Daumen, doch eher der breite, abstehende Fremdling unter den Fingern, schien an beiden Händen ungewöhnlich lang, noch nicht ganz so lang wie der Wisch-Finger natürlich, aber kurz davor. Eine eigenartige Evolution, dachte Westermann. Auf der PC-Tastatur – und auf Gabriele sowieso – durfte der Daumen nur eine einzige Taste drücken, und das nur mit seiner Seite, nicht mit seiner Spitze: die Leertaste. Auf dem Smartphone war er dagegen der eigentliche Textproduzent, die Exekutive. Dockhorn würde irgendwann Schwierigkeiten haben, einen Stift zu führen.

Dockhorns Blick ging nun zu Gabriele. »Hören Sie, ist das Teil nicht auf die Dauer ein bisschen schwer auf den Beinen?«, fragte er.

»Dafür wird sie nicht heiß«, sagte Westermann. »Und manchmal ist es gut, das Gewicht der Dinge zu spüren.« Er stutzte. Hatte er das jetzt tatsächlich gerade von sich gegeben? Er tippte den Satz sofort hin.

»Haben Sie keine Angst, dass Ihre Finger irgendwann zwischen die Tasten geraten und darin stecken bleiben?« Dockhorn lehnte sich ein bisschen zu ihm herüber.

»Haben Sie keine Angst, einen Schnappdaumen zu bekommen?«, konterte Westermann.

Dockhorn ging wieder auf Abstand, und es entstand für etwa drei Sekunden tatsächlich eine Art kontemplativer Moment. »Mensch, Westermann«, fuhr er fort, »ich weiß doch, dass das, was Sie hier inszenieren, nur so eine Art Tarnung ist, damit Sie sich aus dem laufenden Business herausziehen können. Niemand weiß, was Sie da eigentlich machen, und, mit Verlaub, Sie sind doch viel zu clever für diese Klapperdinger!«

»Und wie ist Ihre Hypothese?«, wollte Westermann wissen. Fragen. Man musste immer Fragen stellen.

»Sie wissen doch ganz genau, was auf uns zukommt, wenn IBT mit Happle kooperiert.«

Nun war es raus. Dockhorn konnte nicht ahnen, dass er, Westermann, einen Wissensvorsprung hatte. »Was heißt das Ihrer Ansicht nach?«, fragte er langsam und kontrolliert.

»Unsere Systeme werden über neue Happs auf jedem Happle der Welt Anwendung finden! Mit deren Entwicklern werden Sie Kollegen auf absoluter Augenhöhe kriegen! Da MÜSSEN wir kooperieren!« Es vibrierte wieder auf der Decke.

»Mögen Sie auch ein paar Himbeeren?« Die Stimme war wie aus dem Nichts gekommen.

Westermann und Dockhorn blickten zeitgleich auf. Vor ihnen stand eine der Damen vom Empfang und hielt ihnen lächelnd ein Plastikschälchen mit Himbeeren hin. »Entschuldigung, wir haben Sie durch die Glasfront gesehen und wir dachten, die könnten Ihnen schmecken hier so unterm Baum.« Sie bückte sich, setzte das Schälchen auf die Decke und sagte: »Geben Sie es mir einfach wieder, wenn Sie hineingehen.« Sie lächelte und kehrte über den Rasen zurück an ihr Front Desk. In einer Hand hielt sie ein Paar Pumps. Es mussten ihre eigenen sein, man konnte es nicht mehr genau sehen auf die Entfernung, und das Gras war tief.

Westermann grinste und guckte ins Schälchen. Er nahm es und hielt es Dockhorn hin. »Hier bitte, greifen Sie zu!« Dieser winkte kopfschüttelnd ab, ohne hinzusehen. Er hatte die letzten drei Minuten nicht auf sein Display geguckt, und seitdem musste unendlich viel passiert sein. Westermann nahm fünf Himbeeren und steckte jeweils eine Frucht auf die Fingerkuppen seiner rechten Hand. Er würde vorerst nicht tippen können.

Dockhorn ließ sein Smartphone auf die Decke gleiten und starrte auf Westermanns Finger.

»Haben wir früher als Kinder immer gemacht«, sagte Westermann und lutschte die erste Frucht vom Daumen. Sie war herrlich fest, und man konnte die feinen Härchen auf der Zunge spüren. »Wo waren wir stehen geblieben?«

Dockhorn schloss den Mund wieder und stand auf. »Hören Sie, Herr Westermann, kürzen wir es vorerst ab: Ich möchte das hier als vertrauensbildende Maßnahme begreifen. Erst mal nichts weiter. Kann ich auf Sie zählen?«

Westermann saugte die letzte Himbeere ab. »Sie meinen, auf der Pressekonferenz?«

»Zum Beispiel«, sagte Dockhorn. »Wir ziehen Sie und diese Maschine ja auch durch, PR-mäßig. Da braucht man schon Fantasie!«

»Ja, das ist ein schönes Wort«, sagte Westermann und tippte »Fantasie«.

»Herr Westermann, Innovation blüht nicht auf Geräten, sondern in den sozialen Räumen dazwischen, wo Menschen und Ideen zusammentreffen und interagieren! Sie müssen da etwas multifokussierter werden.«

Westermann setzte Gabriele langsam und behutsam auf

dem Rasen ab und sagte: »Ja, genau.« Er überlegte: Wenn selbst Dockhorn Gabriele akzeptierte und sie als Ablenkungsmanöver für einen wahrhaft großen Coup begriff, konnte seine Schreibmaschinen-Aktion so falsch nicht sein. Und wie entschlossen musste jemand sein, der eine bis dato offenbar geheim gehaltene Kooperation mit Happle erwähnte? Was würde Happle sagen, wenn deren Abgesandte für die ersten Bereichsgespräche ins Haus kamen und der Entwicklungschef mit Schreibmaschine dort saß? Auch Dockhorn war offenbar bereit, dieses Risiko einzugehen. Er dachte nicht an Gabriele. Er dachte an die Krypto-Box. Und er würde seine ganz eigenen Pläne mit ihr haben. Womöglich würden alle bisherigen Forschungsergebnisse aus Westermanns Team letztendlich auf eine Krypto-Happ oder auf ein iKrypto hinauslaufen, reduziert auf ein pures Happle-Produkt. Dieser Hund. »Ich werde mir das durch den Kopf gehen lassen.« Westermann hielt Dockhorn seine rechte Hand hin. »Man sieht sich.« Die Fingerkuppen waren sauber abgelutscht.

Dockhorn gab ihm einen Buff an den Oberarm, der in Kalifornien und mit trockenen Fingern vielleicht lässiger rübergekommen wäre. Ohne einen weiteren Atemzug, ohne einen Blick zurück, stürmte er über den Rasen Richtung Haupteingang davon. Sein Plastikbändchen am Handgelenk würde ordentlich arbeiten müssen.

Sicher, man musste sich wohl wirklich nicht herzen, nur weil man gemeinsam auf einer Decke gesessen hatte, dachte Westermann, als er ihm nachblickte. Irgendetwas erschien ihm irritierend. Westermann kniff die Augen zusammen. Und tatsächlich, Dockhorn schien nicht zu bemerken, dass sein Hemd hinten aus der Hose gerutscht war, sodass es den Blick auf eine Art Gurt freigab, den er auf der Haut um die Hüften trug. Westermann tippte »Gurt« und spannte aus.

Es wird lauter

⇩ A S D F G H J K L Ö Ä —

Das Type-in

Westermann breitete das Zeitungspapier aus und zog die Schuhspanner aus den Budapestern. Schuhspanner aus Zedernholz mit Schraubverbindung waren das Allerwichtigste bei Schuhen. Das Vorderblatt musste den Schuh optimal ausfüllen, und am Fersenblatt durfte es nicht zu sehr spannen.

Er hatte das Schuhputzen nie als lästige Pflicht angesehen. Für ihn fing die Kultur ganz unten an, nämlich an den Füßen, dazu gehörten die regelmäßige Pediküre – und eben die Schuhpflege. Genau genommen waren ihm die ersten Gedanken an die IBT-Krypto-Box beim Schuheputzen gekommen. Er hatte sie sozusagen ins Leben gewienert, und es war eine Schande, dass man die eingeschleusten Viren nicht einfach wieder aus dem System schrubben konnte. Immerhin ging es beim Krypto-Projekt um Millionen. Die Abschottung im Bereich mobiler Endgeräte würde allein IBT Wachstumsraten von acht bis zehn Prozent bescheren. Transparenz war gestern. Die Datenwolke hatte an Höhe verloren, man vertraute ihr nicht mehr, und das wusste sogar Dockhorn, auch wenn er es nicht sagen durfte. Wenn es um die Wahrheit ging, duckten sie sich weg, die Wolkenritter, die für IBT mit dem »ultimativen Cloud Computing« in die Schlacht zogen, um schrumpfende Märkte zu verteidigen. Nein, die Zeit war reif für radikale Alternativen, und die Krypto-Box war eine davon. Die Kooperation mit Happle war dagegen heiße Luft, fand Westermann. Das Letzte, was Happle auf den Markt gebracht hatte, war die »Freedom-

Happ«, die Smartphone-Besitzer bei Aktivierung für dreißig Minuten automatisch vom Internet abschaltete. Vorzei-
tige Reaktivierung nicht möglich. Autonomie sah anders
aus.

Westermann nahm die Bürste mit den Schweinsbors-
ten, kleckste etwas Schuhcreme darauf und verrieb sie auf
dem schwarzen Leder. »Steter Tropfen höhlt den Stein« –
vor ein paar Minuten war eine weitere Mail mit Motto-Zei-
le von seiner Mutter eingegangen. Sie schickte jetzt unentwegt Mails, und mittlerweile vermisste er ihre Anrufe. So
weit war es schon gekommen. Er legte Bürste und Schuh
für einen Moment zur Seite, nahm sein Smartphone, tippte
»Kontakt Mutter« und schaltete auf Lautsprecher. Er würde
es ihr jetzt sagen.

Es dauerte eine Weile, bis sie den Hörer abnahm. Je älter
sie wurde, umso mehr Zeit brauchte sie, sich zum Telefon
zu bewegen, das nie dort lag, wo sie gerade war.

»Westermann?« Es war immer etwas Fragendes in der Art
und Weise, wie sie sich meldete, so als wäre sie sich nicht
wirklich sicher, wie sie hieß.

»Ja, du bist es tatsächlich, Mutter«, sagte Westermann.

»Ach, Richard. Immer, wenn da ›Unbekannt‹ steht, bist
du es. Ich hätte es wissen sollen. Wie schön. Hast du meine
Mail bekommen?«, fragte sie.

»Ja, habe ich. Klappt denn jetzt alles? Wie bist du mit der
Teletab verblieben?«

»Na, jetzt fragst du, wo du doch einfach aufgelegt hast, als
ich mit denen sprach.«

Da war es wieder, dieses Vorwurfsvolle in der Stimme.
»Mutter, ich habe mir jetzt auch ein Gerät gekauft«, sagte er
ohne Umschweife.

»Hm. Bezahlt das denn deine Firma nicht? Oder sprichst
du von einer neuen Bohrmaschine, weil Anna die alte beim
Auszug mitgenommen hat?«

Wie desinteressiert sie klang, dachte Westermann. Sie

schien offenbar wieder vor dem PC zu sitzen, denn er hörte, wie die Nägel ihrer schmalen Finger auf die Tasten klackten, langsam und mit Bedacht. Sie tippte nicht mit den Fingerkuppen, sondern mit den Nägeln. Ein Geräusch wie das Klopfen eines Spechts. Er hatte ihr Profil vor Augen. Von der Seite sah sie stets weicher aus als von vorn.

»Nein, ich habe mir eine Schreibmaschine angeschafft«, verkündete Westermann.

»Warum?«, fragte sie. Er hörte wieder, wie sie auf die Tastatur klopfte. Sie war nicht bei der Sache.

»Ich habe den Stecker gezogen, Mutter. Ich schreibe jetzt S-C-H-R-E-I-B-M-A-S-C-H-I-N-E«, sagte Westermann.

Das Klopfen hörte auf. »Was? Richard, du sollst dich nicht immer über mich lustig machen!«

»Es ist mein voller Ernst, Mutter.«

»Eine Schreibmaschine?«

»Ja, eine Schreibmaschine«, sagte er. »Es ist, nun ja, es ist ein Versuch, die Vielfalt der Möglichkeiten zu erproben.« Mein Gott, dachte er, musste er sich jetzt tatsächlich dafür rechtfertigen?

Es dauerte eine Zeit lang, bis sie sagte: »Das machst du doch mit Absicht! Nur weil ich jetzt diese Kiste habe. Das ist nicht fair.«

Westermann wusste nicht, was er erwartet hatte, aber dass seine Mutter so empfindlich, ja geradezu beleidigt reagierte, das hätte er nicht gedacht. Was war unfair an einer Schreibmaschine?

»Es hat nichts mit dir zu tun, Mutter. Nur mit mir«, sagte er.

Sie schwieg lange. Er hörte auch kein Tippen mehr. Irgendwann sagte sie: »Das ist doch kindisch. Warum musst du bloß immer alles anders machen? Das ist genau wie damals, als du …«

»Moooment, Mutter«, unterbrach er sie. »Anders als wer? Was mache ich immer anders als wer?«

Sie zögerte. »Na, anders als alle! Ich weiß gar nicht, von wem du das hast. Dein Vater war nicht so.«

Westermann spuckte auf die Ziegenhaarbürste, die er jetzt für die Politur genommen hatte, und bearbeitete damit das Leder. »Na, dann bleiben ja wohl nicht mehr so viele Möglichkeiten, von wem ich ›das‹ haben könnte!« Er putzte mit vollem Körpereinsatz. »Wer musste denn als Kind den Tannenbaum mit Teesieben, Blechlöffeln und silbrigen Scheuerschwämmen schmücken? Anders als alle anderen! Nach deinen Vorgaben. Ich hätte es auch gern mal mit Weihnachtskugeln versucht, das kannst du mir glauben.«

»Ja«, erinnerte sie sich, »mit unserem Baum waren wir weltweit einzigartig.«

»Nicht nur mit unserem Baum«, sagte Westermann.

»Würdest du dich Pupsi2000 nennen?«, fragte sie. »Hier kommt gerade eine Nachricht rein aus unserer Edeka-Runde bei Tracebook. Das muss Heinrich sein. Mein Gott, er nennt sich Pupsi2000.«

»Weihnachtskugeln«, sagte Westermann.

»Pupsi2000.« Sie schien mit sich selbst zu reden.

»Ich hätte mir mehr Tradition gewünscht.« Westermann war außer sich. Manchmal war ihm, als hätte seine Mutter völlig andere Erinnerungen als er im Kopf, als hätte er sein ganzes Leben in einem Paralleluniversum gelebt. Er polierte mit Nachdruck weiter. »Ich war mir nie sicher, ob ich nicht vielleicht kurz nach meiner Geburt im Krankenhaus vertauscht wurde.«

»Ich nenne mich einfach Yolanda. Kann er sich nicht auch einfach Heinrich nennen?«, fragte sie.

Es hatte keinen Zweck. »Herrje, kannst du dich nicht einfach vor den Fernseher setzen und ›Verbotene Liebe‹ oder sonst was gucken, wie alle anderen in deinem Alter auch?«, fragte Westermann.

»Wenn du glaubst, Schreibmaschine schreiben zu müssen, dann darf ich auch im Internet sein!«

»Was ist das für eine Logik, Mutter?«

»Du hast ja keine Ahnung, was es mir bedeutet!« Es lag etwas seltsam Ernstes, gar Zorniges in ihrer Stimme. Westermann starrte auf die Zeitungsseite, auf der seine Schuhe standen: Traueranzeigen. Unten rechts wurde der Reiter Heinz M. mit einem Foto hoch zu Ross und einem »Horrido« als letztem stillem Gruß verabschiedet. Mein Gott, dachte Westermann, wieso lagen ausgerechnet Traueranzeigen unter seinen Schuhen? Jeder andere Schuhputzer hätte Sport oder Politik ausgebreitet. Es gab immer wieder diese Orte der Trauer und des Schmerzes in ihm, die er nicht wirklich begriff. Sie waren einfach da, gleich neben Kalifornien, wie fest installiert.

»Was bedeutet es dir?«, fragte er langsam.

»Hier kann ich das tun, was ich immer schon tun wollte«, antwortete sie. »Ich kann in die Welt gehen, ohne das Haus verlassen zu müssen. Ich bin zweiundachtzig, Richard! Oder ich kann dir was schreiben. Einfach so. Und von einer Sekunde auf die nächste hast du es.«

Westermann wechselte zum kleinen Bürstchen, um die Nähte zu schonen. »Das Internet ist voller Gefahren, Mutter.«

»Ja, ich weiß. Sollen die mich doch ruhig überwachen! Das macht mir nichts, glaube mir.«

»Hm«, sagte Westermann. Diese Frau war ihm ein Rätsel.

»Ich finde ja, du siehst ein bisschen viele Gespenster«, fuhr sie fort. »Dein Innenleben war immer schon ein kleines Horrorkabinett. Wenn du früher Angst hattest, bist du in den Keller gegangen, um dich zu beruhigen. Und heute kaufst du dir eine Schreibmaschine! Was geht bloß vor in dir?«

»In mir geht so einiges vor. Du hast uns doch immer gepredigt, uns mit den wirklich wichtigen Fragen zu befassen.«

»Damals sprach ich vom Nein zum NATO-Doppelbeschluss«, sagte sie.

»Hast du eine Ahnung, mit welchen Doppelbeschlüssen ich heute lebe? Die einzige Antwort ist in der Tat die Abrüstung!«

»Du kannst nicht einfach so vom Saulus zum Paulus werden«, sagte sie.

Westermann stutzte. Er merkte, wie er kurz die Luft anhielt und in den Hörer horchte. »Vielleicht war ich immer schon Paulus«, sagte er leise.

»Wie bitte?«, fragte sie, und dann: »Ach, falsche Taste. Ich Doofe!« Sie tippte weiter. Sie tippte einfach nebenbei weiter.

»Mit dreizehn musste ich T-Shirts tragen, auf denen ›Be Holy … Be Raja Yogi‹ stand!«, sagte Westermann. »Weißt du, was das mit einem macht?«

»Das hast du mir nie gesagt.«

»Dann sage ich es dir jetzt.«

Es war kein Tippen mehr zu hören im Hintergrund. Sie schien zu überlegen oder zumindest zu zögern, bevor sie antwortete: »Und dennoch, du schadest damit deiner Zukunft. Man muss wissen, wann man aufhören muss, Richard.«

»Eben«, sagte er. Mein Gott, seine Mutter hatte ja keine Ahnung. Sie war gerade dabei, ihren PC in ein gigantisches Selfie zu verwandeln. Auch sie würde irgendwann nicht mehr sich selbst gehören. Und auch sie würde keine Passwortliste hinterlassen.

Westermann hatte das Telefonat mit seiner Mutter beendet, als diese vorgeschlagen hatte, den Weihnachtsbaum dieses Jahr gemeinsam mit Kugeln zu schmücken. Das war in der Tat indiskutabel. Er war jetzt zweiundfünfzig Jahre alt und hatte bereits sehr, sehr viele Weihnachtsbäume nach eigenen Vorstellungen geschmückt. Er hatte sich sozusagen freigeschmückt.

»Hast du meine SMS nicht gekriegt?« Westermann fuhr herum. Paul war lautlos ins Zimmer gekommen und baute sich jetzt vor ihm auf.

»Ich hatte die ganze Zeit Oma am Telefon«, sagte Westermann und legte das Smartphone langsam zurück auf den Tisch.

»Du meinst deine Mutter«, korrigierte Paul und kam näher. »Was hast du denn da unter den Augen? Wimperntusche?«

»Nein, Schuhcreme. Wonach sieht es denn hier aus?«, fragte Westermann mit demonstrativem Blick auf die Putzutensilien vor sich.

»Schon mal mit Brille versucht?« Paul ging an Westermann vorbei und stellte seine Sporttasche im Flur ab. »Komm, lass uns losfahren. Ich habe eine Idee für heute«, sagte er.

Westermann grinste und schüttelte entschieden den Kopf. Wieder so eine Idee. Das letzte Mal, als sein Sohn »Komm lass uns losfahren« zu ihm gesagt hatte, waren sie vier Stunden über die Autobahn gebrettert, um nach Grundlos zu fahren, einem Ort in Schleswig-Holstein, kurz vor Hüsby und Schuby, direkt an der A7 Richtung Flensburg. Nur um grundlos nach Grundlos zu fahren. Das musste Westermann an diesem Tag nun wirklich nicht haben. »Oh nein, mein Lieber, heute nicht.«

»Komm, Dad, es ist Samstag! Wir haben schon lange nichts mehr gemeinsam unternommen.«

Westermann hatte sich wieder seinen Schuhen zugewandt, stellte das wund geputzte Paar zur Seite, räumte die Schuhputzkiste wieder ein und knüllte die Zeitung samt Ross und Reiter zusammen, um sie in den Müll zu befördern. »Hm, gemeinsam. Ja.«

»Ja, ›gemeinsam‹. Ist als Wort zugelassen, kannst du im Duden nachschlagen«, sagte Paul. »Komm schon, wir fahren höchstens zwanzig Minuten. Und du solltest deine Begleiterin mitnehmen.«

»Meine Begleiterin?«

»Ja, deine alte Schreibmaschine.« Paul grinste über beide Ohren.

Westermann zögerte, ihm passten gemeinsame Unternehmungen mit seinem Sohn heute nicht in die Agenda. Die Pressekonferenz stand unmittelbar bevor, und das Krypto-Box-Projekt war von einem Erreger befallen, noch bevor es das Licht der Welt erblickt hatte. Vielleicht würden sie es damit nie auf den Markt schaffen, jedenfalls nicht als Erste. Vor allem musste er telefonieren, um mehr über die geplante Kooperation mit Happle zu erfahren. War Wetter auch gegenüber den anderen Vorstandsmitgliedern so zurückhaltend mit näheren Informationen über den Fortgang der Verhandlungen? Er setzte wohl vor allem auf die Pressekonferenz und musste sichergehen, dass nichts schon vorher an die Presse ging. Und Dockhorn würde an diesem Tage wohl als der Star überhaupt aufgebaut werden – sofern man dem nicht noch Spannenderes entgegenzusetzen hatte …

»Papa? Kannst du mal kommen? Da möchte sich jemand vorstellen!« Westermann hatte gar nicht mitbekommen, dass es geklingelt hatte.

Als er zur Tür kam, setzte der Tinnitus wieder ein, so als hätte jemand in seinem Ohr den Schalter umgelegt. Er legte beide Hände an die Ohren. Da stand sie. Sie hatte schulterlanges kastanienbraunes Haar, war schmal gebaut und schlank, trug eine weiße Hemdbluse zur Jeans. Markenware. Lässig elegant. Westermann wusste, dass gerade geschätzte einhundertfünfundzwanzig Millionen Fotorezeptoren in der Netzhaut den optischen Reiz an seine Großhirnrinde weitergaben. Er nahm die Hände von den Ohren und versuchte, seine Gefühle in Sicherheit zu bringen. Er sagte: »Hallo.«

Es dauerte eine Weile, bis sie etwas sagte. Sie schien auf eine sehr dezente Art konsterniert zu sein, so als kenne sie ihn. »Ja«, sagte sie. Und dann: »Guten Tag, Herr Westermann. Ich bin die neue Nachbarin, und ich dachte, ich stelle mich kurz vor. Ich will nicht lange stören.« Sie hielt ihnen vier Stück Schokoladentorte auf einem roséfarbenen Teller entgegen. »Ich denke, Sie konnten es gestern nicht einrichten zur House Warming Party. Es war ja auch sehr kurzfristig.« Sie lächelte und strich sich eine Haarsträhne hinter die Ohren.

Pulsfrequenz und Blutzuckerspiegel stiegen, das Programm lief, und Westermann konnte rein gar nichts dagegen tun. Mein Gott, wie gut, dass er seinen Brief an sie nicht eingeworfen hatte. Sie schien grüne Augen zu haben. Jeder Wimpernschlag saß. Es war ein Anschlag, ein einziger Anschlag auf die Sinne, und Westermann blickte schnell weg. Aber wohin? Im Flur stand noch Gabriele in ihrem Koffer, und er heftete seinen Blick erst einmal darauf. Wahrscheinlich handelte es sich um einen Zusammenstoß ganzer Ladungen romantischer Selbsttäuschungs-Neuronen, eine semantische Ungenauigkeit im limbischen System. Es konnte sich hier unmöglich um die Frau handeln, nach der er immer gesucht hatte. Eine annähernd ähnliche Sinnesreaktion kannte er nur von zufälligen Begegnungen in der Stadt, wenn sich seine Augen mit einem anderen Augenpaar im Vorübergehen trafen, für Sekundenbruchteile, wenn ein ganzes nicht gelebtes Leben an einem vorbeizog und dann wieder verschwand. Hier aber verschwand nichts. Auch nicht das Gefühl. Wie beim ersten Schnee. Einfach so. Unmittelbar vor der Haustür.

»Oh. Danke.« Mehr brachte er nicht heraus.

Nun sah sie ebenfalls auf den Koffer am Eingang. Für den Moment tat es schon gut, auf den Punkt zu blicken, auf dem auch ihre Augen gerade ruhten. Für Paul musste es sehr eigentümlich aussehen, dass sich da zwei lebenserfahrene Menschen mit gesundem Menschenverstand schweigend gegenüberstanden und vereint auf einen alten Kunstlederkoffer starrten. Er nahm der Frau den Teller ab und gab ihr die Hand. »Hi, ich bin Paul. Danke schön! Das ist ja cool. Na, Dad, da haben wir aber Glück heute, was?« Paul drehte sich zu Westermann um, der immer noch hinter ihm stand.

Das sei nicht der Rede wert, sagte sie dann noch und hob die Hand zum Abschied, man sehe sich bestimmt bald einmal wieder, beim Rasenmähen vielleicht. Ihr Blick streifte Westermanns Augen, und Westermann hob die Hand und sagte: »Ja.«

Sie ließ den rechten Arm beim Gehen mitschwingen, während der linke sich kaum bewegte. Westermann war einen Schritt nach vorne getreten und blickte ihr mit schräg gelegtem Kopf nach. Erstaunlich, dachte er, selbst ein Algorithmus, der so genau funktionierte, dass er nur das einzig denkbare Suchergebnis lieferte, direkt auf der Türschwelle, auf Klingelzeichen sozusagen, war definitiv noch nicht entwickelt.

Paul ließ die Tür ins Schloss fallen. »Was, bitte schön, war das denn? Die war doch voll nett, und du hast kaum etwas gesagt.«

Westermann versuchte, sich zu sammeln, und ging langsam wieder in die Küche. Auch vom kleinen Fenster über der Spüle hatte man einen Blick auf das Nachbarhaus. Er steckte die Hände in die Hosentaschen und sagte: »Wir wollen es doch nicht übertreiben mit der Nachbarschaft. Machen wir uns nichts vor, so etwas endet meist mit Grillpartys und Taufpatenschaften.« Er starrte aus dem Fenster und fuhr sich mit der Hand durchs Gesicht. Oh Gott, er hatte immer noch die Schuhcreme unter den Augen.

Eine Stunde später stand Westermann mit seinem Sohn im »Café Grips«. Er hatte Paul letztendlich den Gefallen mit der »gemeinsamen Unternehmung« getan – vielleicht auch, um sich ein wenig abzulenken. Er hatte jedoch darauf bestanden, dass die Sache »zeitlich überschaubar« blieb, und tatsächlich war dies in keiner Weise mit der Fahrt nach Grundlos vergleichbar. Das Café befand sich in einem Szeneviertel von Berlin-Mitte, das man am Wochenende relativ komplikationslos in vierzig Minuten erreichen konnte.

Und doch beschlich ihn, als sie das Café betraten, das Gefühl, sich auf eine Zeitreise begeben zu haben. Draußen, dort, wo sie Churchill angeleint hatten, hing ein Schild: »Grips Unplugged«. Westermann starrte ungläubig auf das Bild, das sich ihm nun im Innern bot: Etwa dreißig Menschen saßen in Sechsergruppen rund um große, runde Holztische und hatten die Finger mit der meditativen Ruhe von Bogenschützen auf ihre alten, mechanischen Schreibmaschinen gelegt, sammelten, spannten, konzentrierten sich. Kollektives Steckerziehen also, dachte Westermann. Dann sagte jemand: »Los!«, und ein ohrenbetäubender Lärm setzte ein. Es war die reinste Jam Session, denn jeder Schreiber passte sich automatisch dem Rhythmus des tippenden Nachbarn an. Sie saßen vor blank geputztem Metall in den skurrilsten Formen, darunter wahre Schlachtschiffe, die kein »Klack, Klack, Ping, Sssss« von sich gaben, sondern eher ein »Doing, Doing, Pong, Ratsch«. Jede Maschine lärmte in einer anderen Tonart. Draußen standen Leute und machten mit ihren Smartphones Fotos durch die Glasscheiben.

Paul beugte sich zu Westermann herüber. »Das nennen sie Type-in! Kommt aus den Staaten!«, schrie er.

Westermann versuchte, seinen Fluchtreflex zu unterdrücken, und kniff im Gegenlicht die Augen zusammen, um sich ein Bild der Lage zu machen: Es war grell, es war laut, es war bunt, es roch nach Metall, Öl, Reinigungsbenzin und ein bisschen nach alter Turnhalle, fand er. Es war, als verströmten die Maschinen einen eigenen Atem. Vor den Geräten saßen Typen jeden Alters, Frauen wie Männer, die meisten zwar in ihren Fünfzigern und Sechzigern, doch auch einige, die gerade mal zwanzig sein mochten. Keine farbbandverschmierten Finger, keine Tipp-Ex-Flecken auf den Hosen oder Röcken. Und eines stand definitiv fest: Hier wurde richtig gearbeitet.

Westermann fühlte sich nicht wohl, konnte aber nicht

wirklich sagen, warum. Mit dem Schreibmaschinenkoffer in der Hand kam er sich vor wie auf der Durchreise.

Doch für Rückzug war es definitiv zu spät.

»Hi, Leute. Wir sind gerade in einem Schnelltippwettbewerb. Ich darf euch bitten, euch ruhig zu verhalten und vor allem nicht umherzulaufen!« Ein etwa dreißigjähriger Mann war auf sie zugekommen. Er trug einen Vollbart, ein dunkelblaues Hemd, Jeans und Chucks. Eine scharfe vertikale Falte teilte seine Stirn in zwei Hälften.

Ein Dockhorn-Typ, dachte Westermannn. Er nickte ihm zu und heftete seinen Blick wieder auf die Schreibarmee. Es war ein seltsamer Wettbewerb, nach dem Motto: »schwerer, langsamer, lauter«. Dennoch war es faszinierend. Die Luft schien vor Konzentration zu vibrieren.

»Was schreiben die denn da?«, schrie Paul.

»Oh, das überlassen wir den Leuten. Wir checken das nur kurz auf Schwierigkeitsgrad. Manche bringen ihre Briefe ans Finanzamt, Gedichte oder selbst verfasste Manuskripte mit.« Der bärtige Typ neben ihnen grinste. »Beschwerdeschreiben törnen am meisten an. Damit erzielen wir die besten Resultate, selbst auf den ganz alten Modellen!« Und dann brachte er seinen Mund direkt an Westermanns rechtes Ohr. »Sie haben Glück! Heute haben wir eine echte Remington Modell I, eine Smith Corona Galaxy II und eine Olympia Plurotyp dabei!«

Westermann kam sich vor, als sei er in einem Steven-Spielberg-Film gelandet. Er versuchte, anerkennend zu nicken. Es war ihm definitiv zu laut hier.

Dieser Eindruck schien jedoch subjektiv zu sein. Beim Mann mit den Chucks vollzog sich für einen Moment eine seltsame Wandlung. Er lächelte in die Runde, legte den Kopf schräg und sagte in Westermanns Ohr: »Hören Sie sich das an. Wie Musik! Ein Geräuscharrangement aus feinsten Nuancen, mit einer unfassbaren Variabilität jeder Tonfolge, wie eine feine Lasur, die sich über den Klang legt und jedem einzelnen Anschlag Farbe und Körper gibt!« Und dann hob er den Zeigefinger. »Hören Sie das? Dieses Ting-Ting-Ting?«

»Innerlich manchmal«, schrie Westermann, »Tinnitus.«

»Es ist eine Remington 7 Noiseless. Ich weiß nicht, wo sie steht, aber ich kann sie heraushören!«

»Hm.« Westermann legte vorsichtig die gebogenen Handflächen an die Ohren.

»Wissen Sie«, fuhr der Bärtige fort, »früher haben wir uns in fensterlosen Garagen getroffen, irgendwo in den Siedlungen draußen. Bis die Polizei kam.«

Jetzt wurde es interessant. Westermann fuhr herum. »Warum? Lärmbelästigung?«

»Nein«, der Mann winkte ab, »Terrorgefahr. Die haben gedacht, wir schreiben Flugblätter. Und das auch noch mit zweihundert Anschlägen pro Minute, Sie verstehen?« Er zwinkerte. »Einige vermuteten auch, wir wären eine gut getarnte US-Ausspähtruppe.«

Westermann nickte stumm. Das Type-in würde mit einem Kampfhund vor der Tür heute nicht weniger verdächtig wirken. Er hielt sich am Henkel von Gabrieles Koffer fest.

»Was haben Sie denn dabei?«, wollte der andere wissen.

»Einen Koffer«, sagte Westermann. Es gab Augenblicke im Leben, da wünschte er sich eine implantierte Escape-Taste. Und es klingelte permanent in seinen Ohren. Zeilenende oder Tinnitus? Es war ihm jetzt auch egal. Er atmete tief durch und hob den Koffer auf einen kleinen Tisch, klappte ihn auf und löste Gabrieles Wagen- und Tastenverriegelung. Etwas gemeinsam machen, dachte er. Paul hatte etwas gemeinsam machen wollen.

»Oh, schon Papier eingespannt. Sie überlassen wohl nichts dem Zufall, was?«, fragte der Bärtige und grinste. »Und eine Triumph-Adler. Wie putzig. War früher mal eine Fahrradfabrik. Wussten Sie das?«

Westermann hätte ihm ins Gesicht schlagen können.

Eine ältere Dame kam näher. »Die ist ja wunderschön! Wissen Sie, ich benutze sie schon seit fünfzig Jahren zu Hause für die Überweisungsbelege, und wenn ich Briefe schreibe. Ich mag ihr Geräusch unter meinen Fingern. Ich habe dann immer das Gefühl, ich bin näher an den Worten dran.«

Westermann und der Bärtige wechselten einen Blick.

»Und sie hat ein sehr hübsches Schriftbild. Ich bekomme auch immer richtig nette Antwortbriefe mit der Post zurück. Manchmal denke ich, das liegt mehr an ihr als an mir.«

Die Frau kam näher und beugte sich über Gabriele. »Und wissen Sie, was man mit ihr ganz akkurat machen kann?«

»Nein!«, schrie Westermann.

Es war zu spät. Sie nahm einen Bleistift, legte dessen Spitze in die Kerbe des Zeilenrichters und bewegte den Wagen vorsichtig nach rechts, woraufhin auf dem Papier eine horizontale Linie entstand. »Es geht auch senkrecht, wenn rechtsbündig geschrieben werden soll«, sagte sie. Ihre Perlenkette hing bereits im Typenhebellager. Sie drehte am Walzendrehknopf und malte eine vertikale Linie aufs Papier.

»Cool«, sagte Paul. »Wie Mandala.«

Westermann rollte die Augen. Manchmal fand er seinen Sohn einfach zu unkritisch.

»Ja, ganz nett«, sagte der Bärtige. »Nur der Anschlagregler fehlt bei diesem Modell.« Er wurde plötzlich unruhig. »Ich muss die Zeit im Auge behalten.«

»Simmel«, sagte Westermann. »Simmel hat mit ihr geschrieben.«

»Hemingway«, konterte der Bärtige und zeigte auf eine Smith Corona Clipper, die gerade von einem etwa fünfzigjährigen Glatzkopf bearbeitet wurde. »›Wem die Stunde schlägt‹.«

»Wie bitte?«, fragte Westermann.

»Na, hat er drauf geschrieben.« Dann zeigte er auf eine andere Maschine, groß, alt und schwer, und sagte: »Marc Twain.«

Das war nun wirklich eine Unverschämtheit, fand Westermann.

»Eine Remington Modell I. Feinmechanisch schon völlig ausgereift zu dieser Zeit. ›Tom Sawyer‹ wurde mit so einer ins Leben getippt. Wussten Sie das?«

Klugscheißer, dachte Westermann.

»Ist das Ihrer da?«, wollte der Typ nun wissen und äugte schräg durchs Fenster.

Westermann folgte seinem Blick und sah Churchill, umgeben von Smartphones, die alle auf ihn zielten. Man konnte nur hoffen, dass das innerstädtische Hundetraining etwas gebracht hatte. Churchill konnte sehr fotogen sein, wenn er den Kopf schief legte.

»Wie schnell schreiben die denn so?«, fragte Paul mit Blick auf die allmählich erschöpft wirkenden Prüflinge. Dieser Test war offenbar etwas für Langstrecken-Naturen.

»Sogar die Leute, die mit nur zwei Fingern tippen, bringen es auf etwa achtzig Wörter pro Minute.«

»Sie meinen Anschläge«, korrigierte Westermann.

»Na, das wäre wohl ein bisschen wenig. Nein, wir werten nur richtig geschriebene ganze Wörter.« Und dann beugte sich der Bärtige zu Westermann herunter und rief ihm ins Ohr: »Wir schreiben hier nicht schneller, als wir denken, wissen Sie! Die Autokorrektur läuft parallel im Kopf mit.« Er tippte sich mit dem Finger an die Schläfe. »Wenn Sie ans Finanzamt schreiben, wollen Sie das ja nachher auch abschicken und nicht noch einmal tippen, oder?«

»Ist schon klar«, sagte Westermann und machte sich daran, den Koffer über Gabriele wieder zu schließen.

Man biete auch Putz- und Polierabende an oder Finger- und Handgymnastik, jeden Mittwoch um 20.30 Uhr, gegen Sehnenscheidenentzündung, sagte man ihm dann noch.

Doch Westermann hatte genug gesehen und gehört. Er war nie der Vereinstyp gewesen, im Gegenteil, er hatte immer seine Unzugehörigkeit zelebriert. Und auf gar keinen

Fall würde er seine Briefe auf Los-Befehl schreiben oder sich kollektivem Fingerkuppenmassieren hingeben.

Draußen erlösten sie Churchill. Die Ruhe tat gut, aber der Hund zitterte am ganzen Leibe.

»Hat es dir gefallen?«, wollte Paul wissen, als er ins Auto einstieg.

Westermann setzte grinsend den Zündschlüssel an. Es mochte sich vielleicht doch gelohnt haben, dachte er. Sicher, man konnte es mit der Schreibmaschinenliebe auch übertreiben. Aber in diesen Momenten der scheinbaren Lächerlichkeit, wenn alle ungläubig den Kopf schüttelten und doch fasziniert an der Scheibe klebten, lag auch etwas Einmaliges, etwas Revolutionäres, ein Hauch von Science-Fiction. Und die Gewissheit: Er war definitiv nicht allein mit Gabriele.

»Durchaus«, sagte er. Und dann noch: »Danke.«

Man konnte behaupten, dass dies gerade ein sehr schöner Moment war. Genau genommen war es bereits der zweite sehr schöne Moment an diesem Tag. Lediglich der Hund würde nun wieder zwei Tage verstört sein und sein Lammfell nicht verlassen wollen.

Die Pressekonferenz

Die Vorbesprechung zur Pressekonferenz war für 11 Uhr anberaumt, und Westermann hatte noch eine frühe Urnenbeisetzung auf einem günstig gelegenen, kleineren Friedhof ausmachen können. Hirschhuber würde zeitgleich Modafinil einwerfen – selbstverständlich in geringer Dosierung, dass es ihn nicht gleich wegbeamte. US-Militärs pushten damit ihre Soldaten, um sie für 72-Stunden-Dauerkampfeinsätze vom Schlafen abzuhalten. Für eine Bilanzpressekonferenz mochte die halbe Dosis reichen.

Auf dem Friedhof stellte Westermann sein Handy auf Flugmodus und fokussierte auf die Urne. Sie schien aus Aluminium oder Edelstahl zu sein, mit einer schwarzen Zierleiste unterhalb des Deckels, auf dem ein kleiner Blumenschmuck befestigt war. Sie sah dennoch ein bisschen nach Getränkekühler aus, fand Westermann.

Er saß auf einer Parkbank und beobachtete dieses Mal aus sicherer Entfernung, wie sich die kleine Trauergruppe um die Grabstätte scharte. Es waren insgesamt nur drei Personen, und die Zeremonie wirkte eher anonym als familiär. Hätte er sich ihnen angeschlossen und wäre die paar Schritte von der Kapelle bis zum Grab mitgegangen, wäre er weniger aufgefallen als unter hundert offiziell geladenen Gästen. Es schien sich um ein älteres Pärchen zu handeln, und der Mann in seltsam professionellem Schwarz, der die beiden begleitete, musste der Bestatter sein. Er blieb ein paar Schritte im Hintergrund, man nahm ihn eigentlich kaum wahr – wie im wirklichen Leben, dachte Westermann. Bestatter waren vor lauter Pietät nahezu unsichtbar. Es gab keine Lieder über sie. Es gab keine Helden unter ihnen, zumindest nicht offiziell.

Der professionelle Mann in Schwarz versenkte die Urne schließlich an einer weißen Schnur in der Erde, so konzentriert, würdevoll und präzise, wie geübte Finger einen Faden durch ein Nadelöhr führen. Westermann versenkte sich innerlich und sammelte Kräfte. Das Ganze dauerte kaum fünf Minuten.

Eine Bilanzpressekonferenz war immer ein wenig wie Heiligabend in der Familie: feierlich und ein Ritus, mit strengen Regeln hinsichtlich dessen, was gesagt werden durfte und was nicht. Westermann hatte, als er den Herrenwaschraum betrat, plötzlich die Drahtschwämme am Weihnachtsbaum vor Augen, und die mühsam herbeimeditierte Tiefenentspanntheit vom Friedhof war fast dahin.

Kurz vor der internen Vorbesprechung herrschte im Hygienebereich immer Hochbetrieb, so wie bei jungen Mädchen kurz vor dem Teeniekonzert. Hier fielen auch im übertragenen Sinne alle Hüllen: Der Kollege »Vertrieb Osteuropa« hielt gleich den ganzen Kopf unter den Wasserhahn, während sein Kollege aus dem Ressort »Logistics and Facilities« versuchte, dem Heißlufthandtrockner Papier zu entlocken.

Kaum eine Minute später drängte sich Dockhorn neben Westermann vor den Spiegel. »Na, Westermann, schön eng hier, was?«

»Evolutionsforscher konnten belegen, dass selbst Tiere, die sozial gut organisiert sind, wie Ratten oder Lemminge, sich gegenseitig umbringen, wenn sie sich andauernd zu nah kommen«, sagte Westermann und schlug sich seinen Duft an die Halsschlagader. Man würde ihm ansehen, dass er gut roch.

»Sehr gut. Sehr gut. Den muss ich mir merken«, sagte Dockhorn.

Westermann musterte ihn im Spiegel: Er sah angegriffen aus rund um die Augen. Und jetzt, als Dockhorns Sakko noch am Haken hing, war er durch das Hemd gut zu erkennen, dieser Gurt, den er auf Hüfthöhe direkt auf der Haut trug.

Dockhorn bemerkte Westermanns Blick, und ihm wurde wohl klar, dass es für demonstratives Leugnen zu spät war. »Oh, so einen hätten Sie wohl auch gern, oder?«

»Was hätte ich auch gern?«, fragte Westermann.

»Na, meinen Lumo.«

»Das ist nicht witzig«, sagte Westermann.

»Ich meine meinen e-Gurt«, erklärte Dockhorn und fuhr dabei mit den Händen um die Hüften. Es hatte etwas von Shopping-Kanal, fand Westermann, auch die Art, wie Dockhorn weiter in die Offensive ging: »Es ist eine Art Massagegürtel – vibriert, sobald ich ein wenig nachlasse in der natürlichen Körperspannung. Haltung, Westermann. Es ist alles eine Frage der Haltung. Es wird mit harten Bandagen gekämpft!«

Dann legte er seine Hand kurz an Westermanns Oberarm, als wollte er ihn mit unter Strom setzen, und verschwand samt Sakko, ohne eine Antwort abzuwarten.

Westermann musste an seinen Turing-Test denken. Diese Versuchsreihe war noch nicht abgeschlossen, so viel stand fest.

Schon die Vorbesprechung zur Bilanzpressekonferenz ließ keine Zweifel daran, dass Dockhorn im Mittelpunkt stehen würde. Er war der Einzige, der kaum Vorabpräsentationen oder Erläuterungen abgeben musste und auf dem doch alle Blicke lagen. Er sah etwas müde, aber immer noch blendend aus, tat dem Auge gut, und es war stets dieses Luftige, Leichte, Schwungvolle und Unverbindliche in seinen Wor-

211

ten, das die Menschen für ihn einnahm, als seien sie plötzlich voll mit ihm verkabelt. Er war der Typ, der zu Weihnachten den teuren Grappa vom Kunden bekam und nicht den Adventskalender mit Karte ohne Unterschrift.

Dagegen sah Westermann wie ein Spielverderber aus. Sie würden alle davon ausgehen, dass er an diesem Tage seine Trennung von IBT öffentlich verkündete. Wer sich geistig wieder auf Sandkastenniveau begab und trotzig an die Schreibmaschine setzte, disqualifizierte sich normalerweise für eine Vorstandsposition, die ohnehin obsolet wäre, sobald Dockhorn übernahm.

Für jeden Vorstandsvorsitzenden gab es bei solchen internen Vorgesprächen nur zwei Möglichkeiten: informieren und beruhigen oder nicht informieren und scharf machen. Dieses Mal bot ihnen Wetter beides: informieren und scharf machen. Die Kooperation mit Happle stehe auf Messers Schneide, verkündete er. Man habe Anhaltspunkte, dass die Kollegen drüben schon vor Abschluss der Verträge ein wenig bei IBTs Unternehmenskunden spioniert hätten. Er blickte kopfnickend zum Vorstand Vertrieb, als er es sagte. Dieser wiederum trommelte von Wut zerfressen mit den Fingern auf die Tischplatte, als müsste er Wetters Äußerung akustisch untermalen. Unter diesen Umständen, fuhr Wetter fort, müsse man das Thema Happle wohl erst einmal noch außen vor lassen bei der Pressekonferenz. Stillschweigen. Absolutes Stillschweigen sei das Gebot der Stunde! Die Enttäuschung darüber schien ihm in allen Knochen zu stecken, offenbar hatte man ihm soeben das schönste Förmchen des Sandkastens vorerst weggenommen.

Dann klopfte es laut und deutlich, und die Blicke gingen entrüstet zur Tür. Für dieses Dreißig-Minuten-Meeting so kurz vor dem offiziellen Termin herrschte absolutes Störverbot für jede Sekretärin, es konnte sich also nur um Feuer im Haus, Bombenalarm oder Presse handeln.

»Ick hab da zwee Maschinen zum Abjeben.« In der Tür

stand Frenzel mit einem Koffer und einer großen Schreibmaschine ohne Behältnis unter dem Arm. Als er sich der empörten Blicke bewusst wurde, sagte er: »Ick störe, wat?«

Hinter ihm sah man Achternbusch, der im Flur auftauchte und versuchte, Frenzel von der Tür wegzuziehen.

Westermann erhob sich und verließ überstürzt den Raum, um seinem Ressortleiter zu Hilfe zu eilen und die Sache zu klären. Er würde ja sowieso bald zum No-Data-Man gekürt werden. Da konnte er gleich als solcher agieren.

Achternbusch war voller Verzweiflung. »Es tut mir furchtbar leid, Herr Westermann. Er sollte die Maschinen erst einmal im Sekretariat abgeben. Ich verstehe nicht, warum …«

»Ick hab die erste Tür mit Stimmen dahinter jenommen. Dat is ja wie ausjestorben bei Ihnen hier oben«, verteidigte sich Frenzel. Er zwinkerte Westermann zu. »Hier isse, so wie Se se haben wollten. War 'n hübsches Stück Arbeit.« Er stellte den Koffer neben Westermanns Beine und reichte ihm eine Art Zahnfee-Döschen. »Da sind die Buchstaben drin. Könn Se wieder auflöten bei Bedarf.«

Achternbuschs Unterkiefer klappte nach unten, und Westermann wusste nicht mehr, wohin mit den Blicken. Frenzel schien sich tatächlich zur gezielten Verstümmelung der Olympia durchgerungen zu haben. Was für eine Idee eigentlich, Westermann war sich selbst peinlich. Er sah auf die Uhr: »Kommen Sie, Herr Frenzel, wir können das alles kurz in meinem Büro besprechen. Sehr kurz.« Er legte die Hand auf Frenzels Schulter und versuchte, ihn von der Tür wegzubugsieren.

»Ick will ja nich neujierig sein, aber sagen Se mir doch mal, was Se denn Ihrer Mutter ohne O und halbem H schreiben wollen?«

Achternbusch fragte jetzt unvermittelt: »Ist sie das?«, und nahm Frenzel die kleine Schreibmaschine ab.

Nun guckte Westermann.

»Es ist eine Record«, erklärte Frenzel in Westermanns Richtung. »Ihr Kollege hat se neulich bei mir im Laden entdeckt. Die gibt's mit unterschiedlichen Ausstattungen wie Breitwagen und Dezimaltabulator. Sehr robust und was für harte Anschläger.«

Achternbusch war kaum mehr ansprechbar. Sie lag in seinen Armen wie ein Baby, und seine Blicke hatten sich bereits in ihren Maschinenraum versenkt. »Ich habe genau so eine mal in einem alten deutschen Kriminalfilm gesehen. War für Verhörprotokolle bei der Polizei sehr beliebt.«

»Was soll das, Achternbusch?«, fragte Westermann. Es regte sich Unmut in ihm über seinen Bereichsleiter, ohne dass er einen präzisen Grund dafür hätte benennen können. Irgendwie fand er das mit der Record etwas vermessen und hierarchisch inadäquat.

Es kam keine Reaktion, und Westermann sagte: »Hallo?«

Achternbusch blickte auf. »Oh, Entschuldigung. Also, solange unsere Scan-Engine noch wegen des Virus läuft, kommt es zu drastischen Performance-Verlusten im System. Da kann ich gleich tippen. Ich dachte mir daher, ich könnte das ja auch mal ausprobieren, solange wir, nun ja, verdeckt arbeiten müssen.« Er betrachtete sie liebevoll, als er es sagte.

Westermann winkte ab und taumelte den Flur entlang zum Treppenhaus, um die Olympia und sich selbst in Sicherheit zu bringen. Es schien eine eigenartige Dynamik in die Dinge zu kommen, und es war zu spät, noch irgendetwas stoppen zu wollen.

Westermann hatte das letzte Drittel der Vorbesprechung verpasst, sich zwischenzeitlich auch kaum sammeln können, und der Tinnitus setzte wieder ein, als er auf den Stufen unterwegs zum Firmen-Casino war, in dem die Pressekonferenz stattfinden würde. Immerhin hatte er sie jetzt dabei, die Olympia. Mit Wetter hatte er das im Vorfeld nicht mehr besprechen können, aber die Journalisten würden nicht nur die Fakten hören, sondern die Dinge auch sehen wollen. Und niemand hatte ihm ernsthaft davon abgeraten, in Begleitung zu erscheinen. Zumindest den Überraschungseffekt und die Kameras, die Macht der Bilder, würde er auf seiner Seite haben. Wenn das mit Happle schon nichts wurde.

Das Smartphone brummte. Westermann blickte aufs Display: Höfer. Er nahm das Gespräch an und ärgerte sich noch im selben Moment darüber.

»Hallo, Höfer hier!« Es hörte sich schnappatmend an. Höfer schien wieder in einem Zustand höchster Erregung zu sein. »Jetzt hab ich eine Mail von ihm bekommen! Ich meine, er ist seit über zwei Wochen tot! Wie ist denn das möglich? Die Rückkehr der Jedi-Ritter ist nichts dagegen!«

Mein Gott, dachte Westermann, Höfer tat geradezu so, als hätte rupertushoefer@jenseits.de im Absender gestanden. »Nun, zeitverzögerte Zustellung, nehme ich an«, antwortete er. Er war bereits spät dran, und er spürte beim Laufen, dass die Olympia um einiges schwerer als Gabriele war.

»Es flackert vor den Augen, so als hätten die Worte noch Pulsschlag!«, entfuhr es Höfer.

»Herr Höfer, ich bin auf dem Weg zu einem Termin. Können wir das nicht später besprechen? Ich bringe Ihnen den gesäuberten PC morgen vorbei, und ich, nun ja, werde auch nochmals einen Blick auf die Schreibmaschine werfen müssen.« Ihm war wieder dieser dunkle Gedanke gekommen, und er würde es jetzt einfach tun. Er konnte nur hoffen, dass Höfer niemandem mit einem auch nur halbwegs funktionierenden IT-Verständnis von den vermeintlichen Datenmagneten in der Olympia erzählt hatte.

»Auf seiner Internetseite ist immer noch dieses Foto, wie er sich in die Wellen stürzt. Es ist schrecklich!«, rief Höfer, als müsse er gegen die Brandung anschreien.

Westermann hatte das Erdgeschoss fast erreicht. »Herr Höfer, beruhigen Sie sich doch. Ich kann jetzt nicht …«

»Und dann hat er uns immer am Strand stehen gelassen, und wir konnten uns nie sicher sein, ob er zurückkommt. Nichts verschwindet! Nichts! Alles ist da. Wie am ersten Tag!«

»Herr Höfer, das müssen Sie mit dem Webhoster klären.«

»Das habe ich ja schon! Samt Sterbeurkunde. Aber der sitzt in den Staaten, und es tut sich rein gar nichts. Ich habe nur so eine info@-Adresse!«

Westermann wischte sich mit dem Handrücken die Stirn. Er musste zum Schluss kommen, es half nichts. »Herr Höfer, ein für alle Mal, es ist nicht alles in unserer Hand, was Sie da von Ihrem Vater im Netz sehen.«

Und dann drückte er Höfer weg und stellte das Gerät aus. Wut. Eine unsägliche Wut kam hoch in ihm. Eine Mitarbeiterin öffnete ihm bereits die Flügeltüren, und er ging mit nichts als der Olympia im Koffer und einem O und einem H-Strich aus Chrom im Döschen zum eigens aufgebauten Podium, auf dem sie alle schon hinter ihren Schildern, Mikrofonen, Papieren und Getränken saßen, wie die Hähne auf der Leiter, unter sich nichts als Sperrholzplatten.

Auf den ersten Blick mochten sich ungefähr vierzig Journalisten und Fotografen sowie etwa hundert Unternehmens- und Verbandsvertreter versammelt haben. Westermann nahm rechts außen neben Dockhorn Platz, und natürlich entging es ihm nicht, dass Dockhorn näher an der Unternehmensspitze saß und er selbst näher am Rand. Er setzte sich und stellte den Koffer neben sich an das Stuhlbein.

Wetter war bereits mit Headset ausgerüstet und begann, die Bühne abzuschreiten. Es musste schwierig sein, mit dem Reden zu beginnen, wenn Applaus seitens des Publikums ausblieb und stattdessen erwartungsvolle, fast klerikale Stille über dem Saal lag. Er begann trotzdem: Es stehe ein Jahr des Umbruchs, Aufbruchs und der Investition bevor, und das sei eine große Herausforderung, wo doch die Märkte volatiler, die technologischen Sprünge gigantischer und die globalen Verwicklungen komplexer würden. In Blitzgeschwindigkeit könnten sich neue Gefahren auftun. Normalität scheine für immer perdu. Zugleich mangele es dem System mehr als je zuvor an Robustheit und Fehlertoleranz. Kurzum: Der Ausnahmezustand habe sich eingerichtet in der Weltwirtschaft.

Dies war der Moment. Vielleicht würde Wetter sogar damit rechnen, dass er, Westermann, sozusagen auf Stichwort die Leerstellen gleich zu Beginn ein wenig auffüllte. Und die Leerstellen würden so groß sein, wie Happel es war. Westermann stemmte also die Olympia auf den Tisch und klappte den Deckel nach hinten. Genau genommen tat er nichts weiter, als sich seinem Schreibwerkzeug zuzuwenden. Andere auf dem Podium tippten ja auch unter dem Tisch in ihre Smartphones.

»Das können Sie nicht machen!«, raunte ihm Dockhorn zu.

»Warum?«

»Weil das gerade verdammt unglücklich ist!«

»Ich habe mich nie als Glück für die Welt gesehen«, sagte Westermann und pustete ins Typenhebellager.

Es wurde stiller im Saal, Stirnflächen wurden in Falten gelegt, Augenbrauen zogen sich zusammen – man konnte es eher spüren als sehen. Doch Wetter spürte nichts und redete weiter: Der Schlüssel zum Erfolg seien Innovationen, die etwas bedeuteten – für IBT, für den Kunden und für die Welt. Dies setze voraus, dass man vorausdenke, Innovationen vorantreibe und offen auch für völlig neue Wege sei.

Mein Gott, sie sah tatsächlich genau so aus wie das Original, dachte Westermann und verschlang sie fast mit Blicken. Er entsperrte sie. So musste sich Don Quijote de la Mancha gefühlt haben, als er seine Rosinante aufzäumte.

Dockhorn warf sich auf das Mikrofon, das vor ihm stand. Sein e-Gurt brummte um seine Hüften, er schüttelte sich, als habe er eine Art e-Parkinson, richtete sich auf und räusperte sich. Alle Blicke lagen nun endgültig auf Dockhorn und Westermann.

Erst jetzt drehte sich Wetter um. Er verstummte, jegliche Körperspannung löste sich auf. Ganz offensichtlich hatte er weder das Thema »data« noch das Thema »no data« bereits an dieser Stelle vorgesehen. Und dass Westermann sein Versuchsobjekt gleich mitbringen würde, hatte er nicht ahnen können.

Dockhorn versuchte indes zu improvisieren, vielleicht wollte er Wetter gleichermaßen zu Hilfe eilen. Andererseits war die Aufmerksamkeit das umkämpfteste und knappste Gut der Gegenwart, und nie und nimmer würde Dockhorn sich vorwerfen lassen wollen, nicht vor Westermann etwas getan und gesagt zu haben. Immerhin hatte Westermann bereits entsperrt. Dockhorn begann also, und seine Worte schwebten förmlich durch den Saal: »Viele Unternehmen, die noch mit älteren Tools ausgestattet sind, um sich zu schützen, sind noch nicht auf die neuartigen Bedrohungen vorbereitet. Ich darf an dieser Stelle auf die IBT Security Network Protection XGS 2000 hinweisen, die auf den bewährten Core Security Features aufbaut und zudem neue Intrusion Prevention Elements hat.«

Westermann hatte währenddessen ein Blatt Papier eingespannt und drehte es, nah am anderen Mikrofon, langsam und knarrend per Walzendrehknopf hoch. Akustisch verstärkt, hörte es sich auch bei diesem Modell an, als öffnete jemand eine schwergängige Kellertür. Man musste nur langsam genug drehen.

Dockhorn legte die Hand über das Mikrofon, aber es war zu spät.

»Ist das Ihre neue Scareware?« Einer der Journalisten war nicht mehr zu halten gewesen und rief es in Westermanns Richtung.

Allgemeines Gelächter setzte ein.

Ein kluger Mensch hatte einmal gesagt, dass die beste und sicherste Tarnung immer noch die nackte Wahrheit war, dachte Westermann. Komischerweise. Denn die glaubte meist niemand. Er lachte also mit, schwenkte das Tischmikrofon nun vollends zu sich herüber und sagte: »Wir sprachen über Robustheit und Fehlertoleranz. Dies hier zum Beispiel ist ein Protection Feature mit DIN-A4-großem, dynamischem Zellulose-Datenspeicher, der durch Zusammenfalten kleiner und durch Auseinanderfalten wieder größer gemacht werden kann. Im Falle einer Bedrohung kann er zerknüllt, zerrissen oder verbrannt werden. Sie können ihn auch essen.«

Schallendes Gelächter. Ihm schien tatsächlich niemand zu glauben. Dockhorn ließ befriedigt seinen Blick über die Reihen gleiten. Der Lumo hatte aufgehört zu brummen.

Doch Westermann fuhr fort: »Ich darf Sie darauf aufmerksam machen, dass Daten verdammt schwer zu entsorgen sind. Sie selbst haben doch kürzlich darüber geschrieben, dass das Zerschlagen und Pulverisieren von Laptops selbst in Geheimdienstkreisen immer noch als sicherste und zeitgemäßeste Methode gilt, Daten zu vernichten. Die Überreste der Snowden-Datenträger wurden schließlich höchst behördlich und höchst analog über der Themse verstreut, wie Sie wissen.« Westermann senkte kurz den Blick auf die Olympia und sagte: »Das kann man einfacher haben, wenn man auf Papier speichert.«

Das Gelächter ließ merklich nach.

Wetter war außer sich und sichtlich bemüht, sich das nicht anmerken zu lassen. Der öffentliche Zweikampf zwischen »data« und »no data«, den er unbedingt hatte vermeiden wollen, war bereits in Gang. Und er musste zuerst auf Westermann eingehen, bevor dieser anfangen würde zu tippen. Er versuchte also, ein Grinsen auf die Lippen zu legen, wohl in der Hoffnung, dass Gemüt und Mundwerk folgen würden. Es schien zu funktionieren. Nein, er könne die

Anwesenden beruhigen, sagte er, IBT habe keineswegs vor, demnächst wieder Berichte und Schriftverkehr auf Marmorplatten zu ritzen. Hier handele es sich vielmehr um ein »Happening«, denn man habe sich gedacht, die Veranstaltung dieses Mal, nun ja, etwas »interaktiver« zu beginnen. Sinnlich erlebbar sozusagen.

Dockhorn und Westermann wechselten Blicke.

Und nun begann Wetter, seine Studie vorzustellen, sprach über analoge und digitale Welten wie Einstein über Raum und Zeit. Er erntete nur fragende Gesichter. Ja, fuhr er fort, diese Schreibmaschine da – wobei er in Westermanns Richtung zeigte wie auf einen verurteilten Delinquenten, der die Waffe noch bei sich trug –, diese Maschine sei vielmehr ein Statement, sozusagen das Gegenstück zu der Informationsdichte und -schnelligkeit, die IBT und die Welt seit den letzten zwanzig Jahren gewonnen habe.

Die Journalisten stellten bereits ihre Aufnahmegeräte aus.

Doch Wetter war vor lauter Verzweiflung nicht mehr zu halten: Man beabsichtige, sozusagen als künstlerische Performance und zugleich als kleine Reminiszenz an die Firmenhistorie, das Erstellen und Versenden von firmeninternen Dokumenten öffentlich verfolgen zu lassen, und zwar zum einen analog auf Schreibmaschine und zum anderen digital per IBT-System.

Die Aufnahmegeräte wurden wieder angestellt.

Wetter schien sich besser zu fühlen, je länger er sprach. Also sprach er weiter: Westermann habe sich netterweise als Schreibmaschinen-Proband auf höchster Ebene zur Verfügung gestellt und sich im Sinne der positiven Fehlerkultur des Unternehmens in die »no data area« begeben. Und dann ging es endgültig durch mit ihm – es schien ein kleiner Beuys oder Hirst in ihm zu stecken: Über eine Leuchtband-Digitalanzeige im Firmenfoyer könne dann für jedermann laufend erkennbar sein, wie viel Zeit und Papier Westermann beanspruche. Man überlege, dies alles zusätzlich von

Hirnforschern und Kommunikationswissenschaftlern begleiten zu lassen und eine No-data-Projektgruppe aufzusetzen. Letzteres sei noch nicht ganz abgenickt, aber durchaus eine Option. Man gehe das völlig ergebnisoffen an.

Es war plötzlich erschütternd still im Saal, und man konnte kaum sagen, ob Konzentration oder Entsetzen überwog.

Projektgruppe? Mit mehr Schreibmaschinen? Ob man denn da den Geräuschpegel berücksichtigt habe, wollte jemand aus der zweiten Reihe Mitte wissen.

Niemand lachte. Mein Gott, dachte Westermann mit Blick in die Gesichter vor ihm, sie begannen tatsächlich, es zu glauben. Manchmal wunderte er sich, dass sich die Menschen nicht mehr wunderten.

Dieses Projekt werde von kurzer Dauer sein, beruhigte Wetter. Es sei mehr Kunst als Kommerz und das Budget selbstverständlich begrenzt – ein kleiner Spaß am Rande sozusagen. Westermann würde ja so ganz nebenbei auch noch arbeiten müssen. Am Ende gebe es jedoch mit Sicherheit einen schönen Beweis dafür, dass IBT die Welt entschieden informierter, sozialer und schneller gemacht habe.

Ein weiterer Journalist meldete sich zu Wort. Vielleicht sei das mit der Schreibmaschine tatsächlich keine schlechte Idee, sagte er höhnisch. Ob er, Wetter, eigentlich eine Ahnung habe, wie viele Spots es allein in Berlin-Mitte gebe ohne, er betone OHNE, Internetzugang. Die Kabelnetze seien immer noch nicht ausgebaut, von irgendwelchen »Score Security Features« sei man verdammt weit entfernt. Es sei quasi unmöglich, qualifiziert zu recherchieren. Er müsse sich immer selbst an den Ort des Geschehens begeben, während die Konkurrenz ihre Berichte aus diversen Online-Meldungen zusammenflicke. Da, genau da müsse man ansetzen mit der Informationsdichte, statt durchgeknallte Experimente wie dieses hier zu veranstalten!

Applaus. Offenbar schienen mehrere Presseleute in Berlin-Mitte zu arbeiten oder zu wohnen.

Westermann hatte das Mikrofon aus der Tischhalterung genommen und sich damit in seinem Stuhl zurückgelehnt. »Freuen Sie sich über die Lücken im Kabelnetz, es sind Nischen der Freiheit. Kostenlos«, warf er ein.

Dockhorn bearbeitete Westermanns Knöchel mit seinem Fuß.

»IBT wird in Zukunft ganz andere, neue Systeme bieten können, um autonom, sicher und selbstbestimmt zu kommunizieren«, schob Westermann nach, und Dockhorn nahm den Fuß zur Seite.

Ein weiterer Pressemann stand auf und winkte demonstrativ ab. »Was Sie hier treiben, ist doch Sicherheitsbetrug! Genauso gut können Sie Kruzifixe in den Büros aufhängen. Es gibt keine Sicherheit mehr, nirgendwo, nur noch den Glauben an sie – das ist meine Meinung!«

Wetter warf sich auf der Bühne nach vorn. Er verwechsele da etwas, hier und jetzt wolle man doch nicht allen Ernstes über Sicherheit sprechen, rief er ins Publikum.

Stille.

Erst jetzt wurde ihm wohl bewusst, was er da eigentlich gesagt hatte. Er gebärdete sich, als wollte er seine eigenen Worte einfangen und in den Sinn zurücklegen, dem sie eben entkommen waren. Nun, erläuterte er, auf die wirklich wichtigen Dinge werde man ja später noch zu sprechen kommen.

Es war zu spät. »Kruzifixe. Alles Kruzifixe!«, rief der Mann wieder.

Wetter hatte jetzt wohl den Eindruck, er müsse an dieser Stelle irgendetwas Ultimatives und Wegweisendes ankündigen, wenn er schon zu Happle schweigen musste, und hielt Westermann einen Zettel hin, auf dem »Krypto-Box. Jetzt!« stand.

Das war nun die denkbar schlechteste Option für einen Ausweg, dachte Westermann. Wetter wollte ihm offenbar die Pistole an die Brust setzen. Westermann überlegte fieberhaft, bis er schließlich sagte: »Nun, das Tippen führt im

Hirn zu messbaren Verknüpfungen zwischen dem Hörzentrum und dem motorischen Kortex. Über die Rückkopplung der Motorik zum Gehirn werden Denkprozesse angestoßen und wird Wissen verinnerlicht.«

Die Pressekonferenz geriet vollends außer Kontrolle. Die ersten Teilnehmer verließen bereits kopfschüttelnd den Raum. Es war tatsächlich ein Happening.

Er, der Mensch an der Schreibmaschine, solle mal schön ruhig sein, meldete sich eine Journalistin zu Wort. Auf das Beschreiben toter Bäume könne man wahrlich nicht stolz sein. Die Zeiten der Papierberge habe man glücklicherweise längst hinter sich. Kein Mensch habe mehr Zeit, das zu lesen. Happening und Hirnverknüpfung hin oder her.

Wie viele Mails sie denn pro Tag lese und schreibe, wollte Westermann wissen.

»So zwischen fünfzig und siebzig«, sagte sie.

»Nun«, entgegnete er, »damit dürften Sie deutlich mehr Zeit für Kommunikation brauchen als vor der Erfindung des Internet.« Sie guckte, und Westermann fuhr fort: »Seien Sie ehrlich, wenn Sie nur ein Fünftel der Mails auch noch ausdrucken, produzieren Sie mehr Papier, als ich es mit meiner Maschine je schaffen werde.« Er horchte Richtung Zuschauerraum, legte die flache Hand über die Tasten der Olympia und sagte: »Die Kunst ist vielmehr, nur die Essenzen unserer Gedanken aufzuschreiben! Dieser klitzekleine Moment zwischen dem Gedanken und dem Tastenanschlag. Wissen Sie, was ich meine?« Er kam sich vor wie ein Staubsaugervertreter auf LSD, aber es war ihm durchaus ernst, und alles war besser, als etwas zur Krypto-Box sagen zu müssen. Und hatte jemand denn wirklich eine Ahnung, wie viele Staubsauger Staubsaugervertreter tatsächlich verkauften? Er musste das irgendwann stroodeln.

Die meisten Presseleute starrten währenddessen vor sich hin, begaben sich wohl gedanklich auf die Suche nach Essenzen.

Westermann schien gerade für den Journalismus eine Schneise durch den digitalen Dschungel geschlagen zu haben. Es lag ein Hauch von Meditation in der heißen Luft.

Wetter und der gesamte Restvorstand befanden sich indes in einem Zustand passiver Notwehr. Sie vertieften sich in ihre Smartphones und taten so, als nähmen sie keine Kenntnis von dem, was gesagt wurde. Es war ja nur ein »Happening«. Dockhorn schaltete seinen Lumo diskret aus, und Westermann hörte, wie sich der Kollege auf der anderen Seite neben ihm eine Tablette aus der Folie drückte.

Ob IBT darüber nachdenke, wieder in die Schreibmaschinenproduktion einzusteigen, wurde Wetter gefragt. Der Markt für mechanische Maschinen sei ja so gut wie leer gefegt, wenn man einmal von Indien oder Asien absehe.

Wetter überging die Frage, behielt äußerlich eine Aura geheimnisvoller Unbestimmtheit, während er innerlich sicherlich kochte. Er bedankte sich für das Kommen und den regen Gedankenaustausch. Informationen zu den letzten Quartalszahlen entnehme man bitte den ausgehändigten Unterlagen.

Die Beamer-Präsentation verschwand von der Großbildleinwand, und der Bildschirmschoner des angeschlossenen Laptops erschien: »I think there is a world market for maybe five computers. – Michael J. Hudson«.

Metamorphosen

Wetters Wut über die außer Kontrolle geratene Pressekonferenz war auch zwei Tage später noch spürbar. Augenscheinlich hatte er seitdem kaum gegessen und geschlafen, dafür umso mehr getrunken. Vom Unwetter waren noch gehörige innere Tiefausläufer geblieben.

Wie schön, dass Westermann die Seltsamkeit dieser Veranstaltung nicht entgangen sei, hatte er gesagt. Aber er, Wetter, könne auch verdammt seltsam sein, und Westermann würde das noch am eigenen Leibe zu spüren bekommen! Das hatte sehr unheilvoll geklungen, und Westermann kam der Verdacht, dass Wetters Definition von Seltsamkeit anders war als seine eigene.

Dennoch hatte er das Gefühl, als gehe eine seltsame Metamorphose in Wetter vor, als schäle sich eine neue Überzeugung aus ihm heraus, sosehr er sich auch dagegen wehrte. Das mochte nicht nur mit der Happle-Attacke zu tun haben, sondern vor allem mit dem Presse-Echo auf die Konferenz, in deren Fokus ein schreibmaschinenschreibender IT-Vorstand gerückt war. IBT stand damit plötzlich in allen Zeitungen und Online-Meldungen, und man konnte sich der Interviewanfragen kaum erwehren. Als hätten die Wirtschaftsredaktionen nur darauf gewartet, endlich über etwas Handfestes, etwas jenseits der Kennziffern und des Shareholder-Value zu schreiben – und das alles entlang am schmalen, aber reizvollen Grat zwischen voreiligem Spott und purer Ernsthaftigkeit …

Wahrscheinlich gab es viele Menschen, die eine Sehnsucht

hatten nach jemandem, der seine Rosinante aufzäumte und sich auf den Weg machte. Für ein mutiges, wenn auch ein wenig durchgeknalltes Nachvornegehen schien man bereit zu sein, Voreingenommenheit aufzugeben und den Wahnsinn auf Sinn zu überprüfen – wenn auch vorsichtig und nur für die Dauer eines einzigen Gedankens. Wetter erging es wohl nicht anders. Er war immer der klassische Mitläufer gewesen.

So nahmen die Dinge Fahrt auf, und Wetter ging bald in jedes Interview, das er kriegen konnte, ließ in seinem Sekretariat das Wort »Schreibmaschine« stroodeln und wagte sich mit Wikilidia-Wissen vor die Presse. Dockhorn, Data und eine Kooperation mit Happle waren für den Moment kein Thema mehr, und Wetter ging tapfer und mit bemerkenswerter Großzügigkeit darüber hinweg. Ja, er schien regelrecht erleichtert zu sein, stattdessen über Schreibmaschinen reden zu können. Er hatte einfach seinen Albtraum zum Traum gemacht, sich sozusagen zum Gespenst in den Schrank gesperrt – eine wahrlich virtuose Problembewältigungsstrategie und zugleich Beweis einer geistigen Flexibilität, dass einem die Spucke wegblieb.

Es stand außer Frage, dass er dabei nicht an die Schreibmaschine, sondern natürlich an die Krypto-Box dachte. Denn sie wurden fortan abgeschottet – nicht nur von der Presse, sondern auch vom Rest des Unternehmens: Der durch Doppelglastüren ohnehin bereits isolierte Vorstandsbereich wurde durch zusätzliche Türen und Wände schalldicht aufgerüstet, als stünde die nächste Cyberattacke in Form einer heranreitenden Kavallerie bevor.

Und dann kam Erika – Wetters personifizierte Vergeltung. Er hatte sie höchstpersönlich für Westermann ausgesucht. Und sie war in vielerlei Hinsicht eine Herausforderung. Auch wenn Westermann kein oberflächlicher, unflexibler, langweiliger Mensch war, so hatte er doch eine Vorliebe für schöne Dinge, für eine gewisse Formvollendung und smarte Lösungen, nicht nur bei sich selbst, sondern auch bei anderen.

Doch Erika war nicht smart. Sicher, auch sie war ein Original, aber welcher Mensch war das nicht? Kurzum: Seine ihm von Wetter zugedachte neue Assistentin war fünfundsechzig Jahre, glühende Verfechterin der Lebensarbeitszeit, eine Art Mutter Courage mit Seidentuch im Ausschnitt und nicht gerade der sportliche Typ. Ihre Kernkompetenz waren dreihundertachtzig Anschläge pro Minute, sie musste einer Art Zucht für Schreibmaschinistinnen entstammen. Für sie hatte man eigens die Elektra 508 aus der Flurvitrine geholt und abgestaubt. Erika selbst kam aus keiner Vitrine, sondern aus dem prallen Leben. Sie war verdammt analog.

Westermanns Vorzimmer, das bis dato geprägt gewesen war von einer fast geräuschlosen, geradezu DIN-konformen virtuellen Chefentlastung schien eine atemberaubende Zeitreise durchgemacht zu haben: Erika eröffnete den Tag mit ersten Anschlägen auf der Elektra und hatte ihren Dienst mit Blumen auf dem Tisch, dem Aufstellen von Ausgangs- und Eingangskörbchen, Tagesstempel, Locher, Tacker und Papierkalender angetreten. Wer wie sie allen Ernstes versuchte, seinem Beruf ohne elektronische Unterstützung nachzugehen, musste ein geradezu unheimliches Gespür für Prioritäten haben sowie eine kommunikative Kompetenz zum Fürchten. Westermann überkam das bange Gefühl, dass zwei analoge Büros nebeneinander zu analog für die Wirklichkeit sein könnten.

Und sie stellte Fragen. Fragen, die Westermann an seine mentalen Grenzen brachten – dahin, wo der schadenfrohe Wetter ihn wohl haben wollte.

»Warum sind Ihre Umfrageergebnisse bei ›Social CEO‹ so desaströs?«, wollte sie gleich am ersten Tag wissen.

»Wie heißen Sie eigentlich wirklich?«, fragte Westermann zurück, mit Blick auf ihre kurzen roten Dauerwellen. »Magenta?«

Sie neigte dazu, ihre Hände seitlich in die Hüften zu stützen, wenn sie etwas sagte. Ihre Augen bohrten sich dabei wie spitze Nadeln in seine, was allen ihren Äußerungen etwas Dramatisches verlieh, etwas von Hamlet, fand Westermann. »Tja, meine Umfrageergebnisse«, sagte er, »sozial oder nicht sozial, das ist hier wohl die Frage, nicht wahr?«

Was bei Marelli stets funktioniert hatte, versagte hier. Sie fragte weiter: »Und für welche Antwort haben Sie sich entschieden?«

Westermann zögerte. Es war in der Tat eine gute Frage.

»Ob's edler im Gemüt, die Pfeil und Schleudern des wütenden Geschicks erdulden, oder sich waffnend gegen eine See von Plagen, durch Widerstand sie enden?«, fragte sie weiter.

Westermann guckte. War eine Hamlet zitierende Assistentin nun Geschenk oder Plage, fragte er sich und musste schließlich aus lauter Notwehr grinsen.

»Ich befürchte, Sie verwechseln die Reduktion Ihrer Anspannung mit der Lösung des Problems«, sagte sie und legte ihm die Umfrageergebnisse ins Körbchen.

»Glauben Sie allen Ernstes, ich hätte Sie eingestellt? Kommen Sie, das ist doch alles nur eine Versuchsreihe«, sagte Westermann.

»Meine Versuchsreihe dauert nun schon fünfundsechzig Jahre«, antwortete sie, lächelte kurz und schloss die Tür hinter sich.

Im selben Augenblick rief Achternbusch auf dem De-Connect-Telefon an und sagte: »Polymorphe Viren. Es sind polymorphe Viren!«

Das hörte sich verdächtig nach Robert Koch an. Offenbar war Achternbusch wieder einmal zu einer neuen Diagnose gelangt. Soweit Westermann wusste, handelte es sich dabei um Computerviren mit einer Art einprogrammierter Varianten-Routine, mit der sie ihre Gestalt nahezu vollkommen verändern konnten, sobald man versuchte, sie zu entschlüsseln. Sie waren unausrottbar.

»Also doch ein Angriff von außen?«, fragte er.

»Nichts ist sicher. Und selbst das ist nicht sicher«, antwortete Achternbusch. »Wenn Sie mich fragen, ich habe schon alle Kameras an den Geräten zukleben lassen und halte mich persönlich vorerst an meine Record.« Man hörte ihn im Hintergrund tippen. Westermann musste an die Polizeiberichte denken, und für einen Moment kam ihm der Gedanke, ob installierte Richtmikrofone entschlüsseln konnten, was er da gerade tippte? Schließlich musste niemand mehr in alten VW-Bussen hocken, um Wanzen abzuhören. Doch am Ende kam er zu der Überzeugung, dass die Anzahl der Personen, die diese Art der Entschlüsselung beherrschten, recht überschaubar war und ganz und gar nicht polymorph.

»Und nachher packe ich meine Aufzeichnungen in den Safe oder in die alte Tofu-Verpackung im Abteilungskühlschrank«, fuhr Achternbusch fort und fügte hinzu: »Bio-identischer Tofu-Ersatz. Da geht kein Mensch ran.« Er wurde ernster: »So wie es aussieht, müssen wir das De-Connect-Projekt fürs Erste auf Eis legen. Im Moment wage ich mich noch nicht einmal an den anderen Datenserver heran.«

»Was macht der Prototyp?«, wollte Westermann wissen.

»Es ist ein Risiko. Wenn der ein Leak hat, sehen wir alt aus«, antwortete Achternbusch.

»Na, älter, als wir momentan aussehen, geht es ja wohl kaum.« Westermann überlegte. »Können Sie meiner Sekretärin Ihre Record ausleihen? Die schreibt momentan auf einer Elektra mit Steckdosen-Schnittstelle.«

»Um Gottes willen!«, entfuhr es Achternbusch. »Tun Sie das Teil weg! Schnittstelle ist Schnittstelle!« Er zögerte. »Aber meine Record gehört mir. Die gebe ich nicht her, tut mir leid.«

Westermann war plötzlich, als rieche er Haarspray im Raum. Er blickte auf. Erika war hereingekommen und legte ihm eine Online-Meldung auf den Tisch, blieb stehen und drückte die Finger in die Hüften. Westermann sah genauer hin: Wenn dabei ihre Daumen nach vorne zeigten, war sie meistens relativ entspannt. Wenn jedoch die Daumen nach hinten zeigten, war für sie und ihre Umgebung höchste Alarmbereitschaft angesagt. Jetzt lagen acht Finger vorn. Westermann beendete das Telefonat.

Er hatte Mühe, sich auf die Meldung zu konzentrieren. Sie musste sie aus dem Internet ausgedruckt haben. »Ich denke, Sie tippen nur?«, fragte er.

Sie rollte die Augen und zeigte durch die geöffnete Tür auf ihren Schreibtisch. »Die Kiste mit dem Internet drin steht immer noch auf meinem Tisch. Der ist größer, als Sie denken.« Sie drehte sich um und sagte beim Hinausgehen: »Ich bin da, wenn Sie mich brauchen.«

Was für ein Satz eigentlich, dachte Westermann. Das, was er »brauchte«, ließ sich nicht so einfach in Worte fassen, und er war sich ganz und gar nicht sicher, ob eine andere Person ihm dabei überhaupt helfen konnte. Hatte diese Frau tatsächlich vor, bei ihm zu bleiben?

»Wann gehen Sie wieder?«, rief er ihr hinterher.

Sie schien es nicht mehr gehört zu haben. Er senkte den Blick aufs Papier und begann zu lesen: »Kooperation von IBT mit Happle wird noch vor Bekanntmachung platzen.«

Er stutzte, starrte auf die Zeilen, die da schwarz auf weiß vor ihm lagen, und las ein zweites Mal. Aber die Meldung blieb dieselbe. Sie war bei »Economico« erschienen, einer Nachrichtenplattform, die nahezu im Handumdrehen und dennoch gut recherchiert eine ganze Reihe von Wirtschafts-Interna an die Öffentlichkeit gab. Woher, verdammt noch mal, wussten die das so schnell? Und war der Deal jetzt tatsächlich endgültig geplatzt? Westermann las weiter: IBT habe wohl Grund zu der Annahme, dass Happle bereits vor Vertragsabschluss im Hause spioniert habe. Ziehe man zudem in Betracht, dass Happle sogar in die Spähprogramme des US-amerikanischen Geheimdienstes eingebunden sei, so erweise sich die Kooperation mit IBT als Fallstrick für die deutsche Wirtschaft, da Happle damit Zugang zu den IBT-Kundendaten und somit zu wichtigen deutschen Großunternehmen bekäme. Das alles sei in doppelter Hinsicht ein Datenskandal, den man jetzt mit einem armen Vorstand, den man öffentlichkeitswirksam wieder an die Schreibmaschine setze, zu übertünchen versuche.

Westermann spürte, dass sein gesamter Kiefer verspannte und er die Zähne kaum noch auseinanderbekam. »Armer Vorstand« – was hieß hier »armer Vorstand«? Das war ein Widerspruch in sich. Etwas so Entwürdigendes hatte er selten über sich gelesen. In einem Nebensatz. Es war wie ein Peitschenhieb. Da bemühte man sich, das Leben besser zu machen, zuletzt mit den ungewöhnlichsten und mutigsten Mitteln, und dann stand da »arm« – geschrieben von einem verdammten Blogger, der irgendwo im Datennirwana lauerte, anonym und unangreifbar, und es sich verdammt einfach machte. Doch ein Gedanke kam Westermann jetzt. Warum war er nicht schon früher darauf gekommen? Er wählte Achternbuschs Nummer.

»Westermann noch einmal hier. Sagen Sie, Ihre polymorphen Viren, können die auch aus den Staaten kommen? Sie sagten ja Russland.«

Für Bruchteile von Sekunden war es still in der Leitung. Achternbusch schien zu überlegen und sagte zögerlich: »Nun, sie sprechen nicht gerade mit uns. Und sie reisen ohne Pass durchs Netz. Die könnten auch aus Bhutan kommen, und wir würden es nicht merken.«

Westermann spürte Wut in sich hochkochen. »Ich würde vorschlagen, Achternbusch, dass Sie nicht mit mir reden, als sei ich der letzte Depp! Haben die keine IP-Adressen, mit denen sie sich zurückverfolgen lassen?«

»Nun, diese IP-Adressen lassen sich öffentlichen Netzbetreibern zuordnen, sodass wir davon ausgehen müssen, dass auch, nun ja, diese Adressen gehackt sind«, antwortete Achternbusch und sprach dabei so langsam, als sei alles noch viel schlimmer, als es Westermann bisher bekannt war. »Das ist, als wolle man die Stelle finden, an der irgendwann einmal die Nadel im Heuhaufen lag.« Achternbusch war in einen Flüsterton übergegangen.

Auf der anderen Leitung kam ein weiteres Gespräch herein. Die »Economico«-Meldung war erst einige Minuten alt, und wahrscheinlich würden jetzt alle Drähte heißlaufen. Westermann sagte: »Okay«, drückte Achternbusch weg und nahm an.

»Höfer hier.«

Höfer hatte ihm gerade noch gefehlt. Armer Vorstand, dachte Westermann, nahm ein Stück Papier und zerknüllte dieses direkt vor dem Hörer. »Hello? Who is talking? I can't hear you«, rief er.

»Es ist wegen der Olympia«, sagte Höfer. Er musste seine Stimme erkannt haben. Westermann ließ das Papier auf den Teppich fallen.

»Herr Höfer? Sind Sie es? Ist es jetzt besser? Entschuldigung, ich dachte, das sei bereits meine Telko mit den Kollegen aus Tokio.«

Höfer schien sich nicht weiter zu wundern. Wie auch, dachte Westermann, er drehte sich immer noch ständig um sich selbst in seiner kleinen Höfer-Vorhölle voller Übervater-Zombies.

»Hören Sie«, fuhr Höfer fort, »wir hatten ja heute die Testamentseröffnung. Tja, und die Schreibmaschine, die hat mein Vater nun einer jungen Frau vererbt, die ich nicht kenne, wahrscheinlich einer seiner Studentinnen, die für ihn getippt haben. Sie holt sie gleich morgen ab. Wahrscheinlich braucht sie Kohle, wenn Sie mich fragen.«

In Westermann gingen alle inneren Alarmglocken an.

»Was? Aber das kann doch nicht sein?«, schrie er und regulierte sich anschließend herunter auf ein sanfteres »Hm. Nicht schön, was?« Er musste haushalten mit seinen Gefühlen.

»Ja, wissen Sie, eigentlich ist mir egal, wo die Kiste hinkommt. Aber das mit den eingebauten Aufzeichnungsmagneten, von denen Sie sprachen, das geht mir nicht mehr aus dem Kopf. Er hat viel über meine Mutter und über mich geschrieben auf der Maschine, auch Unveröffentlichtes.« Er schien kurz zu überlegen. »Aber uns kann man anhand der Anschläge wohl nicht so leicht identifizieren, oder?«

Höfer schien noch paranoider zu sein, als bisher angenommen. Westermann zögerte und sagte schließlich: »Das halte ich für höchst fahrlässig, Herr Höfer. Es geht immerhin um das literarische Erbe Ihres Vaters. Wenn die Maschine in fremde Hände kommt statt unter Plexiglas, ist alles möglich. Vermutlich will die Frau die Maschine deswegen so schnell haben. Sind Sie sicher, dass das Testament stimmt?«

Nun wurde Höfer ungehalten. »Das geht jetzt wirklich zu weit, Herr Westermann!«

Wenn Höfer jetzt auflegte, wäre alles vorbei, dachte Westermann. Er musste es anders angehen, einen letzten Versuch wagen. »Ich meine nur, nun haben wir uns schon so viel Mühe mit der Festplatte Ihres Vaters gemacht, da sollten wir auch hier konsequent sein«, sagte Westermann und legte eine kleine dramaturgische Pause ein, bevor er fragte: »Kennen Sie den Memory-Kristall aus Southampton?«

»Wenn Sie denken, dass ich meinen Vater demnächst auch noch am Finger tragen möchte, haben Sie sich getäuscht! Sie sind ja pervers.«

»Nein«, korrigierte Westermann, »das ist ein sehr kleiner Datenträger, der 360 Terabytes umfasst – wohl genug, um ein Menschenleben komplett zu dokumentieren. Aufklebbar. Diese Datenkristalle sind über eine Million Jahre lesbar und überstehen Temperaturen von tausend Grad. Da ist sogar die Olympia längst geschmolzen.«

»Das ist nicht wahr«, sagte Höfer.

»Oh doch«, widersprach Westermann. »Wissen Sie, die Evolution des Menschen geht viel langsamer voran als die Evolution seiner Erfindungen.« Es war noch nicht einmal gelogen. Und es funktionierte.

»Wann kann ich kommen mit dem Ding?«, wollte Höfer wissen.

Als Westermann auflegte, hatte er noch nicht einmal ein schlechtes Gewissen. Originalität war schließlich eine ernste Sache, und Höfer würde nach dem Austausch zudem ein besseres Gefühl haben.

Wenig später rief Wetter an und bestätigte die »Economico«-Meldung. Ja, der Deal sei nun endgültig geplatzt. Aber was ihm noch mehr zu schaffen machte, war offenbar die Tatsache, dass nun das Leak selbst ein Leak hatte. Denn wieso hatte die Presse davon Wind bekommen können? Ob Westermann etwas mit dem Kürzel »mw« unter der Meldung anfangen könne?

Nein, antwortete Westermann, er sei ja nur der arme Vorstand. Ob man Anhaltspunkte habe, dass auch sein Krypto-Box-Projekt ausgespäht werde, fragte er stattdessen. Er konnte Wetter unmöglich sagen, dass Happle offenbar dort zuallererst angesetzt hatte.

Was Westermann denn brauche für eine erhöhte Sicherheitsumgebung, fragte Wetter. Gelder seien vorhanden, denn Dockhorn werde erst einmal mit überschaubaren Mitteln maßgeschneiderte Großrechnervorhaben vorantreiben – in nicht ganz so prominenter Position wie vorgesehen und mit weniger Neuinvestitionen. Man werde ihn erst einmal etwas beobachten. Dieses Eingeständnis an die jüngste Entwicklung müsse man wohl machen.

Westermann drehte am Walzendrehknopf seiner Olympia. Also doch Dockhorn? Dieser hatte wohl die Geister, die er rief, nicht mehr aufhalten können, oder es war einfach der Fluch des schnellen, transparenten Netzgeschwätzes, bei dem ein Name zu viel im cc den Untergang bedeuten konnte. Westermann wusste, dass er Wetter gegenüber vorsichtig sein musste mit spontanen Verurteilungen. Er fragte ihn deshalb lediglich, wann man die Dame in seinem Sekretariat denn wieder abhole, das Happening sei vielleicht mittlerweile ausgereizt genug.

Oh nein, antwortete Wetter, Westermann solle vorerst weiterhin den No-Data-Man geben. Gerade jetzt sei das ganz und gar nicht falsch. Außerdem habe die Presse doch äußerst positiv auf Westermann angesprochen, und, fügte er hinzu, es könne nie schaden, den unsichtbaren Feind mit sichtbaren Waffen zu schlagen. Maschine gegen Maulwurf sozusagen.

Westermann konnte sich des Verdachts nicht erwehren, dass es Wetter verdammt ernst meinte. Humor war eine Sache. Sicherheit eine andere. Aber so wie es schien, wollte Wetter beides haben.

Fünf Minuten später rief Westermann bei Frenzel an und bestellte eine Optima Elite für die Frau mit den roten Haaren in seinem Büro, damit diese zumindest von der IBT Elektra wegkam und somit schnittstellenbefreit war.

Frenzel wunderte sich schon ein wenig und fragte, ob man jetzt bei IBT die Quote eingeführt habe – fünfzig Prozent mit PC, fünfzig Prozent mit Schreibmaschine? Oder wollten alle einfach nur einmal heraus aus dem Hamsterrad? Er, Frenzel, könne das gut verstehen. So dann und wann werfe er ganz stumpf und gedankenlos seinen PC an, um Kräfte zu sammeln für die Schreibmaschinen.

Als Westermann am Abend vor seinem Haus aus dem Wagen stieg, war es kühl und es regnete. Beinahe hätte er Gabriele auf dem Beifahrersitz vergessen. Beim Hinabbeugen ins Wageninnere streifte sein Blick das Nachbarhaus, und er nahm zum ersten Mal bewusst das erleuchtete Fenster an der Vorderfront wahr. Das ältere Ehepaar, das früher dort gewohnt hatte, war um diese Uhrzeit schon längst in den hinteren Räumlichkeiten zum Garten hinaus gewesen. Westermann starrte ins Licht und musste an einen seiner Kollegen denken, der ihm einmal erzählt hatte, dass der Blick in ein heimelig erleuchtetes Nachbarhaus manchmal, wenn es ihm richtig schlecht ging, dafür sorgen könne, dass er sich am liebsten vor lauter Einsamkeit freiwillig in die Psychiatrie einweisen wolle.

Westermann konnte das ansatzweise verstehen. Es ließ ihn an diese französischen Filme denken, in denen sich Familie und Freunde abends um große Antikholztische versammelten, um bei warmem Essen und einer Flasche Wein über die großen und kleinen Baustellen des Lebens, über urinierende Hunde im Park, über Baustellen im Innenstadtbereich oder den pleitegegangenen Metzger von nebenan zu reden. Ein bisschen so war es früher zu Hause gewesen, als er noch ein kleiner Junge war. Er hatte die Stimmen und das Lachen aus dem Esszimmer gehört, wenn er bereits oben im Bett lag. Und dann hatte er seiner Schwester die spannendsten Geschichten erzählt, damit die Kleine bloß nicht einschlief. Aber Leia war immer sehr schnell eingeschlafen, und er war wieder allein gewesen.

Ja, man konnte wohl direkt vor der Haustür einen Anfall von Heimweh bekommen. Westermann beschloss, noch ein wenig zu tippen vorm Zubettgehen.

Der Austausch

»*Ich mag nicht, wie Deine Haare liegen auf dem Foto in der Zeitung. Du solltest nicht immer so viel daran herummachen. Ich bin stolz auf Dich. Mutter*«

Westermann lag noch im Bett, als er am nächsten Morgen seine Mails checkte. Er tat es oft morgens direkt nach dem Aufwachen, in der dunklen Jahreszeit konnte man damit die Augen langsam an die Helligkeit gewöhnen. In der Betreffzeile stand ein Punkt – das deutete darauf hin, dass seine Mutter ein Stadium der digitalen Kommunikations-Professionalisierung erreicht hatte. »Richard« im Betreff hatte nicht lange vorgehalten. Ein Punkt dagegen konnte alles bedeuten: eine Banalität oder aber eine bedeutsame Botschaft, auf die kein Betreff dieser Welt passte. Das musste ihr entgegenkommen.

Westermann starrte auf die letzten sechs Worte. Mein Gott, beinahe hätte er sie vorzeitig weggeklickt. Es wäre natürlich schön gewesen, wenn seine Mutter die ersten zwei Sätze ihrer Mail einfach weggelassen hätte. Weniger war mehr. Oder wenn der letzte Satz sie zu weiteren Sätzen inspiriert hätte, wo sie schon einmal die Finger auf der Tastatur gehabt hatte. Aber auch so war es schön. Gesagt hätte sie es ihm nie. Und nun stand dieser Satz in einer Mail mit einem Punkt im Betreff. Er musste sie anrufen. Doch jetzt würde sie noch schlafen. Ein früher Vogel war sie nie gewesen, und so war es bis in ihr fortgeschrittenes Alter hinein geblieben. Vor zehn Uhr konnte er es unmöglich bei ihr versuchen. Westermann ging auf Mitteilungsdetails: Sie hatte die Mail offenbar gegen Mitternacht an ihn abgeschickt, kurz vor dem Zubettgehen. Sehr geschickt von ihr – sie hatte ihm damit fast zehn Stunden Zeit für seine Reaktion gegeben.

Er wechselte in den Kalender. Um zehn Uhr würde Höfer mit seiner Olympia kommen – dem Original. Dies würde die letzte Chance sein, bevor die Maschine den Besitzer wechselte. Lieber würde er in kurzen Hosen Würstchen grillen, als darauf zu verzichten. Und mit etwas Glück würde er bereits unbehelligt um vierzehn Uhr nach Frankfurt fliegen können. Der Tag konnte beginnen. Er ging ins Bad.

Churchill war an diesem Morgen etwas durcheinander. Er musterte Westermann mit einem ungläubigen Augenaufschlag und war kaum wegzubekommen vom Lammfell. Es war, als müsste er Westermanns Schwung durch betontes Zeitlupentempo kompensieren, damit die Dinge unterm Strich so blieben, wie sie waren. Doch Westermann verließ um halb acht Uhr das Haus und rannte samt Gabriele zum Wagen wie ein triebgesteuertes Tier.

Fünfundvierzig Minuten später tippte Westermann im Büro das Wort aufs Papier. Er hatte lange überlegt, ob es als Betreff taugte. Es war so treffend wie allgemeingültig, so prägnant wie weit gefasst. Etwas verdammt Verführerisches lag darin, doch er war sich nicht sicher, ob seine Mitarbeiter ähnlich positiv darauf ansprechen würden wie er selbst. Er blickte auf die Tasten der Gabriele: Allein die Anordnung war wie gemacht für dieses Wort, es ließ sich aufs Vortrefflichste tippen, völlig mühelos und fehlerfrei, denn die Buchstaben lagen so dicht beieinander.

Westermann betätigte den Wagenrücklauf und betrachtete das Wort. Es sah so gut aus, wie es beim Schreiben geklungen hatte. Das lag nur unwesentlich an der roten Farbe, die er dafür eingeschaltet hatte. Seine Sekretärin hatte ihm die Zweifarbenbandspulen für die Gabriele bereits am zweiten Tag auf den Tisch gelegt – »damit Sie ein bisschen Farbe in die Anschläge kriegen«, hatte sie gesagt. Allein dieses Band zu beschaffen war eine Meisterleistung – es sei denn, sie kannte Frenzels Laden. Denn die drei Löcher in den beiden Spulenscheiben mussten genau der Größe und der Position des Mitnehmerstifts entsprechen, um überhaupt die Drehung der Spule und die Straffung des Farbbands zu ermöglichen. Mit der Sauerei hatte sie ihn dann auch allein gelassen. Seine Fingerkuppen waren jetzt noch rot vom Einlegen des Bandes in die filigranen Bandgabeln.

Doch jetzt stand es da, das Wort, rot auf weiß, und sah verdammt gut aus.

Er musste seine Jungs in der Projektgruppe bei Laune halten, und dies war eine Option. Was das Krypto-Box-Projekt anging, so befanden sie sich mittlerweile in der Eskalationsphase, in der Standardprozesse keine zufriedenstellenden Lösungen mehr boten und man zu alternativen Problemlösungsverfahren übergehen musste. Was lag da näher, als auf den Vorläufer zurückzugreifen? Sie mussten in der Kryptografie einfach nur einen beherzten Schritt zurückgehen – nämlich zum selbst verfassten Klartext. Auch damit ließ sich verschlüsseln: Ganze Buchstaben ließen sich transpositionieren, substituieren oder streichen – ganz ohne Bits und Bytes, ganz ohne digitalen Zufallsgenerator.

Westermann tippte weiter. Es war verdammt anstrengend, und ihm war schnell klar, dass es nicht perfekt werden würde. Das einmal Getippte ließ sich nicht zurücknehmen, löschen, umstellen oder ändern, und nach wie vor musste er sich überwinden, es aufs Papier zu bringen. Der einzige Trost war, dass es dieses Produkt kein zweites Mal geben würde.

»Haben Sie die Optima Elite schon?«, fragte er, als er seiner Assistentin den fertigen Text reichte.

Sie grinste und nickte.

»Wie viele Durchschläge schaffen Sie darauf auf einmal?«

Sie überlegte kurz. »Maximal vier bei dieser Maschine, befürchte ich.«

»Gut«, sagte Westermann. »Nicht jeder muss alles wissen.«

Sie nickte. »Es ist nicht gerade ein gewichtiges Modell, keine Falke Universal und auch keine Trumpf Matura, wissen Sie. Und ich muss erst noch Kohlepapier besorgen. Das gibt es nicht gerade um die Ecke.«

Zumindest hatte sie Kopieren nicht als Möglichkeit in Betracht gezogen, dachte Westermann. Ein Kopiergerät würde über seine Schnittstelle einem anderen Gerät brühwarm zusurren können, was man da gerade auf seiner Scheibe platziert hatte, theoretisch jedenfalls. Das war keine Option für Westermanns Dokument.

Ihr Blick fiel auf das Blatt Papier zwischen seinen roten Fingern: »Ist es dringend?«

»Ich bin die personifizierte Dringlichkeit, wenn ich Sie darauf aufmerksam machen darf«, sagte Westermann. Was bildete die sich ein?

»Darf ich lesen?«, fragte sie.

»Nur zu«, sagte Westermann. »Echte Handarbeit.« Dies würde ein erster Testlauf sein, dachte er, auch wenn seine Assistentin für einen Crashtest-Dummy schon etwas zu sehr in die Jahre gekommen war. Andererseits schien sie mit ihrem Urteilsvermögen und ihrer Ehrlichkeit wie gemacht zu sein für diese Aufgabe. Ihre linke Augenbraue schnellte bereits beim Betreff in die Höhe. Die Mimik stimmte. Es schien zu funktionieren. Er lehnte sich zurück und beobachtete sie, als sie las:

```
Betr. FREIHEIT


Ich muss Ihnen nicht sagen, dass wir mom-
mentan Pobleme mit der Sicherheit haben. Da
die aktuelle Sicherheitsl*ücke die syste-
```

misch gesteuerte tägliche Neuverhüxxelung
betrifft, werde ich so frei sein, diese ab
heute selbst in die Hand zu nehmen. Denn
chiffrieRen und dechiffrieren können wir
auch selbst. Sie werden von mir einen Text
erhalten, der als Basis für die täglich neu
zu vergebendenen Codes dient. Zu diesem
Zqueck werden ab heute Safes in Ihren Büros
installiert, in denen sie Bitte das Papsier
mit dem Text aufbaren.
Wir werden damit die Codes täglich neu
erstellen, und zwar analog einer Aufgaben-
stellung, die Sie auf den Text anzuwenden
haben. Wir werden allso b.a.w. selbst die
Daten erzeugen und die Verschl+*xxelumg
bestimmen und uns somit vom vervirten System
befreien. wir machen heiter.
Riffard Westermann

Sie nahm langsam die Brille ab und blickte auf. »Nun, ich
denke, es ist auf seine Art etwas ganz Besonderes. Es hat,
wie soll ich sagen, eine individuelle Note. Ich muss das aber
nochmals abtippen. Die individuelle Note könnte kontra-
produktiv sein, wenn Sie mich verstehen.«

»Völlige Fehlerlosigkeit überfordert uns auch, nicht
wahr?«, bemerkte Westermann. »Und sonst? Ist es ver-
ständlich?«

»Sie tun ja gerade so, als handle es sich hier um die
Gall'sche Schädellehre.« Sie legte den Kopf schräg. »Es ist
ein Anfang.«

»Ein Anfang?«

»Ja, Sie entwickeln Taktgefühl. Es gibt noch Schwächen
bei der Zielgenauigkeit, vor allem bei den Umlauten. Sie
müssen noch üben.«

Westermann wiederholte: »Üben?«

Sie nickte. »Sie sind ein bisschen zu verkrampft, zu verbissen, und Sie sollten die Tasten manchmal einfach früher loslassen.«

Um zehn Uhr stand Höfer mit dem Original in der Tür – jedenfalls vermutete Westermann die Olympia in dem verdächtig rundlich geformten schwarzen Kunstlederkoffer, den er bei sich trug. Westermann mochte sich lieber nicht vorstellen, was die Damen am Empfang gedacht hatten, als Höfer sich angemeldet hatte. Zwischen Verdacht auf Geldwäsche und Tupperware wäre alles möglich. Es war sofort spürbar, dass dieser Mann keinerlei Bezug zu dem Gegenstand in seiner Hand hatte. Man hatte jedenfalls das dringende Gefühl, ihn von seiner Last befreien zu müssen.

»Wo ist der PC?«, wollte er wissen, als handele es sich um einen Geiselaustausch. Seine kleinen, runden Brillengläser beschlugen.

Westermann zeigte auf den Computer, der sich bereits in seinem Büro befand. »Ich habe ihn gerade aus der Forensik kommen lassen.«

»Forensik?«, wiederholte Höfer. »Das heißt, Sie haben alle Spuren beseitigt?«

»Nun, wir haben zunächst alles identifiziert und anschließend gesäubert. Im Rahmen der legalen Möglichkeiten«, erklärte Westermann. »Gegen das Foto in der Brandung können wir aber nichts machen. Ihr Vater wird sich stroodeln lassen müssen, auch mit Bildern.«

Höfer raufte sich wieder die Haare und stemmte den Koffer auf Westermanns Schreibtisch.

Westermann hatte Mühe, die Fassung zu wahren. Nun stand tatsächlich Höfers Original auf seinem Schreibtisch. Er hatte Höfers Sarg wieder vor Augen, und dieselben Gefühle wie am Tag der Trauerfeier stellten sich ein. Er musste sie haben. Es war kindisch, es war eitel, und es war nicht legal. Aber es war Liebe auf den ersten Blick gewesen, und daran hatte sich die ganze Zeit über nichts geändert. Vielleicht war er sein ganzes Leben auf diese Maschine zugelaufen und hatte es nur nicht gemerkt.

»Die Festplatte ist doch jetzt sauber, da ist alles gelöscht von ihm, oder?«, wollte Höfer wissen.

Der Austausch. Wie konnte er jetzt den Austausch der Maschine am unauffälligsten durchführen? Westermann überlegte fieberhaft, während er antwortete: »Nun, Daten sind wie Unkraut, wissen Sie. Es kann sein, dass sie irgendwann wieder hochschießen. Besonders dort, wo eine Festplatte mit einer Verschlüsselungssoftware gesichert ist. Da hat selbst das BKA Schwierigkeiten.«

»Wissen Sie, was? Ich lass den PC einfach hier.« Höfer resignierte nun endgültig. »Das ist mir alles zu viel. Forensik. BKA. Unkraut. Heute dachte ich schon, er sei im Auto an mir vorbeigefahren. Es ist schrecklich.«

»Herr Höfer, ich verstehe Sie ja, aber wir dürfen Ihren PC gar nicht hierbehalten.«

»Ich schenke Ihnen das Ding!«, rief Höfer.

Westermann ging einen Schritt auf den schwarzen Koffer auf seinem Schreibtisch zu und strich mit der Hand über das Kunstleder. Es knisterte an den Fingerspitzen. Es war, als habe sie Pulsschlag. »Nun, mit Verlaub, aber wir reden hier nicht von einem Rasenmäher«, sagte Westermann.

»Haben Sie einen Schraubenzieher oder einen Hammer hier?«, wollte Höfer wissen.

Westermann blickte auf. »Haben Sie jemandem, dem Sie sich anvertrauen können, Herr Höfer? Soll ich vielleicht einmal einen unserer Betriebspsychologen fragen?«

»Ich werfe den Rechner einfach unterwegs aus dem Auto. Ist mir jetzt auch egal.« Höfer stand da wie ein bockiges Kind.

Nun reichte es. Westermann spürte eine brennende Ungeduld in sich aufsteigen, aber er riss sich zusammen. »Wie Sie meinen«, sagte er, »auf der Festplatte lässt sich jetzt so einfach nichts mehr finden.« Sein Blick ging dieses Mal nur kurz zur Maschine. »Bei der Schreibmaschine allerdings ist das wesentlich überschaubarer. Da können wir kurzen Prozess machen.« Er sagte es mit gnadenloser Sachlichkeit. Manchmal war er sich selbst unheimlich.

Und es wirkte: Beim Stichwort »kurzer Prozess« stürzte sich Höfer geradezu auf den Koffer und ließ die Schlösser nach oben schnappen »Dann machen Sie mal. Ich will nicht, dass diese Frau auch nur irgendetwas findet, das meinen Vater wieder ins Gespräch bringen könnte«, sagte er, während er den Deckel nach hinten wegklappte.

Es war ein Wasserfallmoment. Westermann breitete seine Handflächen über ihr aus, ohne sie zu berühren, als wollte er sie beschützen. »Wunderbar«, entfuhr es ihm.

»Herrje, haben Sie was entdeckt?«

»Was, bitte?«

»Na, Magnete. Gibt es da Magnete mit Sensoren dran?«

»Magnete«, wiederholte Westermann. Er versuchte, im Typenhebellager die Lücke beim O und beim H zu erspähen.

»Ja, wegen der Aufzeichnungsmöglichkeiten. Sehen Sie was?«, fragte Höfer und beugte sich neben Westermann über das Typenhebellager.

Westermann betätigte den Wagenrückführhebel. Er wackelte tatsächlich recht stark, aber mit etwas Glück würde nicht auffallen, dass Frenzels Olympia nicht leierte. Die Erbin würde annehmen können, Höfer senior habe seine Olympia eben repariert. Aber dafür musste er die Maschinen erst einmal ausgetauscht kriegen.

Westermann kam ein Gedanke. Er war kindisch und albern. Doch auf etwas mehr oder weniger Paranoia kam es jetzt auch nicht mehr an. Außerdem musste er etwas sagen, jedes Zögern würde den letzten Rest Glaubwürdigkeit kosten. Er richtete sich auf und blickte Höfer in die Augen: »Herr Höfer, ich würde Sie bitten, hier auf mich zu warten. Ich werde die Maschine kurz ins MRT bringen.«

Höfer stand bewegungslos da, während seine Augen durch den Raum wanderten, als halte er Ausschau nach weißen Kitteln. »MRT?«

»IBT hat für technische Geräte eine Art Magnetresonanztomografie entwickelt. Damit kommen wir den kleinen Feinden auf die Spur, wenn Sie mich verstehen.« Westermann zwinkerte Höfer zu und fragte: »Ich darf?«, als er die Olympia vorsichtig aus dem Koffer hob. »Wir werden über die magnetischen Wechselfelder und deren bildliche Wiedergabe sehr schnell wissen, ob die Maschine verwanzt ist.« Er bemühte sich, dabei so beiläufig wie möglich zu klingen.

»Kann ich mitkommen?«, wollte Höfer wissen.

»Das tut mir leid, Herr Höfer. Aber die Strahlenräume sind nur für wenige Mitarbeiter aus der Forschung zugänglich. Und denken Sie an die Strahlung.«

»Sie machen Witze«, sagte Höfer.

Die Situation konnte jetzt jederzeit kippen.

»Sie sind doch nur scharf auf die Maschine – wie neulich, bei der Trauerfeier!«

Die Situation war gekippt.

Westermann versuchte zu retten, was zu retten war. »Herr Höfer, IBT wird in zwei Jahren das führende Unternehmen im No-data-Diagnose-Bereich sein. Selbst Brüssel bezuschusst uns. Doch wenn Sie mir nicht glauben, hier bitte …« Mit diesen Worten hielt Westermann ihm die Olympia wieder hin. »Die Wahrscheinlichkeit, dass die zukünftige Besitzerin etwaige Magnete identifizieren kann, dürfte gering sein. Ich möchte Ihnen lediglich einen Gefallen tun, damit Sie ein bisschen befreiter in die Zukunft blicken können. Und ich für meine Person möchte keine Maschine, bei der die Hälfte der Buchstaben fehlt!«

Höfer schien zu überlegen. Ihm war wohl auch bewusst, dass er die Olympia, anders als den PC, nicht so einfach entsorgen durfte. Genau genommen war sie laut Testament

245

gar nicht sein Eigentum. »Also gut«, sagte er, »tun Sie, was Sie tun müssen.«

Und Westermann tat, was er tun musste.

Frenzels frisierte Olympia machte sich hervorragend im Koffer, abgesehen von ein paar unauffälligen Kratzern am Gusseisen ähnelte sie dem Original bis ins letzte Hebelchen, und Höfer junior fuhr samt PC und falscher Maschine wieder nach Hause, ohne auch nur einen einzigen Blick in vorüberfahrende Autos werfen zu müssen.

Terminal Typing

Westermann stemmte sich, in der rechten Hand den Schreibmaschinenkoffer und in der linken sein restliches Handgepäck, am Flughafen mit der Schulter gegen die defekte Drehtür. An das Gewicht der Gabriele hatte er sich immer noch nicht gewöhnt. Es war eine ziemlich einseitige Belastung, sie zerrte am Arm, wann immer er sie über eine längere Strecke transportieren musste, und verursachte auf Dauer lauter kleine Mikrotraumata in seinen Muskelzellen bis hinauf zum Nacken. Und jetzt, in der Drehtür, spürte er, wie sich an seinem rechten Nasenloch ein kleines Tröpfchen löste. Doch er hatte keine Hand frei und konnte jetzt unmöglich stehen bleiben. Der kleine feuchte Fleck auf seinem Sakko würde sicherlich bald wegtrocknen, und es war ohnehin ein regnerischer Tag. Westermann lief, ohne nochmals abzusetzen, auf die Schlangen vor dem Sicherheitscheck zu. Er nahm die »Fast Lane« und stellte sich hinten an.

Gabriele stand jetzt auf dem Boden neben ihm. Er betrachtete sie. Ganz schön mutig von ihm, die Sache so konsequent durchzuziehen. Er fühlte sich gut dabei, fast schon unbeschwert, wenn man einmal von ihrem Gewicht absah. War diese Maschine jemals an einem Ort wie diesem gewesen? Hatte man sie je auf ein Transportband gestellt, damit sie durchleuchtet wurde, um anschließend in zwölf Kilometer Flughöhe aufzusteigen? Die Olympia mochte mit Höfer die Welt bereist haben, aber seine Gabriele hatte vermutlich die Stadtgrenze nie überschritten. Und nun war sie seine Miles-

and-More-Gefährtin. Eine Reiseschreibmaschine eben. Sie begleitete ihn jetzt schon seit geraumer Zeit, war nicht nur Mittel zum Zweck, sondern fast so etwas wie sein persönliches Markenzeichen als »No-Data-Man«. Ja, in gewisser Weise war sie mittlerweile sogar Geburtshelferin seiner Gedanken. Seine Geschichte war ihre Geschichte, seit Frenzel sie für ihn im Laden hervorgekramt hatte.

Mit der gerade etwas unfein ergatterten Olympia verhielt sich das anders. Sie kam ihm nun ein bisschen vor wie heiße Ware, mit der man sich besser nicht blicken ließ, und es wäre viel zu riskant, diese Diva unter den Maschinen, die einem Mann mit großem Namen gedient hatte, auf eine profane Flugreise mitzunehmen. Wenn einem beim Sicherheitscheck schon ein ganz normaler Laptop abgenommen wurde und die Kontrollbeamten damit für mindestens fünf Minuten verschwanden, so bestand durchaus die Gefahr, dass man in diesem Zeitraum die Schreibmaschine ebenso gut austauschen konnte, so wie er selbst es getan hatte. Alles konnte in diesen fünf Minuten passieren.

Beim Aufrücken in der Schlange umfasste Westermann den Griff des Schreibmaschinenkoffers etwas fester. Das würde jetzt sicherlich brenzlig werden. Die Maschine war kantig, technisch zwar recht übersichtlich, aber eben nicht die Norm. Vielleicht würde es einfach zu viel Gusseisen sein. Sie konnte Menschen erschlagen, wenn sie aus dem Kabinenfach fiel. Westermann kam sich jetzt schon vor wie Bertolt Brecht am Kontrollpunkt Hoppegarten, durch den er am Wochenende seine Reiseschreibmaschine mittels Sondergenehmigung geschleust hatte. Es fühlte sich herrlich konspirativ an und ein bisschen intellektuell. Er fuhr sich durch die Haare und zog schon einmal sein Sakko aus. Ja, er war ein Freak.

Er blickte zu den anderen Stationen hinüber, vor denen sie teilnahmslos und ergeben in Zweierreihen standen und allmählich durch die Schleusen schlichen. Schuhe wurden

ausgezogen, weggetragen, zurückgetragen und wieder angezogen. Man reichte Schuhlöffel. Eine Frau auf etwa gleicher
Höhe in der Reihe nebenan war gerade dabei, Mantel, Handy und Gürtel abzugeben, nachdem sie bereits drei Plastik-
wannen vor sich auf dem Band belegt hatte. »Auch den Pul-
lover, bitte«, sagte die Sicherheitsbeamtin vor ihr.

Das Smartphone piepte. Westermann nahm das Gerät
zur Hand und stellte fest, dass er die Stalin-Hülle zu Hause
vergessen hatte. Verdammt. Es war ärgerlich, auch wenn er
sich auf Dienstreise auf einem Flughafengelände befand –
was immerhin entschieden unauffälliger war als ein inner-
städtischer Friedhof. Er blickte auf das Display, auf dem
»Marelli« stand. Er hatte den Namen noch nicht geändert. Westermann hatte zwischenzeitlich beschlossen, seine neue Assistentin »Magenta« zu nennen. Wegen der roten
Dauerwelle. Ihr richtiger Vorname war eigentümlich: Erika. Schreibmaschinen hießen so, nicht Menschen. Und ihren Nachnamen konnte er sich nicht merken.

Sie begann ohne Umschweife: »Die Tresore kommen
morgen, und Achternbusch fragt, wann denn mit dem Text
zu rechnen sei. Die brauchen eine Basis für die Neuverschlüsselungen. Er müsse seinen Leuten etwas liefern für
ihre Safes, sagt er. Sonst würden sie nur ihre Lieblingskekse
darin einschließen.«

»Was meinen Sie, wie ist die Stimmung?«, wollte Westermann wissen.

»Die stehen in den Startlöchern wie das Volk Israel vor
der Bundeslade, wenn Sie mich fragen.«

Es war erstaunlich. Kaum benutzte man das Wort »Freiheit«, und zwar schriftlich, schon standen sie stramm wie
die Zinnsoldaten, obwohl Strammstehen eigentlich das Gegenteil von Freiheit war, dachte Westermann.

»Werden Sie den Text bis morgen fertiggestellt haben?«,
erkundigte Magenta sich. Ihr war offenbar klar, dass er ihn
eigenhändig erst kurz vorher tippen würde. Inhalte erst

einmal nur im Kopf abzuspeichern, war ohne Zweifel die konsequenteste Methode der Datensicherheit.

Westermann bejahte und wollte das Telefonat beenden. Der Sicherheitsbeamte winkte ihn bereits ans Band.

»Da ist noch etwas«, sagte sie.

Westermann blieb stehen und ließ einem kleinen Mann mit einem Flüssigkeitstütchen in der Hand den Vortritt.

»Im Hause wird fieberhaft nach dem Kürzel aus dieser ›Economico‹-Meldung gefahndet. ›mw‹. Sie erinnern sich? Die Online-Plattform ist nicht verpflichtet, uns den Namen des Mitarbeiters zu nennen. Die haben sich hier schon die Finger wund gestroodelt und das gesamte Pressenetzwerk durchkontaktet«, erklärte Magenta.

Westermann überlegte. Wahrscheinlich wollte man Schlimmeres verhindern oder gar einen Deal mit diesem verdächtig gut informierten mw machen, um Einfluss auf die zukünftige Berichterstattung zu nehmen. Magentas Stimme wurde leiser. »Es lässt sich nichts, rein gar nichts zu dieser Person finden – sie bleibt absolut anonym.«

»Gehen Sie doch mal selbst in Stroodle/Bilder und geben ›mw‹ ein«, schlug Westermann vor. »Da kommen manchmal ganz andere Ergebnisse.«

Sein Blick fiel wieder auf die Dame in der benachbarten Reihe. Sie trug jetzt nur noch Hose, Strümpfe und T-Shirt und breitete ihre Arme aus, als wollte sie wegfliegen, von allen Lasten befreit.

»Nein«, antwortete Magenta, »selbst wenn ich die Suche verfeinere, finde ich keinen einzigen relevanten Journalisten mit diesen Initialen. Wer immer es sein mag, er muss irgendwie durchs Netz gegangen sein.«

»Das würde bedeuten, dass das Netz Löcher hat.« Westermann nahm sich eine Wanne.

»Wie bitte?«, fragte sie.

»Lassen wir das«, sagte er. Das Kind war ja ohnehin schon in den Brunnen gefallen. »Economico« war bekannt dafür, mitunter ganze Shitstorms in der Branche loszutreten, ohne die Identität derjenigen preiszugeben, die für sie schrieben. Und mw, wer immer es sein mochte, hatte offenbar ein besonders feines Händchen für brisante Informationen.

Magenta schien seinen Gedanken zu erahnen. »Wetter befürchtet, dass die schon zu Ihrem Krypto-Box-Projekt recherchieren. Die Aktion mit den Tresoren ist ja nicht gerade unauffällig.«

»Sagen Sie einfach, dass das Bestandteil des No-Data-Projekts sei, damit bleibt die Presse abgelenkt. Ich bin ja sowieso schon der Kaspar vom Dienst.« Damit beendete er das Telefonat, legte das Smartphone in die Wanne vor sich, zog seinen Gürtel mit einem einzigen Ruck von seinen Hüften und platzierte den Rest des Handgepäcks auf das Band. Zuletzt hob er Gabriele vom Boden, nahm kurz Schwung von hinten und setzte sie dazu.

»Laptop?«, wollte der Beamte wissen.

Mein Gott, sah sie aus wie ein Laptop in ihrem Koffer? Wie viel Ignoranz war notwendig, um das zu fragen? »Schreibmaschine«, antwortete Westermann und blickte ihr nach, als sie Richtung Durchleuchtungsschacht davonfuhr. Es hatte etwas von MRT.

Der Beamte winkte ihn lässig durch. Westermann musste noch nicht einmal die Schuhe ausziehen. War er denn so unauffällig? Als er am anderen Ende der Schleuse, durchleuchtet und abgetastet, seine Sachen zugeschoben bekam, meinte er ein Grinsen in den Gesichtern des Sicherheitspersonals zu erkennen. Gabriele war für harmlos erachtet worden, und ein Mitarbeiter zwinkerte mit den Augen und sagte: »Na, Ihr Tipp-Ex-Fläschchen hätten Sie aber abgeben müssen!«

Für gewöhnlich hasste Westermann das Warten am Gate, einem dieser zahllosen unwirtlichen Transit-Orte am Flughafen, wo sich die Leute nur deswegen aufhielten, weil sie dort, wo sie gerade waren, nicht bleiben wollten. Das waren keine guten Voraussetzungen, um sich wohl zu fühlen.

Westermann setzte sich etwas abseits ans Fenster, hob Gabrieles Koffer auf seine Oberschenkel und blickte auf die Reihe der Wartenden, die ihm gegenübersaßen. Abgesehen von Kleidung und Haarfarbe waren sie kaum unterscheidbar, ihre Körperhaltung und Gesten ähnelten sich drastisch. Es war ein seltsames Verschlungensein von Mensch und Ding: Sie wischten in einer Art pantomimischem Blättern auf ihren Smartphones vor sich hin oder hatten sich weggestöpselt. Mein Gott, dachte Westermann, da saßen sie nun alle, hatten die Koffer gepackt, sich auf den Weg zum Flughafen gemacht, einige würden vielleicht noch am selben Tag ganze Zeitzonen durchreisen. Und doch schienen sie sich zwischendurch kein einziges Mal in die wirkliche Welt zu wagen. Die Köpfe bewegten sich, aber nicht die Körper. Andererseits: Wo endete die Welt, wenn man »on« war und sie mit einer einzigen Bewegung umrunden konnte? Es gab keine Ränder, an denen man hätte kratzen können.

Westermann schlug die Beine übereinander und versuchte, sich zu entspannen. Für gewöhnlich saß er doch genauso da. Wie alle anderen. Er hatte immer genau so dagesessen. Erwartete er plötzlich, dass sich ihm jemand näherte, ihm in die Augen blickte und »Guten Tag. Wo kommen Sie her?« oder »Wo wollen Sie hin?« fragte? Er war ja selbst nicht gerade der joviale Smalltalker, hasste es, wenn sich ihm Menschen aufdrängten mit Worten, um die er nicht gebeten hatte. Er blickte auf sein Smartphone. Während er mit Magenta gesprochen hatte, schien jemand versucht zu haben, ihn zu erreichen. Er kannte die Nummer nicht und ging auf Rückruf.

»Hallo? Christina hier«, ertönte eine Stimme.

Im Hintergrund waren Geräusche zu hören, die sich ebenfalls verdächtig nach Flughafen anhörten.

»Hier ist Richard Westermann. Sie hatten versucht, mich zu erreichen?«

»Oh«, sagte Christina. »Es tut mir leid, ich glaube, ich habe mich vertippt. Ihre Nummer hat so viele Sieben, und die Sieben scheint zu hängen auf meiner Tastatur. Es ist immer dasselbe. Entschuldigen Sie bitte.«

»Kein Problem. Ich wünsche Ihnen noch ein schönes Restleben«, sagte Westermann und strich sie weg.

Er blickte sich um. Niemand sonst blickte sich um. Er hätte eine rote Pappnase tragen können, und niemand hätte davon Kenntnis genommen. Er hätte wirre Sätze von sich geben und dabei in den Raum starren können, und man hätte lediglich angenommen, er spreche über ein Headset. Es war eine ganz eigenartige, verdächtige Art von Freiheit, die man sich da vor lauter Ignoranz und Ich-Versenktheit zugestand.

Der Mann, der etwa eine Unterarmlänge neben Westermann saß, schien Solitaire zu spielen.

Westermann überlegte kurz. Er musste am Text für die Neuverschlüsselungen arbeiten, und bis zum Boarding blieb noch viel Zeit. Warum nicht hier? Deswegen hatte er Gabriele ja dabei.

Westermann ließ die Schlösser hochschnappen, klappte den Deckel nach hinten und entsperrte. Schluss mit Ruhezone. Dies war die reinste Zauberkiste, die Unvernunft und Wagemut zu verströmen schien, sobald man sie geöffnet hatte. Wer hatte so etwas nicht gern dabei? Er nahm ein Blatt Papier und spannte es ein.

Keine Regung in der Umgebung. Es lag dann wohl weniger an Westermanns raumgreifenden Bewegungen, sondern mehr am leicht muffigen Geruch, den der offene Schreibmaschinenkoffer immer noch von sich gab, dass der Mann neben Westermann endlich von seinem Smartphone aufblickte. Seine Augen wanderten direkt in den Koffer.

»Ich fliege nach Frankfurt«, sagte Westermann.

»Da sind Sie nicht der Einzige«, sagte der Mann, während er auf Gabriele starrte.

»Ja, aber ich sage es auch«, bemerkte Westermann.

»Sie werden doch wohl jetzt nicht anfangen zu tippen?«

Westermann tippte: »`Ik fliege nach FRA.`«

»Geht es Ihnen gut?«

Westermann strich mit den Fingern über die Abdeckung. »Wissen Sie, diese Maschine eröffnet mir Räume, in denen ich noch niemals zuvor war. Das Schreiben ist, wie soll ich sagen, eine Überwindung der eigenen und ein Hinauswachsen in eine andere Existenz«, sagte er, während er den Feststeller löste, um das Blatt etwas gerade zu rücken.

Nach einiger Zeit sagte der Mann: »Kümmert sich jemand um Sie?« Er schien ernsthaft besorgt zu sein. Es war fast schon rührend.

»Gute Frage«, antwortete Westermann. »Ich finde, es könnten sich mehr Leute kümmern. Andererseits bin ich auch nicht so bindungsfähig, befürchte ich. Und wie sieht es bei Ihnen aus?«

Stille. Und dann: »Entschuldigung. Ich muss telefonieren.« Mit diesen Worten erhob sich der Mann und ging auf die andere Seite des Wartebereichs, als leide Westermann unter einer hoch ansteckenden Krankheit.

Westermann ließ den rechten Zeigefinger über die Buchstabenreihen gleiten, fühlte die Wölbungen auf den Tasten und dachte nach. Es war nicht einfach, sich zu konzentrieren, das Sichtfeld der Maschine war viel größer als das eines kleinen Displays, und aus den Augenwinkeln nahm er wahr, dass einige Leute jetzt aufgeblickt hatten und ihn beobachteten. Langsam wurde er wohl sichtbar.

Er versuchte, sich an einige der Pangramme zu erinnern, die auf Frenzels Liste gestanden hatten. Wenn vollalphabetische Sätze dazu dienten, die Funktion aller Buchstaben der Schreibmaschinentastatur zu überprüfen, dann lag es doch nahe, derartige Sätze auch für die Verschlüsselungscodes zu verwenden, gegebenenfalls erweitert um einige Zahlen und Satzzeichen. Westermann schrieb also: `76 Franziskas` quälten von 1938 bis 2004 an jedem 5. Werktag vollendet Bach per Xylophon!

Erstaunlich, er erinnerte sich tatsächlich Wort für Wort an das Pangramm. Es war, als ob dieser Satz, den er in Frenzels Laden getippt hatte, eine körperliche Spur gelegt und sich in seinem Gedächtnis eingebrannt hatte.

Westermann lehnte sich zurück und begutachtete mit schräg gelegtem Kopf sein Werk, als habe er soeben begonnen, ein Bild zu malen. Davon abgesehen, dass das Schriftbild über alle Zeichen hinweg randscharf war und wie gestochen aussah, bot allein dieser Satz unendlich viele Möglichkeiten der Codierung. Als analoge Quelle für den digitalen Feldzug konnte sich der Text sehen lassen, fand Westermann. Er tippte ihn gleich mehrmals hin, dann ein weiteres Mal mit leicht veränderter Satzstellung und mit 37,5 statt 76 Franziskas. Mittlerweile spürte er die Blicke der anderen Ausharrenden geradezu physisch, nur die Weggestöpselten starrten weiterhin stumm auf ihre Smartphones oder in die Luft. Westermann kam sich vor wie im Aquarium. Bald waren erste lautstarke Kommentare zu hören: Man könne sich ja auf nichts mehr konzentrieren bei dem Geklappere. Wo man denn hinkäme, wenn sich hier jeder so inszenierte?

Er versuchte, ruhig zu bleiben. Das Schreibmaschineschreiben stand schließlich auf keinem Verbotsschild. Dies hier war keine Non-typing-Area. Zudem war die Texterstellung mittels beweglicher Typen und Druckerschwärze spätestens seit Gutenberg gesellschaftlich anerkannt, und erste Hinweise auf eine Maschine hatte es bereits im Jahre 1682 gegeben. Ausgerechnet der Direktor eines dänischen Taubstummeninstituts hatte Mitte des 19. Jahrhunderts die erste marktfähige Schreibmaschine erfunden. Nein, das Tippen war historisch hinterlegt im Land der Dichter und Denker, man befand sich schließlich nicht in Nordkorea. Hingen sie nicht alle tippenderweise über ihren Devices, die nichts anderes waren als digitale Urururenkel von Westermanns Maschine? Er tippte weiter. Die Haare fielen ihm ins Gesicht.

»Was machst du da?«

Westermann hielt inne und blickte auf. Ein Junge, vielleicht acht Jahre alt, recht weiß um die Nase und mit dem gelben Brustbeutelchen der Airline um den Hals, hatte sich neben ihn gesetzt, ließ die Beine baumeln und blickte zu Westermann hoch. Irgendwie war er durch die Aquariumswand gekommen.

Westermann grinste. »Ich schreibe Schreibmaschine.«

»Was ist das?«

Hm, gute Frage, dachte Westermann und überlegte. »Nun, es ist eine Art Buchstabenauswahlapparat. Wenn ich auf eine bestimmte Taste drücke, springt ein bestimmter Hebel aufs Papier und hinterlässt dort ein fettes Geräusch und einen frischen Buchstaben.

»Ha, du bist aber lustig«, sagte der Junge. »Das ist eine Happ, nicht? Wo hast du die heruntergeladen?«

Westermann fehlten die Worte. Es würde schwierig werden, und die Zeit würde nicht reichen, dem Jungen Sinn und Zweck einer Schreibmaschine zu erklären. Es war so, als wollte man einem Vogel das Fliegen erklären. Er schrieb einfach weiter.

Der Kleine wartete ab, bis der Wagen langsam nach rechts gefahren war, und sagte dann: »Aber das stimmt doch gar nicht mit der Schreibmaschine!«

»Warum?«

»Na, ich sehe doch, was du da schreibst! Da steht nirgendwo das Wort ›Schreibmaschine‹. Du hast gesagt, dass du ›Schreibmaschine‹ schreibst.«

Westermann grinste. »Ich kann die Worte aufessen. Einfach so. Dann sind sie weg. Für immer.« Er riss den oberen Rand ab, zerknüllte das Papier zu einem mundgerechten Kügelchen, schob es in den Mund und tat so, als kaute er es. Er musste an die Würmer und Blumen denken, die er als Kind gegessen hatte. »Na, siehst du noch etwas?«

Der Junge war nicht beeindruckt. Auch er schien ein Wurmesser zu sein und sagte: »Und jetzt runterschlucken.«

»Hör mal, Kleiner. Ich muss noch arbeiten, weißt du«, wandte Westermann ein. »Das ist nämlich auch eine Denkmaschine, ein hoch kompliziertes Gerät. Ich muss aufpassen, dass die Finger die richtigen Tasten treffen.«

»Runterschlucken!«

Erst jetzt fiel Westermann der Katheter auf, der unter dem T-Shirt des Jungen zum Vorschein kam und in seinem Rucksack zu enden schien. Westermann schluckte. Es war ja schließlich nur Papier.

»Kannst du mir was tippen zum Lesen?«

»Klar«, sagte Westermann und spannte einen neuen Bogen ein. Mal sehen, vielleicht kam dabei etwas heraus, das sich als Code eignete. »Was soll ich denn schreiben?«, fragte er.

»Weißt du, wie es im Himmel aussieht?«

»Nun, du wirst es sehen, wenn wir durch die Wolken fliegen.«

»Ich meine so überhaupt. Ist es manchmal auch dunkel im Himmel?«

Herrje. Westermann überkam ein klammes Gefühl, so als habe er heiße Makkaroni in den Hosentaschen. Er schaltete sein Handy schon einmal auf Flugmodus. Jetzt half nur noch schreiben. Ihm würde schon irgendetwas einfallen. Er verschob den Schlussrandsteller, strich mit den Fingern über die Tasten und schrieb schließlich: Wenn es im Himmel nich manchmal dunkell wäre, könnten wir die Sterne nicht sehen.

Es klingelte am Ende. Keine Ahnung, woher dieser Satz jetzt gekommen war, aber nun stand er da. Ein bisschen kitschig für seine Verhältnisse, aber nicht verkehrt. Und schwarz auf weiß.

»Das ist schön«, sagte der Junge. Und dann: »Aber da sind zwei Fehler drinne.«

»Es gibt Dinge, die man nicht mehr ändern kann«, sagte Westermann.

Der Junge ruckelte auf seinem Sitz zu Westermann herüber, nahm das Blatt am oberen Ende und zog es nach oben heraus aus der Maschine, dass er fast vom Sitz rutschte. »Malste mir einen Stern drunter?«

Westermann kramte seinen Füllfederhalter aus der Sakkotasche. Er war sich nicht sicher, wann er zuletzt einen Stern gemalt hatte. Die Zeichnung sah dementsprechend aus, aber auch das ließ sich jetzt nicht mehr rückgängig machen.

»Wenn es solche Sterne im Himmel gibt, will ich da nicht hin.«

Die heißen Makkaroni in Westermanns Taschen schienen sich zu verflüssigen. »Nun, es ist ja jetzt Tag. Man vergisst die Sterne glatt, kaum dass die Sonne scheint. Da kannst du mal sehen, wie wichtig die Nacht ist. Dann ist man froh, wieder ordentliche Malvorlagen zu haben. Also ich zumindest.«

»Okay.« Der Junge rutschte vom Sitz, nahm das Blatt, faltete es einige Male und verstaute es in seinem Brustbeutel, so schnell und um Unauffälligkeit bemüht, als habe man ihm gerade einen in Geheimtinte geschriebenen und für niemand anderen lesbaren Beipackzettel zugeschleust. Er verschwand in Richtung Boardingschranke.

Mein Gott, dachte Westermann, es lag alles so nahe beieinander. Gäbe es die Lebensgefahr nicht dort oben in der eisig kalten Stratosphäre, dann hätte man das Theater mit den automatisch vom Deckenboden fallenden Sauerstoffmasken schon längst abgeschafft. Dann würde man nicht wildfremde ältere Männer darum bitten, einen Stern zu malen. Und genau das tippte er jetzt hin.

»Sind Sie Schriftsteller?« Der Mann, der ihm gegenübersaß, hatte seine Unterlagen zur Seite gelegt und sich, die Unterarme auf den Oberschenkeln, zu ihm herübergebeugt.

Schriftsteller? Westermann war für Bruchteile von Sekunden versucht, Ja zu sagen. Was war weiter entfernt von dem, was er die letzten zwanzig Jahre gemacht hatte? Und jetzt saß da einer, der ihn für einen Schriftsteller hielt, nur weil er eine Ladung Gusseisen im Schoß hatte? Das war ja traumhaft. Wer war er? Wer konnte er alles sein?

Westermann strich sich die Haare aus dem Gesicht. »Oh nein. Ich hacke mich darauf nur ein bisschen durchs Leben.« Es war zugegebenermaßen eine dumme Antwort. Der Mann wäre damit nicht schlauer als vorher. Natürlich war er mehr als ein Hacker, aber dass er IT-Manager war, das wollte ihm auch nicht über die Lippen, und No-Data-Man hätte wohl vollends durchgeknallt geklungen. Er überlegte kurz und schob grinsend nach: »Nun, diese flachen Notebook-Tastaturen habe ich schon hinter mir. Ist mir nicht körperlich genug.« Er tätschelte Gabriele, als habe er ein Haustier dabei. »Und sie leuchtet mich nicht immer an oder fragt mich einmal wöchentlich nach einem Update, wissen Sie?«

Dreißig Minuten später hatte Westermann einen etwa halbseitigen Brief an Charlotte aus Melville, Oklahoma, geschrieben – auf dass sie sich freue, endlich einmal einen wirklich originellen Geburtstagsglückwunsch von ihrem Sohn zu erhalten, da sie ihm doch selbst regelmäßig auf ihrer alten Underwood schrieb. Ihm und den Kindern gehe es gut, und es sei völlig in Ordnung, dass sie wieder heirate. Er nehme das »dammed shit« zurück, das wolle er noch einmal ausdrücklich schreiben. Jetzt und hier, an dieser Stelle. Seinen Segen habe sie. Schriftlich. Vielleicht habe sie ja Verständnis für seine erste Reaktion, denn …

Westermann hatte beherzt kürzen müssen, da die Worte aus seinem Gegenüber nur so herausgeströmt kamen. Als das Boarding begann, befanden sie sich gedanklich immer noch in einem Hinterhof irgendwo im Mittleren Westen Amerikas. Es war eigenartig: Gabriele schien Geschichten freizusetzen, so als korrespondiere sie mit jedem Anschlag mit der psychischen Tiefenschicht der Benutzer. Dreizehn Millimeter tief, das war laut Frenzel ihr ausgemessener Tastentiefgang. Von dort unten wurden die Worte zutage befördert und aufs Papier gebannt. Westermann kam sich vor wie ein Medium.

Er spürte einen heftigen Schmerz zwischen den Schulterblättern, als der Mann ihn zum Dank kurz an sich drückte, bevor er davonstürmte. Er blickte ihm nach. Sicher, es war fraglich, ob er den Brief jemals abschicken würde. Manchmal schrieb man Briefe mehr für sich selbst als für den Adressaten. Aber er war immerhin entstanden – und vielleicht würde er am Ende doch in Charlottes altem Mahagoni-Kästchen mit eingebauter Spieluhr landen.

Mittlerweile war er vollkommen verspannt, das Tippen war anstrengend gewesen. Der ganze Körper tat ihm weh, als sei er persönlich über den großen Teich nach Oklahoma geschwommen. Er hatte den Kopf voller Bilder. Es fühlte sich gut an. Und dabei hatte er noch nicht einmal seine eigene Mutter angerufen.

Westermann betätigte Gabrieles Wagenverriegelung, schloss den Schreibmaschinenkoffer, streckte sich, so gut es ging, und fuhr ein paarmal mit der flachen Hand um den Nacken, bevor er sich schließlich in die Fluggastschlange am Boardingschalter einreihte. Er stellte sein Gepäck wieder ab, nahm das Smartphone und aktivierte den Code aus seinem Boardingpassbook. Das nächste Mal würde er sich seine Bordkarte von Magenta ausdrucken lassen. Die anderen Geschäftsreisenden würden ihn dafür mit Blicken töten, und natürlich würde es ein wenig Überwindung kosten, das Papier statt des Smartphones auf den Scanner zu halten. Andererseits entsprach das genau dem Stil des wahren Schreibmaschinisten, der keinen Flieger dieser Welt papierlos besteigen würde, noch nicht einmal am Scanner. Ja, Westermann schämte sich geradezu, kam sich banal und vorhersehbar vor, als er das Display an das Display legte. Und für einen Krypto-Box-Entwickler mit Sicherheitslücke war das Besteigen eines Flugzeuges mittels digitalem Fingerprint eine geradezu fahrlässige Handlung.

»Beide Gepäckstücke können Sie leider nicht mit in die Maschine nehmen.« Eine Dame um die fünfzig in blauer Airline-Uniform hatte sich vor ihm aufgebaut, der Gepäckanhänger baumelte bereits an ihrem Finger. »Sie können es direkt am Flieger auf den Kofferwagen stellen und beim Aussteigen dort auch wieder mitnehmen.«

Als würde das irgendetwas ändern. Westermann nahm das Schild und ging weiter.

Als es schließlich piepte und die Boarding-Schranke nachgab, hörte er es unvermittelt und ganz deutlich. Zunächst nahm er an, der Tinnitus würde sich wieder melden, wie ein fernes Echo der ganzen Tipperei. Aber der Rhythmus war ein anderer. Er war schneller. Und es war eindeutig das Geräusch einer Schreibmaschine! Westermann kam sich vor wie einer dieser Klopfkäfer in der afrikanischen Kalahari-Wüste, die – unbeeindruckt von der gigantischen Fläche um sie herum – so lange mit dem Unterkörper auf den Sand klopften, also akustische Signale absetzten, bis sie einander fanden. Er blieb stehen, wollte sich umsehen, wurde aber angehalten, sich schnellstmöglich zur Maschine zu begeben. Wer um Himmels willen saß allen Ernstes in einem Terminal und tippte auf einer Schreibmaschine, außer ihm selbst? Sicher, er hatte kein Monopol darauf, etwas vollkommen unglaublich Anachronistisches zu tun, aber ein bisschen irritierend war es schon, dass da jemand anderes am selben Ort zur selben Zeit auch etwas vollkommen unglaublich Anachronistisches tat.

Natürlich hatte er den kleinen Kabinenkoffer mit der Wäsche darin auf den Gepäckwagen gestellt. Und kaum hatte er den Flieger bestiegen, wurde ihm seine Gefährtin dann doch so verdächtig freundlich lächelnd und sanft abgenommen, dass Westermann für einen Moment befürchtete, man würde die Zwangsjacke gleich hinterherreichen. Die Maschine sei schweres Gepäck und liege von den Abmessungen her ein wenig außerhalb des Normbereichs. Durch die Schreibmaschinengeräusche könne es zudem, so versicherte man ihm entschuldigend, zu »elektromagnetischen Unverträglichkeiten mit der Bordelektronik« kommen.

Das sei aber erstaunlich, bemerkte Westermann. Es könne höchstens sein, dass die Maschine Geräusche von sich gebe, die seinen ganz persönlichen Tinnitus-Frequenzen entsprachen, aber doch wohl weniger denen der Bordelektronik. Gabriele sei, so viel stehe fest, durch und durch analog, und er hoffe doch nicht, dass das auch für die Flugapparaturen gelte. Man lächelte wieder sanft und hielt ihm die offene Hand entgegen. Westermann übergab Gabriele vorübergehend einer Brünetten um die dreißig und nahm schließlich Platz, mit nichts als einem ausgestellten Handy.

Versöhnung und Rache

Nach der Landung um 7.30 Uhr am nächsten Morgen taumelte Westermann mit allen anderen in Richtung Ausgang.
Sie schienen allesamt noch nicht wirklich fit für den Tag zu
sein. Einige schienen zu überlegen, in welcher Stadt sie gerade gelandet waren – man hätte noch im Terminalbereich eine
Leuchtbandanzeige installieren sollen, auf der stand: Wo
bin ich? Wer bin ich? Was wollte beziehungsweise will ich
eigentlich? Und danach hätte für die ganz Fantasielosen eine
Auswahl von ermutigenden Antworten erscheinen können.

Auch Westermann wusste nicht, warum er eigentlich los-
geflogen war. Vielleicht wäre es sinnvoller gewesen, mit Gabriele einfach noch eine Weile in der Abflughalle sitzen zu
bleiben, tippenderweise Unrat und Freude zu stiften, um
dann nach getaner Arbeit einfach wieder nach Hause zu
fahren.

Das Gespräch, das er mit einem IP-Fachmann in Frankfurt gehabt hatte, war nicht besonders erhellend gewesen.
Dieser hatte es für nahezu ausgeschlossen gehalten, dass
IP-Adressen entwendet und missbraucht werden konnten,
wie Achternbusch es beim Krypto-Box-Projekt vermutete. Eine IP-Adresse sei schließlich keine E-Mail-Adresse.
Sie sei wie eine handschriftliche Adresse auf dem Umschlag
eines Briefes, also hochgradig individuell, und eigentlich
müsse man zu diesem Zweck erst einmal die Endgeräte steh-
len, mit denen die Nutzer ins Netz gingen. Doch, hatte er
am Ende eingeräumt, nichts sei unmöglich, und damit hatte er so ziemlich alles relativiert, was er vorher gesagt hatte.

Wie sollte man also Geschütze auffahren, wenn man weder den Gegner noch seine Waffen kannte? Westermann wusste auch nicht, was er eigentlich erwartet hatte. Vielleicht war dies ein letzter Versuch gewesen, den unsichtbaren Feind mit unsichtbaren Waffen zu schlagen.

Zumindest hatte er am Flughafen »Penhaligon's Blenheim Bouquet« nachkaufen können. Im nächstgelegenen Waschraum zerriss er das Zellophan samt der edlen Pappverpackung und schlug sich winzige Tröpfchen des Dufts so heftig an den Hals und auf die Wangen, als müsse er sich selbst aus der Besinnungslosigkeit zurückholen. Es hätte nur noch gefehlt, dass er dabei »Hallo! Hallo?« gerufen hätte. Er fühlte sich besser danach.

»Haben Sie etwas dagegen, wenn ich das Fenster etwas herunterfahre?«

Der Taxifahrer schien kein Duftbäumchen-Typ zu sein. Ein netter Mensch Mitte dreißig, sehr gepflegt, dachte Westermann. Er legte seinen Arm über Gabriele. »Meinetwegen.«

»Was ist denn da drin?«, wollte der Taxifahrer wissen und blickte dabei skeptisch in den Rückspiegel.

»Meine Schreibmaschine.« Westermann kam sich jetzt definitiv wie ein Schöngeist vor, als er es sagte. Aber es hatte auch etwas von Aus-der-Welt-Sein, von Quarantäne.

»Aha«, sagte der Fahrer und musterte Westermann ein paar schmerzhafte Sekunden länger als gewöhnlich im Rückspiegel, bevor er auf die Autobahnauffahrt einbog und Gas gab.

Westermann wusste, dass dies wohl das einzige, halbwegs ruhige Zeitfenster sein würde, um seine Mutter anzurufen. Er blickte auf die Uhr. Es war 7.40 Uhr. Sie würde noch schlafen, aber er konnte ihr zumindest schon einmal eine Nachricht auf AB hinterlassen, solange weder Hörgeräte noch PC angestellt waren. Der Ball würde danach wieder bei ihr liegen. Er ging auf »Kontakte« und strich über »Mutter«.

»Westermann?«

Da war wieder dieses Fragezeichen in der Stimme. Westermann zögerte einen Augenblick.

»Hallo? Richard? Bist du es?«

Es war nicht der Anrufbeantworter, zumindest nicht der automatische. Und dabei war der Ruf erst zweimal durchgegangen.

»Mutter? Ich hatte gedacht, dass du noch …«

»… schläfst?«, beendete sie den Satz. »Da wunderst du dich, was? Ich habe IT-Treff mit den Senioren um zehn Uhr heute. Wir wollen Twittern üben, und da dachte ich, ich gehe vorher noch in aller Ruhe in meine Mehls. Das Netz ist morgens schneller, bevor es nachmittags wieder nachlässt. Wie ich«, fügte sie hinzu.

»Musst du denn da unbedingt hin?«, wollte Westermann wissen. »Du hast doch jetzt einen Computer zu Hause.«

»Die über Achtzigjährigen sörfen kostenlos«, antwortete sie mit volkshochschulgestählter Stimme. »Silver Sörfer«, sagte sie dann noch.

»Ja. Natürlich«, sagte Westermann. Er wusste, dass seine Mutter eine Flatrate hatte. Doch was wohl überwog bei ihr, war die Angst. Die Angst, irgendwann einmal den falschen Knopf zu drücken und dann allein zu sein.

»Hör mal, euer Chef da auf der Konferenz neulich, der war ja lustig.«

Sie hatte unvermittelt das Thema gewechselt. Westermann stutzte und versuchte, ihr gedanklich zu folgen. »Ich verstehe nicht«, sagte er.

»Na, du bist im Internetz! Auf Seite 1!«, rief sie.

Westermann rollte die Augen. Er erinnerte sich, dass sich bei seiner Mutter immer automatisch die Teletab-Seite öffnete, wenn sie ins Internet ging. Sie hielt sie für die Seite 1 des World Wide Web.

»Da habe ich den Film von der Pressekonferenz gefunden, mit dir und der Schreibmaschine!«, fuhr sie fort.

Das Taxi hatte die Autobahn schon wieder verlassen, und Westermann starrte aus dem Fenster in rotes Ampellicht. »Wovon sprichst du?«, fragte er.

»Hör mal, geht ihr denn nicht regelmäßig ins Internetz? Ihr habt ja sonst gar keine Ahnung, wie ihr so dasteht draußen.«

Westermann verstand erst langsam. Das konnte nicht wahr sein. Wetter schien tatsächlich veranlasst zu haben, ihn online zu stellen. Verdammt. Er formulierte im Kopf bereits eine Nachricht an seine Assistentin, während er sagte: »Ach so, das meinst du.« Er konnte unmöglich zugeben, dass sie ihn gerade eiskalt erwischt hatte.

»Meiden die dich mit der Schreibmaschine jetzt noch mehr als vorher?«, wollte sie wissen.

Westermann glaubte, nicht richtig gehört zu haben. Wo nahm sie bloß immer solche Fragen her? Wut kam in ihm hoch. Uralte Wut. »Wie kommst du darauf, dass man mich meidet?«

Wieder schnellte ein Augenpaar zum Rückspiegel.

»Ich glaube, wir haben etwas falsch gemacht mir dir«, sagte sie.

Das war nun wirklich die Höhe! Westermann unterbrach sie: »Mutter, darüber sprechen wir mal in Ruhe, aber nicht mitten in der Woche morgens vor neun Uhr!«

Der Fahrer versuchte offenbar, nicht mehr in den Rückspiegel zu blicken, aber es gelang ihm nicht.

»Ich wollte nur sagen, dass ich dich sehr gut verstehe«, versuchte sie zu erklären.

»Ich wünschte, du hättest mich nicht immer verstanden«, sagte Westermann. »Ich habe dich schließlich auch nicht immer verstanden.« Er versuchte, so souverän wie möglich zu klingen, als führte er ein Dienstgespräch.

Der Mann am Steuer drehte die Musik lauter. »Smoke gets in your eyes« von den Platters. Morgens um 7.45 Uhr. Es sollte wohl beruhigend wirken.

Sie schwieg eine Weile und sagte dann »Ich glaube, du hast mich immer sehr gut verstanden.«

»Wie meinst du das?«

»Du hast rebelliert, genau wie ich immer rebelliert habe, Richard. Du wolltest einfach immer anders sein. Auch anders als ich. Da bist du erst einmal einfach so geworden wie dein Vater.«

»Nun, es war fast unmöglich, eine Demo zu finden, auf der du noch nicht gewesen warst. Wenn es das ist, was du meinst«, sagte Westermann.

Der Fahrer schien das Tempo zu verlangsamen, um an der nächsten Ampel bei Rot halten zu können, und drehte das Radio unauffällig leiser.

»Ich wollte immer einen Hauch von Rebellion in eure Herzen pflanzen.«

»Ja«, sagte Westermann. »Sie kommt vielleicht ein bisschen spät, aber sie kommt. Die Rebellion.«

Sie lachte. »Ja, du warst immer schon ein Spätzünder. Ich hätte es wissen müssen.«

Das Taxi bog bereits in die IBT-Auffahrt ein. »Mutter, ich muss das jetzt beenden. Lass uns heute Abend weiterreden, ja?« Er strich sie weg und grinste. »Wissen Sie«, sagte er zum Taxifahrer, »ich habe seit Langem wieder das Gefühl, so richtig unterwegs zu sein. Kennen Sie das?«

Der Fahrer nickte irritiert. Natürlich kannte er das. Er war Taxifahrer.

Derweil waren geschätzte fünfzig Nachrichten in Westermanns Hosentasche eingegangen.

Auf dem Weg zum Büro ging er noch im Treppenhaus auf die Internetseite von IBT, und tatsächlich war gleich auf der Homepage ein Link zum Film der Pressekonferenz eingerichtet, der »No-Data-Zone« hieß. Ein virtueller No-Data-Raum, dachte Westermann – ein Widerspruch in sich. Das konnte wirklich nur Wetter einfallen. Der Mann schien ein wenig durcheinanderzukommen mit den Welten. Es gab dann nur einen einzigen, ungefähr zehn Sekunden langen Filmausschnitt, mit Horden von Presseleuten, die ihre Mikrofone und Kameras einem Mann hinter einer Schreibmaschine entgegenstreckten. Darunter stand in erstaunlich humorvoller Selbstdistanzierung, die er von IBT so nicht erwartet hätte: »Führungskräfte müssen heute so schnell umlernen wie noch nie.« Vielleicht war es auch ernst gemeint.

»Ist das mit Ihnen abgesprochen?«

Westermann hatte sein Gepäck kaum abgestellt, als Magenta ihren Bildschirm in seine Richtung schwenkte und mit dem Nagel des rechten Zeigefingers darauf klopfte, als müsste sie höchstpersönlich die Flüssigkeitskristalle darin bildgebend ausrichten.

Westermann winkte ab. »Ja, der Film, ich weiß. Meine Mailbox ist schon voll mit Kommentaren dazu.« Darauf kommt es jetzt auch nicht mehr an, dachte er. Sollten sie sich ruhig auf seine Kosten amüsieren. Es lenkte mehr denn je die Aufmerksamkeit weg von der Krypto-Box und gab die erwünschte Rückendeckung. Ganz abgesehen davon fand er, dass er recht gut getroffen war – mit der Maschine vor sich war er das personifizierte Original, auf dem alle Augen ruhten. Die Anzahl der Website-Klicks würde in die Höhe schnellen, und noch während sie alle auf den Bildschirm starrten, auf seine Person, würde bei jedem einzelnen Betrachter die Lidschlagfrequenz abnehmen und mit ihr auch die Tränenflüssigkeit im Auge. Das war wissenschaftlich erwiesen, und das gab ihm irgendwie ein verdammt gutes Gefühl.

Er blickte zu Magenta hinüber. Sie blieb sehr ernst bei all dem, zog beide Augenbrauen hoch, atmete tief ein und schob ihre Brille langsam in die Haare, als sie sich auf ihrem Stuhl zu ihm herüberdrehte. Die Brille im Haar gab ihr etwas Schwungvoll-Energisches, fand Westermann. Sie sah damit aus wie eine Urlauberin in einem Moment, in dem die Sonne gerade nicht schien.

»Es ist mehr als nur ein Internetfilmchen«, sagte sie, legte ihre Hand wieder langsam auf die Maus und scrollte.

Westermann starrte auf den Bildschirm und glaubte seinen Augen nicht zu trauen. Seine Lidschlagfrequenz war gleich null. Tatsächlich, es war kein Standbild. Es war ein Anzeigenentwurf. Und unter dem Foto, auf dem er gerade den Wagenrücklauf betätigte, stand: »Total Output Management – Wir sitzen am längeren Hebel.«

Magenta rollte die Augen. »Es war Wetters Idee. Es gibt drei verschiedene Motive von Ihnen, und er will damit auch in die Printmedien. Er braucht nur noch Ihr Einverständnis. Acht überregionale Zeitungen und zwölf Magazine haben schon angefragt. Die zahlen fast jeden Preis.«

Westermann war sprachlos. Er ließ sich in den Besuchersessel fallen und starrte auf die gegenüberliegende Wand – wie bestellt und nicht abgeholt. Wie zu Besuch im eigenen Leben. Es zerriss ihn innerlich. Schon wieder nahm ihm jemand ein Copyright weg, stahl ihm seine Idee, seinen Mut, seine mühsam entdeckte Fantasie und Extrovertiertheit. Die Nische, die er gerade erst in sich selbst entdeckt hatte mit Gabriele, wurde jetzt im großen Stil zur Marktnische gemacht und schnöde verkauft.

Er lehnte sich zurück und führte langsam, fast unbewusst seine Hände zusammen, legte die Spitzen der kleinen Finger und der Daumen aneinander und klappte die restlichen Finger der rechten Hand über die der linken. Zentrieren und den Geist beherrschen. Raja Yoga. Er hatte es schon lange nicht mehr gemacht. Sicher, dachte er, bei Lichte betrachtet, tat Wetter nichts anderes, als sich seines Humors zu bedienen. Bis zu einem gewissen Grad war es sogar abgesprochen gewesen, Teil des Deals. Und er sah gut aus auf den Fotos. Wenn man in den Medien nicht aussah wie der letzte Depp, war das ein Trost. Aber es ging alles zu schnell. Es war zu einfach. Wenn Entscheidungen so schnell fielen, hieß das noch lange nicht, dass sie auch gut waren.

»Er hat seine Gründe«, sagte Magenta.

Westermann roch Kaffee neben sich, sie hatte ihm offenbar eine Tasse hingestellt. Und dann schob sie ihm behutsam den Wirtschaftsteil der Zeitung auf den Schoß. Was immer dort schwarz auf weiß stand, er hätte es am liebsten von Magenta vorgelesen bekommen, als es selbst lesen zu müssen. Es gab Systeme, die einem Sachen vorlasen. Es half nichts. Raja Yoga. Er senkte den Kopf und las: »IBT schockiert mit schlechten Zahlen.« Sie hatte es rot unterlegt. Als wäre das noch nötig gewesen.

Mittlerweile hatte die Presse wohl die Unterlagen interpretiert, die Wetter zur Pressekonferenz hatte verteilen lassen, alle Online-Statements hatten ihre Empfänger erreicht, und nun wusste die Welt, dass IBT zehn Quartale in Folge einen Umsatzrückgang zu verzeichnen hatte. Besonders die Hardware-Sparte stand wieder einmal extrem schlecht da. Und nachdem nun auch die Kooperation mit Happle geplatzt war, hatte Wetter mit seiner No-Data-Area kurzerhand noch eine Unmöglichkeit draufgesetzt – mit Westermann und Gabriele als Galionsfiguren. Die dahinterstehende Strategie war wohl klar: Besser solche Bilder in der Zeitung als rote Zahlen. Wahrscheinlich scherte er sich in diesem Moment gar nicht mehr um die Krypto-Box. Vielleicht hatte er auch nur sein ganzes Leben darauf gewartet, einmal etwas völlig Unerwartetes zu tun, über das die Menschen sich verwundert die Augen rieben, statt lediglich darüber hinwegzulesen. Viel hatte er ja nicht mehr zu verlieren.

Etwas knackte plötzlich, dass es einem durch Mark und Bein ging. Westermann blickte auf und sah, wie seine Assistentin mit ausgestreckten Fingern vor ihrer Optima Elite Platz genommen hatte und sich ganz offensichtlich warm machte: Sie hatte die Finger voneinander abgespreizt und knickte nun jeweils zuerst das erste, dann das zweite Fingergelenk ab. Erst bei jedem Finger einzeln, dann bei allen Fingern gleichzeitig.

»Der kleine muss besonders geschmeidig gehalten werden, er wird mehr bewegt als die anderen, kräftigeren Finger«, erklärte sie. »Im Zehnfingersystem wird die linke Hand mit fünfundfünfzig Prozent aller Anschläge stärker belastet als die rechte. Mit zwanzig Prozent aller Anschläge muss der linke Mittelfinger am meisten arbeiten, und nur einunddreißig Prozent aller Anschläge erfolgen in der Grundstellung. Haben Sie eine Ahnung, wie beweglich man da sein muss, um einigermaßen schnell und doch treffsicher zu werden?« Und während sie Spreizgriffe des rechten kleinen Fingers vom »ö« zum »ä« und dann vom »ö« nach rechts aufwärts zum »ü« vollzog, fragte sie: »Machen Sie Dehnübungen?«

»Wie?«

»Na, Sie sind doch auch schon über fünfzig. Achten Sie auf Ihren Calcium-Spiegel. Sie sollten täglich Dehnübungen machen.«

»Gilt Laufen auch?«, frage Westermann grinsend.

»Nun, es kommt darauf an, wohin Sie laufen oder vor was Sie weglaufen, nicht wahr? Und achten Sie auf Ihr Herz.« Sie nahm ein Blatt, legte es in die Papieranlage und drehte es mit dem Walzendrehknopf sanft und leicht hoch, während sie weiterredete: »Für das gelebte Leben gibt es weder Korrekturband noch Escape-Taste, sage ich immer.«

Westermann legte den Kopf schräg und betrachtete sie. Letzteres hätte von ihm kommen können. Sie war originell – sogar mehr als das: Sie war ein Original. Mit was hatte diese Frau wohl als Kind Christbäume schmücken müssen?

»Darf ich Sie Magenta nennen?«, fragte er.

»Haben Sie den Code?«, fragte sie.

»Fürs Leben?«

»Nein. Für die Tresore.«

»Was?« Er war noch in Gedanken bei Weihnachten und dem Leben an und für sich und konnte so schnell nicht folgen.

»Na, den Neuverschlüsselungscode für die Krypto-Box-Plattform.«

Sicher, er hätte es fast vergessen. Westermann rappelte sich auf und öffnete seinen Reisekoffer, der noch an der Tür stand. Die Seite mit den Pangramm-Variationen musste sich irgendwo zwischen den Papieren befinden. Es war ihm ein wenig peinlich, als er schließlich ein zusammengefaltetes, feuchtes Blatt Papier aus der Tasche fischte. Irgendetwas musste aus dem Kulturbeutel ausgelaufen sein. Er reichte es ihr. »Es basiert auf einem Pangramm. Ich habe damit die ganze Seite vollgeschrieben. Bei geschickter Kombination der Zeichen dürften wir eine Weile damit auskommen.«

Magenta setzte ihre Brille wieder auf und las den ersten Satz vor, ohne eine Miene zu verziehen, als handelte es sich um ein Mantra: »76 Franziskas quälten von 1938 bis 2004 an jedem 5. Werktag vollendet Bach per Xylophon!«

»Spielen Sie ein Musikinstrument?«, wollte Westermann wissen.

Sie legte den Kopf schräg, spitzte die Lippen und überlegte. »Nun, wir könnten die Quersumme von 7 und 6 nehmen. Wann haben die Franziskas Namenstag? Der 5. Werktag dürfte Freitag bedeuten. Und bei Bach könnte man mit der Johannes- und/oder Matthäuspassion zusätzlich verschlüsseln«, sagte sie. »Was meinen Sie?«

»Sie scheinen wohl gerne zu tüfteln, sind der Scrabble-Typ, was?«, grinste Westermann.

Sie schwieg.

»Sudoku?«, fragte er.

»Nun, ich mag es, wenn es ein bisschen kniffelig wird«, gab sie zu. »Und ich mag Kreuzworträtsel.«

Schließlich wurde als erste Entschlüsselungsanweisung

für die im System zu verwendende Buchstaben-, Zahlen- und Zeichenkombination das jeweils zweite Zeichen des ersten Pangramm-Satzes vorgegeben: 6ruo9ione.eoaey. Damit konnte man sich bei jedem gängigen Online-Account wahrlich sehen lassen. Das elektronische Neukodierungssystem hätte es nicht besser machen können, es sah verdammt digital aus.

Magenta tippte die Pangrammseite mit der maximal möglichen Anzahl von Durchschlägen ab und ließ diese als Basisdokument in die Tresore legen. Man kam überein, die darauf anzuwendenden Entschlüsselungsanweisungen täglich zu wechseln und diese zu bestimmten Uhrzeiten jeweils am Vorabend jedem Projektmitarbeiter telefonisch durchzugeben. Automatisch würde nichts mehr gehen, da konnten die Hacker noch so polymorph unterwegs sein im stillgelegten Verschlüsselungsprogramm.

Westermann verbrachte den Rest des Tages hinter schalldichten Türen und Wänden. Er musste sich immer noch daran gewöhnen, dass sich alles seltsam dumpf anhörte und man sich vorkam wie auf der Isolierstation. Genau genommen war es ja auch eine. Sämtliche Interviewanfragen mit ihm als dem ersten sich outenden Schreibmaschinenschreiber des deutschen Managements wurden direkt in die IBT-Presseabteilung weitergeleitet und von dort mit professioneller Behutsamkeit abgewiesen. Lediglich die Journalisten der ganz großen Zeitungen wurden zu Wetter durchgestellt. Westermann hatte sich absolute Abschottung erbeten, denn es reichte schließlich, wenn er als Hofnarr sein Gesicht für Wetters Kampagne hergab.

Natürlich hatte er bei Wetter auf seine Persönlichkeitsrechte hingewiesen, doch der war unbeeindruckt geblieben. Schließlich habe er, Westermann, sich doch Rückendeckung gewünscht, und es sei doch ein genialer Schachzug, Westermann pressewirksam als Out-of-the-box-Denker zu positionieren, wo er doch in Wirklichkeit sozusagen Inside-the-box-Entwickler sei. Die IT-Branche stehe schließlich vor historischen Umwälzungen, ein neuer Zyklus stehe bevor, man komme ja kaum noch mit, und da könne es doch nicht schaden, flexibel zu bleiben und komplett neue Wege zu gehen – mit der Krypto-Box, aber eben auch in die entgegengesetzte Richtung, also mit der Schreibmaschine. Man müsse eben beide Klaviaturen bespielen, sich nach allen Seiten hin absichern, bevor die Konkurrenz auf dieselbe Idee komme. Und das, genau das erwarte er jetzt auch von Westermann. Schließlich habe er doch selbst den Ball ins Rollen gebracht.

Westermann war klar, dass Wetter die von ihm in Gang gesetzte Demütigung auf der Pressekonferenz nicht überwunden hatte und ihn nun im Gegenzug bloßstellen wollte, während er so ganz nebenbei auch noch Profit daraus schlug. Die Rolle als »schöpferischer Zerstörer« schien Wetter zu gefallen, und so behielt er alle Fäden in der Hand. Es war perfide. Es war ein verdammtes Trauerspiel.

Polymorphe Viren. Digitale No-Data-Zones. Schalldichte Räume. Seit geraumer Zeit fröstelte ihn. Es konnte daran liegen, dass der Sommer langsam zu Ende ging oder dass sein Blutdruck nicht mehr so zuverlässige Werte lieferte wie früher. Sein Tinnitus meldete sich zwar seltener als zuvor, aber er war noch da, und als er an diesem Abend das Bürogebäude verließ, glaubte er gar, Stimmen in freier Natur zu hören. Er wurde zunehmend dünnhäutiger. Es schien Zeit für den nächsten Friedhofsbesuch zu sein.

Als Westermann vor der Tür das Taxi heranwinkte, hörte er eine Stimme, die zweifelsohne vom Park herkam. Er ließ den Blick über die Grünfläche schweifen – und da sah er ihn. Es war, als habe er eine Halluzination, als spielten endgültig alle Sinne verrückt. Wollten die ihn nun vollends in den Wahnsinn treiben? Steckte System dahinter? Es war kaum zu fassen: Unter dem Ahornbaum saß Dockhorn. Er hatte den Rücken an den Stamm gelehnt, sein iHap auf den Knien und offenbar Stöpsel im Ohr. Er redete auf die ihn umgebende Rasenfläche ein und war dabei so vertieft, dass er Westermann gar nicht wahrnahm.

Wartete der auf Fotografen? Dockhorn war ein selbstständig lernendes System, so viel stand fest, irgendetwas würde er damit im Schilde führen, und zwar nichts Gutes. Ein Tiger wechselte schließlich auch nie seine Streifen. Und der Ahornbaum, Westermanns Ahornbaum, ließ das einfach so mit sich geschehen. Dockhorn saß darunter wie ein Nerd der allerjüngsten Generation. Westermann konnte kaum den Blick von ihm lassen. Wer war der wirklich? Wo hatte der bloß sein Ich versteckt? Trug er vielleicht einen implantierten Rattenhirn-Chip? Das, was er hier sah, würde jedenfalls den ganzen Ablauf seines Turing-Tests mit Dockhorn durcheinanderbringen oder zumindest sehr viel komplexer gestalten.

Der Fahrer nahm ihm seine Koffer ab und verstaute sie im Kofferraum. Dieses Mal waren es drei Gepäckstücke, denn Höfers Olympia hatte Westermann nicht in der Firma lassen wollen. Sie war seine Errungenschaft, mehr als nur ein Copyright, und sie ging nur ihn persönlich etwas an.

Als das Taxi anfuhr, sah er das Paar Schuhe. Mein Gott, dachte er, Dockhorn hatte die Schuhe noch vor Betreten der Grünfläche ausgezogen und einfach auf dem Weg stehen lassen.

Biorhythmus
schlägt
Algorithmus

☐ Y X C V B N M ? ! ' ☐
, . —

Umschalter und fünf Anschläge

Es war früher Abend, als Westermann heimkehrte. Er hörte es, kaum dass er sich mit den beiden Maschinen und seinem Koffer der Haustür genähert hatte. Vielleicht war es nur eine Sinnestäuschung oder sein Tinnitus in nie gekannter Intensität – offenbar ging die Tipperei jetzt im Kopf weiter, und all seine Stressreduktionsübungen, all die Trauerfeiern waren für die Katz gewesen. Er seufzte, setzte das Gepäck ab und hielt inne. Es klang wie dezente Morsezeichen. Er war sich nur nicht sicher, ob die von innen oder von außen kamen.

Churchill kam vom Garten her ums Haus nach vorne gelaufen. Wenigstens das, dachte Westermann. Er ging in die Hocke und klopfte sich mit den Handflächen auf die Oberschenkel. »Komm her, Dicker.«

Doch der Kampfhund schien ihn gar nicht wahrzunehmen. Er sprang ungewohnt ausgelassen, geradezu tänzelnd, soweit sein massiver Leib es zuließ, durch den Vorgarten, hin und her, vor und zurück. Als Westermann genauer hinsah, bemerkte er einen Schmetterling, ein Pfauenauge, hinter dem der Hund herlief. Westermann richtete sich langsam wieder auf und wandte sich ab. Es gab weiß Gott genügend Mäuse auf dem Grundstück, bei deren Vertreibung sich Churchill hätte nützlich machen können. Stattdessen sprang er nach Luft schnappend umher. Es war schon etwas enttäuschend, fand Westermann.

Das Gepäck beförderte er nach und nach ins Haus. Seit er sich mit den Schreibmaschinen beschäftigte, war er einfach nicht mehr so schnell wie früher, das Leben wurde gewichtiger, die Wege länger. Und manchmal musste er die Wege eben auch mehrmals gehen.

Er schloss die Haustür hinter sich und horchte. Jetzt war ihm schlagartig klar, woher das Geräusch kam. Eigentlich hätte er es sich gleich denken können. Er ging die Treppe hinauf. Die Tür zu Pauls Zimmer war nur angelehnt, aber Westermann klopfte trotzdem, bevor er eintrat.

»Hey, Dad.« Sein Sohn drehte sich grinsend zu ihm um und zeigte auf das Gerät vor sich auf dem Tisch. »Sie ist schön, nicht? Hermes Baby. Dein Jahrgang!«

»Churchill schnappt draußen nach Luft«, sagte Westermann. Er näherte sich langsam der Schreibmaschine, an der sein Sohn saß, und nahm sie in Augenschein, während er weiterredete: »Du hast die Verandatür aufgelassen.« Sie war ebenfalls ein portables Modell, sehr klein eigentlich, mit mintgrünen Tasten. Mintgrün … Sie sah aus wie eine dieser altmodischen Rechenmaschinen und hatte eine unterteilte grau-grüne Verschalung. Die Farbbandspulen saßen unter separaten, spitz zulaufenden Deckeln, und als sich Westermann über die Maschine beugte, fiel ihm der kleine, aufklappbare Wagenhebel auf. Auf den ersten Blick sah sie nicht besonders wertig aus. »Herrje, kannst du nicht einfach so sein wie alle anderen in deinem Alter?«, fragte er.

»Danke der Nachfrage«, sagte Paul und begann zu tippen. »Ich weiß, ich weiß, sie entspricht nicht deinen ästhetischen Maßstäben, aber sie gilt als der Laptop der fünfziger Jahre! Ein Klassiker.«

»Warum machst du das?«, fragte Westermann.

»Sinnmaximierung der Generation Y, nehme ich an«, sagte Paul. Er tippte weiter, neigte dabei fast sanft den Kopf und hielt das rechte Ohr über die Tasten. »Sie hat einen leisen Gang und einen schönen Klang, es ist eher ein ›Tack, Tack‹ beim Schreiben – optimal für mein Geräusche-Archiv. Sie klingelt auch sehr zart und hell.«

280

»Zart und hell? Hermes Baby?«, fragte Westermann.

»Ja, Hermes. Gott des sicheren Geleits.«

»Na, den können wir mittlerweile gebrauchen«, sagte Westermann.

»Ja, da wären wir jetzt zu sechst, nicht?«, grinste Paul.

»Wie meinst du das?«

»Na, Olympia, Gabriele, Hermes, Churchill, du und ich!«

Das war eine wahrlich bizarre Gruppierung, fand Westermann. Wie kam der Junge auf solche Gedanken? »Fehlt dir Mutter eigentlich?«, fragte er.

»Yolanda? Wieso?«

»Nein, ich spreche von deiner Mutter.«

Es klingelte. Ausgerechnet jetzt. »Hast du das auch gehört, oder ist das in meinem Kopf?«, fragte Westermann.

»Das ist an der Tür. Man nennt es Hausklingel.« Paul verdrehte die Augen und wandte sich wieder der Hermes Baby zu.

Sie trug einen hellgrauen Mohairpulli zu heller Jeans dieses Mal, die brünetten Haare waren hinten locker zusammengebunden, und sie roch nach grünem Tee. Westermann mochte grünen Tee. Aber er hatte sich nicht auf ihren Besuch vorbereiten können, hatte sich nicht einmal die Hände gewaschen, und »Penhaligon's Blenheim Bouquet« lag noch im Koffer. Zumachen, die Haustür sofort wieder zumachen, war seine erste Reaktion.

»Entschuldigung«, sagte sie. »Ich komme gerade ungelegen, nicht wahr?« Und dabei legte sie die Stirn ganz wunderbar in kleine, ausdrucksstarke Falten. Westermann versuchte, den Kopf zu schütteln. Konzentrationsschwäche, verspannter Rücken, flauer Magen, Engegefühl in der Brustgegend, Schluckbeschwerden – alles auf einmal, die ganze Gefühlspalette. Ihre Entschuldigung würde nichts nützen, gar nichts. Es war, als hätte er plötzlich eine tickende Bombe im Bauch. Mein Gott, wie konnten Menschen da nur von

Schmetterlingen sprechen? Seine Nachbarin war nicht nur drauf und dran, sein Haus, sondern auch ihn selbst unbefugt zu betreten. »Aber bitte, kommen Sie doch herein«, hörte er sich sagen.

Sie legte die rechte Hand kurz an ihren linken Oberschenkel und lächelte, wobei sie den Kopf ein wenig zur Seite neigte. »Sind Sie sicher? Ich bin normalerweise eine fast unsichtbare Nachbarin, das müssen Sie mir glauben.«

Nein, dachte Westermann, sie war nicht unsichtbar. Sie war alles andere als unsichtbar. Sie war ins Nachbarhaus gegangen und hatte geklingelt. Einfach so. Was war naheliegender? Und nun war sie eben da. Und keine Ringe am Finger. Sie hatte keinen einzigen Ring am Finger.

Ihr Blick streifte die Schreibmaschinenkoffer, als sie eintrat.

»Entschuldigen Sie, ich bin gerade erst nach Hause gekommen«, sagte Westermann und versuchte dabei, sich vor das Gepäck zu stellen.

»Oh, wenn ich das gewusst hätte …«

»Haben Sie sich ausgesperrt?«, fragte er.

Sie lächelte wieder: »Oh nein. Aber da sind wir schon beim Thema …«

»Einsam?«, fragte Westermann.

Sie hielt inne. »Wie bitte?«

Herrje, hatte er das jetzt tatsächlich gesagt? Locker bleiben. Lächeln. Geistreich sein. Retten, was zu retten war. »Nun, das Haus dort drüben ist ja recht groß, nicht wahr? Fühlen Sie sich wohl?«

Sie schien erleichtert zu sein, lachte auf und bejahte, während sie ihm ins Wohnzimmer folgte.

Man bemühte sich um Konversation und sprach über Umzugskisten, Raumaufteilung, Blick ins Grüne, Ruhe und Berufsverkehr. Nichts davon war von Bedeutung in Anbetracht dieser hingeworfenen Eleganz, mit der sie den Raum durchschritten hatte. Sie war wunderschön. Das

Zimmer war voll von ihr. Es gab doch nun wirklich eine un-
überschaubare Anzahl an Gefühlen und Menschen, dachte
Westermann. Warum ihn nun dieses eine Gefühl bei dieser
einen Person überkam, war unerklärbar.

»Möchten Sie einen Kaffee?«, fragte er. »Ich wollte mir
gerade einen machen.«

Sie wollte.

Er flüchtete erst einmal in die Küche und stellte den Au-
tomaten an. Es würde ein Weilchen dauern, bis er heiß gelaufen war. In seinem Kopf schwirrten die Gedanken umher
wie Moskitos. Kam er nicht sonst im Leben mit fast allem
klar, hatte er nicht beruflich so einiges erreicht? Da konnte man Situationen wie diese doch locker bewältigen! Er
schob sich eine Rosine in den Mund. Kauen, ganz langsam
kauen. Dem Aroma und der sich verändernden Konsistenz
im Mund nachspüren. Sich innerlich ordnen und fokussieren. Ruhig werden. Sein Mund war bald voller Speichel. Wer
war diese Frau da in seinem Wohnzimmer – so etwas wie
ein Suchprodukt, Ergebnis einer Art kosmischer Bestel-
lung, oder ein Konstrukt aus seinen Suchmaschinen-Einga-
ben, seiner favorisierten Klicks und Online-Kaufentschei-
dungen, kurzum ein Wesen, das plötzlich vor ihm stand, nur
weil er zu oft nach »Olympia« gestroodelt hatte?

»Wie heißen Sie eigentlich?«, rief Westermann aus der Küche.

»Wagner«, rief sie zurück.

Ihm fiel erst jetzt auf, dass sie ihren Namen eingangs gar
nicht erwähnt hatte, dass sie ihn eigentlich noch nie erwähnt
hatte. »Nachbarin« war ja schließlich kein Name, aber Wagner war auch so eine Art Massenphänomen. »Und Ihr Vorname?«, fragte Westermann.

Sie schien zu zögern. Und dann: »Malwine. Malwine
Wagner.«

Malwine Wagner. Nun gut, dachte Westermann. Oft waren die richtig guten Dinge ja die, nach denen man gar nicht

283

gesucht hatte und die man dann an ganz komischen Ecken des Lebens fand. Sie konnte eine Zufallsentdeckung sein, wie es Gabriele gewesen war und ein bisschen auch Magenta.

»Milch und Zucker?« Westermann war mit zwei Tassen zurückgekehrt.

»Nein, danke, ich trinke ihn schwarz.« Sie zog die Nase ein ganz klein wenig kraus, wenn sie lächelte.

»Leben Sie allein in dem großen Haus?« Verdammt, dachte Westermann. Er kam sich vor wie ein Bauchredner, dessen Puppe sich selbstständig machte.

Sie lächelte. »Ja. Ich genieße die Freiheit, könnte man sagen. Wissen Sie, das Schöne am Alleinwohnen ist, dass sich niemand darüber lustig macht, dass Magnete in Form von Schmetterlingen am Kühlschrank kleben.« Ihre Augen wanderten fragend Richtung Zimmerdecke. »Schreibt hier jemand Schreibmaschine? Ich habe ein solches Geräusch neulich schon einmal gehört, als Ihre Fenster aufstanden.«

»Ja«, sagte Westermann. Er versuchte zu lächeln. »Mit Klaviermusik können wir leider nicht dienen. Das ist mein Sohn Paul. Er ist siebzehn und, nun ja, er probiert momentan viel aus.«

»Schreiben Sie auch?«, wollte sie wissen.

Hoffentlich hatte sie die Schreibmaschinenkoffer im Flur nicht gleich als solche identifiziert, dachte Westermann. Sie war mehr der iHap-Typ, fand er.

»Schreiben? Nun, seit der Grundschule, würde ich sagen«, erwiderte er.

»Das meinte ich nicht«, sagte sie. »Ich dachte eher ans Tippen.«

Westermann grinste und legte einen Ich-könnte-Ihnen-viel-erzählen-Ausdruck in sein Gesicht. Man musste sich in solchen Momenten nicht gleich erklären, sondern sich vielmehr mit einer Aura des Geheimnisvollen umgeben. Nichts war schlimmer, als zu schnell zu viel von sich preiszugeben und nichts mehr der Erkundung zu überlassen. Erotik beruhte auf dem sparsamen Umgang mit Informationen. Frauen hatten ihm mitunter eine faszinierende, ganz außerordentliche Vergangenheit angedichtet, nur weil er zunächst einfach die Klappe gehalten und geheimnisvoll geguckt hatte. Westermann lehnte sich ein wenig entspannter im Sessel zurück und wurde zum Krypto-Menschen im anziehendsten Sinne. Er nahm sein Handy und stellte es unauffällig auf Flugmodus.

»Ich habe Sie in der Zeitung gesehen mit Ihrer Schreibmaschine.«

Westermann guckte. Zeitung. Dass er in allen Zeitungen abgebildet gewesen war, wurde ihm erst jetzt wieder bewusst. Wie hatte er das vergessen können? Nichts mehr mit Krypto. Es war gemein.

»Oh, lassen wir das.« Sie schien Westermanns Enttäuschung bemerkt zu haben, was die Sache nicht einfacher machte. »Ich wollte Sie eigentlich etwas anderes fragen.«

»Happening.« Westermann versuchte, entspannt zu bleiben.

»Wie bitte?«

»Nun, das mit der Schreibmaschine war lediglich eine kleine Reminiszenz an unsere Firmengeschichte anlässlich der Pressekonferenz«, erklärte er und rührte so heftig im Kaffee, dass der Löffel am Boden des Porzellans knirschte. »Nichts Ernstes. Mir geht es gut. Was die Presse eben so daraus macht.«

»Sicher.« Sie nickte und nahm einen Schluck Kaffee. Man konnte sehen, wie die Flüssigkeit ihren Kehlkopf passierte und Bewegung in ihr Schlüsselbein kam. »Ich mag Schreibmaschinen«, sagte sie, legte den Kopf etwas schräg und ließ den Blick nach draußen gleiten, als habe auch sie eine Geschichte zu erzählen.

Westermann schluckte und spürte seinen eigenen Kehlkopf. Was wurde das hier? Die perfekte Spiegelneuronenstimulierung schien bereits in Gang zu sein. War sie doch auf ihn programmiert worden? Noch eine perfide Aktion Wetters oder gar Dockhorns? Man nannte es »affective computing« – pro Gefühl eine Recheneinheit? Es war, als könnte er bereits kleine Elektromotoren in ihr sirren hören. »Gehen Sie ruhig ran«, sagte er.

»Wie?«

»Na, Ihr Handy scheint zu vibrieren.«

»Oh nein«, sie schüttelte lächelnd den Kopf, »ich habe mein Handy gar nicht dabei.«

Das war ja kaum zu glauben. Eine Frau ohne Handy? Westermann winkte ab. »Vielleicht war es ja nur mein Tinnitus. Entschuldigen Sie.« Irgendwie musste er jetzt den Schaltkreis durchbrechen, um ganz sicher zu sein. Er blickte zum Fenster und sagte: »Schmetterlinge hießen auf Englisch ursprünglich nicht butterfly, sondern flutterby, wussten Sie das?«

»Oh, wie originell«, lachte sie. Sie schien mit dem plötzlichen Themenwechsel einigermaßen klarzukommen. Eine künstliche Intelligenz hätte bereits beim Wort »flutterby« versagt. Westermann war ein wenig beruhigt.

Churchill kam hereingeschlichen, behäbig wie ein Löwe, und steuerte auf sein Lammfell am Fenster zu. Die Nachbarin folgte ihm mit vorsichtigen Blicken, offensichtlich hatte sie ihn nie vorher gesehen. Man konnte spüren, dass sie sich zunehmend unwohl fühlte. Schreibmaschinen. Flutterbys und Kampfhunde. Es war vielleicht nachvollziehbar, dass sie sich ein wenig sortieren musste. Ihre Augen fixierten Churchill.

Westermann winkte ab. »Keine Sorge. Er ist nicht so, wie er aussieht.«

»Wir auch nicht!«

Westermann fuhr herum. Paul war ins Zimmer gekommen, den Koffer mit der Olympia in der Hand.

»Willst du sie hierbehalten?«

»Wie, jetzt?« Westermann verstand nicht so schnell.

Die Nachbarin blickte von Churchill zu Paul, von Paul zu Westermann, zurück zu Churchill und dann auf den Koffer, mit dem Paul hereingekommen war. Nun war alles zu spät. Paul begrüßte sie, und sie konnte dabei nicht den Blick vom Koffer lassen. Eine seltsame Mischung aus Verwunderung und Freude lag in ihrem Gesicht. Sie hatte eine schöne Mimik, fand Westermann. Er überlegte. Wenn es tatsächlich stimmte und nicht nur so dahergesagt war, dass diese Frau Schreibmaschinen mochte, dann würde er jetzt aufs Ganze gehen. »Es ist eine ganz besondere Maschine«, sagte er und zeigte auf die Olympia.

Sie blickte auf. »Wie meinen Sie das?«

»Rupertus Höfer hat auf ihr geschrieben. Ich habe viel dafür getan, sie zu bekommen.«

Stille. Die Nachbarin und Paul starrten nun beide auf den Koffer.

Westermann war verunsichert. Hatte er jetzt etwas Schlimmes gesagt? Was war denn schon dabei, einfach die Wahrheit zu verkünden? Wohl seit einer Million Jahre versuchten Männer, potenzielle Partnerinnen mit Gegenständen zu beeindrucken. Früher mochten es mit viel Liebe zum Detail gefertigte Faustkeile gewesen sein, später hölzerne Kämme und Haarspangen. Ferraris. Oldtimer. Was sprach gegen eine Original-Schriftsteller-Schreibmaschine? Warum sollte er nicht sagen, dass er diese kleine Kostbarkeit in seiner Höhle hatte? Eine Trophäe, nichts weiter. Vielleicht war sie von Anfang an nichts weiter als eine Trophäe gewesen.

»Der Gedanke, dass darauf fast alle seine Texte entstanden sind, ist faszinierend, nicht wahr?«, sagte Westermann und fügte als poetischen Versuch hinzu: »Sie ist eine wahre Hüterin der Worte, könnte man sagen.«

Es half nicht auf Anhieb. Kurzzeitig wurde es sogar schlimmer: Eine seltsame Wandlung schien in Malwine Wagner vorzugehen. Es war, als verlöre sie plötzlich das Interesse an Westermann, als sei er gar nicht mehr da. Sie fixierte stattdessen den Gegenstand. »Rupertus Höfer? DER Rupertus Höfer? Kannten Sie ihn?«, fragte sie schließlich.

Und dann hing sie plötzlich an seinen Lippen, wobei sie versuchte, es ihn nicht merken zu lassen. Es gelang ihr nicht besonders gut, fand Westermann. Mit der Maschine schien er nun tatsächlich Eindruck zu machen – keine Spur von Irritation oder gar Mitleid bei ihr. Es war erstaunlich. Er legte den Kopf schräg, schwieg und versprühte geheimnisvolle Aura wie teures Aftershave.

»Soll ich sie Ihnen zeigen?«, fragte er nach einer Weile.

Sie werde auf gar keinen Fall dieses Haus verlassen, ohne einen Blick auf die Maschine geworfen zu haben, versicherte sie.

Paul verließ kopfschüttelnd das Wohnzimmer.

Etwa zwanzig Minuten später hatte sie sich nahezu alles erklären lassen, die Olympia von oben, von der Seite und von schräg unten betrachtet und auch selbst ein paar Tasten gedrückt. Dass das O und ein Teil des H fehlten, war ihr sofort aufgefallen. Auch, dass der Wagenhebel sehr locker saß.

Westermann war begeistert. So musste sich ein Mann fühlen, wenn die Frau mit ihm an seinem Oldtimer schraubte. Ein Ausläufer wahrer Zuneigung war spürbar, und er ließ es zu.

Sie trank bereits ihren zweiten Kaffee und stellte die Tasse wieder auf die Untertasse. »Wollen Sie jetzt einmal ganz ehrlich sein?«, fragte sie.

Westermann nickte. Was konnte jetzt noch passieren?

»Warum haben Sie diese Schreibmaschine?«

Westermann begann, mit dem Zeigefinger sanft über den Wagenhebel zu streichen. »Wollen Sie das wirklich wissen?«

»Ich hätte Sie sonst nicht gefragt.«

»Ich schreibe darauf.«

»Warum?« fragte sie.

Was war das für eine Frage? »Nun, ich weiß, ich könnte auch mit ihr werfen«, sagte er. Sie lächelte nun doch etwas bemüht, fand Westermann.

»Es gibt heutzutage andere Möglichkeiten zu schreiben«, wandte sie ein.

»Nun, da ich sonst ein von Ticks relativ freier Mensch bin, leiste ich mir diese kleine Obsession«, sagte er grinsend.

»Ja. Sicher.« Sie starrte auf den Zeitungsstapel auf dem Tisch. Westermann wurde erst jetzt bewusst, dass die Traueranzeigen obenauf lagen.

Er überlegte und begann dann langsam: »Nun, es ist eine andere Dimension der Datenerzeugung, würde ich sagen. Der digitale Weg befriedigt da manchmal nicht. Auf der Maschine kommt es mehr von innen, verstehen Sie?«

»Und weiter?«, fragte sie.

Er zögerte. Was meinte sie jetzt mit »weiter«? Und wie sollte er das in Worte fassen, was ihm bereits seit Tagen vage durch den Kopf ging? »Man könnte es auch als eine Art ›Brainstorming‹ bezeichnen«, begann er. »Mir kommen beim Tippen Dinge in den Kopf, an die ich vorher nie gedacht hätte. Ganz ohne Pop-ups.«

»Das müssen Sie mir erklären«, sagte sie.

Herrje, diese Frau war wirklich hartnäckig. Westermann strich immer noch über den Wagenhebel und fixierte die Buchstaben auf den Tasten. »Wissen Sie, es ist diese Pause zwischen den Anschlägen. Da kommen die Gedanken, und beim Schreiben verfertigen sie sich dann zu Worten, beißen sich durch. Sehr treffsicher. Dann wiederum ist es, als ob die Worte durch die Tastenanschläge eine Spur im Kopf legen. Das schärft die Sinne, und dann kommen eben wieder neue Gedanken, und man begreift langsam. Es ist, als würde die Maschine mit an meinen Gedanken arbeiten, und sie lässt sich Zeit dabei. Ich schreibe mir die Worte aus dem Leib und dann auch wieder auf den Leib, von innen nach außen und dann wieder von außen zurück nach innen. Mens et manus sozusagen.« Westermann beschrieb mit den Händen Wellen in der Luft. »Es fließt dann. Es fließt immer weiter und nimmt einen irgendwohin mit. Man kann es geradezu hören. Ein probates Mittel für langfristige Strategien. Ich komme leider viel zu selten dazu.« Er ließ von der Maschine ab und blickte nach draußen. Damit würde er sie jetzt vollends irritiert, vielleicht sogar verängstigt oder schlimmstenfalls gelangweilt haben.

»Das ist schön«, sagte sie.

»Wie?«

»Na, Sie schreiben die Worte in Ihren Körper ein. Ich kann das nachvollziehen.«

Westermann spürte, wie sich eine Hitzewelle langsam in ihm ausbreitete. Mein Gott, lag das am Alter? Oder konnte man ihn so leicht verführen? Mit einem Satz. Mit einem einzigen Satz? »Das war auch schön«, sagte er. »Wissen Sie, manchmal habe ich das Gefühl, sie macht mich zu einem anderen Menschen.«

»Schreiben Sie halbverpackt?«

»Wie, jetzt?«, fragte Westermann.

Sie lächelte. »Na, lassen Sie die Maschine beim Schreiben im Koffer?«

Westermann zögerte. Was war das jetzt für eine Frage? »Oh«, sagte er. »Ja, es gibt dem Ganzen eine geschlossene Umgebung, wenn Sie mich verstehen.«

»Woher kennen Sie Höfer?«, fragte sie weiter.

Westermann wollte jetzt nicht über andere Männer reden. Was sollte das? Wurde das jetzt ein Verhör? War sie doch eine künstliche Intelligenz, ein System? »Höfer. Nun, ich kenne den Sohn – beiläufig«, sagte er. Vielleicht war er auch einfach zu romantisch gewesen. Man musste seine Begeisterung vorsichtig dosieren. Man musste sich selbst vorsichtig dosieren. Also fuhr er nüchterner fort: »Wir haben nach dem Tod seines Vaters dessen Festplatten gesäubert, und da hat er uns seine Olympia, nun ja, überlassen.«

Sie starrte ihn verständnislos an, wie ihm schien. Hatte er schon wieder etwas Falsches gesagt?

»Nun, ich glaube, ich muss langsam wieder gehen. Ich habe Ihre Zeit schon viel zu lange in Anspruch genommen.« Sie stand unvermittelt auf und reichte ihm die Hand. »Vielen Dank für den Kaffee.«

Westermann schnellte aus seinem Sessel hoch. »Entschuldigen Sie, ich habe gar nicht die Uhr im Auge behalten. Ich fürchte, es ist etwas mit mir durchgegangen. Ich bin da manchmal sehr unelegant.« Westermann hatte das mit der geheimnisvollen Aura mittlerweile vollends aufgegeben. »Wenn Sie sich so sehr für Schreibmaschinen interessieren, können wir die Unterhaltung gern ein anderes Mal fortsetzen«, sagte er, während er ihr in den Flur folgte.

»Oh, warten Sie. Fast hätte ich vergessen, warum ich eigentlich zu Ihnen gekommen bin.« Sie blieb stehen, suchte etwas in ihrer Hosentasche und hielt ihm schließlich einen Schlüssel mit einem kleinen Plastikanhänger entgegen. »Noch habe ich mich nicht ausgesperrt. Aber was nicht ist, kann ja noch werden. Würden Sie meinen Zweitschlüssel bei sich aufbewahren?«

Westermann starrte auf den Schlüssel in ihrer Hand.

»Nun«, fügte sie hinzu, »ich war mir erst nicht sicher.« Ihr Blick ging zurück ins Zimmer zu Churchill, der zwischenzeitlich auf seinem Fell eingeschlafen war. Sie lächelte. »Doch ich habe ein besseres Gefühl, wenn Sie auch einen Schlüssel haben. Für Notfälle. Wenn Sie wollen, nehme ich auch Ihren.«

Das ging nun ein bisschen zu weit, fand Westermann. Er nahm ihren Schlüssel und verwies in seinem Fall auf Paul und die Putzfrau.

Oh, das sei natürlich naheliegend, versicherte sie und stand noch etwas zögernd in der Haustür.

Westermann lächelte sie verlegen an und bildete sich ein, auch bei ihr relativ komplexe Gefühlsregungen wahrzunehmen. Dieses Hin- und Hergetrete an der Haustür deutete zumindest auf Emotion hin. Und kein Betriebssystem dieser Welt wäre zu derart winzigen, kaum wahrnehmbaren Zuckungen der Mimik und fein kalibrierten Bewegungen des Körpers fähig.

Ja, man könne sich vielleicht wirklich noch einmal über die Olympia unterhalten, schlug sie vor, als sie bereits draußen auf den Stufen stand. Sie werde es ja hören können, wenn er das nächste Mal wieder Spuren im Kopf lege. Ohne seine Antwort abzuwarten, winkte sie noch einmal und ließ, als sie zum Nachbarhaus hinüberging, beim Gehen den rechten Arm mitschwingen.

Westermann stroodelte sie noch am selben Abend. Das System bot immerhin fürs Erste eine etwas unauffälligere Art der Informationsbeschaffung. Wer traute sich schon, das Objekt seiner Sehnsüchte direkt nach so profanen wie unromantischen Dingen wie Alter und Beruf zu befragen, als wollte man ein Vorstellungsgespräch miteinander führen, als wollte man sich so oberflächlich und neugierig zeigen, wie man tatsächlich war. Nein, Westermann hatte seinen Stolz, und im Gespräch war er eher ein Mann der feinen Zwischentöne und eben der geheimnisvollen Aura.

Sie würde doch jetzt garantiert auch vor der Kiste hängen und dasselbe mit ihm machen. Westermann gab also die Suchanfrage »Malwine Wagner« ein. Der Name schrieb sich leicht und mühelos – eine gefällige Buchstabenfolge, fand Westermann. Er überflog die Suchergebnisse. Doch keine Spur von ihr im Netz. Die einzigen Malwine Wagners aus Berlin erschienen in ovalen sepiafarbenen Abbildungen aus dem frühen letzten Jahrhundert oder hatten erst kürzlich den zweiten Platz beim Kinderturnen belegt. Sie war nirgends zu finden, auch in keinem einzigen sozialen Netzwerk. Das war erstaunlich für eine Frau ihres Formats, fand er. Ja, genau genommen hätte es sie gar nicht geben dürfen.

Nach weiteren fünf Minuten Suche verließ er Stroodle. Nicht so ohne Weiteres im Netz auffindbar zu sein war ein Luxus, den sich die wenigsten leisten konnten. Irgendwo musste es sie geben. Doch er hatte keine blasse Ahnung, wie man den Suchbefehl verfeinern konnte, denn im Grunde wusste er gar nichts über sie, hatte weder ihre Telefonnummer noch ihre Mailadresse. So wie es aussah, würde er tatsächlich an die Tür nebenan klopfen müssen, um sie wiederzusehen – oder einfach laut und deutlich Schreibmaschine schreiben. Sie herbeischreiben sozusagen. So würde seine Gabriele zu einer ganz neuen Spezies von Suchmaschine werden. Ja, vielleicht würde er einfach laut und deutlich ihren Namen schreiben, und sie würde es hören.

Die Neuausrichtung

Westermann hätte nicht gedacht, dass er so schnell bereit wäre, das Liebesexperiment mit einem anderen menschlichen Exemplar zu wiederholen, aber in den darauffolgenden Tagen schien seine Nachbarin tatsächlich eine Art intime Macht über ihn zu haben. Es fühlte sich an wie ein Virus, das vielleicht irgendwo im Rückenmark saß, dann auf den Magen schlug und sich von dort aus überraschend schnell nach vorne Richtung Brustgegend ausbreitete. Eine sehr tumultuöse Angelegenheit.

Da auch Westermanns Außenwelt – vielmehr das Krypto-Box-Projekt bei IBT – von einem veritablen digitalen Virus befallen war, gab es immerhin Ablenkung, sogar mehr, als ihm lieb war. Einen Faktor hatte er nämlich auch hier gänzlich unterschätzt: den menschlichen. Genauer gesagt die Wirkung, die ein auf Schreibmaschine geschriebener Verschlüsselungstext über Xylophon spielende Franziskas auf die Mitarbeiter der Projektgruppe haben konnte. Safes aufschließen, Buchstaben zählen, Pangramme erstellen, Rechenaufgaben lösen – und das alles nur, um überhaupt Zugang zum System zu bekommen –, schien das Vertrauen in das eigene Tun ein wenig zu erschüttern. Westermann hatte ihnen geschrieben, dass die Herausforderung darin liege, unter unsicheren Bedingungen mit unsicheren Mitteln Sicherheit zu entwickeln. Polymorphe Viren mit analogen Waffen zu bekämpfen, sei letztendlich die wahre Königsdisziplin des Jobs. Doch für die meisten Projektmitglieder blieb es ein Himmelfahrtskommando – erst recht, wenn der

Vorgesetzte selbst bereits zum No-Data-Man mutiert war und mit einer Schreibmaschine durch die Lande zog. Identifikation sah anders aus.

Tatsächlich war bald eine seltsam verhaltene Stimmung unter den Mitarbeitern zu spüren. Einige von ihnen schlugen der Einfachheit halber virtuelle Safes vor und schienen somit Sinn und Zweck der Unternehmung zu keiner Zeit erkannt zu haben. Westermann verlor zusehends den Rückhalt seines Bereichs und riskierte, seinem schlechten Punktestand bei »Social CEO« ganz und gar zu entsprechen. Er hatte kaum Followers. Dabei fiel die Mitarbeitermotivation doch eher in Achternbuschs Aufgabenbereich, da dieser zumindest räumlich näher dran war an den Leuten. Aber Achternbusch war wiederum ganz nebenbei mit der Entwicklung einer »absolut virenfreien« Schreibmaschinenkurs-Software beschäftigt. Für ihn liefen die Arbeiten am Krypto-System routinemäßig weiter – in der Gewissheit, dass die tägliche Neuverschlüsselung ja nun analog und somit unausspähbar ablief und Laufzeit wie Budget für das Projekt bereits nach oben angepasst worden waren. Westermann war da kritischer.

Zwei Tage später sah Westermann sich selbst am Bus vorbeifahren. »No Data für mehr Sicherheit. Auch im Straßenverkehr« war auf dem riesigen Schild von Gabriele und ihm zu lesen, bis es hinter einem Lkw verschwand. Die Dinge schienen sich vollends zu verselbstständigen. Es war schrecklich.

Und dann hatte er Wetter im Büro stehen.

»Ich habe gedacht, ich komme mal direkt vorbei.« Wetters Augen wanderten kurz im Raum umher und blieben dann an den Rauchmeldern an der Decke hängen. »Man weiß ja nie.«

Sie rechneten immer und überall mit ihm. Männer wie er

mussten sich nirgendwo anmelden, weder bei ihren Mitarbeitern noch beim Arzt oder Sternekoch. Dort, wo Türen geschlossen waren, kannte Wetter Leute, die sie ihm öffneten. Dass dieses Netzwerk allerdings bis hinauf in höchste Regierungskreise reichte, hätte Westermann nicht gedacht ...

»Das Kanzleramt hat zwanzig Schreibmaschinen bei uns bestellt! Die haben immer noch die Amerikaner im System.« Wetter lief auf Westermanns Schreibtisch zu und beugte sich zu ihm herüber, wobei er sich auf Gabrieles gusseisernen Körper stützte. »Das System ist instabil! Ich habe es immer gewusst. Das ist unsere Chance.« Er streckte den Zeigefinger Richtung Tastatur und schrieb schließlich chamce auf die Walze und dann noch so viele Leerschritte, bis es am Ende klingelte.

Westermann verstand nicht. »Wollen Sie jetzt auch tippen?«

»Tippen? Wo denken Sie hin. Ich will nicht tippen. Ich will die Welt retten.«

»Mit zwanzig Schreibmaschinen?«, fragte Westermann vorsichtig.

Doch Wetter war ein Mann der strategischen Ausrichtung und nicht der Umsetzung. Das war nicht seine Aufgabe. Und jetzt schien er politische Ambitionen in sich zu entdecken. »Denken Sie nach! Die transatlantischen Beziehungen sind völlig erschüttert nach diesen Datenaffären. Ökonomische Destabilisierungen sind im Gange! Und jetzt kommen wir mit unseren Schreibmaschinen. No Data. Das könnte alles entspannen!«

Er musste es ihm sagen, dachte Westermann, ihm schonend die Wahrheit beibringen, wenn sich sonst niemand traute. »In Deutschland werden mit Schreibmaschinen im Jahr rund fünf Millionen Euro erlöst. Das verbucht die Computerbranche an einem einzigen Vormittag.«

Wetter spielte immer noch an Gabriele herum. »Wir reden hier über eine Systemerweiterung mit feinen, kleinen Größenklassen, Westermann. Mechanisch. Mit Gewebeband. Öffentlichkeitswirksam noch dazu.« Er begann, mit der rechten Hand durch die Luft zu rudern. »Nicht für irgendwelche Untersuchungsausschüsse, geheime Geheimdienstkunden, föderale Schutzdienste, blasse Behörden oder braun möblierte Polizeireviere. Nein. Für die Regierungsspitze! Verteidigungsministerium. Internetkommissariat. Katastrophenschutz.«

»Ich bin mir nicht sicher, ob der Markt schon reif genug ist für diese Technologie«, sagte Westermann.

Aber Wetter hatte ihn gar nicht gehört. »Ich sehe unsere Kanzlerin schon mit verschiedenfarbigen Reisemodellen im Louis-Keaton-Koffer. Denken Sie nur an die Kooperationen, die sich daraus für uns ergeben könnten!«

»Die Kanzlerin?« Westermann schloss langsam den Koffer über Gabriele.

»Ja. Warum nicht? Sie würde schnittstellenbefreit sein.«

Er war wie ausgewechselt. Wegen zwanzig Schreibmaschinen. Wo nahm dieser Mann plötzlich seine Unerschütterlichkeit her? Mit dem höchstgelegenen, größten und lichtdurchflutetsten Büro der Welt konnte man das kaum erklären.

Wetter schien ihn zu durchschauen, als er fortfuhr: »Glauben Sie aber nicht, dass ich mir diese Entscheidung so leicht gemacht habe. Ich habe mich abgesichert. Und nun verstehe ich Sie endlich, Kollege!«

»Inwiefern?«, fragte Westermann.

»Ich habe Ihre Schreibmaschine über den Neuro-Bayes-Algorithmus laufen lassen.«

»Sie haben was?« Westermann hatte Mühe, die Sprache wiederzufinden. Da hatte jemand, der zur Wetterprognose einen Frosch im Glas in seinem Büro hatte, nun eine rein elektronisch gesteuerte Marktchancen-Prognose der allerletzten Generation laufen lassen. Höchstpersönlich in Auftrag gegeben. Der Neuro-Bayes-Algorithmus war ein geradezu wasserfestes Marktforschungsinstrument, das bereits in einigen Unternehmen genutzt wurde. Die damit laufende Software kombinierte Prinzipien, mit denen das menschliche Gehirn arbeitete, mit einer historischen sowie einer aktuellen reinen Datenstatistik.

»Tja, Westermann, keine Entscheidung ohne Software! Mensch, seien Sie doch ehrlich, den Neuro-Bayes haben Sie doch auch laufen lassen, bevor Sie Ihre Maschine mit in die Firma brachten!«

Westermann versprühte spontan geheimnisvolle Aura. Es konnte hier und jetzt nicht schaden. Es war unfassbar. Da hatte offenbar ein Algorithmus entschieden, dass eine Schreibmaschine unter den gegebenen Umständen gute Marktchancen hatte und sich mit dieser Prognose letztendlich selbst obsolet gemacht. Wie doof konnte ein System sein?

»Ich gebe zu, am Anfang habe ich Ihre Aktion auch für die reinste Sicherheitsesoterik gehalten. Aber der Algorithmus befürwortet die Schreibmaschine«, fuhr Wetter fort. »Sehen Sie, die Stärke vieler großer Unternehmen ist die Optimierung eines bestehenden Geschäftsmodells. Denken Sie an unsere IBT Elektra-Maschine, das gute Stück! Da bauen wir einfach den Kugelkopf wieder heraus und mechanisieren sie.« Er machte mit den Fingern tippende Bewegungen in der Luft, als sei er auf Marihuana. »Eine ganz eigene Anschlagskultur. Ich stelle mir bewusst sparsam gehaltene Retro-Modelle vor. Ohne @-Taste. Wer schreibt denn heutzutage noch E-Mails?«

Wetter war es immer schon gut gelungen, sich die moderne Technik weitestgehend vom Hals zu halten, und den Beweis, dass dies keineswegs im Widerspruch zu seiner Position bei IBT stand, sah er jetzt wohl endgültig als erbracht an. Westermann staunte.

Der Mann lief im Büro von einer Ecke in die andere,

schien sehr ergriffen von sich selbst zu sein und sah Westermann nun gar nicht mehr an, als er weitersprach: »Damit sind wir nicht antizyklisch, obwohl das auch schon verdammt gut wäre, nein, wir sind zyklisch! Vergessen Sie das Internet der Dinge, ›Industrie 4.0‹ nennen Sie das, oder? Die Zukunft liegt in der Reduktion! Kein Internet. Nur Dinge. Denken Sie nach! Industrie 5.0!«

Westermann versuchte, Wetter etwas zu bremsen. »Was ist mit dem Happle-Spion im Haus? Sind Sie da schon weitergekommen?«

»Wir hätten wieder richtige Büros. Einzelbüros! Holzvertäfelt. Und wir würden darin unsere Entscheidungen wieder selbst treffen!« Wetter schien ihn nicht gehört zu haben.

»Was ist mit dem Happle-Spion?«, wiederholte Westermann.

»Was haben Sie gesagt?«

»Spion!«, rief Westermann.

»Ach, tun Sie doch nicht so, Westermann. So ahnungslos, wie wir jetzt alle tun, sind wir doch nie gewesen! Wer weiß, wie lange Happle hier schon herumspioniert hat? Vielleicht sogar mit höchst offiziellem Segen? Mich jedenfalls hätte es nicht gestört. Die Kooperation wäre doch nichts weiter als ein öffentliches Mäntelchen gewesen, um offiziell das weiterzuführen, womit man sowieso schon längst begonnen hatte.« Wetter hatte sich in den Besuchersessel gesetzt und schlug sich nun auf die Oberschenkel. »Aber dann musste ja ausgerechnet kurz vor der Vertragsunterzeichnung die Presse dahinterkommen. Zu blöd.«

Westermann wurde nun alles klar. Manchmal ärgerte er sich über sich selbst, über seinen Idealismus und seine Naivität. Er hätte es schon lange vorher ahnen können. Und natürlich steckte Happle auch hinter dem Virus im Krypto-Box-System. »Was ist nun mit Dockhorn?«, versuchte er abzulenken.

Wetter wurde nachdenklicher. »Tja, tragisch. Er ist von

der großen Hoffnung zum großen Sündenbock geworden. Die Leute brauchen ein Gesicht für diese Blamage, und meines kann es ja wohl kaum sein.«

»Ist es denn bewiesen, dass er seine Finger im Spiel hatte?«, fragte Westermann.

Wetter schüttelte den Kopf. »Nein, ich denke nicht. Zumindest können wir ihm nichts nachweisen. Es tut mir leid um ihn. Er hat innerhalb des Vorstands kaum noch Rückhalt. Ich fürchte, seine Tage sind gezählt.«

Westermann wurde flau im Magen. Wetter war der Typ, der für den Erfolg der Mission auch deren Piloten opferte. Ihm könnte es irgendwann genauso ergehen, spätestens sobald ein Algorithmus entschied, dass Schreibmaschinen nun doch out seien. »Das mit den Schreibmaschinen war meine ganz persönliche Idee«, sagte er schließlich so betont langsam, wie es ihm möglich war. »Sie haben mich anfangs für verrückt erklärt, wenn ich Sie erinnern darf.«

Wetter stand unvermittelt auf. »Mit diesem Auftrag und der spektakulären Presseberichterstattung, die wir momentan mit Ihnen und dem Thema haben, werden Sie eine Schlüsselposition einnehmen. Es ist kein Happening mehr. Es ist happening! Wir reden hier von einer ganz anderen Art von Krypto-Box, Westermann!«

Westermann wurde hellhörig. »Was meinen Sie damit?«

Wetter warf sich jetzt wieder in den Besuchersessel, legte beide Unterarme auf die lederbezogenen Lehnen und verkündete: »Sie glauben doch nicht, dass mir der wahre Zweck Ihrer Tresore entgangen ist! So weit wären Sie für unser Happening nie gegangen. Es war doch nur eine Frage der Zeit, bis unsere Freunde nicht nur im Vertrieb, sondern auch bei Ihnen in der Forschung spionieren und klammheimlich die Verschlüsselung Ihrer Box knacken. Und dass Schadsoftware heutzutage bis zu fünf Jahren unentdeckt bleiben kann, muss ich Ihnen wohl nicht erklären!«

»Was haben Sie jetzt vor?« Westermann hatte sich ans

Fenster gestellt und blickte hinaus. Die kleine Gruppe draußen unter dem Ahornbaum nahm er nur am Rande wahr. Dockhorn saß mit einigen seiner Mitarbeiter auf dem Rasen und redete auf sie ein. Auch dieser schien sich nun Westermanns Ideen zu bemächtigen, aber ohne Schreibmaschine war es nicht dasselbe. Es sah ein bisschen nach den ersten Buddha-Predigten aus. Vielleicht war es auch nur die pure Verzweiflung. Oder ein simpler Versuch, durch Frischluft und Zuwendung bei »Social CEO« zu punkten.

Westermann hörte Wetter hinter sich mit der flachen Hand aufs Leder schlagen. »Dieses Mal werden wir den Wandel nicht verpassen. Dieses Mal nicht!« Dann stand er auf und stellte sich neben Westermann ans Fenster. »Ich denke, wir sollten unter diesen Umständen die Konstruktionsdaten Ihrer Krypto-Box jetzt einfach offenlegen und für Entwicklungskooperationen auf dem freien Markt freigeben. Damit schaffen wir einen Produktionsstandard. Alles offiziell IBT-kompatibel. Alle Lizenzen an uns. Happle würde es nicht anders machen. Verstehen Sie?«

Westermanns Augen schnellten zu Wetter.

»Das bleibt vorerst unter uns.« Wetter grinste, dass es das reinste Gesichtsmuskelereignis war. »Die Menschen wollen neue Nachrichten, schnelle Nachrichten. Und sie wollen vor allem gute Nachrichten. Wenn Ihre Krypto-Box erst einmal komplett gehackt und kopiert ist, dürfte es für alles andere zu spät sein. Denken Sie darüber nach. Und versuchen Sie derweil, Ihre undichte Stelle zu finden!«

Wetter drehte sich um und ging zur Tür. »Sie bleiben unser No-Data-Man, Westermann. Vielleicht sind Sie immer einer gewesen. Wie ich.« Wetter schloss die Tür hinter sich, ohne eine Reaktion abzuwarten.

Es war verblüffend, wie schnell Wetter sich wechselnden Umgebungsbedingungen und gängigen Marktmechanismen anpassen konnte, dachte Westermann. Die Konstruktionsdaten der Krypto-Box offenzulegen, war entweder der reinste Eskapismus oder aber der geniale Schachzug, der tatsächlich die Lösung vieler Probleme sein konnte, deren Ausmaß Wetter nur ansatzweise ahnen mochte. Ohne Risiko würde jetzt absolut nichts mehr funktionieren, das musste Westermann zugeben.

Doch was die Schreibmaschine anging, so kam er sich schändlich hintergangen vor. Da hatte ihm jemand seine Liebe auf den ersten Blick genommen und war nun dabei, sie weltweit zu vermarkten. Kaum hatte er, Westermann, sie, Gabriele, gefunden, würde er sie wieder verlieren. Gabriele als Massenprodukt. Bestenfalls als vorübergehende Modeerscheinung. Nichts mehr mit Vintage. Sie war anfangs eine persönliche Option gewesen, ein vorsichtiges Aufbegehren, mehr ein Akzente-Setzen. Wirklich gute Ideen brauchten ihre Zeit. Man durfte es sich mit ihnen nicht zu einfach machen.

Wenn es nach Wetter ging, wären die zukünftigen Gabrieles perfekt, hübsch gemacht und mit technischen Raffinessen ausgestattet, gewappnet für alle Eventualitäten des Schreibmaschinenalltags. Und das wäre irgendwie unerträglich.

Westermann setzte sich an den Schreibtisch und betrachtete Gabriele: Sie hatte durchaus Launen und Wünsche, schien nicht nur Westermanns, sondern auch ihrem eigenen Rhythmus zu gehorchen. Sie war nicht kompliziert, aber sie konnte empfindlich und störrisch sein. Wenn Westermann in ähnlicher Verfassung war, ließ er besser die Finger von ihr. Dann war sie mit nichts und niemandem kompatibel. An heißen Tagen brachte sie mehr Farbe aufs Papier als sonst, manchmal so viel, dass der Hohlraum des kleinen a gänzlich ausgefüllt war, was nicht schön aussah. Hatte sie länger kalt gestanden, war es, als müsste sie erst in Schwung kommen, und sie hörte sich dumpfer an, war weniger schlagfertig. Es war, als hätte sie irgendwo, versteckt unter ihrem metallenen Leib, einen Herzschlag. Man musste sie pfleglich behandeln.

Die sogenannte kleine Reinigung – mit einem weichen Pinsel für alle schnell erreichbaren Teile und einem zweiten, kleineren, etwas härteren für die Zwischenräume – reichte für gewöhnlich aus. Hatte sie jedoch länger offen gestanden, legte sich ein feiner Film über die Typen, und sie schrieb nicht mehr randscharf. Frenzel hatte ihm für solche Fälle eine Typenreiniger-Knetmasse mitgegeben, die man über den gesamten Halbkreis der eisernen Hebel und Typen legte, festdrückte und dann mit all dem Staub des Tages und der Nächte darin wieder abzog. Dann glänzte Gabriele wie frisch aus dem Waxing-Studio.

Wer würde sie so umsorgen? Wer war noch zu so viel Feinmotorik und Präzision fähig? Wetter selbst würde wahrscheinlich nie die richtigen Tasten treffen, vom Zehnfingersystem ganz zu schweigen. Ein mechanisches Modell war langfristig undenkbar für den Weltmarkt, und irgendwann würde es dann doch eine Schnittstelle kriegen, aus reiner Bequemlichkeit. Westermann sah den bedruckten Schreibmaschinen-Tastenschoner aus feinstem Wollflanell schon vor sich: »I think, there is a world market for maybe five typewriters. – Richard Westermann«

»Malwine Wagner.«

Westermann fuhr herum und sah Magenta im Türrahmen stehen. Hatte er diesen Namen jetzt gerade gedacht oder wirklich gehört? Er stand da und wagte keine Bewegung.

»Hat sie angerufen? Ist sie da?« Das Unwohlsein in der Bauchgegend kam wieder.

»Nein, so heißt die Redakteurin, die bei ›Economico‹ hinter dem Kürzel mw steckt.« Magenta grinste triumphierend zu ihm herüber und war mit ihren Gedanken offenbar schon beim nächsten Thema. »Na, hat Wetter Sie auch davon überzeugt, dass er der eigentliche Vorreiter des Schreibmaschinenzeitalters ist?« Sie grinste, bemerkte dann aber wohl Westermanns versteinerte Miene. »Was ist denn los mit Ihnen? So schlimm ist das doch nicht für uns, oder? Ja gut, dieser Aktionismus ...«

Westermann unterbrach sie: »Bilder. Gibt es Bilder von ihr?«

Magenta verstand nicht. »Bilder?«

»Na, Fotos!«, rief er. »Weiß man, wie sie aussieht?« Da war ihm bereits klar, dass es kein Zufall sein konnte, es war sinnlos, darauf zu hoffen. Zufälle verschwanden allmählich aus der Welt.

»Ändert das etwas, wenn Sie wissen, wie sie aussieht?« Magenta hielt kurz inne. »Oder kennen Sie sie etwa?«

»Würden Sie mich einen Augenblick allein lassen?« Westermann ließ sich in seinen Schreibtischsessel fallen und drehte sich zum Fenster.

Magenta verschwand wie eine Bodennebelfront, sehr zögernd und geräuschlos.

Er kam sich vor wie wund gescheuert, als wäre er eine lange Strecke über den Asphalt gezogen worden. Fotos würden gar nicht mehr nötig sein. In der Nachbetrachtung erschien ihm alles verdammt logisch, und wahrscheinlich hatte er es insgeheim geahnt und nur nicht wahrhaben wollen: Er war als Informationsquelle benutzt, betrogen und für dumm verkauft worden. Nichts weiter. Sie würde das System mit ihm bespeisen. Kein Wunder also, dass seine Nachbarin eine Affinität zum Schreiben hatte, sich ausdrücken konnte und Kontakt gesucht hatte zu ihm, dem Nachbarn, GTR-Vorstand von IBT, No-Data-Man aus der Presse und auf dem Bus, der bis dato kein Interview gegeben hatte. Wie hatte er so naiv sein können, zu meinen, sie sei aus reiner Sympathie bei ihm vorbeigekommen? Nein, mw hatte immer gewusst, wer er war. Einfaches profile tracking. Sie hatte sich auf ihn programmiert und ihn auf sich. Sie war einfach so in sein Haus gegangen und hatte ihm in die Augen und in den Kopf geguckt, ohne ihre wahre Identität zu zeigen. Wer gab die heute auch noch preis?

Westermann machte Malwine Wagner in diesem Augenblick wieder zum Kürzel. Und irgendwann würde er auch das streichen und die Leerstelle einfach stehen lassen. Aber vorerst blutete er aus allen Scheuerstellen.

Als er sich frisch machen wollte, um anders zu riechen, als er sich fühlte, lief ihm Hirtenhuber, Vorstand Vertrieb, auf dem Flur über den Weg. Westermann traute seinen Augen kaum. Und Hirtenhuber versuchte auch gar nicht, die Socken zu verstecken, die er noch in der Hand hielt.

»Westermann, unser Schreibmaschinist!« Er wechselte die Socken in die linke Hand und gab Westermann die rechte. »Du siehst blass aus. Was ist denn aus deinen eigenen Freiluftaufenthalten geworden, sag mal?«

»Nun, mein Platz scheint ja schon belegt zu sein«, sagte Westermann vieldeutig. Es schwang wahrscheinlich mehr Unmut mit, als er beabsichtigt hatte. »So wie es aussieht, werden unsere Sekretariate bald den Ahornbaum mit in den Belegungsplan nehmen müssen.« Westermann ging näher an Hirtenhuber heran und warf einen prüfenden Blick auf dessen Sakko. War es das, was er meinte, dass es war?

»Dockhorn hat vorgeschlagen, dass ich mich spontan einmal dazusetze unter den Baum. Wegen der Synergieeffekte.« Hirtenhuber drückte mit einer beiläufigen Handbewegung den Löwenzahn wieder in die Brusttasche. Nichts mehr mit Flowerpower. Es würde Flecken geben.

Mein Gott, dachte Westermann, die Windmühlen schienen zusammenzufallen, noch bevor er gegen sie kämpfen konnte. Er blickte an Hirtenhuber herab. »Bekommst du eigentlich keine kalten Füße?«

Hirtenhuber schien das nicht lustig zu finden, drückte Westermann seine Dokumententasche in die Hand und lehnte sich an die Wand, um sich die Socken wieder anzuziehen. »Dass wir da draußen absolut abhörsicher sind, muss ich dir doch wohl nicht erzählen.«

»Hm.«

Hirtenhuber zögerte kurz und sagte dann: »Ich glaube, wir haben uns in Dockhorn getäuscht.«

»Inwiefern?«, fragte Westermann.

»Er fühlt sich hoffnungslos allein gelassen wegen Happle, kommt sich wohl vor wie ein Bräutigam, dem die Braut kurz vorm Altar weggelaufen ist. Der ist sauber, wenn du mich fragst.« Hirtenhuber hatte Probleme, wieder in die Budapester zu kommen. Wie hatte er das bloß barfuß geschafft? Irgendeiner da draußen musste einen Schuhlöffel dabeigehabt haben. »Tja, und jetzt verfolgt er einen äußerst vielversprechenden Plan und wollte meine Meinung dazu hören.«

Westermann war bemüht, nicht allzu neugierig zu wirken, und sagte: »Jetzt bin ich aber neugierig.«

»Nun, bei diesen Schreibmaschinen habe ich ja noch Berührungsängste«, sagte Hirtenhuber.

Sein Kollege hatte eine ungewöhnliche Art, sich die Schuhe zuzubinden, fand Westermann. Seine Schleifen sahen fürchterlich umständlich aus. Aber sie schienen zu halten.

Hirtenhuber richtete sich wieder auf. »Aber mit dem, was Dockhorn jetzt vorhat, könnte ich mich schon eher anfreunden.« Er schien Westermanns gespannte Miene zu genießen, schwieg noch einen Moment und blickte unauffällig links und rechts den Flur entlang, bevor er Westermann brühwarm ins Ohr raunte: »Er will die europäischen Netzanbieter an einen Tisch holen. Es wird eine EU-Cloud geben, mit einer EU-Suchmaschine!« Hirtenhuber formte mit den Armen eine Art Wolke. Es sah ein bisschen wie Gymnastik aus. »Stroodle speichert pro Tag zwanzigmal mehr reine Log Data als die NSA insgesamt. Da reden wir von Terabytes, Petabytes und … wie heißen die anderen noch?«

»Exabytes«, ergänzte Westermann.

»Ja, wie viele Datenwolken braucht man denn da?« Hirtenhuber strich seine Hose glatt. »Hast du eine Vorstellung von den Datenmengen? Ganz große Nummer. Eine finanziell wie technologisch starke Alternative zu Stroodle sozusagen. Aber mal so richtig. Ein System der übernächsten Generation. Völlig anonymisiert. Die Amis können sich warm anziehen!«

Westermann blieb für einen Moment die Luft weg. Es widersprach allen Parametern seines Turing-Tests. War Dockhorn denn tatsächlich so widersprüchlich, unberechenbar und daher echt? Wahrscheinlich war er das und sein Vorhaben noch nicht einmal blöd.

Hirtenhuber nahm erst jetzt die Arme wieder herunter. »Na? Macht es jetzt pling bei dir? Stroodle soll meinetwegen in den Orbit wandern, um die Welt zu vernetzen. Wir machen Europa. Auch schon was.«

»Weiß Wetter davon?«, fragte Westermann und gab Hirtenhuber die Dokumententasche zurück.

Hirtenhuber nickte. »Natürlich weiß er davon. Der kommt sich gerade vor wie der Humboldt des digitalen Zeitalters – offen für alle Windrichtungen und auf allen Kontinenten zu Hause sozusagen.« Und dann blickte er an Westermann hinunter und sagte mit einem Hauch von Mitleid in der Stimme: »Und das letzte analoge Inselchen nimmt er auch noch mit, in der Hoffnung, es sei unentdeckt und virenfrei.«

Unverschämtheit, dachte Westermann. Er grinste zurück, bedankte sich für das Update und schlug sich anschließend im Waschraum so viel »Penhaligon's Blenheim Bouquet« um den Hals, dass ihm kurzzeitig schwindelig wurde. Er starrte in den Spiegel und ließ das Smartphone, das er neben das Waschbecken gelegt hatte, klingeln. Es war Paul – eigentlich merkwürdig um diese Zeit, aber es würde schon nicht dringend sein.

Rosen für Yolanda

Ave Verum Corpus, KV 618. Wolfgang Amadeus Mozart. Westermann versicherte sich, dass sein Handy auf Flugmodus war. Obwohl die Akustik in der Kapelle recht beeindruckend war, hörte sich das Ave Verum in seinen Ohren dennoch etwas scheppernd und klingelnd an. War Mozarts Musik auf neuen Instrumenten und stereo überhaupt noch so, wie er sich das ursprünglich gedacht hatte, oder hatte sie vor zweihundert Jahren auch schon so geklungen? Sie erfüllte den Raum. Gefühlsbeweismusik. Aber sie tröstete nicht wirklich.

Es war Montag. Bestattungen an einem Freitag waren speziell, aber montags waren sie manchmal geradezu erschütternd. Erst recht diese hier. Es fühlte sich an, als wäre ein entwurzelter Baum plötzlich auf die Fahrbahn gestürzt. Und dann Vollbremsung.

Die kleine Kapelle war architektonisch in den späten Siebzigern einzuordnen, mit dem Charme eines Autobahnkirchleins: schlicht gehalten, lindgrün bezogene Holzstühle mit niedriger Rückenlehne, ein sachliches, körperloses Bronzekreuz an der Stirnwand. Es gab immerhin eines jener Chagall-Fenster, wie man sie oft in Kirchen fand, mit fliegenden, ätherischen Gestalten auf strahlend blauem Grund, und das war schön. Er verlor sich darin, bis es klingelte.

Sein Blick schnellte nach vorn. Vor der Urne stand ein alter Mann mit einem Rollator, dessen Lenker offenbar mit einer Fahrradklingel ausgestattet war. Der alte Mann verbeugte sich kurz vor der Urne, wendete dann in einem erstaunlich kleinen Radius und schob langsam zurück zu seinem Platz. Bei Westermann blieb er stehen, beugte sich ein wenig zu ihm herunter und sagte: »Mein Beileid. Und entschuldigen Sie«, er deutete auf die Klingel, »das haben wir immer so gemacht, wenn wir uns trafen. Zur Begrüßung. Und zum Abschied.«

Westermann sah ihn fassungslos an. »Hatte sie einen Rollator?«

Der Mann schien nun seinerseits völlig erstaunt, so als habe Westermann ihn gefragt, wie alt sie gewesen sei. Er schob weiter, und als Westermann ihm nachblickte, bemerkte er, dass in der Friedhofskapelle tatsächlich nicht so viele Trauergäste versammelt waren, wie sie erwartet hatten. Die meisten der ehemals zahlreichen Freunde hatten wohl selbst schon schwarz umrandet in der Zeitung gestanden. Der Mann stellte seinen Rollator zu den anderen im Gang, betätigte die Handbremse und setzte sich schließlich. Das war wahrlich ein Statement gewesen.

Westermann starrte jetzt wieder nach vorn. Sie hatte es immer schlicht haben wollen. Es war nicht schlicht. Er hatte gedacht, sie würde ewig leben. Wie konnte er.

Das ganze Leben war geprägt davon, dass ständig etwas entsteht und anderes verschwindet, in jeder Sekunde wurde gestorben und geboren, immer schon. Nicht nur Menschen kamen und gingen, auch Bakterien, ja ganze Sterne. Aber doch nicht die eigene Mutter. Doch nicht Yolanda Westermann. Es war eine unfassbare Frechheit.

Sie war zweiundachtzig Jahre alt geworden, ohne Airbag und Sicherheitsgurt. Sie wollte nie neunzig werden. So alt. Sie wollte nie verkabelt und an Geräte angestöpselt werden. Gott behüte. Ihr Mann, sein Vater, hatte seinen weltlichen Aufenthaltsort bereits mit neunundsechzig Jahren verlassen, hatte wohl – typisch Vater – wieder einmal der Erste sein wollen. Selbst in dieser letzten Disziplin.

Der Trauerredner trat nach vorne und stellte sich hinter die Urne, die inmitten von Kränzen, Schalen und letzten Aufmerksamkeiten auf einem mit weißen Rosen besteckten Kissen stand. Die Urne selbst war mit türkisfarbenen Glassteinen verziert – die Lieblingsfarbe seiner Mutter. Immer schon. Sie hatte alles bis hin zum letzten Lied vorbereitet. Bloß keine Urne aus Tropenholz oder Plastik, hatte sie geschrieben. Aber türkis sollte sie sein. Auch wenn ihr Mann im Theodor-Heuss-Sarg für damals fünftausend DM neben ihr lag. Sie hatte früher sogar die Kinderbetten eigenhändig türkis gestrichen, mit Lackfarbe.

Westermann sah ihre Hände vor sich. Die Form und die Länge der Nägel, die Fingerringe, die blau schimmernden Äderchen auf dem Handrücken. Er schluckte. Ein Stausee voller Gefühl war in ihm. Schleusen auf. Wasser marsch. Hier und jetzt. Es musste sein.

Leia, seine Schwester, war aus Washington angereist. Sie legte ihre Hand auf seine und reichte ihm mit der anderen ein Taschentuch. »Denk an ihre Ingwer-Paprika-Marmelade«, sagte sie.

Westermann nickte. Ja, die ganze Familie war danach tagelang krank gewesen. Es half ein wenig.

Der Mann dort vorne bei der Urne fand schöne Worte, und je länger er sprach, desto länger erschien ihr gelebtes Leben, mit jedem Wort, das er stellvertretend für sie alle aussprach und das einem Bilder vor die Augen zauberte. Wann war ein Leben gelebt? Sie hatte sich nur für ein Schläfchen hingelegt und war nie wieder hochgekommen. Sie war schlicht eingeholt worden von der Zeit, dieser härtesten Sparringpartnerin des Lebens, die umso heftiger mit dem Tod flirtete, je näher sie ihm kam. Eine flüchtige, aber verhängnisvolle Liaison. Es gab keinen Ort, an dem man die beiden nicht fand.

Westermann ließ den Blick über das Blumenmeer schweifen und beruhigte sich langsam. Es gab seltsame Arrangements unter den Kränzen und Gestecken, vieles in praktischen, wieder bepflanzbaren Töpfen und Schalen. Die »Silver Surfers« hatten sich für ein Steckkissen aus roten Rosen entschieden, umgeben von einer grünen Efeuranke. Quadratisch. Es sah ein wenig aus wie ein Bildschirm, aber es fiel aus dem Rahmen, und das hätte seiner Mutter gefallen. Wo auch immer sie jetzt war, es blieb zu hoffen, dass da niemand ein Passwort von ihr verlangte. Sie würde es nicht wissen.

Seine Mutter hatte nicht viel mit der christlichen Religion anfangen können, aber später an diesem Vormittag, als am Grab dann doch ein Vaterunser gesprochen wurde als einziges Gebet, wie eine Beschwörungsformel aus alter, weiser Zeit, an die man sich klammern konnte, da betete Westermann im Stillen es gleich ein zweites Mal, um ein ganz kleines bisschen seine Mitte wiederzufinden.

Er hatte die Urne zum Familiengrab getragen. Es war so intim gewesen, dass er es mit absolut nichts vergleichen konnte. Er war bei ihrer Geburt logischerweise nicht dabei gewesen, aber ungefähr so musste es sich angefühlt haben. Die Urne war erstaunlich schwer gewesen, es schien ein ganzes Universum darin zu sein. Geheim Gefäß … Er hatte sich an ihr festgehalten, aber die letzten Meter hatte er sie in Pauls Hände gelegt.

Es musste beim Vaterunser gewesen sein, dass Churchill seine Chance witterte. Es war ohnehin eine absurde Idee gewesen, dieses Exemplar von Hund mit zum Friedhof zu nehmen. Er kannte solche Orte nicht, sie waren in seinem Leben bisher nicht vorgekommen. Doch Yolanda hatte ihn sehr gemocht, so wie er sie wohl auch gemocht hatte. Seit dem Tag, an dem sie von ihrem Tod erfahren hatten, war er noch apathischer als sonst, hatte eine große Portion Traurigkeit und Stress, die seither in der Luft lagen, wohl in sich aufgesaugt. Und dann hatte er begonnen, noch strenger zu riechen. Sicher, er war nicht mehr der Jüngste, aber diese Ausdünstungen, irgendwie modrig und nach nassem Fell riechend, auch wenn er gänzlich trocken war, hatten sie nie zuvor an ihm festgestellt. Sie waren übereingekommen, dass die Teilnahme an Yolandas Beerdigung auch der Trauerbewältigung des Tieres langfristig förderlich wäre. Und so war er neben der Trauergemeinde hergetrottet, als hinterbliebener Hund.

Doch kaum war die Urne in die Erde hinabgesenkt, gab es kein Halten mehr für ihn. Churchill sprang samt Leine davon, über die Gräber, scharrte kurz auf dem Kiesweg, als läge auch da jemand begraben, und tänzelte dann hin und her, wie vor einiger Zeit im Vorgarten. Seine Speicheldrüsen arbeiteten auf Hochtouren, selbst auf die Entfernung konnte man es sehen. Westermann kniff die Augen zusammen und entdeckte tatsächlich einen bräunlichen Schmetterling, wohl ein Distelfalter, der durch die Luft flatterte, bevor er zur Landung auf eine Hortensie ansetzte. Churchill hechtete ihm nach. Sein Synchronflug endete auf dem Grab von Justus Grubinek, der dort seit 1938 seine letzte Ruhe finden wollte.

»Holen Sie bitte den Hund von den Gräbern.« Der Trauerredner hatte sich dezent zu Westermann herübergebeugt und sagte es ebenso pietätvoll wie bestimmt. Churchill begann zu keuchen, das Problem würde sich bald von allein lösen. Paul entfernte sich aus der Reihe der Trauernden, die immer noch am Grab standen, ging zu Churchill hinüber und schnappte sich die Leine, auch wenn die Schmetterlingsjagd der Seele sicher guttat. Westermann bemerkte erst jetzt, dass sein Sohn hellbraune Sneakers trug. Er starrte ihm nach. Mein Gott, er hatte die Kleidung nicht kontrolliert.

»Wer hat denn immer gepredigt, dass in jeden Schuhschrank ein Paar fertig geputzte schwarze Schuhe gehört?«

Er kannte die Stimme. Westermann drehte sich um. Sie sah gut aus, es schien ihr gut zu gehen, und sie lächelte ihn an. Es war Anna, seine Frau. »Mir war danach, zu kommen. Wegen Yolanda. Und wegen dir. Es tut mir so leid, Richard.«

Sie legte ihre Hand an seinen linken Oberarm, sanft, aber auf Abstand bedacht. Eine etwas hilflose Beileidsbekundung.

Da war es wieder, dieses Bedauernde, dieses Mitleidige, dachte Westermann, und hier und jetzt konnte er sich noch nicht einmal darüber beschweren. Seine Lippen bebten, und seine Augen mussten immer noch gerötet sein. Es war ihm peinlich, dass sie ihn emotional dermaßen inkontinent erlebte. Er hätte an seine Sonnenbrille denken müssen.

Als die kleine Zeremonie vorbei war, lösten sich die Grüppchen der Trauergäste langsam auf. Westermann hatte zum gemeinsamen Kaffeetrinken geladen, sogar mit »Kaffeekarte«, wie es sich gehörte. Doch für die meisten der doch sehr betagten Gäste war die Trauerfeier an sich bereits eine große körperliche Anstrengung gewesen, und sie schoben mit ihren Rollatoren davon, wenn auch ein bisschen widerwillig. Am Ende waren es nicht mehr als zwölf Personen, die sich bei »Fratelli La Bionda« versammelt hatten, Yolandas Lieblingsitaliener unweit des Friedhofs. »Essen hält Leib und Seele zusammen«, hatte sie immer gesagt. Und nun saßen sie vor ihren vollen Pasta-Tellern und versuchten, die Traurigkeit hinunterzuschlucken.

»Stimmt das wirklich?«, fragte Anna, nachdem sie schon eine Weile miteinander gesprochen hatten, ihr Daumen und Zeigefinger strichen am Stiel ihres Weinglases entlang.

»Was meinst du?« Er ahnte, was sie meinte, aber warum sollte er Dinge beim Namen nennen, für die ihr gerade die Worte fehlten?

Sie zögerte. »Nun, man sagt, dass du jetzt alles mit Schreibmaschine machst.« Ihre Mundwinkel zuckten, und ihr Lächeln gefror ein wenig, als habe sie gerade die Diagnose einer unheilbaren Krankheit aussprechen müssen.

»Nun, sie kommt nicht mit unter die Dusche«, erwiderte Westermann. Sie hatten schon jetzt wieder den Punkt erreicht, in dem die Sätze kürzer und schärfer wurden.

»Also ich wäre mir da nicht so sicher.« Leia links von ihm versuchte zu retten, was zu retten war, und grinste in die Runde. »Er war immer schon ein bisschen durchgeknallt. Liegt wohl in der Familie. Unheilbar sozusagen.«

»Das ist doch alles nur ein PR-Gag, was man da liest, oder nicht?«, fragte Anna.

»Ich befürchte, es ist ihm todernst. Er ist immer sehr speziell gewesen, aber selten lustig«, sagte Leia, bevor Westermann auch nur den Mund aufmachen konnte. Nun saß er wortwörtlich zwischen den Stühlen und blickte von der einen nach vorne gebeugten Frau zu der anderen nach vorne gebeugten Frau. Ihm war sowieso nicht nach Reden zumute. An diesem Tag war ihm ganz und gar nicht nach Reden zumute. Und solange andere das Reden freiwillig für ihn erledigten, ließ er sie gewähren. Auf diese Weise erfuhr er stets viel über die anderen und mit etwas Glück noch mehr über sich selbst. »Durchgeknallt. Immer schon« – das hatte Leia über ihn gesagt. Westermann staunte.

So ging es fort, und nach etwa zehn Minuten war Westermann der festen Überzeugung, dass es absolut niemandem auffallen würde, wenn er jetzt aufstehen und mit Churchill nach draußen gehen würde. Er hätte nach Hause gehen können. Er hätte auswandern oder sich pulverisieren können. Er stand auf.

Doch dann hörte er Leia im Gespräch sagen: »Na, auf jeden Fall scheint es zumindest IBT ja noch recht gut zu gehen.« Sie stupste ihren Bruder an. »Sag mal, seit wann reist ihr denn first class?«

Westermann setzte sich wieder hin. »Wie kommst du denn darauf?«, fragte er.

»Na, Turtlebusch! Ich habe ihn und seine Frau vorgestern bei meiner Ankunft am Flughafen getroffen. Sie wollten nach San Francisco. Und seine Frau hat den Mund nicht halten können. ›First class‹, hat sie gesagt, ›aber rein geschäftlich.‹ Turtle habe da was zu erledigen.« Leia schob sich eine

Olive in den Mund. »Sorry, aber so geschwätzig oder dumm oder beides möchte ich niemals werden.«

Westermann schüttelte den Kopf. »Nein, das kann nicht sein. Du meinst Philipp Achternbusch? DER Philipp Achternbusch aus meiner Truppe, der mit dir auf der Schule war?«

Leia rollte die Augen. »Entschuldigung, Richard, aber natürlich rede ich von dem. Sag mal, haben die dich mit deiner Maschine auf die Isolierstation versetzt? Kriegst du überhaupt noch irgendetwas mit, lieber Bruder?« Sie gab ihm einen nett gemeinten Buff in die Seite.

Aber es war nicht nett. Nichts war nett. Sie hatte ja keine Ahnung. Westermann erhob sich ein zweites Mal. »Wenn ihr mich kurz entschuldigt.« Ihm war schwindelig, was wohl daran lag, dass er nun die polymorphen Viren im Kopf hatte und nach Leias Begegnung am Flughafen zu fatalen Schlussfolgerungen kam: Achternbusch. Die Krypto-Box. San Francisco. Madcom Valley? Happle! Er dachte zu schnell, oder er dachte gar nicht mehr, es war eher ein panischer Reflex. Es konnte nicht sein. Und wer war so naiv, in einer solchen Mission first class zu fliegen?

Vor dem Restaurant standen leere Tische mit Bistrostühlen. Westermann setzte sich. Wenn er Raucher gewesen wäre, hätte er jetzt eine geraucht. Die Aschenbecher waren aus Porzellan, und auch hier gab es Textiltischdecken, mit silbernen Metallklemmen an den Ecken, an denen kleine Seepferdchen im Wind baumelten. Westermann entsperrte sein Handy. Für einen Moment war er versucht, sich die letzten Mails von Yolanda noch einmal anzugucken. Es war so verdammt viel Pulsschlag in diesen Nachrichten, als hätte sie sie gerade erst geschrieben, als wäre sie immer noch online und erreichbar. Es war grausam. Er ließ es sein und wählte stattdessen Achternbuschs Handynummer.

Mailbox.

Westermann wählte die Büronummer.

»Apparat Philipp Achternbusch, Gerken. Guten Tag.«
Die Teamassistentin war am Apparat. Sie hörte sich ein wenig an wie ein Anrufbeantworter, und Westermann fragte:
»Hallo?«

»Hallo? Ja? Hallo?«

»Ja, Westermann hier. Frau Gerken, wo steckt denn Herr Achternbusch?« Er versuchte, es so beiläufig wie möglich zu sagen, und schnipste mit den Fingern an ein Seepferdchen.

»Oh, er hat sich zwei Tage Urlaub genommen. Er wolle mit seiner Frau für ein verlängertes Wochenende an die Ostsee, hat er gesagt. Morgen ist er aber wieder da.«

»Okay, dann versuche ich es einfach später noch einmal auf seinem Handy. Momentan geht da nur die Mailbox ran«, sagte Westermann.

Sie zögerte und sagte dann: »Nun ja, es ist eigentlich etwas peinlich, aber er hat sein Handy im Büro liegen lassen.« Sie schien sich zu schämen, für ihn und auch für sich selbst, als hätte sie ihren Chef ohne Kompass in die Wüste geschickt.

Westermann legte auf, ohne ein Wort zu sagen. Es musste unhöflich wirken, aber Achternbusch war offenbar auch unhöflich, sehr unhöflich – und noch dazu momentan nicht zu orten. Mein Gott, war dieser Mann in all den Jahren der Zusammenarbeit so sehr zu kurz gekommen? Plötzlich passte alles zusammen: das Tempo, mit dem die Daten infiziert worden waren, und die Plötzlichkeit des Angriffs, ohne dass im Vorfeld irgendwelche Schwachstellen bekannt gewesen wären.

»Wie gut, dass ich Sie hier draußen gerade allein antreffe.«

Westermann blickte hoch. Der Trauerredner war nahezu geräuschlos hinter ihm aufgetaucht, zurückhaltend, mit einer randlosen Brille und immer noch mit einer weißen Fliege – die personifizierte Höflichkeit von Berufs wegen, wohl ständig auf der Suche nach dem letzten Lächeln. Zumindest seine Wangen waren rosig durchblutet, es lag vielleicht am Wein.

Westermann war in diesem Moment nach einem »Jetzt nicht!« zumute, einer dieser Bemerkungen, die zwar unhöflich waren und einsam machten, aber die Prioritäten klar sortierten. Er sagte es nicht.

»Ich möchte Ihnen das hier geben.« Der Mann reichte Westermann einen Brief. »Ihre Mutter hat ihn mir erst vor einigen Tagen für Sie ausgehändigt. Da konnte sie noch nicht ahnen, dass es so schnell gehen würde. Tja, wie gut, dass niemand von uns in die Zukunft blicken kann. Es hat etwas Tröstliches, nicht?«

Fehlte nur noch, dass er sich bekreuzigte, dachte Westermann. Es waren Sätze, die wie abgelesen klangen, und man hatte Stapel von kleinen Karteikärtchen vor Augen, die dieser Mann zu Hause in kleinen Karteikärtchenkästen aufbewahrte.

»Ich denke, das wird Sie freuen«, sagte der Trauerredner, als Westermann zögerte und den Brief nicht sofort nahm.

»Hm«, sagte Westermann. Wie konnte der Typ wissen, dass er sich freuen würde? Er hatte diesen Menschen nie zuvor gesehen. Professionelle Trauerredner wie er betrieben eine ganz besondere Art von »Profile Tracking«: Sie leuchteten dezent die geheimsten Winkel in Familien aus und vermochten, Menschen postum ins rechte Licht zu rücken. Sie mischten sich ein und blieben doch außen vor, sie konnten Worte sagen, die niemand sonst laut sagen konnte. Westermann wusste nicht, ob er sich nun freuen sollte über den Brief. Er sagte: »Das ist nett von Ihnen. Sie haben das toll gemacht eben, und ich danke Ihnen wirklich. Das Finanzielle regeln wir später, nehme ich an?«

»Mir ist das Finanzielle heute so was von egal. Ihre Mutter war 'ne tolle Frau, die auch ihren Sohn toll fand.« Er hob kurz die Hand und entfernte sich so unauffällig, wie er gekommen war.

Westermann sah ihm nach und war versucht, alles zurückzunehmen, was er eben gedacht hatte. Gerade als er wieder ins Restaurant gehen wollte, fiel sein Blick auf die Zeitung, die jemand auf einem der Stühle vergessen hatte. Die Anzeige war relativ groß. Es war keine Todesanzeige, zumindest keine klassische: »BÜROTECHNIK FRENZEL, Ladenlokal in 1-a-Lage in Berlin-Kreuzberg. Suche Nachfolger. Aufgabe aus Altersgründen.«

Westermann riss die Anzeige heraus und steckte sie in die Tasche. Mein Gott, auch das noch, der kleine König wollte sein Königreich abgeben. Einfach so. Womit hatte er, Westermann, das alles verdient? Alles ging dahin. Er strich sich die Haare aus dem Gesicht und holte tief Luft. Aber es half nicht. Nichts würde helfen.

Es war wie früher beim Würfelspiel: Er war eigentlich immer der klassische Dreier-Würfler gewesen. Langweilig und irgendwie armselig. Wie hatte er noch vor wenigen Tagen annehmen können, plötzlich eine Sechs geworfen zu haben, nachdem der Würfel bei circa siebenkommazwei Milliarden Mitspielern endlich wieder bei ihm angekommen war. Stattdessen hatte er, so wie es aussah, eine spektakuläre Eins gewürfelt.

Am Abend nahm Westermann zu Hause eine Aspirintablette, holte den Brieföffner aus der Küchenschublade und setzte sich mit Yolandas Brief ins Wohnzimmer. Paul war mit seiner Mutter und Churchill noch ans Havelufer gefahren, was wohl eine gute Idee nach diesem schweren Tag war.

Er war allein, genoss die Ruhe, drehte den kleinen weißen Umschlag in den Händen und strich über die Kanten. Es stand nur »Richard« darauf, geschrieben mit einem alten Federhalter, wie es sie kaum noch gab, und in einer unsicheren, etwas zittrigen Handschrift, wie man sie von alten Menschen kannte. Die Buchstaben schienen kleiner zu werden, langsam zu schrumpfen, je älter man wurde. Dann war es mit ihnen wie mit dem eigenen Körper. Wo man doch eigentlich meinen sollte, ältere Menschen müssten größer schreiben, dachte Westermann. Ihr großes R war immerhin schön, energisch geschwungen, mit einer ausholenden Schleife in der Mitte, nur sie konnte das R so malen, fast alles von ihr lag in diesem Buchstaben. Er hatte sie sofort wieder vor Augen. Westermann tastete den Umschlag ab, es schien noch etwas anderes als nur ein Stück Papier darin zu sein. Er nahm den Brieföffner und lehnte sich im Sessel zurück.

Nun war er vollends zum Waisen geworden. Sicher, die Zeiten des Gutenachtkusses lagen fast ein ganzes Menschenleben zurück, und wenn man Abschied nahm, war die Neigung zu dem, was man schätzte, immer noch etwas wärmer. Aber dass der Verlust so physisch spürbar sein würde, hätte er nicht gedacht. Er kam sich vor wie abgeschnitten.

Es klingelte an der Haustür, und Westermann nahm es wahr, wie man einen Wecker wahrnimmt, der morgens um zehn vor sechs klingelt. Wann hatte er endlich seine Ruhe? Er legte den ungeöffneten Umschlag samt Brieföffner zurück auf den Sofatisch und quälte sich aus dem Sessel. Es würde Paul sein, der wahrscheinlich seinen Schlüssel vergessen hatte. Westermann hoffte nur, dass er seine Mutter nicht dabeihatte. Das wäre zu viel für ihn gewesen.

»Guten Abend.« Sie sah ihn an und stutzte. »Ich befürchte, ich störe schon wieder?«

Es war die Nachbarin, Malwine Wagner. Zumindest die Gedanken an diese Frau hatte er in den letzten Tagen erfolgreich verdrängen können. Er wich zwei Schritte zurück, als hätte sie eine Waffe dabei. Irgendwie hatte sie das ja auch: ihre Erscheinung, ihr Gesicht, die hellgraue Bluse, ihren Körper, ihre Stimme, ihren Job – alles eine einzige Waffe. Westermann konnte nichts sagen.

Sie tat einen kleinen Schritt nach vorn. »Geht es Ihnen gut?«

Die Trauer musste ihm aus allen Poren kommen, vermutete Westermann, und er sagte: »Och. Was soll ich sagen, das Leben knallt sich mir gerade so um die Ohren.«

Sie schien nicht nachfragen zu wollen und sagte stattdessen: »Ich weiß, es wirkt vielleicht aufdringlich, aber meinen Sie, ich könnte mir Ihre Olympia kurz ausleihen?«

Westermann lachte höhnisch auf. Das war nun eine bodenlose Unverschämtheit. Und dann auch noch die Olympia! Normalerweise hätte er schon beim Rasenmäher gezögert. »Wollen Sie Ihre Texte über IBT-Interna jetzt mit der Schreibmaschine schreiben, sich sozusagen einschreiben auf uns? Westermann behielt die Tür in der Hand. Er konnte mit dem Wind, der ihm entgegenwehte, ihr Parfum riechen. »Sie werden verstehen, wenn ich Sie nicht hereinbitte.«

Sie schien ernsthaft betroffen zu sein, oder es war zumindest gut gespielt. Ihre Stirn legte sich in diese kleinen Falten, die er eigentlich an ihr mochte, und die schmalen Schultern fielen um geschätzte zehn Zentimeter herunter. Sie stand da wie ein kleines Mädchen, das sein ganzes Taschengeld auf dem Rummel gelassen hatte. Es tat weh, sie so zu sehen. Bis eben hatte er noch insgeheim gehofft, es würde alles nicht stimmen.

»Ich wollte es Ihnen sagen, aber wir hatten nicht über unsere Berufe gesprochen. Es tut mir wirklich leid, dass Sie das jetzt auf sich beziehen, denn eigentlich …«

Westermann unterbrach sie, es musste raus: »Und ob das was mit mir zu tun hat! Müssen denn Leute wie Sie immer alles von innen nach außen stülpen? Ich muss nicht die halbe Republik ins cc meines Lebens setzen!«

»Habe ich irgendetwas Falsches geschrieben?«, fragte sie.

»Darum geht es doch gar nicht! Sie können sich hier nicht einfach so bedienen wie auf einer riesigen Benutzeroberfläche!«

Sie blickte zu Boden. »Wir arbeiten sehr selektiv. Nicht wie die anderen.«

Westermann lachte wieder laut auf. »Sie trauen sich doch nicht einmal, Ihren kompletten Namen unter Ihren Text zu setzen. Nicht einmal das! Sie bleiben anonym. Sie schreiben ja nur über andere Leute! Schreiben Sie doch mal über sich selbst!«

»Es ist wirklich Zufall, dass ich in dieses Haus gezogen bin«, begann sie. Sie zögerte. »Aber da ist noch etwas …«

»Erzählen Sie mir nichts von Zufall!« Westermann machte Anstalten, die Haustür zu schließen. »Ich glaube, das ist jetzt ein denkbar ungünstiger Zeitpunkt. Wir sollten diese Unterhaltung verschieben oder sie gar nicht mehr führen. Guten Abend.« Er schloss die Tür und ließ sie draußen stehen.

Es hatte angefangen zu regnen, und es würde so sein wie in diesen kitschigen amerikanischen Filmen, in denen traurige Leute durch den strömenden Regen liefen, dabei viel zu schnell pitschnass wurden, aber immer noch verdammt gut aussahen. Er ging ins Wohnzimmer und sah sie durchs Fenster in ihr Haus gehen. Sie entsprach, gelinde gesagt, nicht mehr seinen Idealvorstellungen. Aber dennoch konnte er nicht den Blick von ihr lassen.

Such, Maschine!

Westermann konnte in den nächsten Tagen eine gewisse Antriebslosigkeit nicht leugnen, selbst Gabriele blieb verschlossen und schwieg vorerst. Was half, war die Wut. Nun hatte er auch noch die Sache mit Achternbusch am Hals – warum bloß war er, bei all den Problemen und Mutmaßungen rund um das Krypto-Box-Projekt, nicht auf den naheliegendsten Gedanken gekommen? Natürlich hatte er Achternbusch nach dessen Rückkehr zu seinem »Kurzurlaub« befragt und dabei erfahren, dass die Ostsee um diese Jahreszeit noch herrlich warm sei. Daraufhin hatte ihn Westermann beiseitegenommen und war volles Risiko gefahren: Er hatte ihn kurzerhand in Wetters Pläne eingeweiht, die Konstruktions- und Programmdaten von »De-Connect« für den Markt freizugeben. Dies habe mit absoluter zeitlicher Priorität zu erfolgen, um die Dinge zu einem halbwegs erfolgreichen Abschluss zu bringen, bevor Geheimdienste und Regierungskreise dem Ganzen endgültig einen Riegel vorschoben.

Achternbusch hatte im Anschluss hochgelagert und mit zwei Gläsern Wasser versorgt werden müssen und war für den Rest des Tages ferngeblieben. Alles deutete darauf hin, dass Westermann mit seiner Vermutung richtig gelegen hatte. Wenn Achternbusch der Maulwurf war, hatte er wahrscheinlich eine Hintertür für seine Auftraggeber eingebaut, mit der diese unter Umgehung von Zugriffssicherungen und Codewort-Generatoren Zugang zum System erlangten. Die polymorphen Viren hatte er wohl erst später eingeschleust, um den zeitlichen Vorsprung von IBT zunichtezumachen.

Seine Schreibmaschine, die Record, wäre dann tatsächlich nichts weiter als eine zynische Tarnung gewesen, seine »Schreibmaschinen-Software« der blanke Hohn. Es musste ihm diebische Freude bereitet haben, dachte Westermann.

Die Zeit drängte, die Stimmung im Team hatte ohnehin einen Tiefpunkt erreicht. Daran war Magenta nicht ganz unbeteiligt, denn sie hatte in Westermanns Abwesenheit die händische Codierung mittels des Pangramms übernommen und diese mit Vorgaben bedacht, als gelte es, beim Kreuzworträtsel-Preisausschreiben eine Flusskreuzfahrt zu gewinnen. Seine Mitarbeiter, die eigentlich nur ihren Job machen und also programmieren wollten, sahen sich mit Aufgaben konfrontiert, die so einfach nicht waren: »Was ist die maximale Anzahl der Klangstäbe, die ein Xylophon in Uganda haben kann? Addieren Sie diese Zahl zur Anzahl der Buchstaben des vorletzten Wortes.« Oder: »Multiplizieren Sie die Anzahl der Choräle in Bachs Matthäuspassion mit der Häufigkeit des Wortes ›und‹ in dem Ihnen bekannten Satz.«

An manchen Tagen hatte es ein wenig gedauert, bis das System hochgefahren werden konnte.

Westermann hatte sich vorgenommen, den Übeltäter mit den eigenen Waffen zu schlagen, denn eine Erkenntnis hatte sich endgültig in seinem Kopf festgesetzt, auch wenn sie die Arbeit der letzten Jahre ad absurdum führte: Die absolute Anonymität war abgeschafft.

Er hatte also unter der Hand Witkowski auf Achternbusch angesetzt. Witkowski arbeitete freiberuflich, war vom Hacker-Nerd zum Unternehmer mit Anzug und Krawatte aufgestiegen, zum Ghostbuster 4.0, spezialisiert darauf, Netzwerke im Auftrag der Eigentümer zu attackieren und Spuren in Programmen zu verfolgen, die Programmierer für Programmierer geschrieben hatten. Auf seiner Visitenkarte prangte oben mittig eine Krone. Für Kronen schien es keinerlei Copyright zu geben, dachte Westermann, auch Verpackungen für laktosefreien Schnittkäse trugen sie. Doch im Falle Witkowskis hatte sie einen Hauch von Exklusivität und versprühte verheißungsvollen Optimismus. Für diesen Menschen gab es nichts, was nicht auffindbar war. Sein Einsatz war lediglich eine Frage des Geldes, er hatte nicht Stunden-, sondern Minutensätze, und so ganz legal arbeitete er nicht. Aber welcher Exorzist tat das schon?

»Wissen Sie, dass wir vor noch nicht allzu langer Zeit Wetten abgeschlossen haben, wie lange das mit Ihnen und Ihrer Gabriele hält?« Dockhorn, der Vermessene, hatte sich ihm in den Weg gestellt. Der Firmenparkplatz war überschaubar und bot kaum Fluchtwege. Westermann wollte über Mittag noch kurz zu Yolandas Grab fahren. Er hatte Gabriele dabei, für den Fall, dass ihm irgendetwas einfiel, Worte, mit denen er sich vielleicht besser fühlte und die er anschließend mit nach Hause nehmen konnte. Auch Friedhöfe hatten schließlich schöne Ahornbäume.

Dockhorn zeigte auf den Schreibmaschinenkoffer und fügte kopfschüttelnd hinzu: »Dass man mit Ihnen Werbung macht, statt Sie einzuweisen, damit hätten wir nie gerechnet.«

»Nun, ich weiß nicht, was besser ist«, sagte Westermann.

Dockhorn blinzelte, zögerte einen Augenblick und legte den Kopf schräg. »Hirtenhuber hat Ihnen erzählt, was mich momentan umtreibt?«

»Sie meinen Ihre Freiluftübungen?«

»Wissen Sie, ich habe viel nachgedacht in letzter Zeit.«

»Erstaunlich«, sagte Westermann.

Dockhorn senkte den Kopf, spielte mit dem Autoschlüssel in seiner Hand und wurde plötzlich ernst: »Die Sache mit Happle hat mich ganz schön geschockt.«

So nachdenklich hatte er Dockhorn selten erlebt, und irgendetwas schien er ihm sagen zu wollen. Westermann stellte Gabriele neben sich auf den Boden. »Ja, es hat uns alle geschockt. Die Welt wird immer kleiner, wir hätten es uns denken können, nicht wahr?«

»Ja. Gerade wir.«

»Und Sie standen zu dem Zeitpunkt voll in der Schusslinie«, sagte Westermann. Er versuchte, Dockhorns Mimik zu ergründen. Hatte er wirklich nichts damit zu tun? Wollte er tatsächlich nur reden? Dockhorn scharrte mit einer Schuhspitze im Kies. Westermann folgte der Bewegung und legte den Kopf schräg, konnte aber keine Muster erkennen.

»Ich habe keine Ahnung, wer Happle vorzeitig ins Haus gelassen hat, aber eines weiß ich: Ich für meine Person kann doch nur noch alles falsch machen. Hier bin ich der Buhmann, der angeblich mit den Amerikanern gemeinsame Sache macht. Drüben bin ich der unbedarfte Europäer, der den Entwicklungen nur hinterherläuft.«

Eine seltsame Verzweiflung war in der Art und Weise zu spüren, wie Dockhorn dastand und scharrte. Er verhielt sich beinahe menschlich. »Ich weiß gar nicht mehr, wo ich hingehöre oder wer ich eigentlich bin.«

»Doch vielleicht ein Mensch?«, entfuhr es Westermann.

Dockhorn verstand nicht. »Also habe ich mich entschlossen, eine Suchmaschine zu entwickeln.«

»Geht das nicht einfacher?«, fragte Westermann.

»Wie bitte?«

»Na, sich zu finden. Ich kann Ihnen sagen, selbst mit einer Maschine kann das ein ganz schön langer Weg sein.«

Dockhorn begann, Kreise in den Kies zu scharren, es sah aus, als hätte er sich die olympischen Ringe vorgenommen. »Aber wissen Sie, ich habe mittlerweile erkannt, dass es bei allen meinen wirklich großen Projekten mindestens einmal den Punkt gibt, an dem ich denke: Die Sache geht schief. Ich werde scheitern.«

Spätestens hier hätte Alan Turing den Versuch abgebrochen. Westermann fragte: »Und was tun Sie dann?«

»Das frage ich Sie.« Dockhorn blickte auf.

»Sie fragen mich?« Westermann betrachtete Dockhorn. »Nun, ich denke, heute will der Mensch nicht mehr finden, er will nur noch suchen. Eine Milliarde Mal pro Tag. Ihre Suchmaschine hat, gelinde gesagt, Potenzial.« Er hatte den Friedhofsbesuch bereits ad acta gelegt. Am Nachmittag würde er noch nach Frankfurt fliegen, und das hier würde dauern.

»Danke.«

Westermann glaubte nicht recht zu hören. Hatte Dockhorn »Danke« gesagt?

»Hm.«

»Ich werde IBT verlassen. Haben Sie nicht Lust mitzukommen?«, fragte Dockhorn unvermittelt.

Es klang, als biete er ihm ein Partyhäppchen an. Westermann musste unwillkürlich grinsen und gab Gabriele einen kameradschaftlichen Tritt von der Seite, beinahe wäre sie umgefallen. »Nein, danke. Ich bleibe bei meiner eigenen Suchmaschine.«

»Schade.« Dockhorn nickte, schloss seine Autotür ab und wollte in Richtung Büro davoneilen. Doch dann hielt er inne, ihm schien etwas eingefallen zu sein. Er hob den Finger. »Weil ich da gerade Ihre Schreibmaschine sehe, haben Sie heute schon Zeitung gelesen, den Lokalteil?«

»Ich lese nie den Lokalteil. Ich bin nicht so lokal«, sagte Westermann.

»Höfers alte Schreibmaschine wurde heute seiner Stiftung übergeben. Von einer ehemaligen Studentin, die sie geerbt hat.« Dockhorn grinste und schien auf eine Reaktion zu warten, aber diesen Gefallen würde Westermann ihm nicht tun. Und tatsächlich wurde Dockhorn konkreter: »Da fragt man sich, ob Ihre Olympia die Olympia ist, die sie vorgibt zu sein.« Er zog den nicht vorhandenen Hut und entfernte sich über den Parkplatz.

So konnte man sich in einem Menschen täuschen, dachte

Westermann und ging zurück ins Büro. Magenta würde hoffentlich noch ein paar Kekse haben.

Westermann nahm sich vor, nachmittags am Flughafen-Gate nach der Zeitung zu schauen. Es gab jetzt wahrlich anderes, das ihn beunruhigte. Er hatte das Original, so viel stand fest, und nur wenige wussten überhaupt von seiner Olympia. Aber er würde nie wieder so eitel und geschwätzig sein. Ohnehin ließ er sich jetzt nur noch mit Gabriele sehen. Es war sicherer, mit ihr unterwegs zu sein, sie aufzuklappen und sich die Seele aus dem Leib zu schreiben. Das alles fühlte sich zunehmend normal an und war fast schon zum Ritual geworden.

Er war wohl immer noch ein Exot, aber es gab auch zunehmend positive Momente. Wildfremde Menschen kamen spontan auf ihn zu, als hätte er eine Duftspur gelegt, und fast jeder von ihnen hatte eine Geschichte parat, die dem Gedächtnis über die Jahre entglitten war: von alten Geräteschuppen-Erikas, Mercedes Elektras oder elektronischen Monikas, von den Torturen selbst getippter Diplomarbeiten und Farbbandwechsel-Schweinereien. Einige Leute gaben plötzlich Klack-klack- und Ping-Laute von sich.

Wenn Westermann öffentlich schrieb, sah es nicht mehr komisch aus, er war sicherer und schneller geworden, eine Weichheit und Souveränität war in seine Bewegungen gekommen – sofern es Gabriele an guten Tagen zuließ und Westermann ihr etwas Gutes an Text zu bieten hatte. Er verspannte sich nicht mehr beim Tippen, und es ging ihm wie dem Schüler, der beim Schreiben irgendwann nicht mehr den Stift in der Hand spürt. Kurzum: Er stand kurz vor dem Zehnfingersystem.

Und dann sah er sie auf Seite 21, etwas grob gepixelt zwar, aber unverkennbar. Westermann hatte sich am Gate eine Lokalzeitung geschnappt und starrte auf das Bild zum Artikel. Es konnte keine andere sein, das Profil stimmte, die Frisur, die Haarspange und vor allem der Name: »Malwine Wagner stiftet Höfers Original-Schreibmaschine.« Westermann überflog den kurzen Text wie im Wahn. So wie es aussah, war sie tatsächlich eine der wahrscheinlich zahlreichen Studentinnen gewesen, die für den alternden Höfer Leseproben und Manuskripte getippt hatten – dienstbare Schreibmaschinistinnen unter dem Deckmäntelchen des Literarischen. Und mw schien eine ganz besondere Tastenfee gewesen zu sein, dachte Westermann.

Was war das für ein mieses Spiel? Augenscheinlich hatte sie ihn ganz oben einsortiert auf ihrer Prioritätenliste, nämlich bei »IBT« und bei »Schreibmaschine« – und hatte damit zwei Fliegen mit einer Klappe schlagen wollen. Ihm war schlagartig klar, warum sie vor einigen Tagen erst irritiert und dann hoch interessiert auf die Olympia reagiert hatte. Auch sie musste sich fragen, wer denn nun das Original hatte. Doch Frenzels Fälschung war gut, sehr gut sogar. So einfach würden sie ihm nichts beweisen können. Andererseits war es mw vielleicht auch egal, dachte Westermann. Sie hatte die soeben geerbte Maschine ohnehin sofort wieder aus der Hand gegeben – wahrscheinlich sogar für ein hübsches Sümmchen. Dass sie ihn, Westermann, jetzt wohl für einen schnöden Aufschneider oder gar Dieb halten musste, der sich mit Höfers Original brüstete, konnte ihm wiederum egal sein – solange sie nicht öffentlich darüber berichten würde.

Er hatte längst aufgehört, sich auf irgendjemand anderen als sich selbst zu konzentrieren, und die Zeit war knapp. Sie würden gleich abfliegen. Er setzte Gabriele also auf die Oberschenkel, entriegelte, spannte Papier ein und dachte nach. Sollten die Konstruktionsdaten der Krypto-Box tatsächlich offengelegt werden, so gab es einige Szenarien, die er durchspielen und festhalten musste, um sich Klarheit darüber zu verschaffen, ob dies eine sinnvolle Entscheidung war oder nicht.

Er starrte in Gabrieles eisernes Hebellager, die Finger schwebten bereits über den dunkelgrünen Tasten – irgendwo da drin schlummerte die Lösung schon, er musste sie nur noch in die Welt schlagen. Westermann konzentrierte sich.

Von weit her glaubte er, bereits ein Tippen zu hören. Das war ein gutes Zeichen. Er legte die Finger auf die Tasten und begann.

Bei den ersten zwei, drei Sätze lief es recht gut, bis er feststellte, dass es nicht sein Tippen war, das er weiter hinten im Terminal zu hören meinte. Es konnte kein seltsames Echo sein, selbst nicht in diesen Hallen, dafür war es viel zu schnell und zu stetig. Er tippte laut und deutlich ein Wort an das Ende der Zeile – fünf Anschläge inklusive Klingelton und Wagenrückfuhr – und hörte dem Hall nach. Nichts. Dann ein Stakkato an Tippgeräuschen, das ihn irritierte und völlig durcheinanderbrachte, der Rhythmus war definitiv anders als sein eigener und der seines Tinnitus. Was war das? Er musste wieder an die Klopfkäfer der Kalahari-Wüste denken.

So ging das nicht weiter. Wahrscheinich war es ein verdammter Trittbrettfahrer. Westermann spannte aus, verriegelte und rannte schließlich mit Gabriele in die Richtung, aus der das Geräusch kam. Am Gate B16 wurde es lauter, verstummte dann aber. Westermann ließ den Blick über die wartende Menschenmenge schweifen. Insgeheim hoffte er, es könnte eine ganz profane Erklärung geben – ein spielendes Kind, ein sich lautstark bemerkbar machendes, defektes Buchungssystem oder hektisches Bodenpersonal auf Stilettos.

Nichts von all dem war der Fall. Das Tippen setzte wieder ein, und im hinteren Sitzbereich, mit dem Blick zur Wand, saß eine Frau, die als Geräuschquelle infrage kam. Er näherte sich von hinten, war dann auf selber Höhe angelangt, beugte sich etwas vor und wagte einen dezenten Blick. Er glaubte seinen Augen nicht zu trauen: Dass es noch jemanden seiner Art gab, zu dieser Zeit und an diesem Ort, war schon ziemlich unwahrscheinlich. Wie viele Schreibmaschinisten saßen in diesem Moment tippend in den Terminals dieser Welt? Fünf? Zehn? Aber dass von den knapp acht Milliarden Menschen auf diesem Planeten ausgerechnet sie hier saß, eine Schreibmaschine auf dem Schoß, war geradezu unverschämt. Sie schien wie ein flüchtiger Geist zu sein, der ihn immer und überall verfolgte, auf unterschiedlichste Art und Weise. Seine Nachbarin.

Er näherte sich ihr, langsam und nahezu geräuschlos. »Was machen Sie hier?«, fragte er.

Sie fuhr zusammen und blickte auf. »Sie hier?«

Westermann baute sich vor ihr auf und nahm von oben herab ihre Maschine in Augenschein. Es war eine weiße Olympia, offenbar ein jüngeres, etwas kastigeres Modell, aber immerhin mechanisch. »Was soll das?«, fragte er zurück. »Recherchen für den nächsten Coup?«

»Ich war vor Ihnen hier«, sagte sie.

»Woher wollen Sie das wissen?«

»Ich hätte Sie gehört, selbst wenn Sie nach Shanghai eingecheckt hätten.«

»Ich traue Ihnen nicht«, sagte er.

»Ich Ihnen auch nicht«, sagte sie und blickte wieder auf das eingespannte Papier. »Ich versuche lediglich, der Wahrheit auf die Spur zu kommen«, fügte sie hinzu.

»Ach. Die so arg strapazierte Wahrheit. Jeder redet darüber, keiner findet sie.«

»Ich schon.«

»Ich falle in Ihr Beuteschema. Nichts weiter. So arbeitet doch die Presse, nicht wahr?«

»Nun, es gibt da ein paar Beobachtungen, aus denen ich lediglich logische Schlüsse ziehe.«

»Aha, und zu welchem Schluss sind Sie gekommen?«

»Dass es absolut keine andere Person weltweit geben dürfte, die auch nur annähernd mit Ihnen vergleichbar ist. Das ist doch schön.«

»Schön? Was ist das für ein Wort? Sie meinen, ich bin der Jackpot Ihrer Suchanfrage!«

»Das haben Sie jetzt gesagt.«

»Hören Sie, was treiben Sie eigentlich hier?« Westermann stellte sich Gabriele ans Bein und verschränkte in moralischer Entrüstung die Arme vor der Brust.

»Es ist nicht so, wie Sie denken«, sagte sie und blickte zu ihm auf. »Herrje, welche rote Taste habe ich eigentlich bei Ihnen getroffen?«

»Nun, Sie spielen ganz schön auf der Tastatur meiner Gefühle herum, würde ich sagen.«

»Sie meinen Klaviatur.«

»Dann eben auf der.«

»Sie auf meiner auch.«

Er legte den Kopf schräg. »Mal ehrlich, schreiben Sie hier wirklich Schreibmaschine?«

»Wonach sieht es denn aus?«

»Da kann ja jeder kommen.«

»Ja, natürlich kann jeder kommen. Sie sind ja auch hier.« Ihr Blick ging kurz zu Gabriele. Und dann spannte sie aus, verriegelte und schloss den Koffer über ihrer Olympia. »Was halten Sie davon, wenn wir das hier fortsetzen? Ich habe Ihnen nämlich einen Vorschlag zu machen.«

Auslieferung. Sie würde die Auslieferung des Höfer-Originals verlangen, immerhin diskret. Es hätte schlimmer kommen können, dachte Westermann. Dennoch blickte er sich unauffällig um.

»Und bringen Sie bitte Ihre alte Olympia mit«, sagte sie.

»Ja.«

»Sie fragen nicht, warum?«

»Nein. Wann und wo?«

»Freitag um 17 Uhr. Bei Bobby.«

»Kenne ich noch nicht. Kann man da was essen?«

»Es ist ein Affe.«

»Sie halten mich wohl für einen.«

»Invalidenstraße 43. Im Museum für Naturkunde.«

Ihr Flug wurde aufgerufen, und sie erhob sich. »Wenn Sie mich jetzt bitte entschuldigen.«

Westermann stand da wie der letzte Klopfkäfer. Er hörte nur noch, wie die Frau eine Reihe weiter hinten zu ihrem Mann sagte: »Ich will auch so eine Maschine.«

Er hatte lange überlegt, wann er ihn öffnen sollte. Zuerst war ihm der Gedanke gekommen, ihn auf die Reise nach Frankfurt mitzunehmen. Um ihn bei sich zu haben, falls ihm etwas passieren würde. Damit ihn niemand anderes zu Hause finden und womöglich öffnen würde. Doch wenn er vermeiden wollte, dass ein anderer ihn las, dann gab es nur eine Möglichkeit: ihn öffnen und selbst lesen. Die ältesten Ängste waren doch immer die schlimmsten, aber es half nichts. Würde er ihn morgens lesen, dann hätte er das, was darin stehen mochte, noch den ganzen Tag im Kopf. Ihn abends zu lesen würde bedeuten, in der Nacht davon zu träumen oder gar nicht erst zu schlafen. Westermann entschied sich für die Abendlektüre. Sie würde ein angemessenes Kontrastprogramm zur gerade absolvierten Frankfurter Jahreskonferenz »Predictive Analytics im Mittelstand« sein.

Das Papier, auf dem seine Mutter ihren Brief an ihn geschrieben hatte, war dünn, und noch bevor er das Blatt auseinandergefaltet hatte und die Buchstaben sah, konnte er fühlen, wie sie sich durch das Papier gedrückt hatten, wie ein Stahlstichdruck. Ein kleines Säckchen aus dünnem dunkelgrün glänzendem Futterstoff fiel aus dem Papier, doch Westermann konzentrierte sich erst einmal auf die Zeilen, die jetzt vor ihm lagen. Er merkte, wie sein Blutdruck absank und seine Hände zittrig wurden. Alles wäre zu erwarten gewesen – von der ausgedruckten Mail auf Copy Paper bis hin zum Büttenpapier, das es kaum mehr gab, beschriftet mit einer Feder, die es kaum mehr gab. Doch das, was er jetzt vor sich sah, war nun höchst erstaunlich: Sie hatte den

Brief tatsächlich auf ihrer Erika, der alten Flugblatt-Schreibmaschine, geschrieben, akkurat und eineinhalbzeilig, das Farbband musste zudem schon sehr schwach gewesen sein.

Westermann nahm die Brille, begann vorsichtig zu lesen, und in dem Moment, als er den Text mit den Augen abging, war er plötzlich wieder Riffard westerMann, auf dem Weg ins Ferienlager, allein im Zug, seiner Mutter auf dem Bahnsteig nachwinkend. Herzklopfen. Er sah sie vor der Maschine, wie sie akribisch Buchstabe für Buchstabe den Text auf das Papier getippt hatte, ohne einen einzigen Fehler:

```
Lieber Richard,

manchmal wundere ich mich über mein eige-
nes Herz, das seit dem Tag meiner Geburt
die ungeheure Leistung vollbracht hat, eini-
ge Milliarden Male zu schlagen. Irgendwann
wird es aufhören, denn es sind nun schon
ein paar Jahre zusammengekommen. Es wäre
noch nicht einmal so schlimm. Das Leben
war schön.
   Ich schreibe an Dich auf meiner alten
Erika, und jetzt, da ich diese Buchstaben
drücke, bin ich wieder achtundzwanzig im
Geiste, und das ist auch schön.
   Richard, Du wirst in meinem Brief einen
alten Bekannten finden: Deinen Sisalband-
Elchzahn, mit dem Du Jahre verbracht hast.
Bei Deiner Mandeloperation konnte man ihn
Dir erst vom Hals entfernen, als Du bereits
voll narkotisiert warst. Wir haben ihn Dir
nachher sofort wieder umgebunden, noch bevor
Du zu Dir kamst. Jetzt weißt Du es.
   Irgendwann hast Du ihn von selbst abge-
legt. Irgendwann bist Du Deinen eigenen
```

```
Weg gegangen, so stolz und intelligent, wie
Du bist. Aber ich hege den Verdacht, dass
Du eigentlich immer ein Elchzahnträger ge-
blieben bist. Du hast Herz und Mut. Er wird
Dir besser stehen denn je. Das Sisalband
müsste erneuert werden. Es könnte noch
passen. Vielleicht schenkst Du den Elchzahn
auch an Paul weiter. Aber lass Dir bitte
nicht den Rest der Geschenke entgehen, die
noch auf Dich warten mögen.

Für immer in Liebe
Deine Mutter
```

Westermann las den Text noch einmal. Dann ein drittes Mal, bis der Blutdruck langsam wieder stabil war. Es fühlte sich warm an. Nun saß er samt Koffer im Zug, und sie war außer Sichtweite, hatte den Bahnsteig längst verlassen. Wie hatte sie den Text so gänzlich ohne Tippfehler schreiben können? Wie viele Anläufe hatte sie dafür nehmen müssen?

Er ließ den Elchzahn aus dem Säckchen in seine Hand gleiten. Mein Gott, er hätte ihn fast vergessen, und in sei-ner Erinnerung war er viel kleiner gewesen, was erstaunlich war, denn man neigte doch dazu, die Dinge der Kindheit größer im Gedächtnis zu behalten, als sie tatsächlich gewe-sen waren.

Der obere Teil des Zahns saß in einer schmalen Silber-fassung mit Öse, der ganze Anhänger war immer noch glatt und glänzend wie am ersten Tag. Westermann ließ das Sisal-band durch die Finger gleiten. Es hatte einen verstellbaren Schiebeknoten. Selbst unter dem offenen Hemd würde man es vielleicht nicht sehen, und er würde sich gut fühlen da-mit. Direkt auf der Haut. Wie mit einer Tätowierung an ge-heimer Stelle.

Bei Bobby

Westermann nahm die Sonnenbrille ab und starrte auf die Saurier. Einmal am Tag etwas tun, vor dem man Angst hatte … Es war die reinste Knochen-Kathedrale: Das größte Tier mit einer Art überdimensioniertem, steil aufgerichtetem Giraffenhals musste um die zwölf Meter hoch sein, soweit Westermann das vom Eingangsbereich des Museums aus sehen konnte. Sicher, es waren nur montierte Skelette, aber es schien, als wären die Tiere in voller Bewegung vor über einhundert Millionen Jahren plötzlich vom Fleisch gefallen und als hätte man diese hochherrschaftlichen, zweihundert Jahre jungen Mauern passgenau um sie herumgebaut. Das alles ergab eine seltsam morbide Kombination aus Klassizismus und Urzeit – sehr heimelig, fand Westermann. Streichermusik hätte gepasst.

»Einmal Erwachsener?« Ein junger Typ hinter der Kasse, wohl eine studentische Aushilfskraft, machte sich bemerkbar. Es klang etwas ruppig, fast wie eine Drohung, fand Westermann. Orte wie dieser entwickelten eine eigentümliche Sogkraft, was hier aber wohl weniger an den Menschen als vielmehr an den Sauriern lag.

»Einmal Erwachsener?«, wiederholte der junge Mann. Er trug ein dunkelbraunes T-Shirt, auf dem in weißer Schrift »r-Evolutionär« stand.

»Erwachsener? Ich befürchte, ja«, sagte Westermann und legte sechs Euro auf den Tresen.

»Ich weiß nicht, ob Sie den mitnehmen dürfen.« Der junge Mann beugte sich vor und zeigte auf den Schreibmaschinenkoffer, den Westermann wohl nicht unauffällig genug neben sich auf dem Boden abgestellt hatte. »Was ist da drin? Ein Mikroskop?«

»In gewisser Hinsicht, ja«, grinste Westermann. »Nein, es ist eine Schreibmaschine.«

Stille. Der Evolutionär starrte auf die Olympia wie auf einen seltenen Vogel.

Westermann räusperte sich: »Ich bin Schriftsteller?« Verdammte Eitelkeit. Manchmal sprang sie aus ihm heraus wie ein wildes Tier, unbezähmbar. Doch genau genommen hatte er ja ein Fragezeichen dahintergesetzt. Und was sprach dagegen, sich ein wenig auszuprobieren? Hier, in dieser Umgebung, in der es auf ein paar Millionen Jahre nicht ankam, konnte man wohl auch über solche kleinen Improvisationen hinwegsehen.

»Inspiration, was?« Der Evolutionär musterte Westermann noch einmal und fügte dann hinzu: »Sie dürfen hier aber nicht tippen. Und auch nicht rauchen oder trinken.«

Unverschämtheit, dachte Westermann. Er wirkte vielleicht nicht wie der klassische Museumsbesucher, womöglich war er auch noch etwas strapaziert rund um die Augen, aber wie ein versoffener Poet sah er nun wirklich nicht aus. Doch aus der Nummer kam er nun nicht mehr heraus. »Ich gebe sie nur ungern aus der Hand, wissen Sie. Da trage ich sie lieber.« Westermann bückte sich. »Wollen Sie mal sehen?«

»Nein, lassen Sie mal.« Der junge Mann winkte dankend und etwas zu spontan ab, als hätte man ihm vorgeschlagen, einen Blick auf eine frische OP-Narbe zu werfen. »Ist schon okay.«

»Wissen Sie, wie ich am schnellsten zum großen Affen komme?«, fragte Westermann.

Sein Gegenüber neigte den Kopf etwas zur Seite und zog dabei eine Augenbraue hoch. »Zum großen Affen? Ein Sternbild?«

»Nein, ein Affe, wie gesagt«, antwortete Westermann.

Die Augenbraue senkte sich wieder. »Ach, Sie meinen Bobby, den Gorilla in der Dermopräparationsabteilung.«

Westermann zuckte die Achseln und nickte. Langsam wurde er ungeduldig, er wollte jetzt nur zum Affen. Was hatte ihn eigentlich hierhergetrieben, außer seinem schlechten Gewissen und der Angst vor schlechter Presse? Forscherinstinkt? Er hätte dieser Frau zur Not auch Geld anbieten können, um die Olympia zu behalten, statt sich jetzt mir ihr abzuschleppen. Die Stiftung würde die Fälschung wohl kaum bemerken. Es war auch nicht auszuschließen, dass das alles nur ein gigantisches Missverständnis war und nicht einmal mw die Fälschung erkannt hatte. Aber wieso wollte sie dann, dass er seine Olympia mitbrachte?

»Also«, meldete sich der Evolutionär wieder zu Wort, holte hörbar Luft und mit den Armen aus. »Sie gehen jetzt am Kentrosaurus vorbei, lassen das Sonnensystem links liegen, laufen durch die Plattentektonik, und wenn Sie sich dann in der Steppe am Ameisenbär rechts halten, gehen Sie direkt auf die Biodiversitätswand zu, dahinter vorbei am Quagga und dem Steppenzebra, dann kommen der Vogelsaal und die Insektenmodelle, und danach haben Sie freien Blick auf die Flusspferdgruppe. Die gehören schon zur Präparationsabteilung. Lassen Sie die Kreativecke rechts liegen und halten Sie sich dann links.« Er nahm die Arme wieder herunter.

Westermann blickte sich unauffällig um. Er hatte schon die ganze Zeit ein komisches Gefühl bei diesem Treffpunkt gehabt.

»Bobby ist nicht zu übersehen, er sitzt hinten links ganz allein in seinem Glaskasten. Er freut sich immer über Besuch von Leuten wie Ihnen.« Der Mann im Shirt wies einladend Richtung Saurus, und Westermann setzte sich in Bewegung.

Während er wie ein Handlungsreisender an den Sauriern vorbei durch die spärlich beleuchteten Gänge schritt, schoss ihm plötzlich ein irritierender Gedanke durch den Kopf. Niemand wusste, dass er hier war – was wäre also, wenn es am ausfahrbaren Projektionshimmel im Treppenhaus links zum Urknall käme? Man würde ihn kurzerhand vor Ort präparieren, seine Organe in Formaldehyd geben und der wohl unüberschaubar großen Nass-Sammlung des Museums zuführen. Und wer würde ihn da schon suchen? Und noch etwas anderes beunruhigte ihn: Bei allen Skurrilitäten, die er unterwegs sah – Gürteltiere, gigantische Libellen, Paradiesvögel und Beutelwölfe –, musste er doch ständig an seine Verabredung denken, vielmehr an diese Frau, mehr noch an sie als an seine Olympia, und das war irgendwie erschreckend.

Die Steppe hatte er bald hinter sich gelassen, auch die biologische Vielfalt, und als er am Aquarium mit den Lungenfischen angelangt war, setzte er die Olympia kurz ab, um sich locker zu machen und den Arm auszuschütteln. Er sah sich um: Es war ein magischer Ort, der eine seltsame Mischung aus Befremden und Geborgenheit aufkommen ließ. Die in der Dunkelheit ausgeleuchteten Tiere hätten einer Fantasiewelt entstammen können. Doch es hatte sie tatsächlich alle gegeben. Wäre von irgendwoher ein Urpferd angetrabt oder eine gemeine Stubenfliege im Nachbaumaßstab durch die Halle geflattert, hätte er sich auch nicht gewundert. Westermann ging näher ans Aquarium und blickte auf den Grund. Die Fische sahen vorsintflutlich aus, grau und matt, die Flossen waren bis auf zwei kleine Stummel zu einem einzigen schwammigen Saum zusammengewachsen, und sie wühlten sich mehr durch den Grund, als dass sie schwammen. »Doppelatmer« stand unten auf dem Schild. Westermann holte Luft, nahm die Olympia und ging weiter.

Man sah ihn tatsächlich schon von Weitem: ein riesiger Menschenaffe, majestätisch, grimmig oder eher ein bisschen traurig blickend, die rechte Hand auf den Boden gestützt und die linke wie zur Begrüßung nach vorne gestreckt – als hätte er auf Westermann gewartet. Er näherte sich ihm vorsichtig. Aus den Augenwinkeln sah er flach am Boden liegende Eichhörnchen mit Schildchen an den Pfoten in der rechten Vitrine. Es war kein Wunder, dass der Affe skeptisch guckte.

Vor dem Exponat gab es eine kleine Sitzecke, vielleicht für all jene, die ein Zwiegespräch mit dem Tier suchten, einen Moment bei sich sein oder einfach nur eine kurze Verschnaufpause einlegen wollten.

Westermann stellte sich an die Scheibe und sah in die dunkelbraunen Knopfaugen. Bobby war perfekt präpariert und wirkte, als wäre er eigentlich gar nicht tot und dazu verdammt, hier auf ewig den Affen zu geben. Das dünne Fell schimmerte rötlich, und das Zellgewebe war so fein paraffiniert, das Gesicht so weich und glänzend, dass man glaubte, es ströme noch Blut durch seine Adern. Nichts an ihm schien über die Jahrzehnte geschrumpft zu sein, und seine Mimik war beeindruckend. Er erinnerte Westermann ganz entfernt an Wetter, an sein bulliges und doch manchmal empfindsames Wesen. Wetter hätte ausgestopft genauso geguckt.

Westermann stand da und ließ die Gedanken schweifen, bis sein Smartphone vibrierte. Er sah auf die Uhr. Er würde noch fünfzehn Minuten für sich allein haben, wenn alles nach Plan lief.

Es war Witkowski. »Mein Gott, Westermann, wo sind Sie denn? Ich versuche seit zwanzig Minuten, Sie zu erreichen. Man könnte meinen, Sie seien irgendwo im allerletzten Winkel.«

»Nun ja, wie man es nimmt«, Westermann betrachtete Bobbys Fingernägel. »Was haben Sie herausgefunden, Witkowski?«

»Halten Sie sich gerade an einem einigermaßen abhörsicheren Ort auf?«

Der Affe schien mit einem Finger zu zucken. »Schwer zu
sagen«, sagte Westermann, »aber fangen Sie ruhig an.«

Er konnte hören, wie Witkowski sich eine Zigarette an-
zündete. »Es sind gar keine polymorphen Viren, sondern
lediglich hochgezüchtete Kryptoviren.« Er atmete tief ein
und aus. »So etwas habe ich noch nie gesehen, ich würde da
gern noch ein wenig weiterforschen, wenn ich darf.«

Westermann ließ sich auf der Bank vor der Vitrine nieder, ohne den Gorilla aus den Augen zu lassen. »Ja, ja, meinetwegen, aber wer hat die Dinger denn jetzt einprogram-
miert?«, fragte er. Bobby hatte tatsächlich noch Dreck unter
den Fingernägeln.

»Das war keine codeschreibende Discountkraft, das war
ein wahrer Virtuose«, begann Witkowski.

Ein kleines Mädchen näherte sich, betrachtete erst Bobby, drehte sich dann langsam um und blieb vor Westermann
stehen. Sie legte den Kopf schief, und ihre Blicke wanderten
prüfend und ein wenig suchend an ihm herunter, als erwartete sie eine Beschriftung, vielleicht ein Schildchen am Re-
vers, bis die Mutter sie entschuldigend wegschob.

»Wer!«, rief Westermann.

»Achternbusch. Es war tatsächlich Achternbusch, so wie
Sie vermutet hatten. Eine Mail, eine einzige verräterische
Mail, und zack, war ich drauf auf seinem Privatcomputer«,
sagte Witkowski.

»Und?« Westermann stand auf und lief umher.

»Er hat laufend Kontakt zu Happle und arbeitet mit denen parallel an einer Krypto-Box, während er das heimische
Projekt torpediert.«

»Mein Gott.«

»Ich würde Ihnen die sofortige Deaktivierung Ihrer
Krypto-Box-Programme mittels Mastercode und anschlie-
ßende Offenlegung der Konstruktion empfehlen, um sich

möglichst schnell das Patent-, Marken- und Urheberrecht zu sichern, solange IBT damit überhaupt noch Geld verdienen kann. Selbst in den Staaten behält die IT-Szene ihre Ideen nicht mehr bis zur Marktreife für sich. Der Fortschritt ist einfach zu schnell«, raunte Witkowski. »Ich rufe Sie später noch einmal an, wenn die Verbindung besser ist, okay?«

Westermann konnte nichts sagen.

»Noch Fragen?«, wollte Witkowski wissen.

»Nein.« Westermann drückte ihn weg und starrte auf die Vitrine. Er fühlte sich wie gelähmt, musste erst wieder zu sich kommen und versuchen, das gerade Gehörte zu verarbeiten. Eigentlich hätte er froh sein können, jetzt endlich Gewissheit zu haben, aber zugleich war dies der Abschied von der letzten Hoffnung, die er noch ganz unbestimmt gehabt hatte. Es war das Ende von etwas.

Jetzt musste alles schnell gehen, und Westermann war zumindest mental nicht völlig unvorbereitet, hatte das, was jetzt folgen würde, insgeheim schon tausendmal gedanklich durchgespielt. Also rief er Magenta an und ließ sich Namen und Telefonnummer des nächsten Pizzaboten geben.

Er setzte sich wieder, packte die Olympia aus und ärgerte sich darüber, dass er kein Papier mitgenommen hatte. Doch wahrscheinlich würde er die Maschine ja ohnehin gleich abgeben müssen. Er zögerte eine Weile, beugte sich dann unauffällig über ihre Tastatur und roch in sie hinein, nur ganz kurz. Ein alter, öliger Geruch, vielleicht auch Nikotin, stieg ihm in die Nase. Sollte sie jemals nach ihrem Parfum gerochen haben, so hatten sich die letzten Spuren wohl schon vor langer Zeit verflüchtigt.

»Er starb am 1. August 1935 an einer Blinddarmentzündung. Da war er noch nicht einmal sieben Jahre alt.«

Westermann zuckte zusammen. Da stand sie. Pünktlich auf die Minute. Hübsch verpackt. Grünes Baumwollkleid. Grüne Augen. Lächelnd.

»Ich hätte nicht gedacht, dass Sie tatsächlich kommen«, sagte sie, und es hörte sich an wie ein Kompliment.

Westermann zwang sich wegzuschauen und musterte stattdessen den Gorilla. »Glauben Sie, dass die Augen auch konserviert sind? Was hat man wohl mit seinen Augen gemacht?«

»Ich hätte nicht gedacht, dass Sie tatsächlich kommen«, wiederholte sie.

Westermanns Blick schnellte kurz zu ihr hinüber. Sie hatte sich bereits neben ihn auf die Bank gesetzt, und es roch nach grünen Äpfeln mit einer Spur Sandelholz. Er sah schnell wieder nach vorn. »Ich dachte, ich würde es sonst ein Leben lang bereuen.«

»Wirklich?«, fragte sie.

»Scherz beiseite. Was wollen Sie? Infos? Geld?«

»Wie sind Sie eigentlich auf mich gekommen?« Sie beugte sich in sein Blickfeld, sah ihn an und legte den Kopf schief wie zuvor das kleine Mädchen.

Westermann war irritiert, und was spielte das jetzt noch für eine Rolle, wie man aufeinander gekommen war? »Nun, Sie wohnen in dem Haus neben meinem Haus, falls Ihnen das entgangen ist.«

»Das meine ich nicht.«

Natürlich meinte sie das nicht. Westermann drehte sich zu ihr um und betrachtete die kleine Perle an der Kette, die genau auf ihrem Kehlkopf lag. Durch ihre Adern schien jedenfalls noch Blut zu fließen. »Sie wollen wissen, wie ich Ihr Kürzel entschlüsselt habe?«

»Genau.«

»Es ist alles eine Frage des Suchalgorithmus.« Westermann betrachtete immer noch Bobbys Augen. »Es reicht, wenn Ihre Schulklasse einmal einen Ausflug nach Berlin gemacht hat und Sie dort eine Zeitung besucht haben.«

»Das ist doch schon zwanzig Jahre her.«

»Sehen Sie. Und der Schritt von der Zeitung zum gewonnenen Schreibwettbewerb, zur Uni, zum Journalismus ist nicht weit, zumindest nicht im Internat.«

Sie schwieg eine Weile und sagte dann: »Sie sind der Erste, der mein Kürzel aufgedeckt hat. Ich habe kein Profil im Netz. Ich bin nicht online.«

»Alles lässt sich finden, sobald Sie Ihren Apparat anstellen.«

»Meine Schreibmaschine hat keine Schnittstelle.«

Westermann stutzte. War das am Flughafen also gar keine Show gewesen? War diese Frau tatsächlich eine analoge Konvertitin? Sie sah nicht so aus. Aber wie sah man schon aus mit Schreibmaschine? Nicht anders als ohne Schreibmaschine. »Gehen Journalisten so weit, sich Häuser neben denen von Firmenvorständen anzumieten und sich anschließend mit lächerlichen Blumengirlanden und Schokoladenkuchen Zutritt zu deren Haus zu verschaffen, um sie auszuhorchen?«, fragte Westermann.

Sie stand auf und stellte sich zwischen ihn und Bobby. Es war ein bisschen wie im King-Kong-Film, fand Westermann.

»Also«, begann sie, »alle meine Artikel beruhten auf Fakten. Nichts davon war persönlich gegen Sie gerichtet.«

»Das sagt ihr immer.«

»Sie kamen nur in einem Nebensatz vor.«

»Und der stimmte nicht.«

»Ich muss Ihnen nicht erklären, wie die Realität ist«, sagte sie vorsichtig.

»Realität ist höchstens da, wo der Pizzabote herkommt«, grinste Westermann und schloss den Koffer über der Olympia.

»Gute Journalisten sind genau da, wo der Pizzabote herkommt.«

»Wie haben Sie die Sache mit Happle herausbekommen? Wo sind Ihre Quellen?«

»Ich recherchiere im Leben, nicht im Netz. Ich will

nicht Bescheid wissen. Ich will wissen.« Es klang wie die Magna Carta der deutschen Presse. Und dann setzte sie noch hinzu: »Ich tue damit etwas Wichtiges, sogar etwas Gutes!«

»Sie haben aber auch 'nen kleinen Schatten, was?« Es war mehr eine Feststellung als eine Frage, die Westermann entfuhr. »Tun Sie doch zur Abwechslung mal etwas Nettes, das reicht ja manchmal auch schon«, bemerkte er und war erstaunt, wie schnell man diese Frau an ihren wunden Punkten treffen konnte.

»Etwas Nettes? Das tun Müllmänner und Chirurgen auch nicht«, sagte sie.

Vor Bobby sah sie geradezu zerbrechlich und immer noch verdammt gut aus, fand er. Selbst die Wut stand ihr.

Sie stemmte die Hände in die Hüften. »Und davon abgesehen, war es purer Zufall, dass man mir das Haus neben Ihrem angeboten hat.«

»Erzählen Sie mir nichts von Zufall. Ich bin Ingenieur.«

»Das Leben ist kein Schaltkreis.«

Westermann rollte demonstrativ die Augen. »Es lässt sich fast alles berechnen. Sogar der Zufall.«

»Was macht Sie da so sicher?«, fragte sie mit der Andeutung eines Lächelns.

»Mit empirischer Logik, Numerik und maschinellem Lernen können Sie den Zufall zur Gesetzmäßigkeit machen.« Mein Gott, dachte er, wie konnte man so starrköpfig sein. Er strich über den Koffer auf seinem Schoß und sagte so ruhig wie möglich: »Nun, für mich stellt es sich so dar, dass Sie die ganze Zeit mit falschen Karten gespielt haben.«

Sie gab ein kurzes, hysterisches Lachen von sich und begann, vor dem Affen auf und ab zu laufen. Bobby sah ungerührt zu und zuckte nicht mit der Augenbraue. »Das sagt der Richtige! Als hätten Sie nicht selbst mit falschen Karten gespielt! Wie kann man die Original-Schreibmaschine von Rupertus Höfer vorsätzlich entwenden und noch dazu so selbstgefällig sein, zu glauben, dass es niemandem auffallen würde, was für eine ärmliche Fälschung diese Ersatzmaschine ist?«

Volltreffer. Westermann begann, an seinem Sisalband am Hals zu spielen.

»Sie sind ein eitler Kuriositätensammler, nichts weiter. Sie haben keine Ahnung von all den Texten, die darauf entstanden sind, von all den Überlegungen, Entwürfen, langen Nächten und all den Diskussionen, die damit verbunden waren. Und dann stehe ich da mit einer Maschine, bei der das kleine statt des großen H abgebrochen ist. Noch nicht einmal das, noch nicht einmal diese Kleinigkeit haben Sie beachtet!«

»Wie viel wollen Sie?«, fragte Westermann gequält.

Sie setzte sich wieder neben ihn, beruhigte sich etwas und sah ihn nachdenklich an. Irgendwann begann sie, den Kopf hin und her zu neigen, und runzelte dabei fragend die Stirn. »Was ist das da um Ihren Hals? Ein Zahn?«

»Das tut jetzt nichts zur Sache.« Westermann versuchte, seinen Hemdkragen zu schließen, auch wenn es jetzt schon zu spät war.

»Wie nett. Gibt es den hier zu kaufen?«

»Wollen Sie jetzt meinen Elchzahn oder Ihre Maschine?«

»Weder noch«, sagte sie und begann in ihrer Handtasche zu kramen. Angesichts dessen, was sie dann herauszog, verschlug es Westermann vollends die Sprache. Dass Frauen einen Teil ihres Lebens in überdimensionierten Taschen mit sich herumtrugen, war ihm nicht neu: von der kompletten Kosmetikausstattung bis hin zu Tolstois »Krieg und Frieden«, als habe es morgens eine Radiodurchsage gegeben, man solle das Nötigste zusammenpacken, denn man werde nie wieder nach Hause kommen. Doch mit einem Schraubenzieher hätte er jetzt nicht gerechnet.

»Die Maschine, bitte«, sagte sie knapp und entschlossen.

Westermann verstand nicht. »Sie werden ihr doch jetzt

nichts antun? Sie gehört Ihnen!« Er legte instinktiv die Hände über den Koffer.

»Ich will die Maschine nicht. Ich will das, was sich unter ihr verbirgt.«

Westermann umklammerte mit einem Arm die Olympia und winkte mit dem anderen ab. »Hören Sie, ich will damit nichts zu tun haben. Wieso nehmen Sie nicht einfach das Ding und basteln zu Hause daran herum?«

Sie grinste. »Für wie dumm halten Sie mich?« Mit einer einzigen Bewegung hob sie die Maschine auf ihren Schoß. »Vor ein paar Tagen noch habe ich öffentlichkeitswirksam Höfers vermeintliche Originalmaschine der Stiftung überreicht. Glauben Sie etwa, ich möchte mich jetzt noch mit der echten Maschine erwischen lassen? Nein, mein Lieber, ich befürchte, das wird Ihr Problem bleiben.« Sie kippte den Kofferboden nach oben und löste erstaunlich fachmännisch und schnell vier Schrauben, mit der die Maschine am Koffer fixiert war.

Westermann sah ihr fassungslos dabei zu. Er war noch niemals auf die Idee gekommen, die Olympia oder die Gabriele aus ihrem Bett zu heben.

Sie öffnete den Koffer und nahm die nackte Maschine heraus. Unten lag tatsächlich eine verstaubte, zerschrammte anthrazitfarbene Pappmappe. Malwine Wagner hob sie vorsichtig und geradezu zärtlich hoch, wie ein Neugeborenes, das man soeben per Kaiserschnitt auf die Welt geholt hatte. Die Mappe war seitlich offen, und es mochten etwa 30 Seiten Text darin sein.

»Was ist das?«, fragte Westermann.

»Es ist eine der letzten Kurzgeschichten, die ich für ihn getippt habe. Er hat sie mir versprochen und sie tatsächlich nie veröffentlicht.« Ihre Stimme wurde zittrig und drohte zu versagen.

Westermann erhob sich langsam »Wollen Sie einen Augenblick allein sein? Soll ich gehen? Ich kann auch ganz gehen.«

Sie nahm kurz seinen Arm. »Nein, bleiben Sie ruhig da.«

Er setzte sich wieder hin, und mit einem Schlag wurde ihm alles klar. Die Einladung zu Höfers Beerdigung, auf die er sich auch im Nachhinein absolut keinen Reim hatte machen können, war wahrscheinlich für Malwine Wagner bestimmt gewesen. Der Postbote musste sich in der Hausnummer geirrt haben. Er schwieg eine Weile und begann dann langsam: »Ich befürchte, Ihre Einladung zu Höfers Beerdigung ist in mein Haus statt in Ihres geflattert.«

»So etwas habe ich mir fast schon gedacht«, sagte sie.

Westermann schüttelte den Kopf. »Und jetzt sitzen wir hier mit der Maschine. Was für ein dummer Zufall.«

Sie lächelte, schob die Mappe mit dem Manuskript in eine Dokumententasche. »Mit Numerik können Sie den Zufall zur Gesetzmäßigkeit machen«, sagte sie.

»Wie?«, fragte Westermann.

»Das waren Ihre Worte.« Sie hob die Olympia wieder vorsichtig in den Koffer und begann zu schrauben.

»Verraten Sie mir den Titel?«, fragte Westermann und zeigte auf die Mappe.

»›Das Würfelspiel‹.«

»Und Sie haben tatsächlich jedes Zeichen davon getippt?«

»Ja«, sagte sie. »Tausende von Wörtern. Mit Hunderttausenden von Anschlägen.« Sie schien es sich auf der Zunge zergehen zu lassen, und in diesem Augenblick war sie wohl in Gedanken weit weg.

Westermann hätte gern die Bilder vor Augen gehabt, die sie jetzt vor Augen haben musste. Es mussten gute Bilder sein. »Wovon handelt sie?«

»Es ist eine Liebesgeschichte.«

Westermann ließ sich zurückfallen. »Ach. Natürlich. Wie originell. Liebe. Na ja.«

Sie sah ihn an. »Ja, die Liebe. Warum nicht? Es scheint, dass die Leute sie im Wesentlichen mögen.«

»Aber Höfer hat doch sicher etwas mehr im Sinn gehabt,

oder? Der schrieb doch nicht einfach nur Liebesgeschichten mit Herzschmerz und Happy End.«

Sie stand auf, strich ihr Kleid glatt und lächelte immer noch. »Nun, es ist die Geschichte von einem, der erst spät bei sich ankommt.«

Westermann lockerte seinen Hemdkragen und holte tief Luft. »Gehen wir noch einen Wein trinken?« Einmal am Tag etwas tun, vor dem man Angst hatte …

Bevor Westermann am darauffolgenden Abend das Büro verließ, ging er ins Internet und klickte auf »Bestellen«: drei Flaschen 2007er Tempranillo von Vinocampo mit zwei Weingläsern, für insgesamt Euro 39,99, zuzüglich Mehrwertsteuer und Versand. Er fuhr das System herunter, nahm sein Smartphone und scrollte durch die Anruflisten. Er hatte schon länger nicht mehr mit ihm gesprochen, und es war verwunderlich, wie schnell manche Namen auf den Listen nach hinten rückten, kaum mehr auffindbar. Doch er hatte Glück, fand die Nummer und ging direkt auf »Anrufen«.

Frenzel war sofort am Apparat. Ja, das Ladenlokal sei noch zu verpachten, versicherte er ihm. Westermann machte gleich einen Termin mit Frenzel aus und meinte, ein großes Grinsen in der Stimme des kleinen Königs zu hören.

Man müsste zunächst einmal an einem ordentlichen Offline-Auftritt arbeiten, bemerkte Westermann, in Sachen Ergebnisorientierung sehe er noch Luft nach oben.

Als er aus dem Treppenhaus unten ankam, war das Firmenfoyer bereits verlassen wie immer um diese Zeit. Er hatte lange mit Wetter geredet. Selbst für dessen Verhältnisse überschlugen sich die Ereignisse jetzt ein wenig, und am Ende waren sie übereingekommen, das Krypto-Box-Projekt noch am selben Tag zu stoppen. Die komplette Dokumentation war abgeschlossen und bereit zur Veröffentlichung. Was jetzt noch fehlte, war der Mastercode, der finale digitale Dolchstoß, um dem Ganzen ein Ende zu setzen. Magenta hatte Anweisung, morgen im Gästebuch danach zu suchen. Sie kannte seine Handschrift und würde es sich vielleicht ohnehin denken können.

Das Buch lag noch aufgeschlagen auf dem Empfangstresen, die rechte Seite war bereits bis unten beschrieben. Westermann schlug eine neue auf, setzte den Stift an und schrieb: Hallopizza 030 74 206 888. Er klappte das Buch zu, nahm Gabriele und übersprang draußen drei Stufen auf einmal.

Ende

Inhalt

BEGEGNUNGEN 9
Der Kranich 11
Das Original 23
Think before you print 30
Webers Bewegung 38
Westermann stroodelt 51
Gabriele 62
Reiki für den Rooter 78

ANALOGE STÖRUNGEN 93
Angriff 1.0 95
Risikozone 108
Westermann simuliert 126
Wie man seinen Vater löscht 142
Shit (4 Anschläge) 159
Der außerplanetarische Hund 178

ES WIRD LAUTER 191
Das Type-in 193
Die Pressekonferenz 209
Metamorphosen 225
Der Austausch 237
Terminal Typing 247
Versöhnung und Rache 263

BIORHYTHMUS SCHLÄGT
ALGORITHMUS 277
Umschalter und fünf Anschläge 279
Die Neuausrichtung 294
Rosen für Yolanda 308
Such, Maschine! 322
Bei Bobby 335